De la même auteure

Fanette, tome 2, *La Vengeance du Lumber Lord*, Libre Expression, 2008.

Fanette, tome 1, *À la conquête de la haute ville*, Libre Expression, 2007.

Le Fort *intérieur*, Libre Expression, 2006.

FANETTE

SUZANNE AUBRY

FANETTE

Tome 3

Le secret
d'Amanda

Roman

Libre Expression

Une compagnie de Quebecor Media

Catalogage avant publication de Bibliothèque et Archives nationales du Québec et
Bibliothèque et Archives Canada

Aubry, Suzanne

    Fanette : roman

    L'ouvrage complet comprendra 6 v.
    Sommaire : 1. À la conquête de la haute ville -- t. 2. La vengeance du Lumber Lord -- t. 3. Le
    secret d'Amanda.

    ISBN 978-2-7648-0352-3 (v. 1)
    ISBN 978-2-7648-0363-9 (v. 2)
    ISBN 978-2-7648-0367-7 (v. 3)

    I. Titre. II. Titre : À la conquête de la haute ville. III. Titre : La vengeance du Lumber Lord. IV.
    Titre : Le secret d'Amanda.

PS8551.U267F36 2007   C843'.54   C2007-942350-7
PS9551.U267F36 2007

Édition : MONIQUE H. MESSIER
Révision linguistique : ANNIE GOULET
Correction d'épreuves : CÉLINE BOUCHARD
Couverture et grille graphique intérieure : CHANTAL BOYER
Mise en pages : HAMID AITTOUARES
Photo de l'auteure : ROBERT ETCHEVERRY
Illustration de couverture : Il Ramoscello, de Dante Charles Gabriel Rossetti (1828-1882), collection privée,
The Bridgeman Art Library

Remerciements

Les Éditions Libre Expression reconnaissent l'aide financière du gouvernement du Canada par l'entremise
du Programme d'aide au développement de l'industrie de l'édition (PADIÉ) pour leurs activités d'édition.
Nous remercions le Conseil des Arts du Canada et la Société de développement des entreprises culturelles
du Québec (SODEC) du soutien accordé à notre programme de publication. Gouvernement du Québec –
Programme de crédit d'impôt pour l'édition de livres – gestion SODEC.

Les Éditions Libre Expression
Groupe Librex inc.
Une compagnie de Quebecor Media
La Tourelle
1055, boul. René-Lévesque Est
Bureau 800
Montréal (Québec) H2L 4S5
Tél. : 514 849-5259
Téléc. : 514 849-1388
www.edlibreexpression.com

Dépôt légal – Bibliothèque et Archives nationales du Québec et Bibliothèque et Archives Canada, 2010

ISBN 978-2-7648-0367-7

Distribution au Canada
Messageries ADP
2315, rue de la Province
Longueuil (Québec) J4G 1G4
Tél. : 450 640-1234
Sans frais : 1 800 771-3022
www.messageries-adp.com

Diffusion hors Canada
Interforum
Immeuble Paryseine
3, allée de la Seine
F-94854 Ivry-sur-Seine Cedex
Tél. : 33 (0)1 49 59 10 10
www.interforum.fr

À Geneviève et Robert

« On se retrouve ailleurs, je le crois, je l'espère. Sans cela,
il vaudrait mieux ne pas vivre que de passer sa vie à s'aimer
pour se perdre à jamais. »
George Sand, *Correspondance*

« Le regret de certains avantages perdus est le remords
pour beaucoup de consciences. »
Alexandre Dumas, *La Dame de Monsoreau*

Première partie

La chute du notaire Grandmont

I

Port de Québec
Le 9 novembre 1859

Des lanternes brillaient comme des lucioles sur le pont du *Queen Victoria*, se confondant avec les étoiles. L'énorme cheminée du bateau à vapeur se dressait dans le ciel. Amanda, tenant Ian par une main, jeta un coup d'œil anxieux vers la passerelle, qui était toujours fermée aux passagers. Des marins couraient sur le pont, des débardeurs transportaient bagages et marchandises, des officiers hurlaient des ordres.

Il y avait près d'une heure qu'Amanda et son fils faisaient la queue avec d'autres passagers en attendant l'embarquement. Elle craignait que le départ soit retardé et que le navire ne puisse parvenir à temps au port de Montréal, où le *Mermaid* devait les mener jusqu'à Liverpool sans faire escale à Québec, brouillant ainsi les pistes. Elle tâta sa ceinture et fut rassurée en constatant que la bourse contenant l'argent et les passages pour le *Queen Victoria* qu'Andrew Beggs lui avait remis y était toujours. Sa valise de cuir était à ses pieds. Elle se demanda ce qui les attendait là-bas, de l'autre côté de l'océan. La pensée de Fanette lui pinça le cœur. Elle ne reverrait peut-être plus jamais sa sœur. Elle effleura tendrement la tête de son fils et respira le parfum de ses cheveux, comme pour se donner du courage.

Une cloche retentit soudain. Un homme en uniforme enleva la chaîne de la passerelle. Un murmure d'approbation s'éleva. Amanda sentit derrière elle le mouvement des passagers qui la poussaient. Elle serra la main de son fils un peu plus fort pour ne pas être séparée de lui, puis saisit la valise de sa main libre et s'avança, tâchant d'esquiver les coups de coude. L'homme en uniforme s'impatientait :

— *Get your tickets ready ! One at a time ! Your tickets, please !*

Amanda et Ian approchaient lentement de la passerelle. La clameur s'éleva soudain, accompagnée de sons de sifflets et de claquements de sabots. Amanda tourna instinctivement la tête dans cette direction. Elle aperçut deux cavaliers qui se frayaient un chemin dans la foule massée près des quais. La peur la saisit à la gorge lorsqu'elle reconnut l'uniforme noir des policiers. Que venaient-ils faire ici ? Se pouvait-il qu'ils soient encore à sa recherche ? C'était impossible. Personne n'était au courant de son projet de départ. Personne, sauf… L'image d'Andrew Beggs s'insinua dans son esprit. Lui seul connaissait l'heure et l'endroit de leur embarquement. Mais pour quelle raison l'aurait-il dénoncée ? Après tout, il l'avait sortie une première fois des griffes des policiers, lors de son rendez-vous manqué avec Fanette, plus d'un an auparavant, et il lui avait à nouveau donné les moyens de leur échapper en lui procurant argent et billets pour le *Queen Victoria*. Le son strident des sifflets retentit de plus belle. Ne voulant pas effrayer Ian, Amanda pressa toutefois le pas, n'hésitant pas à jouer du coude à son tour. Des passagers protestèrent, mais elle n'en avait cure. Ces policiers n'étaient peut-être pas à sa recherche, mais il n'y avait pas de risque à prendre. La seule idée de tomber entre leurs mains la remplissait de crainte et de rage.

Elle leva de nouveau les yeux vers la passerelle, qui lui sembla tout à coup bien lointaine, presque inaccessible, même si elle n'était plus qu'à une dizaine de pieds. Elle marcha sur la jupe d'une femme d'allure bourgeoise portant un mantelet et un chapeau bordés d'hermine.

— Faites attention où vous mettez les pieds ! glapit la dame.

Amanda serra les dents et continua d'avancer, indifférente aux protestations des passagers. Elle fut forcée de s'immobiliser derrière un homme ventru et d'assez bonne taille qui portait de larges favoris poivre et sel. Jetant un coup d'œil derrière son épaule, elle se rendit compte que les policiers se dirigeaient vers la passerelle, mais heureusement, leur passage était entravé par les gens agglutinés près du navire. Le visage de l'un des constables lui était familier. Puis elle le replaça. C'était le même qui l'avait pourchassée devant l'église St. Patrick. Il n'y avait plus de doute possible : ces hommes étaient bel et bien à sa recherche. Elle eut alors la certitude terrifiante qu'Andrew l'avait trahie.

Galvanisée par la peur et la colère, elle profita du fait que l'homme ventru s'était penché et fouillait dans son sac de voyage pour se faufiler devant lui, entraînant Ian avec elle. *Pourvu qu'on réussisse à embarquer à temps...* La passerelle n'était plus qu'à quelques pieds. Un couple debout devant elle se mit à se disputer. L'homme n'arrivait plus à trouver leurs billets et, prétendant qu'il les avait remis à sa femme, traitait celle-ci de tous les noms. Amanda se glissa devant eux, fouilla fébrilement dans sa bourse et en sortit deux billets qu'elle tendit à l'employé en uniforme, réprimant mal le tremblement de ses mains. L'homme examina les passages puis, après un temps qui lui parut interminable, fit signe à Amanda et à Ian d'avancer. Agrippant son garçon par le bras, elle s'éloigna de la passerelle le plus vite qu'elle put, mais le pont était encombré de passagers et de bagages. Jetant un coup d'œil à la ronde, elle avisa une écoutille.

— Suis-moi, chuchota-t-elle à Ian.

Ils s'engagèrent dans un escalier qui menait à l'entrepont. Il y avait déjà moins de monde. Des hommes s'activaient autour d'une chaudière dans laquelle ils jetaient des pelletées de charbon. Une odeur âcre s'en dégageait. Amanda comprit qu'il s'agissait de la chaufferie. Elle s'en éloigna, voulant éviter d'être repérée par les marins. Un autre escalier se profilait à distance. Elle saisit la main de son fils et courut dans cette direction. Une lampe-tempête éclairait chichement la cage étroite. Un vague plan s'était esquissé dans la tête d'Amanda : elle irait se réfugier avec Ian dans la cale, dans l'espoir que les policiers, s'ils montaient à bord, ne réussiraient pas à leur mettre la main dessus.

Après avoir descendu une vingtaine de marches, ils aboutirent dans une pièce au plafond bas encombrée de chaque côté par des cageots et des caisses empilés les uns sur les autres, qui ne laissaient qu'un étroit passage pour circuler. On n'y voyait goutte, car il n'y avait pas de hublots, mais Amanda jugea qu'il serait sage de s'y réfugier en attendant le départ du bateau. Elle trouva un recoin entre deux caisses où il y avait tout juste assez d'espace pour deux personnes. Elle déposa la valise en cuir contre la paroi, puis s'assit par terre et s'adossa au bagage. Elle fit signe à Ian de s'asseoir à son tour. Ils se serrèrent l'un contre l'autre. La cale était froide et humide. Amanda ramena son châle sur eux et attendit, aux aguets. D'un geste instinctif, elle se tâta le cou pour s'assurer que le pendentif en forme de trèfle que sa mère lui avait donné y était toujours. Elle sentit la douceur du jade sous ses doigts, et ce contact la rassura.

II

Québec
Le 9 novembre 1859

Une lanterne à la main, le docteur Lanthier s'apprêtait à monter l'escalier qui menait à sa chambre lorsqu'il entendit des coups frappés à sa porte. Il fut tenté de ne pas répondre. La journée et la soirée avaient été exténuantes. Appelé d'abord au secours d'un ouvrier tombé d'un échafaudage et qui s'était brisé les deux jambes, il avait ensuite visité le refuge du Bon-Pasteur, fait sa tournée de patients puis, en début de soirée, avait dû se rendre au chevet d'une parturiente qui avait donné naissance à des jumeaux. L'accouchement avait été laborieux, la pauvre femme avait perdu beaucoup de sang, mais l'hémorragie s'était arrêtée comme par miracle. Ce n'est que lorsqu'il avait été certain qu'elle était hors de danger qu'il s'était décidé à rentrer chez lui.

Les coups redoublèrent. Le médecin aurait tout donné pour avoir quelques heures de repos, mais les patients ne choisissent pas le moment où ils tombent malades et jamais, durant toutes ses années d'exercice de la médecine, il n'avait ignoré un appel de détresse, même à une heure aussi tardive. Il se résigna donc à ouvrir. Monsieur Joseph, le cocher des Grandmont, était debout sur le seuil, livide.

— M'sieur le docteur, y a eu un accident, balbutia-t-il.

Le médecin, devinant à la mine du cocher que c'était grave, s'empara de sa sacoche, qui était posée sur un guéridon près de l'entrée.

— Vous m'expliquerez de quoi il s'agit en route.

La voiture s'arrêta devant la demeure des Grandmont dans un grincement de roues. Le docteur Lanthier, assis sur le siège avant à côté de monsieur Joseph, sauta à terre et s'élança vers le portique faiblement éclairé par une lampe torchère. La lourde porte en chêne s'entrebâilla avant même qu'il ait eu le temps d'effleurer le heurtoir. Madame Régine, tenant une bougie devant elle, reconnut le médecin avec soulagement. Il remarqua ses yeux cerclés de rouge et ses paupières gonflées, comme si elle avait pleuré. La servante lui fit signe de la suivre. Le docteur Lanthier s'engagea dans le corridor à sa suite. Monsieur Joseph leur emboîta le pas. Madame Régine s'immobilisa devant la porte du bureau du notaire Grandmont, qui était entrouverte.

— Ils sont ici, murmura-t-elle.

Le médecin poussa la porte et entra. Une odeur âcre de soufre le prit à la gorge. La pièce était plongée dans une demi-pénombre. Il se dirigea vers une lampe sur pied en verre dépoli et en monta la mèche. La lumière blanche révéla la corolle d'une robe. Il s'en approcha, le cœur étreint par l'angoisse. C'était Fanette. Sa tête reposait sur la poitrine d'un homme dont le visage était caché par l'ombre du pupitre. À quelques pieds d'eux gisait le notaire Grandmont, immobile, une main ouverte en étoile tout près d'un objet oblong et noir. Un pistolet. Un peu plus loin, les éclats brisés d'une lampe. Le docteur Lanthier courut vers Fanette, se pencha au-dessus d'elle, la tourna doucement vers lui. Sa poitrine se soulevait légèrement, il sentit son pouls battre sous ses doigts. *Dieu soit loué, elle est vivante.* Il aperçut des traces de sang sur son corsage, mais en l'examinant de plus près, constata que la jeune femme n'était pas blessée. Monsieur Joseph et madame Régine regardaient la scène, le regard vide et les bras ballants. Le médecin se tourna vers eux, s'adressant d'abord à la servante d'une voix ferme :

— Apportez-moi de l'eau chaude et des bandages propres.

Elle sembla sortir de sa léthargie et s'exécuta en silence, soulagée de pouvoir se rendre utile. Puis le médecin se tourna vers le cocher :

— Emmenez Fanette dans sa chambre. Étendez-la sur son lit et couvrez-la bien. J'irai la voir plus tard.

Monsieur Joseph s'approcha de la jeune femme, intimidé tout à coup. Il la souleva avec délicatesse, comme s'il eût pris dans ses grosses mains un oiseau blessé. Fanette gémit, mais ses yeux restèrent fermés.

— Doucement, murmura le docteur.

Monsieur Joseph acquiesça, le front en sueur. Fanette ne pesait pas plus qu'une plume, mais il était si nerveux qu'il craignait de la laisser choir par terre. Le docteur Lanthier attendit que le cocher soit sorti avec son précieux fardeau, puis revint vers l'homme étendu près du pupitre et s'agenouilla près de lui. Un cercle rouge s'élargissait sur sa chemise blanche, du côté gauche. Le médecin se pencha un peu plus et put enfin distinguer un visage dans la clarté diffuse. C'était celui de Philippe Grandmont. Il saisit alors l'une de ses mains, qui était glacée. Prenant le poignet entre le pouce et l'index, il crut percevoir l'infime battement d'un pouls, mais peut-être n'était-ce que le battement de son propre cœur.

III

À bord du Queen Victoria
Le 10 novembre 1859

Une secousse réveilla Amanda. Elle ouvrit les yeux, ne sachant plus où elle se trouvait. Il faisait sombre, et ses membres étaient engourdis. La tête d'Ian reposait sur son épaule. Elle sentit un mouvement, comme un roulis, accompagné d'une sorte de bourdonnement. Puis elle se souvint. Ils avaient réussi à embarquer sur le *Queen Victoria* et s'étaient réfugiés dans la cale pour échapper à la police. Le roulis indiquait que le bateau avait pris son départ, mais elle avait perdu la notion du temps et ne savait pas s'il naviguait depuis des heures ou seulement quelques minutes. Son dos lui faisait mal. Elle remua légèrement ses jambes ankylosées. Ian se réveilla à son tour. Il se frotta les yeux.

— Où on est ?

— Sur le bateau. Tout va bien, chuchota-t-elle.

Ce n'est qu'à ce moment qu'elle prit conscience du fait que les policiers ne s'étaient pas manifestés. Ils n'avaient peut-être pas pu monter sur le navire. Ou bien ils étaient à bord et continuaient de fouiller dans l'espoir de leur mettre le grappin dessus. D'une façon ou d'une autre, il fallait sortir de là. La faim commençait à la tenailler et elle rêvait d'un banc plus confortable que le plancher rugueux de la cale. Elle caressa la tête de son fils.

— Allons, debout, murmura-t-elle.

Elle l'aida à se lever.

— J'ai des aiguilles dans les jambes, gémit Ian.

— En marchant un peu, tu ne les sentiras plus.

Elle se pencha pour prendre la valise et se dirigea à tâtons vers la sortie, se retournant pour s'assurer que son fils la suivait. Une faible lumière luisait à l'autre bout de la cale. C'était celle de l'escalier qu'ils avaient emprunté pour y descendre. Ils s'y dirigèrent.

Un vent vif leur fouetta le visage. Ils étaient revenus à l'entrepont, éclairé par une myriade de lanternes. Une épaisse fumée se dégageait de l'énorme cheminée, non loin de la chaufferie. Il faisait encore nuit, mais la lueur de l'aube se dessinait à l'est. Amanda croisa un jeune matelot qui poussait une brouette remplie de charbon, le visage barbouillé de suie.

— Depuis combien de temps le bateau est-il en route ?

Le garçon lui jeta un regard éberlué.

— Ça doit ben faire dix heures !

Dix heures... Elle fut surprise qu'autant de temps se soit écoulé depuis leur départ. Un vif soulagement s'empara d'elle. Il lui semblait de plus en plus improbable que les policiers soient à bord. Elle décida de regagner le pont principal, où se trouvait la salle des passagers. Lorsqu'ils y parvinrent, Amanda et son fils furent accueillis par le brouhaha des conversations et un nuage de fumée. Des voyageurs s'entassaient le long de banquettes de bois, installées les unes derrière les autres. Des hommes, accoudés au comptoir de la cantine située à l'avant de la salle, buvaient du café et fumaient la pipe. Une odeur de pain et de soupe se mêlait à celle du tabac et du charbon. Amanda, affamée, avançait vers la cantine quand soudain une main se posa sur son bras. Elle se retourna vivement. Un homme en uniforme se tenait debout près d'elle. Il avait un regard intense. Son visage était légèrement couturé par la vérole.

— Je suis le premier lieutenant de ce navire, dit l'homme poliment. Je voudrais voir vos billets de passage, s'il vous plaît.

Amanda fouilla fébrilement dans sa bourse et finit par les trouver. Elle les tendit à l'officier, tâchant de réprimer sa peur. Le lieutenant examina les passages, puis les remit à la jeune femme.

— Il y a un peu de place au fond de la salle, près du poêle.

Elle réussit à balbutier un « merci », acheta du pain et du fromage et entraîna son fils dans la direction indiquée par l'officier. Une femme tenant un poupon dans ses bras leur fit de la place à côté d'elle. Un gros poêle en fonte ronflait non loin d'eux. Un marin y jeta une bûche, et des étincelles en jaillirent. Le bambin se mit à pleurer, aussitôt consolé par sa mère. Amanda leur sourit, puis offrit à la femme de partager son repas, ce que celle-ci accepta avec reconnaissance.

Après avoir mangé, Amanda et Ian se laissèrent bercer par le roulement du bateau. *Encore une journée de navigation,* songea-t-elle, *et le* Queen Victoria *accostera à Montréal.* Elle avait entendu parler de la grande ville mais ne l'avait jamais vue. On disait qu'il y avait des bâtisses imposantes au pied d'une montagne dont le sommet était si haut qu'il touchait les nuages. Mais la suite du voyage demeurait nébuleuse et inquiétante. Amanda appréhendait le trajet en bateau jusqu'à Liverpool, n'ayant jamais oublié la terrifiante traversée de l'Atlantique qui les avait emmenés, sa famille et elle, de l'Irlande jusqu'à la Grosse Isle. Les circonstances avaient toutefois changé ; les conditions du voyage seraient sans doute meilleures. Il y aurait des cabines propres, de la nourriture décente ; on ne craindrait pas de tomber malade du typhus ou d'assister, impuissant, à l'agonie d'un être aimé. Amanda regarda à travers un hublot. Un soleil pâle commençait à blanchir le fleuve. Et pour la première fois depuis le départ, elle savoura ses premiers pas vers la liberté.

IV

Devant la demeure des Grandmont
Le 10 novembre 1859

Oscar Lemoyne souffla dans ses mains. Une vapeur blanche sortait de sa bouche. Il faisait le pied de grue devant la résidence des Grandmont depuis sept heures ce matin-là, et ses doigts commençaient à être gourds. En effectuant sa tournée quotidienne des postes de police afin d'y glaner des faits divers, il avait appris que le coroner Duchesne avait été dépêché au milieu de la nuit à la demeure des Grandmont. Normalement, on n'allait quérir le coroner que dans les cas d'accidents graves, voire mortels, ou bien dans les cas d'homicides. Le cabriolet du coroner étant toujours garé devant la maison, Oscar présuma qu'il avait dû s'y produire un événement très sérieux.

Quelques voitures arrivèrent sur les lieux. Des hommes en sortirent, faisant claquer les portières. Oscar n'eut qu'à leur jeter un coup d'œil pour avoir la certitude qu'il s'agissait de journalistes : les casquettes aux couleurs fanées, les mines affairées, les regards pointus, les manteaux ternes et sans élégance dont les poches étaient déformées par des carnets et des crayons trahissaient la profession de ces hommes. De toute évidence, les reporters avaient eux aussi eu vent de la présence du coroner chez le notaire Grandmont et venaient aux nouvelles.

Un homme au visage chafouin s'approcha du jeune journaliste et lui tapota familièrement l'épaule. Oscar reconnut avec déplaisir son ancien patron, Ludovic Savard. Ce dernier, flatteur, le félicita pour ses articles portant sur le scandale électoral qui avait éclaboussé et considérablement terni la réputation du notaire Grandmont. Oscar avait été le premier journaliste à découvrir le vol de deux boîtes de scrutin qui avait favorisé l'élection du notaire en tant qu'échevin. L'affaire avait fait couler beaucoup d'encre et alimenté les rumeurs.

— Excellent travail, mon Oscar. Du journalisme à son meilleur.

Le jeune reporter connaissait suffisamment son ancien patron pour savoir que celui-ci n'avait pas le compliment facile et qu'il devait sûrement avoir une idée derrière la tête.

— On dégote pas un talent comme le tien à tous les coins de rue, poursuivit Savard, ses lèvres minces tirées par un sourire qu'il tentait de rendre avenant. Qu'est-ce que tu dirais de revenir à *L'Aurore de Québec*, avec une augmentation de salaire et le titre d'adjoint au rédacteur en chef ? Ça vaudrait mieux que de t'échiner pour une feuille de chou lue par trois pelés et un tondu…

Oscar le toisa avec ironie.

— J'aime mieux m'échiner pour une feuille de chou que de plier l'échine devant vous.

Le sourire de Ludovic Savard disparut aussitôt. De la vapeur sortit de ses narines, lui donnant soudain l'air d'un vieux cachalot.

— Quand t'en auras assez de crever de faim, tu sauras où me trouver.

La porte des Grandmont s'ouvrit enfin. Un homme aux favoris blancs et au costume noir s'avança sur le perron, son haut-de-forme dans une main. Oscar reconnut tout de suite le coroner Duchesne et fut le premier à se précipiter vers lui. Les journalistes se lancèrent à sa suite. Les questions fusèrent :

— Que s'est-il passé chez les Grandmont ?

— S'agit-il d'un accident ?

— Y a-t-il une victime ?

Le coroner prit le temps de mettre son chapeau, puis s'adressa aux reporters avec une voix pleine d'autorité :

— Je ne ferai aucune déclaration pour le moment, sinon qu'il y a eu une victime.

Les questions reprirent de plus belle :

— Qui ?

— Est-ce un accident ? Un meurtre ?

— Y a-t-il d'autres victimes ?

Le coroner fit un geste impatient de la main, comme s'il chassait des mouches.

— Les détails seront consignés dans mon rapport.

Des protestations s'élevèrent. Le coroner, escorté par deux policiers, se fraya un chemin parmi les journalistes. Il monta dans son cabriolet, dont un gendarme referma la portière. La voiture s'éloigna. Oscar la suivit des yeux, à la fois déçu et inquiet. Le coroner Duchesne avait la réputation d'être un homme intègre, d'une méticulosité presque maniaque. S'il avait refusé de donner plus de précisions, c'est qu'il était dans l'impossibilité de le faire. Oscar jeta un coup d'œil vers la maison plongée dans l'obscurité. Seule une fenêtre laissait filtrer de la lumière, au premier étage. Il aurait tout donné pour savoir ce qui s'était produit à l'intérieur de ces murs. Il pensa à Fanette Grandmont, la « jolie dame », et sa poitrine se serra d'inquiétude. *Pourvu qu'il ne lui soit rien arrivé.*

⁓

Après sa nuit blanche chez les Grandmont, le coroner Duchesne avait décidé de se rendre à son bureau, situé au palais de justice, plutôt que de rentrer chez lui. Au point où il en était, il préférait rédiger son rapport à chaud, afin de n'oublier aucun détail. Il avait fait installer un divan confortable dans un coin de la pièce, le seul luxe qu'il s'était permis durant toutes les années consacrées à sa charge. Il lui arrivait parfois de s'y étendre et de dormir une heure ou deux, au besoin.

Penché au-dessus de son pupitre, sa plume à la main, le pistolet du notaire Grandmont posé non loin pour qu'il pût l'examiner à loisir, il en était à son troisième café noir et à la dixième page de son rapport lorsqu'on frappa à la porte. Il avait horreur d'être dérangé pendant son travail et avait donné à son personnel des directives strictes à ce sujet. Il fallait que ce fût urgent pour qu'on osât l'importuner ainsi.

— Entrez, dit-il d'une voix coupante.

Deux policiers firent leur entrée, leur casque sous le bras. Le coroner vit à leur mine que quelque chose clochait.

— Que s'est-il passé ?

— Amanda O'Brennan a réussi à s'échapper.

Le coroner reçut la nouvelle sans broncher, mais son calme n'était qu'apparent. Il bouillait à l'intérieur.

— Comment avez-vous réussi votre compte, cette fois ? demanda-t-il, la voix blanche de colère.

Il n'avait pas encore digéré l'arrestation manquée de cette femme, près de l'église St. Patrick. Les policiers se consultèrent du regard. L'un d'eux se décida enfin à parler.

— Votre informateur avait raison, monsieur le coroner. Amanda O'Brennan était bien au port, près de la passerelle du *Queen Victoria*. Je pense qu'elle nous a repérés, parce qu'elle a réussi à se faufiler devant d'autres passagers. On l'a perdue de vue.

— Avez-vous fouillé le bateau, au moins ?

Les deux hommes fixèrent le bout de leurs bottes.

— La passerelle a été enlevée avant qu'on puisse l'atteindre, avoua le deuxième policier, penaud. La foule était compacte, il était impossible d'avancer.

— Vous auriez dû donner l'ordre au capitaine de la remettre en place !

— Le bateau avait déjà quitté le quai.

Le coroner faillit laisser échapper un commentaire désobligeant mais se retint. Il n'aurait servi à rien d'humilier ses hommes. Le mal était fait.

— Quand le prochain bateau part-il ?

— Pas avant une semaine, si la température le permet.

Pas avant une semaine… Amanda O'Brennan aurait amplement le temps de disparaître dans la grande ville. Sans compter qu'on était déjà en novembre. Le beau temps aidant, la saison de navigation avait été prolongée, mais les grands froids pouvaient survenir n'importe quand et empêcher les bateaux de quitter le port. Le coroner prit une décision.

— Retournez au port. Obtenez une liste complète des passagers qui sont montés à bord du *Queen Victoria*.

Il griffonna rapidement quelques mots sur une feuille de papier, qu'il tendit ensuite à l'un des gendarmes.

— Envoyez un télégramme dans toutes les villes côtières qui longent le fleuve de Québec à Montréal. Ensuite, revenez ici et faites atteler une voiture fermée pendant que je termine mon rapport. Nous passerons chez moi pour prendre quelques affaires, et nous partirons ensuite pour Montréal.

Les deux hommes s'inclinèrent et sortirent. Le coroner trempa sa plume dans l'encrier et se remit à l'écriture de son rapport. Le voyage en voiture jusqu'à Montréal durait en général deux jours mais pouvait être plus long, selon l'état des routes et la qualité des chevaux de relais. Le *Queen Victoria* ayant une longueur d'avance, le coroner craignait de ne pas parvenir au port de Montréal à temps, mais il était prêt à courir ce risque. La seule idée qu'Amanda O'Brennan pût lui échapper de nouveau le remplissait de rage. Car il était convaincu de sa culpabilité. Elle avait été le seul témoin du meurtre de Jean Bruneau. Si elle était innocente, pourquoi fuyait-elle la justice ?

V

Étendue tout habillée sur son lit, Fanette fut réveillée par des cris, des sanglots déchirants.

— Vous l'avez tué ! Vous l'avez tué !

Il lui sembla reconnaître la voix de Marguerite. Elle se redressa lentement sur ses coudes. Sa tête était lourde et ses membres, endoloris, comme si elle avait été rouée de coups. Un verre à moitié plein avait été déposé sur la table de chevet à côté de son lit. Elle voulut en prendre une gorgée, mais l'odeur amère qui s'en dégageait l'en dissuada. Elle jeta un coup d'œil à la pendule sur la commode : dix heures du matin. Des souvenirs diffus lui revinrent : des papiers répandus sur le pupitre du notaire Grandmont, une odeur de poudre, une lampe brisée, des corps immobiles. *Philippe...* Un sentiment d'urgence l'envahit. Il fallait qu'elle retourne au bureau de son beau-père, il le fallait.

Fanette fit un effort pour se lever. Un étourdissement l'obligea à s'appuyer d'une main contre un mur. Elle prit une grande inspiration, puis se rendit vers la porte de sa chambre et l'ouvrit. Des lampes torchères au kérosène jetaient des lueurs aux formes étranges dans le couloir. Personne n'avait songé à les éteindre, bien que le jour fût levé depuis plusieurs heures. Fanette se dirigea vers l'escalier. Elle n'entendait plus que le bruit de ses pas et le léger sifflement des lampes.

Au premier étage, la porte d'une chambre habituellement réservée aux invités était entrouverte, dessinant un rectangle de lumière sur le plancher en chêne. Elle s'en approcha, puis poussa lentement la porte. Des bougies éclairaient faiblement la pièce, dont les rideaux avaient été tirés. Madame Régine, qui semblait monter la garde, éclata en sanglots en apercevant Fanette et l'étreignit en silence. Un chapelet était enroulé autour de ses mains noueuses.

Fanette se dégagea doucement. Elle avait l'impression qu'une autre faisait ses gestes à sa place. Affalée sur un divan, Marguerite tenait un mouchoir sur sa bouche et sanglotait. Assis près d'elle, le docteur Lanthier tentait de la réconforter, mais elle ne semblait pas le voir. Le médecin leva les yeux et aperçut Fanette. Il se leva aussitôt et alla à sa rencontre. La compassion qu'elle lut dans son regard lui fit craindre le pire.

— Philippe, murmura-t-elle.

C'est alors qu'elle le vit. Il était étendu sur un lit. Son beau visage était d'une pâleur de cire. Ses mains étaient croisées, comme en prière. Il portait une redingote noire et une chemise blanche, son « habit du dimanche », comme il le surnommait avec ironie. Elle s'élança vers lui, lui saisit les mains. Elles étaient froides, si froides ! Elle répéta son nom à plusieurs reprises, ainsi qu'elle l'aurait fait pour le tirer d'un profond sommeil. Une voix la fit tressaillir.

— C'était un accident.

Le notaire Grandmont se tenait à quelques pas d'elle. Il avait le front couvert d'un bandage. Ses mains étaient agitées d'un tremblement nerveux.

— Je nettoyais mon pistolet et le coup est parti. J'ignorais qu'il était chargé. Je vous jure que c'était un accident.

Les paroles du notaire parvenaient à Fanette comme à travers un brouillard. Elle prit place sur une chaise qui se trouvait à côté du lit, posa sa tête sur la poitrine de Philippe et l'entoura de ses bras. Le notaire s'avança vers elle.

— Je vous jure…

Sa phrase s'éteignit dans sa gorge tellement le recueillement et le désespoir de Fanette imposaient le respect. Il prit place dans un fauteuil, fixant le vide. Le docteur Lanthier décida de se retirer. Il n'y avait rien d'autre qu'il pût faire pour soulager la peine de Fanette, du moins pour l'instant. Après que monsieur Joseph l'eut portée jusque dans sa chambre, il lui avait fait boire un peu de laudanum dilué dans de l'eau pour l'aider à dormir, mais maintenant il sentait qu'il fallait la laisser en paix. Il reviendrait plus tard dans la journée pour prendre de ses nouvelles. Peut-être alors aurait-il le courage de lui révéler la vérité sur la mort de Philippe.

VI

À *bord du* Queen Victoria

Le bateau à vapeur avait dépassé les Trois-Rivières et filait à bonne vitesse vers Montréal. La plupart des passagers se tenaient à l'intérieur, fuyant les vagues courtes et le temps froid. Amanda et Ian dormaient, appuyés l'un contre l'autre. Le bruit des moteurs était assourdissant mais régulier. Les voyageurs avaient fini par s'y habituer. Tout à coup, une sorte de détonation éclata. Amanda et son fils se réveillèrent en sursaut. Les grands yeux noirs d'Ian étaient embrumés de sommeil. La femme assise à côté d'eux consola son bébé, qui s'était mis à pleurer. Une seconde explosion retentit presque aussitôt. Les parois du bateau tremblèrent. La secousse projeta quelques passagers au sol. Amanda eut le réflexe de retenir son fils par la manche de son manteau avant qu'il ne tombe. La mère tenait son bébé serré contre elle, les yeux remplis de frayeur. Un étrange silence s'ensuivit. Amanda tendit l'oreille, aux aguets. Elle comprit soudain la cause de ce silence. Le ronflement des moteurs avait complètement cessé. Puis des cris s'élevèrent :

— Au feu ! Au feu !

Ces mots déclenchèrent une panique parmi les voyageurs, qui se mirent à courir dans toutes les directions. Amanda repéra d'un coup d'œil deux portes qui menaient jusqu'au pont. La plus proche était située à droite de la cantine. Elle se tourna vers sa voisine :

— Il faut sortir d'ici ! hurla-t-elle pour couvrir les cris.

Amanda aida la femme à se lever. Puis elle prit Ian par une main, saisit la valise de l'autre et se fraya un chemin vers la sortie, jetant des coups d'œil derrière elle pour s'assurer que la mère les suivait. Des bagages abandonnés par les voyageurs jonchaient les allées entre les banquettes. Constatant que sa valise était trop encombrante, Amanda se résigna à l'abandonner à son tour. Elle s'assura cependant que la bourse qu'Andrew lui avait donnée était toujours à sa ceinture. Des passagers s'agglutinaient déjà près des portes. Des officiers tentaient de calmer les voyageurs et de les diriger vers les deux sorties.

— Pas de panique ! Avancez ! Ne restez pas devant les portes !

Un officier repoussait des hommes sans ménagement afin de permettre aux femmes et aux enfants de passer les premiers. Agrippant Ian par un pan de son manteau, Amanda réussit à se rapprocher de la porte près de la cantine. Elle se retourna. Sa compagne avait été refoulée par un flot de passagers, et Amanda ne distinguait plus qu'un bout de son fichu. Elle voulut faire demi-tour pour aller la chercher mais en fut empêchée par des gens qui se ruaient vers la sortie. Elle fut séparée d'Ian et vit avec terreur qu'il était tombé par terre et risquait d'être piétiné par la horde. Elle se mit à crier de toutes ses forces tout en jouant du coude pour le rejoindre :

— Ian ! Ian !

Une main secourable permit à l'enfant de se relever. Amanda eut tout juste le temps de reconnaître le lieutenant qui avait demandé à voir ses billets. Elle voulut le remercier, mais elle fut entraînée par la foule.

— Tiens bon ! cria-t-elle à Ian, qui s'accrochait à sa mère telle une moule à son rocher.

Ils réussirent enfin à franchir la porte. L'escalier qui menait au pont était sombre. Amanda sentait le souffle des passagers, chargé d'une odeur de tabac, d'oignon et de peur. La crainte que l'écoutille fût fermée la saisit. Elle ignorait où se trouvait le foyer de l'incendie, mais s'il avait commencé sur le pont, alors ils seraient pris comme des rats.

Un cercle de lumière apparut soudain en haut de l'escalier, accompagné d'une brise fraîche. L'écoutille était ouverte ! Les voyageurs, galvanisés par l'espoir, redoublaient d'efforts pour s'échapper. Ils émergèrent sur le pont, aveuglés par le soleil et assaillis par le vent. Des marins transportaient des seaux d'eau en direction de la chaufferie. Amanda s'élança vers un jeune matelot. Ses joues étaient couvertes de taches de rousseur et ses yeux bleus étaient apeurés.

— Que se passe-t-il ?

— La chaudière a explosé, répondit le jeune homme. La chaufferie a pris feu.

Il poursuivit sa course en direction de la salle des machines. Une épaisse fumée noire en sortait qu'une rafale de vent faisait tourbillonner dans le ciel gris. Le regard d'Amanda fut alors attiré par un attroupement à tribord. Des hommes d'équipage étaient en train de dérouler les câbles qui retenaient une barque. Des passagers s'aggloméraient autour d'eux. Amanda comprit que l'on mettait un canot de sauvetage à flots. Elle s'empara du bras d'Ian.

— Viens, il ne faut pas rester ici.

Elle l'entraîna vers l'attroupement. Ils durent s'arrêter à une douzaine de pieds du bastingage tellement il y avait de gens pressés les uns contre les autres. Une fausse manœuvre projeta la barque contre la coque. Les câbles qui la retenaient se tendirent en grinçant. Des exclamations effrayées se firent entendre.

— Attention ! cria l'un des marins. Du lest à la proue !

Les marins réussirent à redresser la barque, qui continua à descendre par secousses. Elle finit par toucher l'eau dans un bruit mat, soulevant des vaguelettes bordées d'écume. Des voyageurs se ruèrent aussitôt vers le bastingage. Quelques marins se placèrent devant eux, les empêchant d'avancer.

— Attendez ! hurla l'un d'eux. Faut que l'échelle soit en place !

Des hommes d'équipage firent descendre une échelle à l'aide de cordages et la plaquèrent contre la paroi du navire. Ignorant la consigne, un passager enjamba le bastingage et tenta d'en agripper l'extrémité, mais ses mains glissèrent et il tomba à l'eau, à quelques pieds de la barque. Il commença à agiter les bras en criant. De toute évidence, il ne savait pas nager. Un marin hurla :

— Un homme à la mer !

Un matelot intrépide franchit à son tour le bastingage et sauta dans la barque. Il s'empara d'une rame qui s'y trouvait et s'arc-bouta pour la tendre à l'homme, qui réussit à l'attraper après plusieurs tentatives infructueuses. Il fut ramené dans le bateau sain et sauf. L'incident, au lieu de calmer les autres passagers, provoqua une vague de panique. Des gens, imitant le marin, sautèrent à leur tour dans la barque, qui se mit à rouler dangereusement. Il fallut que le marin use de toute son habileté pour qu'elle ne chavire pas.

— À l'ordre ! cria un homme en uniforme qui s'avançait vers l'attroupement, son pistolet levé vers le ciel. Pas de bousculade ! Tout le monde aura une place !

Son intervention parut faire impression sur les voyageurs, car ils se turent soudain et resserrèrent instinctivement leurs rangs. Deux autres hommes d'équipage prirent place dans la barque : l'un d'eux aidait des passagers à y monter tandis que l'autre, debout à la proue de l'embarcation, saisissait des paniers de provisions et des barils d'eau potable suspendus à des cordages et les rangeait dans la barque. Amanda tenta de s'approcher du bastingage, mais la foule était compacte et l'empêchait toujours d'avancer. Bientôt, l'embarcation fut pleine à craquer. Les hommes d'équipage se mirent à ramer vigoureusement pour s'éloigner du *Queen Victoria*, car le vent soufflait contre eux et la barque risquait à tout moment de se fracasser sur la coque du bateau.

Amanda et Ian n'avaient pas réussi à monter à bord du canot de sauvetage. La jeune femme jeta un regard désespéré autour d'elle. Un peu plus loin, à la proue, des marins s'activaient à mettre d'autres embarcations à l'eau. Il y avait déjà un attroupement de voyageurs autour d'eux. Amanda saisit Ian par la main et fendit la foule, ne craignant pas de marcher sur les pieds et de donner du coude lorsqu'il le fallait. Ils réussirent à atteindre le second lieu d'embarquement. Une échelle avait déjà été placée tandis que des marins finissaient de descendre une barque. Des hommes aidaient les passagers à enjamber le parapet et à prendre pied sur le premier échelon. Tout à coup, une autre déflagration retentit, plus importante que les deux premières, suivie de craquements sinistres. La secousse fut tellement forte que des gens déjà engagés sur l'échelle furent projetés à l'eau. La cheminée du navire s'écroula sur le pont, écrasant des passagers et des membres de l'équipage. C'était maintenant le sauve-qui-peut à bord du *Queen Victoria*. Les cris de terreur se mêlaient au sifflement du vent et au fracas des vagues.

Amanda se retourna vivement et aperçut des flammes orange et mauve qui provenaient de la chaufferie et commençaient à balayer le pont. Des hommes jetaient des seaux d'eau sur l'incendie avec l'énergie du désespoir. Des gens gisaient partout, tués ou blessés par l'explosion. D'autres sautaient à l'eau sans même se servir de l'échelle. Amanda prit Ian à bras-le-corps et l'aida à se hisser par-dessus le bastingage avec une force décuplée par la peur.

— Accroche-toi bien à l'échelle ! cria-t-elle.

Ian, les yeux remplis de terreur, fit ce que sa mère lui demandait. Il réussit à atteindre le premier échelon tandis qu'Amanda, penchée au-dessus de lui, le guidait dans ses mouvements. Soudain, le pied de l'enfant glissa sur un échelon humide. Amanda poussa un cri de frayeur, mais Ian s'agrippa à l'échelle et ne tomba pas à l'eau. Il poursuivit sa descente et parvint au bas de l'échelle. Sans perdre de temps, sa mère voulut franchir le parapet à son tour, mais elle fut brutalement repoussée par un homme en redingote aux yeux hagards. Elle roula sur le pont tandis que l'homme franchissait le bastingage et sautait dans le vide. Il s'assomma sur la coque et atterrit dans l'eau, non loin de la barque. Un passager installé à la proue du bateau tenta de l'attraper par le col, mais l'homme coula à pic et ne refit pas surface. Des bulles et de l'écume se formèrent à l'endroit où son corps s'était enfoncé. Amanda s'était relevée, mais des passagers avaient pris l'échelle d'assaut et il n'y avait plus moyen d'y accéder. Elle s'élança vers la proue du navire, se pencha au-dessus du garde-corps et aperçut la deuxième barque de sauvetage qui s'éloignait. Tâchant de distinguer le visage d'Ian parmi les passagers, elle mit sa main en porte-voix et cria à pleins poumons :

— Ian !

Soudain, elle aperçut une petite tête aux boucles noires. Ian était assis à côté d'un homme replet portant des favoris.

— Ian !

Le garçon tourna la tête en direction du cri.

— Attends-moi au port de Montréal ! Le bateau *Mermaid* ! N'oublie pas !

La barque roula derrière une vague et le visage d'Ian disparut, caché par les autres passagers. Au moins, il avait réussi à y prendre place. Tout ce qu'Amanda espérait maintenant, c'était que l'embarcation surchargée ne s'échoue pas contre des rochers, ou qu'aucune vague trop haute ne la fasse chavirer.

Elle revint sur ses pas. Le chaos sur le pont était indescriptible. Des hommes d'équipage continuaient à lutter courageusement contre les flammes tandis que d'autres essayaient de colmater une avarie qui avait endommagé la coque dans la chaufferie. Des trombes d'eau en jaillissaient à gros bouillons et ruisselaient dans l'entrepont. Amanda s'empara d'un seau et se joignit à des marins qui avaient formé une chaîne afin d'évacuer l'eau qui s'accumulait dans l'entrepont.

❧

Le soleil commençait à disparaître dans les nuages. La situation du *Queen Victoria* était désespérée. Les hommes d'équipage étaient venus à bout de l'incendie mais n'avaient pas réussi à colmater la brèche, qui s'était élargie sous la pression de l'eau. Des grincements effroyables se faisaient entendre. La cheminée, étalée sur le pont, ressemblait à une baleine échouée. Amanda voyait que le *Queen Victoria* coulait peu à peu, attiré vers le fond par quelque gigantesque aimant.

En se redressant pour étirer ses épaules endolories, elle aperçut au large un point qui s'approchait du *Queen Victoria*. Elle crut d'abord qu'il s'agissait d'un goéland. Un marin s'écria :

— Un bateau ! Au sud-ouest !

En scrutant plus attentivement l'horizon, Amanda distingua un mât dont la voile était gonflée par le vent. Derrière le mât, une cheminée crachotait une fumée grise. Quelques silhouettes semblaient leur faire des signes. Lorsque le bateau fut plus près, elle put voir des filets disposés sur les bords de l'embarcation et des cageots empilés à l'arrière. C'était un voilier de pêche d'une vingtaine de pieds environ, auquel on avait ajouté une chaudière à vapeur. Trois hommes étaient à son bord. Ils firent une manœuvre pour placer leur voilier en parallèle afin d'éviter une collision. Puis des marins lancèrent des cordages aux pêcheurs, qui s'en saisirent et arrimèrent leur voilier au *Queen Victoria*. Ils aidèrent ensuite les passagers à franchir les bastingages. Amanda remarqua parmi eux le lieutenant qui avait évité à son fils d'être piétiné.

S'agrippant aux cordages, Amanda réussit à se hisser sur le parapet et à se tenir en équilibre sur le bord. Un pêcheur lui tendit une main, qu'elle saisit. Au moment où elle s'apprêtait à franchir la distance qui séparait les deux bastingages, une rafale s'engouffra dans la voile du bateau de pêche, la secouant brusquement. Amanda perdit l'équilibre et glissa entre les coques des deux bateaux. Le fichu qui entourait sa tête se dénoua sous le choc. Avant qu'Amanda ne chute dans l'eau glaciale, ses cheveux flamboyèrent dans la lumière du soleil déclinant. Résolue à ne pas y laisser sa peau, elle se cramponna à une amarre qui pendait du bastingage et, avec l'aide du lieutenant et d'un pêcheur, parvint à se hisser sur le voilier. Une fraction de seconde plus tard, les deux navires s'entrechoquèrent avec fracas.

C'est seulement une fois à bord, tandis qu'elle reprenait péniblement son souffle, qu'Amanda comprit à quel danger elle venait d'échapper. Il s'en était fallu de peu qu'elle ne fût écrasée entre les deux coques. Elle se mit à grelotter. Un pêcheur lui jeta une couverture sur les épaules. D'autres passagers montèrent à bord, s'entassant tant bien que mal dans le voilier. Une dispute éclata alors entre les pêcheurs. L'espace commençait à manquer, et il restait une dizaine de passagers et de membres d'équipage à secourir. L'un des pêcheurs refusait de jeter à l'eau les cageots remplis de poissons afin de faire de la place aux naufragés qui n'avaient pas encore pu monter. Amanda intervint, révoltée :

— Que valent quelques cageots à côté de vies humaines ?

En fin de compte, le plus âgé des pêcheurs, qui semblait être le père des deux autres, s'empara des cageots et les jeta par-dessus bord. Le lieutenant fut le dernier à prendre place dans le bateau. L'un des marins cria soudain :

— Vite ! Il faut qu'on s'éloigne au plus sacrant !

Il pointa le doigt vers le *Queen Victoria*, qui s'enfonçait de plus en plus et risquait d'entraîner le voilier dans une spirale vers le fond. Agrippant la barre d'une main, le lieutenant donna ordre à l'un de ses hommes de serrer l'écoute de la voile, qui se tendit dans un claquement sec. Le voilier fit une embardée puis s'éloigna rapidement du bateau à vapeur. Par chance, un bon vent d'est s'était mis à souffler, les aidant dans leurs manœuvres. Amanda regarda le *Queen Victoria* disparaître dans le fleuve qui rougeoyait sous les derniers rayons du soleil.

VII

Québec
Deux jours plus tard
Le 12 novembre 1859

Vêtue d'une robe et d'un mantelet noirs, le visage caché par une épaisse voilette, Fanette marchait derrière le corbillard, tenant sa fille Marie-Rosalie par la main. Elle s'étonnait que la journée fût si radieuse. Des badauds s'étaient massés des deux côtés de la rue pour regarder le cortège. Tous les yeux étaient rivés sur la jeune veuve. Des murmures compatissants s'élevaient sur son passage.

Regardant droit devant elle, Fanette ne voyait ni n'entendait personne. Elle mettait un pied devant l'autre, absente à tout ce qui n'était pas son chagrin. Le notaire avait insisté pour que les funérailles de son fils aient lieu à la cathédrale Notre-Dame, mais Fanette avait refusé, sachant que Philippe n'aurait pas voulu d'une cérémonie grandiloquente. Elle avait plutôt choisi la petite église Notre-Dame-des-Victoires, celle-là même où avait eu lieu leur mariage. À cette pensée, Fanette fut prise d'une douleur sourde. Emma, qui marchait à ses côtés et avait senti le bras de sa fille se raidir dans le sien, lui jeta un regard inquiet. Son impuissance à la consoler lui pesait. Deux jours auparavant, alors qu'elle finissait d'atteler son boghei afin de se rendre au refuge du Bon-Pasteur, Emma avait aperçu le docteur Lanthier debout devant la clôture qui séparait la cour intérieure de la rue Sous-le-Cap, le visage blême et le dos voûté par la fatigue. Il lui avait appris la mauvaise nouvelle. Sans perdre un instant, Emma était montée dans sa voiture et s'était rendue à la maison du notaire Grandmont. Elle avait trouvé sa fille assise près du lit où Philippe gisait. Madame Régine, le visage ravagé par le chagrin, s'était approchée d'elle et lui avait chuchoté à l'oreille :

— La pauvre enfant est là depuis des heures. Elle refuse de prendre même une bouchée.

Emma avait réussi à la convaincre d'avaler un peu de bouillon, mais Fanette était aussitôt retournée dans la chambre ardente et avait repris place sur sa chaise droite et inconfortable, les yeux secs, le visage fermé.

Le lendemain, lorsque les deux employés des pompes funèbres s'étaient présentés au domicile des Grandmont avec un cercueil de chêne qu'ils avaient transporté dans un tombereau, Fanette avait obstinément refusé de les laisser entrer dans la chambre. Même Emma n'avait pu la persuader de permettre aux hommes d'accomplir leur travail. Ceux-ci attendaient dans le hall, désœuvrés.

Entre-temps, Rosalie, avertie de la mort de son frère par un simple télégramme, avait pris la diligence de nuit pour se rendre des Trois-Rivières à Québec et venait d'arriver chez les Grandmont. Son premier geste avait été de rejoindre Fanette dans la chambre mortuaire. Elle n'avait pas versé une larme durant tout le trajet. Non pas qu'elle ne fût pas dévastée par la mort de son frère, mais celle-ci avait été si subite qu'elle n'arrivait pas encore à y croire. Ce n'est qu'en le voyant étendu sur le lit, pâle et immobile, ses beaux yeux fermés à jamais, qu'elle avait éclaté en sanglots. Elle avait pris Fanette dans ses bras et l'avait serrée contre elle en silence, ses joues et son menton mouillés de larmes. Les deux amies étaient restées longtemps ainsi, indifférentes aux coups frappés à la porte. Puis Rosalie s'était dégagée doucement.

— Il faut le laisser partir.

Fanette avait acquiescé sans un mot, était retournée vers le lit, avait embrassé Philippe une dernière fois puis était sortie de la chambre, sans un regard pour les deux employés des pompes funèbres qui attendaient dans le couloir, tenant leur chapeau devant eux.

Rosalie marchait derrière Fanette. Elle claudiquait légèrement. Son pied-bot lui faisait mal, comme si tout son chagrin s'y était logé. Elle leva les yeux vers l'imposant corbillard surmonté d'une croix et tiré par deux chevaux dont l'encolure était garnie de plumes noires. Un sanglot lui serra la gorge. Elle baissa la tête pour ne pas voir les gens qui formaient une sorte de haie autour du cortège, mais surtout pour ne pas regarder le notaire Grandmont, qui marchait à quelques pas d'elle. Celui-ci portait toujours un pansement autour de la tête. Rosalie lui avait à peine adressé la parole depuis son arrivée à Québec. Sans connaître toutes les circonstances entourant la mort de son frère, elle avait su par madame Régine que Philippe avait été atteint par un coup de feu tiré accidentellement par le notaire. *Le notaire...* C'est ainsi qu'elle l'appelait depuis qu'elle avait su par Marguerite qu'il n'était pas son vrai père et qu'elle avait été adoptée à l'âge de deux ans. Elle avait gardé de bons rapports avec sa mère adoptive, mais avait complètement coupé les ponts avec cet homme dur et austère qu'elle avait toujours craint. Une haine sourde couvait en elle. Accident ou non, Philippe était mort par sa faute. Elle eut une pensée pour Marguerite, qui depuis la mort de son fils était restée enfermée dans sa chambre et n'avait même pas eu la force de se rendre à l'église. Pauvre femme, condamnée à vivre avec un homme qu'elle n'aimait plus depuis longtemps alors que Rosalie avait réussi à se libérer de son emprise...

Le notaire Grandmont, tenant le pommeau de sa canne serré dans son poing, gardait la tête haute, en partie pour avoir l'air digne, mais surtout pour éviter le regard des passants, qu'il sentait rivé sur lui. C'était sa première sortie publique depuis le terrible accident qui avait coûté la vie à son fils. La nuit du drame, il avait répondu du mieux qu'il le pouvait aux nombreuses questions du coroner Duchesne, mais le ton inquisiteur de l'homme de loi, son acharnement à toujours revenir sur un point ou sur un autre lui avaient laissé un malaise durable. Ses yeux se portèrent sur Fanette, qui marchait derrière le corbillard, menue dans ses habits de veuve. Sa belle-fille l'évitait comme la peste depuis la mort de Philippe, semblant le tenir responsable de ce qui était arrivé. Marguerite s'était claquemurée dans sa chambre. Jusqu'à Rosalie qui refusait de lui adresser la parole. Il eut soudain le sentiment d'être un paria. Il tourna la tête, aperçut un badaud qui le désignait du doigt, chuchotant quelque chose dans l'oreille de son voisin. Il fit un pas vers lui, contenant à peine sa fureur.

— Qu'est-ce que vous avez à me fixer comme ça ?

Le passant devint cramoisi et s'éloigna sans demander son reste. Le notaire reprit sa place dans le cortège, rempli d'une satisfaction amère. Il avait encore de l'ascendant sur les gens, malgré tout... Son regard croisa celui du docteur Lanthier, qui suivait discrètement le cortège, tenant respectueusement son chapeau dans ses mains. *Pourvu qu'il tienne parole, celui-là...*

Le docteur Lanthier détourna les yeux. Un profond sentiment de culpabilité l'habitait. Depuis le soir où monsieur Joseph était allé le quérir chez lui, il n'avait cessé de revoir les images du drame qui s'était déroulé chez les Grandmont. Il avait beau tenter de se dédouaner, se disant qu'il avait pris la meilleure décision dans les circonstances, il sentait un poids de plus en plus lourd peser sur ses épaules. Il fallait qu'il trouve le courage de parler à Fanette. Il le fallait.

Oscar Lemoyne était debout parmi la foule. Il avait observé le manège du notaire Grandmont qui avait houspillé un badaud et avait remarqué le bandage qui lui couvrait le front. Les rumeurs les plus folles circulaient à son sujet : il aurait tué son fils par accident, ou bien il l'aurait assassiné de sang-froid. D'une façon ou d'une autre, le jeune reporter était bien décidé à découvrir la vérité. Sa pensée alla vers la jeune veuve, qui marchait toute droite derrière le convoi, tenant sa fillette par la main, pleine de courage et de dignité. Une compassion mêlée à des sentiments moins nobles s'empara de lui. Fanette Grandmont était libre, désormais. Peut-être qu'un jour... Il s'en voulut de nourrir de tels sentiments dans un moment pareil, mais force lui était d'admettre qu'il était toujours amoureux de la jeune femme. Les cloches de l'église Notre-Dame-des-Victoires sonnèrent le glas. Oscar s'éloigna du cortège en direction du palais de justice.

༄

De nombreuses voitures étaient garées devant la chaîne qui encerclait l'imposant édifice. Des avocats en toge, les bras chargés de dossiers, se pressaient devant les portes. À ses débuts comme journaliste, Oscar avait été impressionné par les colonnes massives, les parquets de marbre, les salles d'audience dominées par la tribune des juges, la mine austère des greffiers, tout ce théâtre qui avait pour fonction de magnifier la justice et d'en faire craindre les foudres aux criminels, mais à force de parcourir ces couloirs et d'user les banquettes des assises, il avait fini par s'y habituer.

Heureusement, la salle du greffe n'était pas trop occupée. Un homme au teint blafard et aux cheveux clairsemés, portant une plume derrière l'oreille, rangeait des dossiers dans des rayonnages tellement remplis que les planches de bois pliaient sous leur charge.

— Je voudrais consulter le rapport du coroner Duchesne sur le décès de Philippe Grandmont, s'il vous plaît.

— Voyez pas que je suis occupé ? maugréa le fonctionnaire.

Aussi aimable que la grille d'une prison, songea Oscar. Le greffier fut néanmoins d'une efficacité redoutable et réussit à dégoter rapidement le rapport parmi l'enfilade de dossiers qui remplissaient les tablettes. Oscar s'installa au bout d'une table de chêne noircie par l'usage et se mit à parcourir le rapport tout en prenant des notes sur le calepin qu'il traînait toujours avec lui :

« En examinant le corps de la victime, avait écrit le coroner de son écriture méticuleuse, j'ai constaté que les traces de poudre et le type de blessure indiquaient que le coup avait été tiré presque à bout portant. Le désordre qui régnait dans le bureau laisse supposer qu'il y a eu lutte. Une hypothèse plausible serait que le notaire Grandmont aurait tenté de mettre fin à ses jours – l'éraflure qu'il avait sur la tempe pourrait étayer cette conjecture – et que son fils, en essayant de l'en empêcher, aurait reçu le coup de pistolet en plein cœur. Cependant, je n'ai trouvé aucune lettre ou note à l'effet que le père de la victime aurait eu l'intention de commettre un tel geste. Le notaire Grandmont, que j'ai longuement interrogé, affirme pour sa part qu'il nettoyait son pistolet lorsque le coup est parti, et qu'il s'agit d'un accident. Selon son témoignage, il ignorait que son arme était chargée. Marguerite Grandmont, son épouse, n'était pas en état d'être interrogée et Fanette Grandmont, la jeune veuve, reposait dans sa chambre. La bonne, qu'on appelle madame Régine, n'avait pas grand-chose à dire, sinon qu'elle a découvert Fanette Grandmont gisant inconsciente près du corps de son mari et a alerté tout de suite le cocher, monsieur Joseph, afin qu'il aille chercher de l'aide. »

Oscar interrompit sa lecture, n'ayant aucun mal à imaginer la scène. Un frisson lui parcourut l'échine. Il secoua la tête et replongea dans le rapport :

« Dans les circonstances, selon les témoignages recueillis, je n'ai d'autre choix que de conclure à un malheureux accident. »

Un malheureux accident... Son instinct de journaliste lui disait qu'il y avait anguille sous roche : le désordre dans le bureau, l'impact de la balle... Le coroner avait lui-même envisagé la possibilité que le notaire Grandmont ait pu tenter de mettre fin à ses jours. Oscar n'était pas loin de croire que c'était la vérité. Une phrase de son patron, Alexandre Caron, lui revint à l'esprit : « Les faits, mon cher ami, ne rapportez que les faits... » Il reprit son calepin et y résuma les grandes lignes du rapport, qu'il remit ensuite au préposé.

Oscar rentra chez lui. Il vivait dans une chambre éclairée par une lucarne située au-dessus d'une tannerie. On y accédait par un escalier étroit et sombre à l'entrée duquel se trouvait une loge où madame Lacasse, l'épouse du tanneur, passait le plus clair de son temps à épier les allées et venues des chambreurs de ses yeux luisants et noirs tels ceux d'un rongeur. Les portes à battants donnant accès à la tannerie se trouvaient à droite de la loge. Oscar marcha à pas de loup vers l'escalier, espérant passer inaperçu, car il était en retard de quelques jours pour le paiement de son loyer et n'avait pas un sou vaillant pour l'acquitter. Il entendit une porte s'ouvrir et tourna la tête. Madame Lacasse était sur le seuil de sa loge. De petite taille et maigre comme un cure-dent, elle portait une robe en taffetas qui avait connu des jours meilleurs et un bonnet d'où sortaient des mèches grises en désordre.

— Votre courrier, monsieur Lemoyne, dit-elle d'une voix grinçante comme un gond mal huilé.

Oscar prit une lettre qu'elle lui tendait, soulagé. Sa logeuse avait peut-être oublié qu'il avait du retard.

— Merci, madame Lacasse, fit-il en prenant son air le plus aimable.

S'élançant dans l'escalier, il esquiva avec adresse le trou laissé par une marche qui manquait et que personne ne songeait à réparer. Tout était délabré dans cette maison : des taches d'humidité s'étendaient sur les plafonds, les planchers de bois se fendillaient. Une forte odeur de graisse rance et de teinture provenant de la tannerie imprégnait l'air. La voix de la logeuse résonna dans la cage de l'escalier :

— Monsieur Lemoyne, si vous me payez pas mon loyer d'ici à la semaine prochaine, je vais devoir me trouver un autre locataire.

Oscar rentra les épaules, penaud. Où trouverait-il l'argent ? Il appréciait son patron, un homme honnête et de bon conseil, mais ce dernier tirait le diable par la queue et n'avait pas les moyens de lui verser un salaire décent. Une fois dans sa chambre, il retira son manteau, usé aux coudes, l'accrocha à une patère qui lui servait de garde-robe et s'assit sur le bord de son lit, devant lequel il avait placé une caisse en manière d'écritoire. De sa lucarne, il avait une vue imprenable sur la rue Saint-Vallier, surnommée familièrement la rue des Tanneries, car plusieurs échoppes de tanneurs s'y étaient installées et grouillaient d'activité. Dans un coin de la petite pièce, une truie laissait échapper plus de fumée que de chaleur. Examinant la lettre, Oscar reconnut avec plaisir l'écriture hachurée de son oncle Victor, qui habitait à Montréal et dont il était sans nouvelles depuis des mois. Oscar n'avait que huit ans lorsque ses parents et ses quatre frères et sœurs avaient péri dans le terrible incendie qui avait ravagé le quartier Saint-Roch en 1845, détruisant plus de mille six cents maisons et faisant une centaine de victimes. Sauvé des flammes par un ouvrier, il avait vécu quelques années chez sa grand-mère maternelle, une veuve d'origine irlandaise qui travaillait comme lavandière pour gagner son pain. À la mort de celle-ci, il avait été généreusement accueilli par son oncle Victor, un vieux garçon qui était propriétaire d'une imprimerie à Montréal et y avait fondé son propre journal. C'est auprès de ce dernier qu'il avait appris les rudiments du métier d'imprimeur et avait eu la piqûre du journalisme. Il gardait des souvenirs heureux de cette époque, bien que son oncle ne fût pas riche et qu'il vécût dans un logis modeste situé au-dessus de l'imprimerie, rue Saint-Paul. L'odeur de l'encre et du papier, la forme des blocs sur lesquels étaient moulées les lettres, qu'il fallait placer avec minutie pour composer des phrases complètes, le parfum âcre de la pipe que son oncle allumait après une grosse journée de travail, tout cela était resté gravé dans sa mémoire. Éprouvant le besoin de voler de ses propres ailes, mais aussi par goût de l'aventure, Oscar avait décidé de retourner à Québec et d'y tenter sa chance. Son oncle ne s'y était pas objecté ; il lui avait souhaité la meilleure chance du monde et lui avait donné la somme de trente dollars, soit la quasi-totalité de ses économies. Oscar lut donc la lettre de son oncle avec intérêt :

> Mon cher neveu,
> Plus ça change, plus c'est la même chose, comme l'énonçait si bien le trop méconnu écrivain Alphonse Karr. Les politiciens continuent de se crêper le chignon pendant que les queues s'allongent devant les soupes populaires. Je tremble d'indignation devant le sort de ces ouvriers et de ces chômeurs dont le seul crime est d'être pauvre. Tu vas me traiter

de vieux grognon nostalgique, mais si nous avions remporté la victoire à Saint-Charles et à Saint-Eustache, nous aurions aujourd'hui des ouvriers instruits et des écoles neutres accessibles à tous, riches comme pauvres.

Je te quitte ici, avant de t'ennuyer avec mes sornettes.

Ton oncle tout dévoué,

Victor

Oscar ne put s'empêcher de sourire. Son oncle non plus ne changeait pas, comme la maxime qu'il avait citée. Ancien patriote, il n'avait perdu ni sa verve ni sa capacité de s'indigner du sort des plus démunis, à un point tel qu'il oubliait de donner de ses propres nouvelles.

Oscar commença à rédiger un article sur les funérailles de Philippe Grandmont et sur le rapport du coroner, tâchant de s'en tenir justement aux faits. Il ne put toutefois s'empêcher d'y mettre davantage de sentiments lorsqu'il dépeignit la jeune veuve, « émouvante dans sa tenue de deuil, et dont la dignité dans la douleur forçait le respect ». Une question le taraudait tandis qu'il poursuivait l'écriture de son article. *S'il est vrai que le notaire Grandmont a tenté de se suicider, pour quelle raison l'a-t-il fait ?*

VIII

Rosalie ferma sa valise et la boucla. Elle devait repartir pour les Trois-Rivières, car elle enseignait le lendemain et le voyage en diligence durait une bonne dizaine d'heures. Il lui en coûtait de quitter Fanette. Celle-ci s'était enfermée dans un mutisme dont rien ne semblait pouvoir la tirer, pas même leur longue amitié. Elle se sentait impuissante devant ce silence, bien qu'elle partageât la douleur de son amie d'enfance. *On est si seul dans son chagrin.*

Dans le couloir, Rosalie s'arrêta devant la porte de la chambre de sa mère, qui était fermée. Elle pencha un peu la tête pour écouter mais n'entendit aucun son. Marguerite dormait sans doute. Elle hésitait à la réveiller, mais elle ne voulait pas partir sans lui faire ses adieux. Elle cogna doucement à la porte. Le silence lui répondit. Après une hésitation, elle se décida à entrer. Elle tourna la poignée. La porte s'ouvrit. Rosalie la repoussa, soulagée que sa mère ne l'ait pas verrouillée.

Marguerite, vêtue d'un peignoir blanc, était étendue sur son lit, les yeux mi-clos, le visage exsangue. Rosalie s'approcha de sa mère, inquiète. Celle-ci tressaillit en voyant sa fille et fit un mouvement furtif, comme pour dissimuler quelque chose. Rosalie se pencha, se rendit compte que Marguerite tenait un objet dans son poing. Une fiole mauve. Elle devina sans peine que sa mère avait repris sa terrible consommation de laudanum.

— Je t'en prie, n'en parle pas à ton père, murmura Marguerite.

— Je n'ai pas de père, rétorqua Rosalie.

La jeune femme s'assit près de sa mère. Elle aurait voulu la prendre dans ses bras, mais une sorte de pudeur la retint.

— Je m'inquiète pour vous.

Marguerite lui fit un sourire absent.

— Il ne faut pas. Rien n'est important à présent.

Rosalie déplia délicatement les longs doigts fins de sa mère et prit le flacon. Marguerite protesta faiblement :

— Laisse-le-moi, c'est tout ce qu'il me reste.

Rosalie hésita, puis redonna la fiole à sa mère. Elle l'embrassa sur le front.

— Je vous en prie, n'en abusez pas.

Rosalie quitta la pièce en refermant la porte derrière elle. Elle croisa madame Régine qui montait l'escalier, portant une pile de draps.

— Prenez bien soin de ma mère, dit Rosalie, la regardant dans les yeux. Elle a recommencé à prendre du laudanum. Je n'ai pas eu le cœur de l'en priver. Surtout, soyez discrète.

Madame Régine fit oui de la tête. Elle se doutait que sa maîtresse était retombée dans cette mauvaise habitude, à cause de sa langueur, de ses yeux vitreux.

Après l'avoir cherchée en vain dans ses appartements, Rosalie trouva finalement Fanette dans une pièce qui avait servi de bureau à Philippe. Assise dans le fauteuil où son mari avait coutume de s'installer pour étudier, Fanette gardait un livre usé ouvert sur ses genoux, le regard perdu au loin, dans une sorte de rêve éveillé. Rosalie vint s'asseoir sur le bras du fauteuil. Fanette se mit à parler d'une voix atone.

— Il y a quelques jours à peine, Philippe était assis dans ce fauteuil et lisait ce traité de biologie. Il aurait fait un merveilleux médecin.

Elle referma le livre et le tint contre sa poitrine. Elle resta ainsi un long moment, les épaules secouées par des sanglots silencieux. Rosalie lui retira délicatement l'ouvrage, le déposa sur un guéridon et enlaça son amie, sentant ses larmes mouiller son cou. Le fait que Fanette pût pleurer la chagrinait et la rassurait en même temps. Il valait mieux exprimer sa peine que de la laisser couver en soi. Les deux amies restèrent ainsi, bercées par le tic tac d'une horloge. On frappa à la porte. Monsieur Joseph se tenait debout sur le seuil, la valise de Rosalie à la main.

— La voiture est greyée, mam'zelle Rosalie.

Rosalie s'arracha à regret à leur étreinte.

— Je reviendrai dès que je le pourrai. Promets-moi de m'écrire.

— C'est promis.

Une fois Rosalie partie, Fanette prit le traité de médecine avec elle et regagna sa chambre. Un drap noir drapait la fenêtre. Un veston que Philippe portait souvent avait été laissé sur le dossier d'une chaise. Elle le prit, le respira. Un parfum légèrement musqué s'en dégageait. Ce parfum était tout ce qui lui restait de Philippe. Elle remit le veston sur la chaise. Bientôt, il lui faudrait se résigner à donner ses vêtements, mais c'était trop tôt, elle n'en avait pas le courage. Elle ferma les yeux : la vue de cette pièce, où Philippe avait vécu, respiré, souri, lui était devenue intolérable. Soudain, elle sentit une nausée l'envahir et fut prise d'un étourdissement. Elle voulut prendre un verre d'eau, mais le pichet sur la table de toilette était vide. Elle descendit à la cuisine. Madame Régine, debout derrière le comptoir, coupait des légumes pour la soupe. Accomplir cette tâche banale la réconfortait, lui donnait l'impression de mettre un peu d'ordre dans le chaos du monde. En levant les yeux, elle vit la silhouette gracile de Fanette sur le pas de la porte. La pauvre petite était blanche comme de la craie. S'essuyant les mains sur son tablier, la servante courut vers elle et la fit asseoir sur un tabouret. Puis elle versa de l'eau dans un verre à l'aide d'une pompe qui avait été installée dans l'évier en porcelaine. Elle revint vers la jeune femme et lui tendit le verre rempli d'eau fraîche, tout en la scrutant de près.

— Pour moi, vous êtes en famille, déclara-t-elle, l'air aussi convaincu que si elle eût annoncé que le soleil se lèverait le lendemain matin.

Le docteur Lanthier, après avoir ausculté Fanette, hocha la tête.

— Je crois que tu attends un enfant, mais il est encore trop tôt pour que je me prononce en toute certitude.

La jeune femme, étendue sur le récamier qui occupait son boudoir, accueillit la nouvelle avec calme. Elle se souvint du rêve qu'elle avait fait quelques jours avant la mort de Philippe, dans lequel des centaines de fauvettes à gorge blanche envahissaient une clairière. À son réveil, sans savoir pourquoi, elle avait eu la certitude qu'elle était enceinte et en avait fait part à son mari. La joie qu'elle avait vue dans ses yeux ! Il l'avait serrée très fort contre lui ; elle avait senti son cœur battre contre le sien. À cette seule pensée, des larmes lui vinrent aux yeux. Le médecin, se méprenant sur sa réaction, tâcha de la rassurer.

— Je m'en voudrais de te donner de faux espoirs. Dans quelques semaines, on en aura le cœur net.

Ce que Fanette n'osa lui avouer, c'est que même s'il avait eu la certitude qu'elle était enceinte, elle aurait été incapable de se réjouir de la venue d'une nouvelle vie alors que Philippe n'était plus. Le docteur Lanthier prit place à côté d'elle et saisit sa main.

— Courage, murmura-t-il.

Le remords le gagna de nouveau devant les efforts pathétiques que faisait Fanette pour ravaler ses larmes. *C'est le moment où jamais.*

— Il y a une chose dont je dois te parler. Cela concerne Philippe.

Il sentit les doigts de la jeune femme se crisper dans les siens. Il jeta un coup d'œil à la porte pour s'assurer qu'elle était bien fermée, puis poursuivit à mi-voix :

— J'ai de bonnes raisons de croire que la mort de Philippe n'a pas été le résultat d'un simple accident.

Fanette se redressa, les yeux agrandis par l'effroi. Le docteur lui étreignit la main dans un effort pour l'inciter au calme.

— Lorsque je suis entré dans le bureau de ton beau-père, ce soir-là, je me suis assuré que tu n'étais pas blessée et j'ai demandé à monsieur Joseph de te porter à ta chambre. Après, j'ai examiné Philippe. Il n'y avait plus rien à faire.

Il resta un moment silencieux, puis reprit, la gorge serrée :

— Je me suis dirigé ensuite vers le notaire Grandmont. Il était inconscient, mais son pouls battait régulièrement. J'ai appelé à l'aide. Monsieur Joseph m'a donné un coup de main pour le porter jusqu'au divan. Je lui ai demandé d'aller quérir le coroner Duchesne. En attendant son arrivée, j'ai jeté un coup d'œil dans la pièce. J'ai vu des papiers répandus sur le pupitre. Parmi ceux-ci, il y avait une feuille sur laquelle quelqu'un avait griffonné quelques phrases à la hâte. J'ai pris la liberté de les lire. Il s'agissait d'une lettre de suicide.

Bouleversée par la révélation du médecin, Fanette brûlait d'en savoir plus.

— Qu'est-il advenu de cette lettre ?

— Je l'ai gardée.

Il hésita avant de glisser une main dans la poche intérieure de son veston. Il en sortit une feuille pliée en deux. Fanette s'en saisit et la déplia. Elle se sentait étrangement calme, avec le sentiment de vivre dans une sorte de rêve éveillé. Les mots semblaient en effet avoir été écrits rapidement. L'écriture était irrégulière et quelques pâtés formaient des étoiles ici et là. Il n'y avait aucune date.

Ayant été l'objet d'accusations graves et non fondées, fabriquées par un ennemi sans scrupules qui cherche à détruire ma réputation et ma famille, j'ai pris la décision de mettre fin à mes jours. Que Dieu, ma femme et mes enfants me pardonnent ce geste désespéré.

Louis Grandmont

Fanette relut la note à plusieurs reprises, comprenant peu à peu sa signification.

— Philippe a tenté de sauver son père, finit-elle par dire, la voix blanche. C'est pour ça qu'il est mort.

Le docteur Lanthier acquiesça.

— C'est ce que je crois aussi.

— Pourquoi n'avez-vous pas remis la lettre au coroner ?

Il se leva, fit quelques pas vers l'âtre, replaça une bûche à l'aide d'un tisonnier.

— Ton beau-père est revenu à lui. Il m'a supplié de ne pas révéler l'existence de cette lettre à qui que ce soit. Il pleurait, il tremblait de tous ses membres. J'ai eu pitié de lui. J'ai pris la lettre avant que le coroner n'arrive et je l'ai cachée dans ma sacoche.

Fanette se tourna vers lui, ses yeux brillants de colère.

— Pitié de cet homme ? Il a tué Philippe !

Le docteur Lanthier jeta un coup d'œil inquiet en direction de la porte, puis revint vers Fanette, malheureux.

— Je cherchais à vous protéger, Marie-Rosalie et toi. Un suicide n'est jamais bien vu dans la bonne société. Pardonne-moi si j'ai eu tort.

Fanette secoua la tête, les yeux brouillés par le ressentiment et le chagrin.

— C'est lui qui aurait dû mourir.

— Philippe a tenté de sauver la vie de son père. Je sais que ce n'est pas une consolation, mais il a fait preuve d'un grand courage.

Un flot d'amertume s'empara de Fanette.

— S'il avait été moins courageux, il serait encore en vie.

Le docteur Lanthier ne dit rien. Il comprenait les sentiments de la jeune veuve et aurait été la dernière personne à lui reprocher ses paroles amères. Il se leva et prononça sa phrase rituelle :

— Je reviendrai demain.

Il fit un mouvement pour reprendre la lettre, mais Fanette la gardait serrée dans son poing.

— Il serait préférable que vous me la remettiez, dit-il calmement.

— Qu'allez-vous en faire ?

— Je ne sais pas.

Fanette hésita, puis redonna la feuille au médecin. Il la glissa dans sa redingote, reprit sa sacoche et sortit en refermant doucement la porte. Fanette resta assise un long moment, réfléchissant à ce que le docteur Lanthier lui avait révélé. Le notaire avait écrit qu'un ennemi cherchait à détruire sa réputation et sa famille. Elle se demanda qui pouvait être cet ennemi, puis haussa les épaules. Quelle importance cela avait-il ? Son beau-père avait voulu attenter à ses jours, et c'est Philippe qui en avait payé le prix. À peine s'était-il affranchi de son père que celui-ci avait réussi à lui arracher ce qu'il avait de plus précieux : sa vie. Un sentiment de haine, presque aussi douloureux que son chagrin, s'insinua en elle. Par la faute de son beau-père, elle n'entendrait plus jamais les pas de Philippe résonner dans l'escalier, elle ne verrait plus jamais son beau visage, son regard doux et parfois caustique. *Plus jamais.* Comme ces mots étaient inexorables et cruels ! Ni la pensée de Marie-Rosalie ni celle de l'enfant qu'elle attendait peut-être ne la consolèrent.

IX

Dans un effort pour secouer sa tristesse, Fanette se leva et se dirigeait vers la porte du boudoir lorsqu'elle entendit des pas s'approcher. Pendant un bref moment, elle crut que c'était Philippe qui rentrait après ses cours, comme il le faisait tous les soirs depuis son admission à l'Université Laval. Tout cela n'avait été qu'un mauvais rêve. Il serait là, bien vivant, ses livres de médecine sous le bras. Il l'embrasserait, lui parlerait avec passion de sa journée, prendrait Marie-Rosalie dans ses bras. Elle ouvrit la porte. Le notaire Grandmont était debout sur le seuil. Tentant de se tenir droit, il s'appuyait néanmoins au chambranle pour garder l'équilibre. Ses yeux un peu trop brillants et son teint plus animé que d'habitude firent penser à Fanette qu'il avait bu.

— Que voulez-vous ? demanda-t-elle froidement.

— Je souhaitais prendre de vos nouvelles. J'espère que vous êtes remise de votre malaise, ma chère Fanette.

Elle fut sur le point de lui apprendre qu'elle était peut-être enceinte, mais son intuition lui dicta de n'en rien faire.

— Je vais mieux, merci.

Elle voulut refermer la porte, mais le notaire s'attarda. Il y avait une étrange fixité dans son regard.

— Le docteur Lanthier vous a-t-il parlé de moi ? dit-il soudain.

Fanette resta interdite. Il renchérit avec une fébrilité contenue :

— Que vous a-t-il dit ?

Il fit quelques pas vers elle, peinant à marcher droit. Ses joues s'étaient empourprées. Fanette se recula instinctivement.

— Il a prétendu que j'avais tenté de mettre fin à mes jours, n'est-ce pas ?

Devant le silence prolongé de Fanette, il devina que c'était le cas.

— Ce sont des mensonges ! Je vous ai dit que c'était un accident. Je nettoyais mon arme, je ne me souvenais pas qu'elle était chargée.

— C'est vous qui mentez !

Les mots étaient sortis de la bouche de Fanette sans qu'elle puisse les retenir. Les mains du notaire furent agitées d'un violent tremblement. Il était devenu effrayant à voir. Fanette eut la certitude, en cet instant même, que son beau-père aurait été capable de la tuer, mais elle trouva le cran de poursuivre :

— Ce n'était pas un accident. Le docteur Lanthier m'a tout dit. Il m'a montré votre lettre.

Le notaire devint blême.

— Il m'avait donné sa parole…

Contre toute attente, il s'écroula sur une chaise, le corps désarticulé, comme un pantin. Il enfouit sa tête entre ses mains. Après de longues minutes, il découvrit son visage. Il ne pleurait pas, mais sa bouche était tordue par la douleur.

— Je ne voulais pas le tuer. Philippe s'est approché de moi, il a tenté de prendre le pistolet, et le coup est parti. Dieu m'est témoin que je ne voulais pas tuer mon fils.

Il leva vers elle ses yeux injectés de sang.

— Vous me croyez, n'est-ce pas ? Dites-moi que vous me croyez…

Contre toute attente, elle éprouva une sorte de compassion pour cet homme ravagé par les remords et les regrets. Après un moment, elle dit, avec une profonde lassitude :

— Je vous crois.

Un long silence s'ensuivit. Puis le notaire se leva. Ses tremblements s'étaient calmés et seules quelques marques rouges marbrant son visage trahissaient encore son émotion. Il s'approcha de Fanette, s'immobilisa à quelques pouces d'elle. La compassion qu'avait ressentie la jeune femme fit place à un malaise indéfinissable.

— N'oubliez jamais, Fanette. La famille est votre bien le plus précieux. Maintenant que Philippe n'est plus, nous devrons nous serrer les coudes, envers et contre tout.

Il quitta la pièce. Fanette, plongée dans ses pensées, n'entendit pas la porte se refermer. La visite de son beau-père l'avait troublée au plus haut point. La sincérité dont il avait finalement fait preuve aurait dû l'émouvoir, mais son ressentiment et sa méfiance restaient entiers. *Maintenant que Philippe n'est plus, nous devrons nous serrer les coudes, envers et contre tout.* Faisait-il référence à cet « ennemi sans scrupules » dont il parlait dans sa lettre de suicide ? Le chagrin et l'épuisement rendaient l'esprit de Fanette confus. Cette pièce, où Philippe et elle avaient été si heureux, lui sembla soudain étouffante. Elle se rendit à la chambre de Marie-Rosalie. Regarder son enfant dormir la réconforta. Incapable de se résoudre à laisser sa fille, elle s'installa sur un fauteuil près du petit lit et finit par s'endormir.

Philippe est assis sur un banc de pierre, face au fleuve. Fanette court vers lui, tout heureuse. Il est enfin de retour après un long voyage. Il lui semble qu'il a été absent pendant longtemps. Pourtant, elle n'a aucun souvenir de l'endroit où il est parti, ni du but de son voyage. Elle ne se rappelle pas non plus lui avoir écrit, ou avoir reçu des lettres de lui. Elle ne comprend pas ce silence, ni cette trop longue absence, mais sa joie de revoir Philippe efface toutes ses inquiétudes. En s'approchant de lui, elle voit qu'il a un livre ouvert sur les genoux. Elle n'arrive pas à en distinguer le titre. Philippe se lève en entendant ses pas. Son mouvement fait glisser le livre par terre. Les pages s'envolent dans un bruit de froissement, comme celui des ailes d'un oiseau.

Fanette se réveilla en sursaut. Un volet de la fenêtre s'était détaché et claquait au vent. Elle se leva et le referma. Une douleur familière l'envahit. Il n'y avait que dans ses rêves qu'elle pouvait désormais voir Philippe, et il y paraissait si réel qu'elle avait la certitude qu'il était encore en vie. Chaque réveil lui rappelait cruellement qu'il ne reviendrait plus. Des gémissements s'élevèrent. C'était Marie-Rosalie, qui avait sans doute été réveillée par le bruit du volet. Fanette la prit dans ses bras, la berça jusqu'à ce qu'elle se rendorme, puis regagna sa chambre. L'horloge indiquait une heure du matin. Elle se déshabilla, enfila une robe de nuit, voulut verser de l'eau dans une bassine afin de se rincer le visage, mais le pichet était toujours vide. Madame Régine avait oublié de le remplir. Malgré sa fatigue, elle enfila un peignoir, alluma une bougie, l'enfonça dans un bougeoir et sortit de la chambre, le bougeoir dans une main, le pichet dans l'autre.

Une lampe torchère éclairait faiblement la cage de l'escalier. Elle descendit les marches et s'engagea dans le couloir qui menait à la cuisine. En passant devant le bureau du notaire, elle s'aperçut que la porte était entrebâillée, laissant percer un rai de lumière. Une angoisse sourde la fit s'immobiliser. Elle n'était pas retournée dans cette pièce depuis la mort de Philippe. Par l'interstice, elle aperçut le profil du notaire. Une lampe projetait des lueurs fugaces sur son visage tourmenté. Il tenait dans ses mains quelques feuilles de papier. Ses mains étaient agitées et sa tête dodelinait dans un étrange tic. Puis il se leva brusquement, faisant grincer sa chaise, et alla vers la bibliothèque. Il glissa les feuilles entre deux livres, sur un rayon situé à droite, à la hauteur de sa poitrine. Il se retourna soudain, les yeux fixés sur la porte. Fanette s'empressa de s'éloigner, le cœur battant, en espérant qu'il ne l'ait pas vue.

La cuisine était plongée dans la pénombre. Fanette déposa le bougeoir sur la table et se rendit à l'évier pour y remplir son pichet. Une voix la fit tressaillir :

— Que faites-vous debout à cette heure de la nuit ?

Fanette se tourna vers le notaire, qui tenait une lampe devant lui.

— Vous le voyez bien. Je remplis mon pichet.

Levant sa lampe, il vit le récipient qu'elle tenait à la main.

— Pardonnez-moi. J'ai entendu un bruit de pas, j'ai cru qu'il pouvait s'agir d'un intrus. Bonne nuit.

— Bonne nuit.

Le notaire s'éloigna. Fanette actionna la pompe, remplit le pichet et retourna dans le couloir. Il n'y avait plus de lumière sous la porte du bureau, qui avait été refermée. Elle tourna la poignée et constata sans surprise que c'était verrouillé. Elle regagna sa chambre, la tête bourdonnante de questions. Que pouvait bien lire le notaire, à une heure passée ? Pourquoi semblait-il si nerveux ? Que craignait-il ? Elle n'arrivait pas à s'endormir. *Demain, je trouverai un moyen d'entrer dans son bureau afin d'en avoir le cœur net.*

∽

Installé dans le fauteuil que sa femme affectionnait de son vivant, le docteur Lanthier lisait les *Mémoires de deux jeunes mariées* de Balzac. C'était Emma qui avait eu la délicatesse de lui remettre le livre, en lui précisant qu'Eugénie était en train de le lire au moment de sa mort. Elle savait que ce souvenir de celle qu'il avait aimée le toucherait. Il remarqua une page cornée et songea que c'était peut-être la toute dernière qu'Eugénie avait lue. Il referma doucement le livre et jeta un coup d'œil à l'horloge. Il était près de trois heures du matin. Poussant un soupir de fatigue, il enleva ses lunettes, se frotta les yeux. Il fallait aller dormir. Une grosse journée l'attendait. En se levant, il vit une assiette sale qu'il avait laissée sur la table de la cuisine. Il jeta les restes dans un seau placé à côté de l'évier de grès, dans lequel il déposa ensuite l'assiette. Puis il sortit de la poche de sa redingote la lettre de suicide du notaire Grandmont et la déplia. Il relut le message empreint de désespoir. Tout compte fait, il ne regrettait pas de l'avoir gardée. Cela lui avait permis d'en révéler l'existence à Fanette. Il fallait qu'elle connaisse les derniers moments de son mari, la bravoure dont il avait fait preuve. « Qu'allez-vous en faire ? » lui avait-elle demandé. Il hésita, puis froissa la feuille de papier, ouvrit la porte du poêle, y jeta la lettre et referma la cloison.

X

Il faisait encore nuit lorsque la barque de sauvetage où se trouvaient Ian et une quinzaine de naufragés, comprenant trois membres de l'équipage, s'approcha de la rive. Quelques lampes-tempête et un quartier de lune donnaient tout juste assez de lumière pour que l'on pût distinguer les contours des collines qui surplombaient le fleuve. Des maisons se profilaient à distance, en partie cachées par des arbres.

— C'est le village de Cap-de-la-Madeleine, vis-à-vis des Trois-Rivières, expliqua l'un des marins.

Les rescapés soupirèrent de soulagement. Ils n'avaient pas fermé l'œil depuis le naufrage du *Queen Victoria* ; ils étaient exténués et ne rêvaient que d'un toit sur leur tête et d'un grabat. Un marin sauta dans l'eau peu profonde et tira la barque à l'aide de son amarre tandis que l'autre continuait à ramer en tentant d'éviter les roches qui affleuraient ici et là.

Le bateau finit par s'échouer sur des cailloux. Les passagers en sortirent un à un, tenant à peine sur leurs jambes tellement ils étaient épuisés. Quelques hommes se joignirent au marin afin de tirer l'embarcation jusqu'à ce qu'elle fût complètement au sec tandis que les femmes apportaient ce qu'il restait des provisions qui avaient été placées à bord. Personne ne parlait. Le trajet avait été long et pénible. Des vents vigoureux avaient rendu la navigation difficile. La plupart des passagers avaient été malades comme des chiens tellement la barque tanguait et roulait. Ils étaient tous trempés des pieds à la tête et gelés jusqu'aux os.

Ian, les lèvres bleues, grelottait. Un homme à la mine joviale, mais dont les traits tirés trahissaient la fatigue, enleva son manteau et le déposa sur les frêles épaules du garçon.

— Il est mouillé, mais c'est mieux que rien.

Le garçon leva ses grands yeux noirs vers lui.

— Merci, réussit-il à articuler.

L'homme, qui portait des favoris poivre et sel, sourit tout en observant le garçon à la dérobée. Ce dernier devait avoir onze ou douze ans tout au plus, estima-t-il.

— Comment t'appelles-tu ?

Trop occupés à survivre durant leur long périple, les passagers n'avaient pas eu le temps d'échanger des civilités.

— Ian...

L'enfant faillit ajouter « O'Brennan », mais il se retint à temps. Sa mère lui avait répété d'utiliser le nom qui figurait sur les billets de passage, pour plus de sûreté.

— Ian Kilkenny.

— Ian Kilkenny. Toi, t'es irlandais ou j'm'appelle pas Hubert Trottier ! s'exclama l'homme en riant.

Le garçon eut un faible sourire. Encouragé par ce premier témoignage de sympathie, l'homme poursuivit :

— Où sont tes parents ?

— Ma mère est restée sur le bateau.

Le marchand regarda l'enfant avec compassion. Il espérait de tout cœur que la mère du pauvre garçon avait survécu à ce naufrage, mais il en doutait.

— Et ton père ? dit-il, la gorge serrée.

Une ombre passa dans les yeux du garçon, qui resta silencieux. Le marchand sentit qu'il touchait là une corde sensible et changea de sujet.

— Habites-tu à Montréal ? Est-ce que quelqu'un t'y attend ?

Ian fut tenté de parler du rendez-vous que sa mère lui avait donné dans le port de Montréal, à l'embarcadère du *Mermaid*, mais décida de n'en rien faire. L'homme semblait gentil, mais sa mère lui avait expliqué que la police la recherchait, bien qu'elle n'eût rien à se reprocher, et qu'il ne devait faire confiance à personne. Hubert Trottier lui jeta un coup d'œil songeur. Le gamin n'était pas bavard mais, sans qu'il sût pourquoi, il avait de la sympathie pour lui. Peut-être parce qu'il lui faisait penser à son propre fils, qui n'avait que douze ans lorsqu'il avait été emporté par une mauvaise pneumonie, quelques années auparavant.

Les voyageurs parvinrent au village peu avant l'aube et furent accueillis généreusement par les habitants, pour la plupart des pêcheurs et des cultivateurs. Ian et monsieur Trottier trouvèrent refuge dans une petite maison surplombant le fleuve. Une femme maigre mais aux bras musclés et au visage bruni par la vie au grand air les installa dans la chambre de ses deux fils, partis au chantier pour toute la durée de l'hiver, puis leur procura des chemises de nuit propres et mit leurs habits mouillés à sécher devant le poêle. Monsieur Trottier ne put s'empêcher de sourire en voyant Ian flotter dans la chemise trop grande, mais lui-même n'était pas en reste, avec la sienne qui serrait son ventre arrondi et découvrait ses jambes velues. Ils ne tardèrent pas à se mettre au lit. Les matelas, rembourrés avec du foin, avaient beau être durs et inconfortables, c'était un bonheur de s'y étendre bien au sec, après ces heures interminables à recevoir des trombes d'eau glacée et à craindre à tout moment que la barque ne se renverse.

Après quelques heures de sommeil, ils furent réveillés par la lumière qui entrait à flots par la fenêtre de la chambre mansardée. La femme leur apporta leurs vêtements secs et leur servit un déjeuner copieux dans la cuisine. Son mari y était déjà, installé sur une chaise berçante près du poêle, en train de bourrer une pipe en écume. Des habits de pêche et des filets étaient suspendus à des crochets, et des bottes étaient alignées devant la porte. Tandis qu'il mangeait avec appétit de la morue séchée accompagnée de pommes de terre, monsieur Trottier s'adressa à son hôte :

— Savez-vous où je pourrais louer une voiture ? Je voudrais me rendre jusqu'à Montréal.

Le pêcheur hocha la tête, la mine dubitative. Il lui expliqua que le village ne comptait que deux cents âmes. Lui-même avait une charrette qu'il utilisait pour transporter le poisson au marché, mais il l'avait entreposée dans la grange pour l'hiver et, de toute manière, elle n'était pas faite pour un aussi long voyage.

Monsieur Trottier poussa un soupir.

— Ma femme est sans nouvelles depuis des jours. Elle doit se faire un sang d'encre. Avez-vous un bureau de poste au village ? Y faut à tout prix que j'envoie un télégramme.

Le pêcheur le regarda, ébahi. Monsieur Trottier comprit qu'il ne savait pas ce qu'était un télégramme. Il secoua la tête, découragé.

— Y doit bien y avoir un moyen de se rendre à Montréal !

Allumant sa pipe à l'aide d'un copeau de bois qu'il avait mis à brûler au-dessus de la flamme du poêle, le pêcheur tira quelques bouffées puis lui conseilla de prendre le *mail coach*, qui s'arrêtait au magasin général du village tous les jeudis pour y livrer et y ramasser le courrier.

— Mais c'est aujourd'hui, jeudi ! s'exclama monsieur Trottier. À quelle heure vous l'attendez, d'habitude ?

— Vers les neuf heures.

Le commerçant prit une montre dans son gousset, la consulta.

— Vinguenne, y est neuf heures !

Il se leva d'un bond, saisit son manteau et s'élança vers la porte. Puis il se ravisa, se tourna vers Ian. Le garçon était resté assis sagement à sa place, mais il semblait l'implorer du regard.

— Je peux t'emmener avec moi. Mais y faut se grouiller, si on veut pas manquer le *coach*.

Ian se leva à son tour et courut rejoindre le commerçant.

⁓

Il était neuf heures passées lorsque monsieur Trottier et Ian arrivèrent au magasin général, à bout de souffle. Le *mail coach*, garé devant le magasin, était sur le point de partir. Deux chevaux attelés en aiguille, ce qui facilitait leur passage dans des chemins étroits, piaffaient. Le conducteur, portant un manteau de buffle, un chapeau de mouton et une ceinture fléchée nouée autour de la taille, se tenait debout sur le marchepied, un cor à la main dans lequel il souffla à plusieurs reprises pour signaler le départ de la voiture. Le son de l'instrument déchira l'air froid.

— Tout le monde à bord ! *All aboard !* clama-t-il.

Le conducteur rangea son cor, prit place sur son siège, les rênes dans une main et un fouet dans l'autre. Monsieur Trottier lui fit de grands signes.

— Hé ! Attendez-nous ! s'écria-t-il, haletant et trempé de sueur.

— Dépêchez-vous, rétorqua le conducteur, mécontent. On a déjà du retard sur l'horaire. Vous payerez vos billets quand on arrivera au prochain arrêt.

Monsieur Trottier entraîna Ian vers la voiture. Une malle volumineuse contenant le courrier avait été placée à l'arrière et était surveillée par un jeune postier en uniforme. Le porte-bagages, placé sur le toit, débordait de colis et de valises. Ouvrant la portière, monsieur Trottier enjamba le marchepied, aida Ian à le franchir à son tour puis referma derrière lui. Deux banquettes pouvant accommoder quatre passagers se faisaient face. Une fermière était installée sur la banquette arrière, un gros panier sur ses genoux. On entendait des poules caqueter à l'intérieur. Un gros homme assis en face de la fermière ronflait comme une forge. Le marchand et le garçon durent s'asseoir l'un en face de l'autre. La fermière fit un sourire avenant à Ian, qu'elle trouvait mignon avec ses grands yeux et ses cheveux bouclés.

— C'est votre fils ? demanda-t-elle à monsieur Trottier.

Ce dernier se racla la gorge, mal à l'aise.

— C'est-à-dire…

La voiture se mit en route et fit aussitôt une embardée afin d'éviter une charrette remplie de bois de chauffage qui traversait le chemin. Le panier de la fermière tomba à la renverse. Le couvercle se souleva, libérant deux poules qui ne tardèrent pas à courir partout dans l'habitacle, caquetant à qui mieux mieux dans un nuage de plumes. Le gros homme se réveilla et se mit à pester contre l'invasion des volatiles. Monsieur Trottier tenta d'en attraper un, mais chaque fois qu'il essayait de le saisir, l'oiseau s'esquivait en battant des ailes. Ce fut Ian qui réussit finalement à se saisir des poules et à les remettre dans le panier en riant tandis que la fermière se confondait en excuses. En entendant le rire de l'enfant, monsieur Trottier fut ému aux larmes. Il ressemblait à celui de son propre fils. La voiture se remit en route, bringuebalée par les cahots du chemin. Monsieur Trottier tenta de se caler sur sa banquette inconfortable. Le voyage ne s'annonçait pas de tout repos. Il lui tardait de voir Adrienne et de retrouver le confort de sa demeure. Il jeta un coup d'œil pensif au garçon. Que ferait-il de lui une fois rendu à Montréal ?

XI

Québec
Le 13 novembre 1859

Fanette revêtit sa robe de deuil et descendit à la salle à manger. Le petit déjeuner fut lugubre. Le notaire resta silencieux pendant tout le repas, perdu dans des pensées sombres. Marguerite avait refusé de descendre et s'était fait apporter un plateau dans sa chambre. Fanette leva les yeux de son assiette à peine entamée. De grands voiles de crêpe noir couvraient les fenêtres et les tableaux. Seul le bavardage de Marie-Rosalie mettait un peu de gaieté dans l'atmosphère lourde et confinée de la maison. Le notaire se leva et alla vers sa petite-fille. Il lui caressa tendrement la joue et sortit. Se levant de table à son tour, Fanette confia Marie-Rosalie à madame Régine. Elle vit le notaire s'engager dans l'escalier qui menait au premier étage. *C'est le moment où jamais*, se dit-elle.

Fanette se dirigea vers le bureau de son beau-père. Par chance, la porte était entrouverte. Une domestique finissait d'épousseter les meubles. Celle-ci prenait bien garde de remettre chaque objet à sa place, car son maître était d'une méticulosité qui confinait à l'obsession, et il remarquait le moindre déplacement, qu'il s'agisse d'une lampe ou d'une feuille de papier. Fanette s'éloigna dans le couloir, attendit que la servante sorte du bureau, son plumeau à la main, puis revint sur ses pas. La domestique n'avait pas verrouillé. Fanette entra dans le bureau, prenant soin de refermer la porte derrière elle.

La pièce était plongée dans l'obscurité. Les rideaux étaient tirés et le crêpe noir qui les drapait empêchait toute lumière de pénétrer à l'intérieur. Fanette s'avança à tâtons et finit par trouver sur le pupitre une lampe dont elle monta la mèche. Elle remarqua tout de suite que le tapis persan sur lequel le corps de Philippe avait reposé n'était plus là. La douleur souleva sa poitrine. Il lui fallut tout son courage pour ne pas s'enfuir de la pièce. Elle resta debout, une main appuyée sur le pupitre, tâchant de recouvrer son calme. Après un moment, elle prit la lampe et s'approcha de la bibliothèque. La veille, le notaire y avait caché ce qui semblait être des lettres. Elle examina le rayon de droite de plus près. Les dorures des livres luisaient dans le halo de la lampe. Il y avait là l'œuvre complète de Balzac, que le notaire avait fait venir à grands frais de Paris sans presque jamais les ouvrir ; plus bas, des pièces de théâtre de Corneille et des œuvres d'Alexandre Dumas père, dont Marguerite s'était entichée. Déposant la lampe sur un guéridon, Fanette se mit à fouiller dans la bibliothèque, soulevant chacun des livres et les remettant soigneusement à leur place. Elle ne trouva rien dans la première rangée, ni dans la deuxième. Elle commençait à croire qu'elle avait imaginé cette scène lorsque, en prenant l'un des livres, elle entendit une sorte de froissement. Quelque chose glissa par terre. Elle se pencha et ramassa deux feuilles de papier pliées en quatre. Elle les examina à la lueur de la lampe. La première feuille était froissée, comme si elle avait été lue à de nombreuses reprises. Deux phrases y avaient été tracées d'une écriture grossière qui n'était pas celle du notaire :

Et qu'est-ce que l'enfer, si ce n'est une vengeance éternelle pour quelques fautes d'un jour !

Il n'y avait pas de signature. Le ton de la note était suffisamment menaçant pour qu'elle comprît les craintes du notaire. Son auteur était sans doute l'« ennemi sans scrupules » que son beau-père avait mentionné dans sa lettre de suicide. Elle s'empressa de jeter un coup d'œil à la deuxième missive. Cette fois, elle n'était pas écrite à la main. Quelqu'un y avait collé une découpure jaunie. Elle la parcourut fébrilement :

Qui peut, sans s'émouvoir, supporter une offense.
Peut mieux prendre à son point le temps de sa vengeance
Et la feinte douceur, sous un appât mortel,
Mène insensiblement sa victime à l'autel.

Toujours pas de signature. Ces alexandrins lui étaient familiers, mais elle n'arrivait pas à se souvenir de l'écrivain qui les avait écrits. Peu importait. Cette deuxième missive était encore plus alarmante que la première. Non seulement on y parlait de vengeance, mais la menace de mort était limpide et jetait une lumière nouvelle sur la tentative de suicide et le comportement étrange de son beau-père. Elle replia les lettres et les remit dans leur cachette. Elle ignorait les raisons pour lesquelles un inconnu en voulait au notaire au point de souhaiter sa mort, mais elle avait compris une chose : il lui fallait quitter cette maison de malheur et emmener sa fille avec elle.

XII

Fanette finissait de remplir un sac de voyage, n'y mettant que le strict nécessaire. Elle voulait faire vite, craignant que le notaire la surprenne. Elle savait qu'il s'opposerait de toutes ses forces à son départ et, surtout, à celui de sa petite-fille, qu'il idolâtrait. Au moment de fermer le sac, elle avisa le traité de médecine de Philippe qu'elle avait laissé sur un guéridon. Elle le prit et le déposa dans son bagage, qu'elle referma. Puis elle enfila un manteau chaud, des gants et un chapeau noirs et se rendit à la chambre de Marie-Rosalie. Celle-ci s'amusait à promener dans un landau miniature une jolie poupée de cire que son grand-père lui avait offerte le Noël précédent. Madame Régine, installée dans un fauteuil, cognait des clous. Fanette lui jeta un regard attendri. Elle fut tentée de la réveiller pour lui dire au revoir, mais jugea plus prudent de n'en rien faire. Elle sortit d'une commode des vêtements qu'elle rangea dans le sac de voyage, mettant de côté un manteau et un cache-nez. Elle alla ensuite vers sa fille.

— On rend visite à ta grand-mère, dit Fanette en chuchotant. Il faut être bien sage et ne pas faire de bruit.

Elle mit un doigt sur sa bouche. Marie-Rosalie, croyant à un jeu, sourit et imita sa mère pour lui signifier qu'elle avait compris la consigne. Tandis que Fanette l'aidait à mettre son manteau et son cache-nez, elle demanda à mi-voix :

— Je peux emmener Rose avec moi ?

Rose était le prénom que la fillette avait donné à sa poupée, qu'elle traînait partout avec elle. Bien que Fanette trouvât le jouet encombrant, elle n'eut pas le cœur d'en priver sa fille et acquiesça. Marie-Rosalie prit sa poupée dans ses bras.

— Il faut habiller Rose chaudement, fit-elle remarquer à voix haute, oubliant la consigne.

Fanette jeta un regard inquiet en direction de madame Régine, qui dormait toujours.

— On sera en voiture, murmura-t-elle, elle n'aura pas froid.

Puis elle saisit le sac de voyage et entraîna sa fille en direction de l'escalier. Son plan était d'atteler le Phaéton dont le notaire lui avait fait cadeau pour le baptême de Marie-Rosalie et de se rendre chez sa mère. Elle n'avait évidemment pas eu le temps de l'avertir de leur venue, mais elle n'avait aucun doute qu'Emma les accueillerait à bras ouverts.

Une fois sur le palier du premier étage, elle vit que la porte de la chambre de Marguerite était fermée. Il lui coûtait d'abandonner la pauvre femme à son sort, mais la seule perspective de rester dans cette maison lui paraissait insupportable.

Le hall d'entrée était désert. En levant les yeux, elle aperçut le portrait du notaire suspendu au-dessus de la cheminée de pierre, dans le salon. Le célèbre artiste Antoine Plamondon avait bien su rendre son regard bleu et inflexible, ses traits coupés au couteau et sa mine hautaine. Elle éprouva un soulagement indicible à l'idée d'échapper enfin à la tyrannie de cet homme, au climat morbide qui régnait autour de lui, aux menaces dont il était l'objet.

— Où allez-vous, Fanette ?

Le notaire, sa canne à la main, était debout dans le hall. Fanette tâcha de garder son calme.

— J'ai décidé de passer quelques jours chez ma mère avec Marie-Rosalie.

— Depuis quand prenez-vous ce genre d'initiative sans m'en parler ?

Fanette avait tout fait pour éviter cette confrontation, mais elle était devenue inévitable.

— J'ai le droit de séjourner chez ma mère sans demander votre permission.

— Faites comme bon vous semble, rétorqua le notaire, mais vous partirez sans ma petite-fille.

Marie-Rosalie ne comprenait pas la situation, mais elle fut effrayée par le ton coupant de son grand-père, qui contrastait avec la douceur dont il usait habituellement à son égard. Tenant toujours sa poupée serrée contre sa poitrine, elle se réfugia dans les jupes de sa mère.

— Je ne partirai pas sans ma fille, dit Fanette.

— Vous n'avez aucun droit sur elle.

Fanette toisa son beau-père.

— Depuis quand une mère n'a-t-elle aucun droit sur son propre enfant ?

— Vous oubliez que je suis le chef de cette famille. Vous ne pouvez prendre aucune décision concernant Marie-Rosalie sans mon consentement.

— Laissez Fanette partir avec sa fille, si c'est son souhait.

Saisi, le notaire se retourna vivement et aperçut sa femme, debout au milieu de l'escalier. Elle portait une tenue de deuil qui accentuait sa maigreur.

— Je vous en prie, Marguerite, ne vous mêlez pas de cela, dit le notaire entre ses dents.

Marguerite continua de descendre les marches et parvint à la hauteur de son mari. Ce simple effort l'avait essoufflée, mais elle se tenait droite et ses yeux brillaient de colère.

— Cessez de me parler comme si j'étais une incapable, sans jugement ni libre arbitre. Croyez-vous que je sois assez stupide pour ignorer ce qui se passe dans cette maison ? Vous avez tué mon fils !

— Vous perdez la tête.

— Je n'ai jamais été aussi lucide. Vous avez causé assez de souffrance comme cela. Je comprends Fanette de vouloir quitter cette maison. Je le ferais moi-même, si j'en avais le courage et, surtout, les moyens.

Madame Régine, alertée par les voix, venait de surgir sur le palier, les yeux ensommeillés et le bonnet de travers. Marguerite se tourna vers elle.

— Demandez à monsieur Joseph d'atteler le Phaéton.

— Oui, madame.

— N'en faites rien, madame Régine, dit le notaire, cachant mal sa fureur. C'est un ordre.

La servante jeta un coup d'œil indécis à sa patronne, puis au notaire, ne sachant à qui obéir.

— Dans ce cas, je m'en chargerai donc moi-même, dit Marguerite, excédée.

Elle se dirigea vers la cuisine, dont la porte s'ouvrait sur le jardin et les écuries. Fanette en profita pour reprendre son sac de voyage et, saisissant la main de Marie-Rosalie, suivit Marguerite. Mais le notaire se plaça devant elles, les empêchant de passer.

— Si vous quittez cette maison, je vous couperai tous les vivres.

— L'argent de la dot ne vous appartient pas. Ma mère y a consenti seulement pour mon mariage.

Fanette fut étonnée par sa propre audace. Le notaire ne tarda pas à répliquer, la voix sifflante :

— Philippe est mort sans laisser de testament. Étant son père, je suis son seul bénéficiaire et je puis disposer de ses biens comme bon me semble.

Marie-Rosalie, effrayée par la voix et la mine sévères de son grand-père, se mit à pleurer. La colère du notaire fondit lorsqu'il vit les larmes rouler sur les joues de la fillette. Il s'effondra dans un fauteuil ; son visage était devenu cendreux.

— Ne m'arrachez pas ma petite-fille. Elle est tout ce qu'il me reste sur cette Terre.

Encore une fois, Fanette ressentit de la compassion pour cet homme qu'elle avait tant exécré et qui lui apparaissait soudain comme un vieillard fragile. Elle lutta contre ce sentiment, sachant en son for intérieur que sous cette vulnérabilité se cachait un homme sans pitié. Tenant fermement la main de sa fille, elle se dirigea vers la cuisine et sortit dans le jardin. Monsieur Joseph était en train d'atteler le Phaéton sous l'œil vigilant de Marguerite Grandmont.

XIII

Emma Portelance déposa le coffre, qui atterrit sur le plancher dans un bruit mat. Elle se redressa et s'épongea le front avec un mouchoir qu'elle avait tiré de sa manche. Pourtant, cette malle n'était pas si lourde, et la chambre d'Eugénie était fraîche, mais il lui arrivait de plus en plus fréquemment d'avoir des bouffées de chaleur intenses suivies de frissonnements. La nuit précédente, elle s'était réveillée couverte de sueur, au point que sa chemise de nuit en était trempée comme une lavette. Elle songea que c'était peut-être le début de la ménopause, mais rejeta cette idée avec agacement. Même si elle avait cinquante-deux ans bien sonnés, le « retour d'âge », comme on le surnommait familièrement, ne l'avait jusqu'ici jamais importunée, et elle espérait bien ne pas avoir à en subir les inconvénients avant encore longtemps.

Remettant le mouchoir dans sa manche, elle jeta un coup d'œil circonspect au coffre qui trônait dans la pièce. Elle s'était enfin décidée à le descendre du grenier afin d'y mettre les vêtements qui avaient appartenu à Eugénie et qu'elle destinait à des femmes nécessiteuses. Bien qu'elle fût convaincue qu'Eugénie aurait approuvé son geste, elle avait jusque-là trouvé mille prétextes pour le repousser, comme si elle tentait de retenir les derniers vestiges d'une vie qui s'était éteinte.

Le châle qu'Eugénie affectionnait particulièrement reposait sur le dossier d'un fauteuil, là où elle l'avait laissé peu avant de mourir. Des feuilles de papier traînaient toujours sur son petit secrétaire, à côté d'une plume et d'un encrier. Emma souleva le châle, en respira le parfum délicat. Toute une existence se résumait à ce bout de tissu qu'Eugénie avait brodé elle-même. Emma s'apprêta à le déposer dans la malle, puis se ravisa. Ce châle était tout ce qui lui restait de celle avec qui elle avait partagé vingt ans de sa vie ; elle était incapable de s'en défaire. Elle le remit à sa place puis se résigna à faire le tri des vêtements d'Eugénie, qui étaient rangés dans une armoire à pointes de diamant, lorsqu'elle entendit le hennissement d'un cheval suivi d'un grincement de ressorts. Intriguée, elle jeta un coup d'œil à la fenêtre qui donnait sur la rue et vit une voiture devant la maison. Son cœur bondit de joie en reconnaissant Fanette et sa fille installées sur le siège du conducteur. La jeune femme, déposant les rênes dans la voiture, descendit en premier. Marie-Rosalie, debout sur le marchepied, sa poupée dans les bras, sauta à terre avant que sa mère ait eu le temps de la retenir et atterrit dans la poussière, puis se releva en riant. Cette faculté innée des enfants pour le bonheur rasséréna Emma. Sans eux, la vie sur Terre serait bien triste. Elle s'empressa de descendre au rez-de-chaussée afin de les accueillir. Marie-Rosalie courut vers sa grand-mère et s'accrocha à ses jupes. Fanette la rejoignit. Les deux femmes échangèrent un regard ému, puis s'enlacèrent en silence. Emma ne s'habituait pas à voir sa fille en habits de deuil. À peine avait-elle connu le bonheur d'une vie partagée avec l'homme qu'elle aimait qu'il lui fallait déjà y renoncer… Elle avisa soudain le sac de voyage qui avait été placé dans le porte-bagages à l'arrière de la voiture. Elle jeta un regard surpris à sa fille.

— Tu pars en voyage ?

— Je reviens vivre à la maison avec Marie-Rosalie, répondit Fanette. Si vous voulez bien de nous, ajouta-t-elle avec un demi-sourire.

Aucune nouvelle n'aurait pu faire plus plaisir à Emma, ni lui causer autant de surprise. Elle brûlait d'apprendre dans quelles circonstances sa fille avait pris une décision aussi grave, mais se retint de la harceler de questions. Elle savait qu'avec Fanette, il était inutile de forcer les confidences. Elle se dirigea vers la voiture et prit le sac de voyage, qu'elle trouva bien léger. Fanette avait dû partir en grande hâte pour emporter si peu de choses avec elle.

⤨

Tandis que Marie-Rosalie jouait au salon avec sa poupée, Fanette, attablée dans la cuisine devant un thé bouillant, expliqua à sa mère qu'elle ne supportait plus le climat malsain qui régnait chez les Grandmont, en omettant toutefois de lui dévoiler les confidences du docteur Lanthier et l'existence des lettres anonymes qu'elle avait trouvées dans la bibliothèque. Elle ne voulait pas inquiéter sa mère inutilement et, surtout, elle préférait mettre tout cela derrière elle. Emma l'écoutait, attentive mais, sans vouloir l'avouer, préoccupée, bien qu'elle comprît et approuvât entièrement la décision de sa fille. Elle était convaincue que le notaire Grandmont ne se laisserait pas si facilement enlever sa petite-fille et qu'il ferait tout ce qui était en son pouvoir pour la reprendre.

— Mon beau-père a prétendu que je n'avais aucun droit sur Marie-Rosalie et que je ne pouvais prendre aucune décision à son sujet sans son consentement. Il a même menacé de me couper les vivres.

— Le méchant homme ! ne put s'empêcher de s'exclamer Emma.

Elle jeta un coup d'œil du côté de Marie-Rosalie, mais celle-ci était absorbée dans ses jeux et n'avait rien entendu. Fanette poursuivit, le visage sombre.

— Selon lui, tous les biens de Philippe lui appartiennent, y compris ma dot.

Emma réfléchit à ce que sa fille venait de dire. Le notaire avait en principe raison. Le Code civil, calqué sur le Code Napoléon, considérait la femme comme un être de second rang si elle n'était pas mariée, et comme un être mineur et incapable si elle l'était. Voyant l'anxiété gagner Fanette, elle voulut se faire rassurante.

— Laissons la poussière retomber. Ton beau-père est sincèrement attaché à Marie-Rosalie. Il ne ferait rien qui puisse lui nuire.

Elle se leva.

— Ce n'est pas tout, il faut vous installer comme du monde.

Les deux femmes montèrent à l'étage avec Marie-Rosalie courant à leur suite. Fanette retrouva avec émotion la chambre qu'elle avait occupée jusqu'à son mariage et où elle avait connu des jours si heureux. La pièce n'avait pas changé. Les mêmes rideaux de dentelle blanche ajouraient la fenêtre, l'armoire de pin et le lit couvert d'un édredon qu'Eugénie avait cousu elle-même étaient toujours là.

— Tu pourrais reprendre ton ancienne chambre. Quant à Marie-Rosalie, elle s'installerait dans celle d'Eugénie, qu'en dis-tu ?

Fanette trouva l'arrangement parfait. En revenant vers l'escalier pour aller chercher son sac, qui était resté au rez-de-chaussée, elle remarqua, par la porte entrebâillée de la chambre d'Eugénie, une malle ouverte et des vêtements épars sur le lit. Emma expliqua, embarrassée :

— Ce sont les affaires d'Eugénie. J'étais en train de les ranger. Je n'avais pas encore eu le courage de les donner.

Fanette comprenait parfaitement les sentiments de sa mère. Elle dit simplement :

— Laissez-moi vous aider.

Elles eurent tôt fait de placer le reste des habits dans le coffre, qu'Emma referma avec un pincement au cœur ; une partie d'elle-même y était enfermée. Elle fit un effort pour chasser sa tristesse. Dorénavant, cette chambre serait habitée par une enfant. Eugénie aurait été la première à s'en réjouir. Se penchant, Emma tenta de soulever le coffre, mais il était trop lourd.

— Vous ne pouvez pas le porter toute seule ! s'exclama Fanette.

Emma songea que le docteur Lanthier venait souvent la voir en fin de journée, après sa tournée de patients, et qu'il les aiderait volontiers. Elle se doutait que ce n'était pas seulement par amitié pour elle qu'il lui faisait ces visites presque quotidiennement, mais aussi parce qu'il pouvait ainsi parler d'Eugénie, évoquer son souvenir, s'imprégner de l'atmosphère de cette maison dans laquelle elle avait vécu toutes ces années. Elle haussa les épaules. Maintenant qu'elle avait commencé le travail, elle souhaitait le terminer.

— À deux, jamais je ne croirai qu'on n'en viendra pas à bout !

Saisissant la malle chacune de son côté, elles réussirent sans trop de mal à la traîner jusqu'à l'escalier, mais lorsqu'elles entreprirent de descendre les marches, la malle leur sembla soudain bien plus lourde. Emma était déjà en nage et Fanette, bien qu'elle ne voulût pas se plaindre, craignait de la faire tomber. Elles finirent par déposer le coffre au pied de l'escalier, hors d'haleine. Emma proposa de le laisser là en attendant la visite du docteur Lanthier, ce que Fanette accepta avec soulagement. Elle songea à révéler à Emma qu'elle était enceinte, puis se ravisa. Elle avait beau avoir la certitude intérieure qu'elle attendait un enfant, il était sans doute plus prudent d'attendre encore quelques semaines avant d'annoncer la nouvelle à sa mère.

XIV

Au large de Saint-Joseph-de-Sorel

La barque de pêche avançait lentement sur une eau devenue lisse comme un miroir. Les vents vifs avaient rendu la navigation périlleuse, mais ils étaient subitement tombés et, le charbon venant à manquer, il avait fallu utiliser les rames. Malgré les protestations du lieutenant, Amanda avait insisté pour relayer l'un des hommes, qui tombait de fatigue, et elle ramait sans relâche depuis plusieurs heures. Elle avait déchiré un bout de tissu et s'en était fait un fichu pour couvrir ses cheveux. Malgré le froid de novembre, Amanda sentait le soleil lui brûler le visage ; ses épaules lui faisaient un mal de chien, mais elle n'en avait cure. Sa seule pensée était de parvenir à la côte le plus vite possible. Leur destination était le bourg de Saint-Joseph-de-Sorel, situé sur la rive sud du fleuve, où habitaient les pêcheurs. De là, Amanda tenterait de trouver une façon de gagner Montréal pour y rejoindre son fils. Heureusement, la bourse qu'Andrew lui avait remise était toujours accrochée à sa ceinture.

La rive fut bientôt en vue. Le port, situé à l'embouchure de la rivière Richelieu, était assez important. Plusieurs navires de bon tonnage et des embarcations de toutes sortes étaient amarrés le long des quais. Les passagers débarquèrent, hébétés de fatigue. La plupart trouvèrent à loger chez des villageois ou à l'auberge du Timonier, qui se trouvait non loin du port. Bien qu'elle fût tout aussi épuisée que ses compagnons d'infortune, Amanda s'informa auprès des pêcheurs de la façon la plus rapide de se rendre à Montréal. Ceux-ci la regardèrent comme si elle n'avait plus toute sa tête, mais elle insista. Le lieutenant du *Queen Victoria* ne l'avait pas quittée des yeux pendant toute cette discussion. Lui-même devait aller à Montréal afin de se rapporter aux autorités portuaires, mais il était intrigué par l'empressement de la jeune femme à vouloir à tout prix repartir sans prendre le moindre repos. Sans doute voulait-elle rejoindre le garçon avec lequel il l'avait vue à bord du *Queen Victoria*.

— Mademoiselle, je dois moi aussi me rendre au plus tôt à Montréal. Je puis m'informer du prochain départ de bateau. C'est la façon la plus rapide d'y aller.

Amanda hésita. Sans être de la police, cet homme était tout de même officier dans la marine marchande. Il n'hésiterait sûrement pas à la dénoncer s'il découvrait qu'elle était en fuite. D'un autre côté, il avait secouru Ian lorsque la foule menaçait de le piétiner à bord du *Queen Victoria*, sans compter qu'il lui était venu en aide lorsqu'elle était tombée à l'eau. Elle accepta finalement son offre. Pendant qu'il s'éloignait en direction d'une bâtisse grise qui abritait les bureaux portuaires, elle jeta un coup d'œil à la ronde. Elle remarqua qu'un bateau à vapeur d'assez bon tonnage était en train d'appareiller. Elle s'en approcha. Un marin était en train de laver le pont à grande eau. Elle s'adressa à lui.

— Allez-vous à Montréal ?

L'homme lui jeta un regard soutenu. Les vêtements de la jeune femme étaient sales et froissés, et elle portait un drôle de fichu sur la tête, mais il la trouva jolie malgré tout.

— Dans une demi-heure, à peu près.

Il lui fit un clin d'œil.

— J't'emmènerais ben dans ma valise.

Amanda se rembrunit.

— J'ai de l'argent pour payer mon passage.

Elle tâta la bourse à son corsage. Le lieutenant revint sur l'entrefaite.

— Je me suis informé, dit-il. Ce bateau part bientôt. J'ai parlé au capitaine, il serait prêt à nous prendre. Il voulait nous faire payer vingt dollars chacun pour le voyage, mais je lui ai fait comprendre qu'il avait intérêt à être raisonnable.

Il avait accompagné sa tirade d'un sourire un brin menaçant. Amanda regretta d'avoir accepté son offre, mais il était trop tard pour faire marche arrière.

— En attendant le départ, on a le temps de prendre une bouchée à l'auberge, fit-il.

Le repas fut frugal, mais il parut délicieux à Amanda, qui avait à peine mangé depuis le naufrage. Elle dévora tout ce qu'il y avait dans son assiette tandis que le lieutenant, assis en face d'elle, mangeait en silence tout en l'observant à la dérobée. L'épouse de l'aubergiste offrit gentiment à Amanda de faire un brin de toilette. Elle lui donna même un bonnet, trouvant que son fichu improvisé faisait pitié. La jeune femme accepta avec reconnaissance.

Le moteur du bateau ronflait déjà lorsque Amanda et le lieutenant montèrent à bord. Elle s'accouda au bastingage, regardant anxieusement l'horizon, assaillie de questions et de craintes. Où était Ian ? Sa barque avait-elle réussi à accoster ? Elle se demanda s'il arriverait à temps au port de Montréal pour l'embarquement du *Mermaid*. Au moment où le bateau à vapeur se mettait en marche, le lieutenant vint la rejoindre et l'interrogea à brûle-pourpoint :

— Quel est votre nom ?

Prise de court par le ton coupant de l'officier, elle répondit néanmoins en tâchant de raffermir sa voix :

— Mary Kilkenny.

Il l'observa discrètement.

— Vous étiez avec un enfant sur le *Queen Victoria*. C'est votre fils ?

Amanda acquiesça en silence.

— Qu'est-ce qu'il est devenu ?

L'angoisse étreignit la jeune femme.

— Il a réussi à monter dans une barque de sauvetage. Mais je suis très inquiète pour lui.

— C'est pour ça que vous êtes si pressée d'aller à Montréal ?

Amanda fit signe que oui. Cherchant à se débarrasser de l'homme, dont les questions la mettaient de plus en plus mal à l'aise, elle expliqua :

— Je dois prendre un bateau pour Liverpool avec mon fils. Nous allons rejoindre mon mari.

Elle avait insisté sur le mot « mari ». Le lieutenant remarqua qu'elle n'avait pas de bague à l'annulaire.

— Que fait votre mari là-bas ?

Elle improvisa, faisant un effort pour maîtriser sa peur. Pourquoi toutes ces questions ? Que lui voulait-il ?

— Il est marchand.

— Marchand, répéta l'homme.

Il se tut pendant un moment, semblant contempler avec intérêt un goéland qui faisait des cercles au-dessus du navire.

— Quand je suis allé aux bureaux du port, j'ai vu un télégramme. La police cherche une certaine Amanda O'Brennan. Taille moyenne, cheveux roux, accompagnée d'un garçon de dix ans.

Les mains d'Amanda se crispèrent sur le bastingage. Son intuition ne l'avait pas trompée. Elle avait eu raison de se méfier de cet homme. Il était trop tard pour débarquer du bateau. Une fois à Montréal, il la dénoncerait aux autorités. Un profond désespoir s'empara d'elle. Il poursuivit, de sa voix posée :

— Je m'appelle Noël Picard. Je suis né à la Jeune Lorette. J'ai quitté le village pour faire carrière dans la marine. Je rêvais de devenir capitaine au long cours. Mes parents étaient contre, ils auraient préféré que je reste au village, que je me marie avec une fille du coin. J'ai réalisé un bout de mon rêve, mais je suis resté célibataire.

Il avait élevé un peu la voix pour couvrir le bruit provenant de la chaufferie. Amanda ne disait rien, ne comprenant pas où il voulait en venir.

— Je ne sais pas si Mary Kilkenny est votre vrai nom, mais vous me plaisez. J'espère juste que vous m'avez menti au sujet d'un mari, parce que j'ai pas pour habitude de fréquenter les femmes mariées.

Amanda s'attendait si peu à cette déclaration qu'elle ne trouva d'abord rien à dire. Le vapeur avait pris sa vitesse de croisière. Des goélands suivaient son sillage. Une fois revenue de sa surprise, Amanda fixa le lieutenant de ses yeux gris.

— Vous semblez être quelqu'un de bien, monsieur Picard, mais comme je vous l'ai déjà dit, je suis mariée.

Elle s'éloigna du bastingage et entra dans la cabine du bateau pour couper court à la conversation. Cet homme avait l'air honnête, mais peut-être tentait-il de gagner sa confiance pour ensuite la trahir. Et même s'il était sincère, elle ne pouvait se permettre d'avoir un soupirant à ses basques.

Noël Picard l'avait suivie du regard. Bien malin qui eût pu lire dans ses pensées. Mais une sorte de brillance dans l'œil et la ligne déterminée de sa mâchoire indiquaient qu'il n'était pas le genre d'homme à se laisser éconduire aussi facilement.

XV

Le notaire Grandmont ne décolérait pas depuis le départ de Fanette. Il remuerait ciel et terre afin de reprendre le seul être qui comptait désormais à ses yeux. En réfléchissant à un moyen d'y parvenir, l'idée lui vint d'écrire à maître Levasseur, l'un des avocats les plus en vue de Québec, et de solliciter une rencontre. Cet avocat s'était rendu célèbre quelques années auparavant en obtenant l'internement d'une mère de famille soupçonnée d'avoir molesté ses enfants. En entrant dans son bureau, il évita de regarder du côté gauche, là où Philippe s'était écroulé après le coup de feu. Il avait fait enlever le tapis immédiatement après le départ du coroner et avait exigé qu'on le jetât, bien qu'il l'eût fait venir de Perse et qu'il lui avait coûté une petite fortune.

Prenant place derrière son pupitre, le notaire alluma la lampe qui s'y trouvait et, ce faisant, remarqua que celle-ci était légèrement déplacée. Pourtant, il avait donné des ordres stricts à la bonne à cet effet. Madame Régine, depuis la mort de Philippe, refusant obstinément de mettre le pied dans le bureau, encore moins d'y faire le ménage, il avait récemment ajouté cette tâche à celles de la jeune domestique. Peut-être qu'elle avait été négligente. *Ou bien quelqu'un d'autre est entré dans mon bureau…* Le départ précipité de Fanette lui revint en tête. Plus il y songeait, plus ce départ ressemblait à une fuite. Un doute s'insinua dans son esprit. Était-il possible que Fanette soit entrée dans son bureau et ait déplacé la lampe ? La veille, il l'avait surprise à errer au beau milieu de la nuit sous prétexte qu'elle avait besoin d'eau. Un peu plus tôt, lorsqu'il était dans son bureau et relisait ces maudites lettres, il avait cru sentir une présence.

Il se leva d'un bond, se précipita vers la bibliothèque, fouilla dans la rangée des *D*. Il avait glissé les lettres anonymes entre deux romans de Dumas, *La Reine Margot* et *La Dame de Monsoreau*. Il ne trouva rien. Les lettres avaient disparu. Une peur atroce lui comprima le ventre. Se pouvait-il que Fanette les ait prises ? Par acquit de conscience, il continua de fouiller. Ses mains tremblaient si fort qu'elles semblaient appartenir à un automate. Il souleva le livre précédent, *Le Comte de Monte Cristo*, et les deux lettres apparurent. Il laissa échapper un soupir de soulagement. De toute évidence, quelqu'un avait trouvé les lettres – sans doute Fanette – et les avait replacées sur le bon rayon, mais au mauvais endroit. Des coups à la porte le firent sursauter. Il eut à peine le temps de remettre le livre dans la bibliothèque et de cacher les lettres que la porte s'ouvrit, révélant le visage inquiet de madame Régine. Elle restait prudemment sur le seuil, prenant bien garde de ne pas le franchir.

— Depuis quand entrez-vous sans attendre ? aboya le notaire.

La servante ravala sa salive. Son patron pouvait être coupant à l'occasion, mais jamais il ne lui avait parlé sur ce ton. Il n'était plus le même depuis la mort de son fils. Elle n'aimait pas qu'il s'enferme dans son bureau, craignant qu'il commette un autre geste désespéré.

— Votre courrier, dit-elle avec un reproche dans la voix.

Madame Régine le lui tendit tout en observant son patron à la dérobée. Une cicatrice rougeâtre marquait sa tempe, là où la balle l'avait effleuré. Elle était incapable de comprendre qu'il ait voulu reprendre ce que Dieu lui avait donné. Car elle se doutait que le notaire avait tenté de mettre fin à ses jours, bien qu'elle gardât ses soupçons pour elle. *Sans ce geste insensé, Philippe serait encore en vie.* Elle pleurait la mort du jeune homme et priait tous les jours pour le repos de son âme. Seuls son sens du devoir et la gratitude qu'elle portait au notaire Grandmont pour l'avoir sortie de la misère l'empêchaient de quitter cette maison.

Lorsqu'elle avait fui la Martinique et s'était retrouvée à Québec seule et sans ressources, elle avait fini par trouver refuge chez les Ursulines. À la demande de sa sœur, qui était la supérieure du couvent, le notaire avait accepté de prendre madame Régine comme domestique. Bien qu'exigeant et pointilleux, il l'avait toujours traitée avec respect. Elle avait vu naître Philippe; elle était là lorsque les Grandmont avaient ramené la petite Rosalie de la crèche, malingre et le regard triste. Elle avait dorloté et aimé ces enfants comme s'ils avaient été les siens. Avec les années, elle était presque devenue un membre de la famille.

Le notaire prit le courrier d'un geste sec et lui fit un signe de tête lui indiquant qu'elle pouvait disposer. Elle s'éclipsa, heurtée. Le notaire examina les missives avec anxiété. Il n'avait reçu aucune lettre anonyme depuis la mort de Philippe, mais la seule vue du courrier lui causait un profond malaise. Il le dépouilla et constata avec soulagement qu'il s'agissait de lettres de condoléances ainsi que de comptes. Une enveloppe, cachée par un prospectus, attira cependant son attention. Elle était blanche, de qualité médiocre. Son nom et son adresse y étaient inscrits en lettres carrées. Il crut reconnaître l'écriture et fut tenté de la jeter sans la lire, mais une curiosité presque malsaine l'en empêcha. Il s'empara de son coupe-papier, ouvrit l'enveloppe et en retira une feuille de papier de mauvaise qualité.

En juillet 1834, une jeune femme nommée Cecilia Beggs est morte noyée dans le lac Saint-Charles. J'accuse le notaire Louis Grandmont d'être responsable de sa mort. Elle portait son enfant.

Le notaire devint livide. La cicatrice sur sa tempe s'accentua. Il n'avait aucun doute sur le fait qu'Alistair Gilmour était l'auteur de cette lettre. Le Lumber Lord n'en avait donc pas fini avec lui. Il n'hésiterait devant aucun moyen pour achever sa vengeance. La sonnerie de la porte d'entrée retentit sur l'entrefaite. Convaincu que c'étaient les constables venus procéder à son arrestation, il déchira la lettre, la jeta dans l'âtre. Puis il se précipita vers la bibliothèque, s'empara des lettres anonymes qu'il y avait cachées et les lança à leur tour dans le foyer. Des flammes orange et bleu crépitèrent. Des coups retentirent de nouveau. Pris de panique, il s'élança vers la porte, la verrouilla à double tour et attendit, aux aguets. Après quelques secondes qui lui semblèrent interminables, une voix s'éleva :

— M'sieur le notaire !

Il reconnut madame Régine mais n'ouvrit pas, craignant que des policiers soient tapis derrière elle. La servante reprit en haussant le ton :

— Vous avez reçu une dépêche !

Honteux de s'être laissé emporter par l'affolement, le notaire déverrouilla la porte. Madame Régine lui tendit la feuille de papier, qu'il saisit. Remarquant son teint blême, ses mains tremblantes, la servante s'attarda.

— Laissez-moi, dit-il avec impatience.

La servante se retira, mais décida néanmoins de rester dans les parages. La mine cireuse de son patron ne lui disait rien qui vaille. Resté seul, le notaire prit connaissance du texte.

Monsieur,

Votre présence est requise à une assemblée générale extra-ordinaire du conseil municipal de la Ville de Québec. La réunion se tiendra cet après-midi, à deux heures précises.

Le maire,

Hector-Louis Langevin

Le notaire replia la dépêche, le visage sombre. La convocation avait sûrement un rapport avec le recomptage judiciaire qu'avait exigé Julien Vanier, le candidat défait, après la découverte de deux boîtes de scrutin du quartier Saint-Louis par un « guenillou » dans le port de Québec. *À moins que le conseil ait reçu copie de la lettre anonyme.* D'une manière ou d'une autre, cette réunion n'annonçait rien de bon. Il songea un moment à ne pas s'y rendre, mais un ultime sursaut de dignité lui fit redresser l'échine. Il se battrait bec et ongles pour rétablir sa réputation, quoi qu'il arrive. Il n'avait jamais participé au vol de ces boîtes de scrutin, ne savait rien de cette fraude électorale, qui avait été entièrement planifiée par Alistair Gilmour. Il est vrai qu'il avait accepté la somme de quarante mille dollars pour favoriser l'achat d'un terrain municipal, mais il l'avait fait à la demande de Gilmour. Tout en continuant à élaborer sa défense, le notaire sortit de son bureau à la recherche de monsieur Joseph, mais se rendit compte que ce dernier était absent et que la calèche n'était pas à sa place habituelle. Il fut obligé d'atteler son Brougham lui-même, pestant contre son cocher. Où était-il, alors qu'il avait besoin de lui ?

XVI

Lorsque le notaire fit son entrée dans la salle du conseil municipal, il constata que tous les membres étaient réunis autour de la longue table en chêne massif, la mine sévère, comme un tribunal. Le maire présidait l'assemblée.

— Veuillez vous asseoir, monsieur Grandmont, dit-il froidement en désignant une chaise qui avait été disposée à l'extrémité opposée de la table.

Le notaire prit place, impressionné malgré lui par le ton solennel du maire et l'air austère des membres du conseil.

— Permettez-moi d'abord de vous transmettre mes condoléances, ainsi que celles de tous les échevins et conseillers de la Ville, déclara le maire. Je ne puis imaginer la douleur que doit causer la mort d'un enfant.

— Je vous remercie, répondit le notaire, touché par cette marque de considération. C'est en effet le pire événement qui puisse survenir à un parent.

Le maire se racla la gorge et aborda l'objet de l'assemblée, visiblement embarrassé.

— Vous n'êtes pas sans savoir qu'un recomptage judiciaire a eu lieu dans le comté de Saint-Louis, après une plainte de monsieur Julien Vanier.

— En effet, répondit le notaire, appréhendant la suite.

— Nous venons d'en obtenir le résultat, certifié par la cour du *recorder*.

Le maire tendit au notaire un affidavit.

— En faisant le comptage des bulletins de vote valides, on constate que monsieur Vanier l'a emporté par une nette majorité : 620 voix contre 187. En conséquence, nous sommes dans l'obligation de demander votre démission en tant qu'échevin.

Le notaire accueillit cette nouvelle avec un calme qu'il n'éprouvait pas.

— Je refuse de reconnaître les résultats de ce recomptage, balbutia-t-il. J'exige la tenue de nouvelles élections.

Les membres du conseil échangèrent des regards lourds de sous-entendus.

— Je crois que vous changerez d'avis lorsque vous prendrez connaissance de cette missive, dont le coroner Duchesne m'a fait parvenir une copie.

Le maire extirpa une feuille de papier d'un dossier. Le notaire eut soudain la certitude qu'il s'agissait d'une copie de la lettre anonyme qu'il avait reçue. Il s'en empara, surpris que ses mains, devenues rigides comme la pierre, ne trahissent pas son agitation intérieure.

Montréal, le 8 novembre 1859

Dès les premiers mots, il vit que l'écriture n'était pas la même que celle de la lettre anonyme qu'il venait de recevoir. Il poursuivit néanmoins fébrilement sa lecture :

Par la présente, je jure avoir versé la somme de quarante mille dollars au notaire Louis Grandmont afin qu'il use de son influence en tant qu'échevin pour favoriser l'achat à vil prix d'un terrain appartenant à la Ville de Québec. Je projetais d'y faire bâtir une gare de trains qui aurait pu faire ma fortune, et la sienne.

J'ai rencontré monsieur Grandmont à son domicile, le 30 octobre dernier, pour lui remettre la somme en main propre. Je reconnais également avoir engagé des hommes de main afin de voler deux boîtes de scrutin du comté de Saint-

Louis et de les remplacer par des boîtes frauduleuses, cela dans le but avoué de favoriser l'élection de monsieur Grandmont et avec l'entier accord de ce dernier.

Ayant subi d'importants revers financiers après la débâcle de titres miniers en Bourse, j'ai pris la douloureuse décision de mettre fin à mes jours. Mais avant que la nuit éternelle ne m'engloutisse, je tenais à ce que la vérité soit sue. Je demande pardon à Dieu et aux hommes pour mes actes.

John Barry

Le notaire relut la lettre pour gagner du temps. Il comprenait qu'il lui fallait maintenant jouer le tout pour le tout. S'il devait couler, alors il ne coulerait pas seul. Il jeta la lettre sur la table et reprit la parole, usant de toute l'éloquence dont il était capable, sachant au moins qu'il ne mentait pas sur l'essentiel :

— Monsieur le maire, messieurs les conseillers, cette lettre est une pure fabrication. Je vous jure sur mon honneur que je n'ai jamais reçu un sou de ce monsieur Barry, et que j'ignore tout de la prétendue fraude électorale qu'il aurait commise pour favoriser mon élection, pour une simple et bonne raison : je n'ai jamais rencontré cet homme de ma vie.

Cette déclaration provoqua des exclamations incrédules de la part des élus. Le maire donna quelques coups impatients sur la table avec son coupe-papier puis, lorsque le silence fut rétabli, reprit la parole, le ton vibrant d'indignation :

— Vous avez affirmé ici même, lors d'une réunion du conseil, avoir rencontré ce monsieur Barry à votre domicile et avoir accepté de lui servir d'intermédiaire pour l'achat d'un terrain appartenant à la Ville. Il y a même eu vote à ce sujet !

Les élus acquiescèrent bruyamment.

— C'est vrai ! dit l'un.

— Assez de mensonges ! s'exclama un autre.

Le notaire ne perdit pas son sang-froid. Il était convaincu que cette question lui serait posée et il avait soigneusement préparé sa réponse :

— J'ai fait cette déclaration à la demande de mon client, Alistair Gilmour.

Le nom du célèbre marchand naval suscita de vives réactions chez les conseillers. Le maire rétablit le silence d'un geste impatient.

— Enfin, expliquez-vous, monsieur Grandmont.

Le notaire attendit que le calme revienne et reprit la parole.

— La vérité, messieurs, c'est qu'Alistair Gilmour souhaitait acheter ce terrain municipal par mon entremise. Je lui ai fait valoir que je ne pouvais accepter, car cela m'aurait placé en situation de conflit d'intérêts et aurait contrevenu aux règlements de la Ville.

Elzéar Légaré, un vieux médecin à la retraite, opina du chef. Le notaire, encouragé par sa réaction, poursuivit :

— Monsieur Gilmour m'a alors fait entendre que ce ne serait pas lui qui achèterait ce terrain, mais un homme d'affaires de sa connaissance, John Barry. Il m'a même montré une offre d'achat en bonne et due forme, signée par ce monsieur Barry. Tout semblait conforme. J'ai donc accepté de présenter l'offre d'achat au conseil municipal. Il n'a jamais été dans mon intention de faire un geste malhonnête ou de tromper le conseil. Je vous en donne ma parole d'honneur.

L'assurance du notaire était telle qu'elle provoqua un courant de sympathie chez quelques conseillers. Le maire lui-même semblait ébranlé. Joachim Bérubé, un maçon de la basse ville portant un habit de drap et une casquette, intervint pour la première fois :

— Si j'suis pas trop dur de comprenure, monsieur Grandmont, votre client, Alistair Gilmour, a acheté le terrain municipal en utilisant un prête-nom, énonça-t-il en croisant ses mains basanées devant lui.

— Ce n'est pas ce que j'ai dit, rétorqua le notaire avec une note de condescendance. Monsieur Barry a fait une offre d'achat en bonne et due forme. Ce qu'il est advenu après cette transaction ne me concerne pas.

Le maçon décroisa ses mains puis les croisa de nouveau.

— Si cette transaction vous concerne pas, comme vous dites, pourquoi vous avez accepté la somme de quarante mille dollars de la part de monsieur Barry ?

Le notaire sortit de ses gonds.

— Puisque je vous dis que je n'ai rien reçu de lui !

— Dans ce cas-là, qui vous a remis ce montant ? poursuivit le maçon, intraitable.

— Alistair Gilmour, par l'entremise de son comptable, Peter Henderson. Celui-ci est venu porter la somme chez moi. Je peux même vous en donner la date, ajouta le notaire avec une lueur de triomphe dans l'œil. C'était le 30 octobre dernier.

Des conseillers échangèrent des regards impressionnés. Seul le maçon demeura de glace.

— Autrement dit, vous avez accepté un pot-de-vin pour favoriser l'achat d'un terrain municipal par votre client.

Des protestations fusèrent. Le notaire se leva, indigné.

— Je vous interdis…

Le maire tenta de calmer le jeu.

— Je vous en prie, asseyez-vous, monsieur Grandmont.

Le notaire reprit sa place non sans avoir jeté un regard outré au maçon. Le maire poussa un soupir, visiblement dépassé par la tournure de la réunion. Cette affaire de prête-nom risquait d'entacher sérieusement la réputation de la Ville, en plus de nuire à ses ambitions politiques, car il songeait à présenter sa candidature à la prochaine élection de la Province du Canada.

— Évitons de tomber dans le procès d'intentions, messieurs. Nous sommes ici pour faire la lumière sur cette affaire, et non pour lancer des accusations à tort et à travers.

Il se tourna vers le notaire.

— Pour quelle raison monsieur Gilmour vous aurait-il versé cette somme, monsieur Grandmont, si ce n'est pas pour favoriser l'achat de ce terrain ?

— À titre d'honoraires pour mes services passés.

Joachim Bérubé fit une moue sceptique.

— Quarante mille piastres, c'est une fortune pour payer des services déjà rendus. À ce compte-là, j'devrais faire payer mes clients deux fois plutôt qu'une pour refaire leurs murs !

Cette répartie suscita des rires que le maire réprima d'un regard. Le notaire réagit vivement :

— Monsieur Gilmour est un homme riche. Il a le droit de disposer de sa fortune comme il l'entend.

Cet argument rallia plusieurs conseillers. Le maire hocha la tête, perplexe.

— Pourtant, dans une déclaration assermentée, Peter Henderson nie vous avoir remis cette somme.

— Cet homme ment comme il respire ! riposta le notaire. Je vous répète qu'il s'est rendu chez moi le 30 octobre avec une mallette contenant cet argent.

— J'aimerais bien vous croire, monsieur Grandmont, reprit le maire, mais pour l'instant, c'est la parole de monsieur Henderson contre la vôtre. Si vous pouviez nous fournir une preuve de ce que vous avancez, ce serait une autre paire de manches.

Le notaire tâcha de se rappeler les détails de la visite du comptable. Ce dernier était venu seul ; de cela, il était absolument certain. Madame Régine avait dû lui ouvrir la porte, puisqu'elle l'avait escorté jusqu'à son bureau. Mais quel poids aurait le témoignage d'une domestique qui dépendait entièrement de son bon vouloir et qui, de surcroît, était une femme de couleur ? Marguerite était malheureusement absente cet après-midi-là. C'est alors qu'il sut ce qu'il devait répondre. Ce serait un autre mensonge, mais au point où il en était, il ne voyait pas d'autre issue.

— Ma femme pourra le confirmer. Elle était présente au moment de la visite de monsieur Henderson.

Un brouhaha accueillit cette déclaration. Le maire réfléchit un moment, puis reprit la parole :

— Ma foi, monsieur Grandmont, si vous nous apportiez le témoignage de madame votre épouse, cela jetterait certainement un éclairage nouveau sur cette ténébreuse affaire. De notre côté, nous tâcherons de rencontrer monsieur Gilmour afin d'obtenir sa version des faits.

Le notaire se rembrunit. De toute évidence, son ancien client nierait lui avoir fait remettre cette somme. Peut-être même révélerait-il la vérité au sujet de la mort de Cecilia. À cette seule pensée, le sang se retira de son visage.

— J'obtiendrai le témoignage de ma femme.

XVII

Tapie dans le fond de la calèche conduite par monsieur Joseph, Marguerite Grandmont contemplait une bouteille en verre d'un bleu outremer. Ce petit flacon lui avait coûté beaucoup d'efforts. Il lui avait fallu aller chez un vieux boutiquier qui tenait commerce rue Saint-Joseph, dans la basse ville, chez qui elle avait mis au clou un collier de perles qui avait appartenu à sa mère ainsi qu'un bracelet en argent serti d'opales qu'Alistair lui avait offert, au début de leur liaison. Ensuite, elle s'était rendue chez madame Décary, une herboriste qui avait pignon sur la rue Saint-Jean – une dame étrange au regard flou derrière ses bésicles au verre épais –, et s'était procuré son laudanum. « N'en prenez qu'une petite dose à la fois », l'avait avertie l'herboriste. La honte submergea Marguerite. Elle avait promis à sa fille de ne pas abuser de cette drogue, et voilà qu'elle en achetait une autre bouteille, celle que Rosalie lui avait laissée étant déjà vide…

En revenant chez elle, Marguerite croisa madame Régine dans l'escalier. La servante lui jeta un regard inquiet et suspicieux. Convaincue que sa servante se doutait de quelque chose, Marguerite, une fois dans sa chambre, en verrouilla aussitôt la porte.

Tournant entre ses doigts la bouteille aux reflets irisés, l'épouse du notaire songea que si elle la vidait, elle ne se réveillerait peut-être jamais plus. Pour la première fois, elle comprit le sens de l'expression « repos éternel ». La mort n'était plus un spectre inquiétant mais un havre, un lieu de quiétude et d'oubli.

Sa peine d'avoir perdu son fils s'éteindrait ; sa passion pour Alistair aussi. Elle n'avait pas cherché à le revoir depuis la mort de Philippe. Non pas qu'elle se sentît coupable d'avoir trompé son mari. Les moments passés dans les bras d'Alistair Gilmour, cet homme étrange à la fois passionné et plein de réserve, avaient été les plus beaux de sa vie, des parenthèses de bonheur entre des plages de tourment et d'ennui. Elle ne regrettait rien. Ce qui la rongeait, c'était le chagrin d'avoir perdu son fils et le remords de n'avoir pas pu empêcher la tragédie. *Si seulement j'avais été là,* se répétait-elle en un douloureux leitmotiv. *Si seulement j'avais été là, rien ne serait arrivé.*

❦

Le matin du drame, Marguerite était allée au bureau du télégraphe et avait envoyé un message à son amant, utilisant les mots neutres qui avaient été convenus entre eux pour se donner rendez-vous :

« Une réunion charitable se tiendra à l'endroit et à l'heure habituels. Nous comptons sur votre présence. »

Le marchand naval lui faisait habituellement parvenir un télégramme afin de confirmer leurs rendez-vous. Vers le milieu de l'après-midi, après que son mari eut quitté la maison pour une réunion à la mairie, Marguerite était donc retournée au bureau du télégraphe, certaine d'y trouver un message, mais le commis n'avait rien reçu.

— Vous en êtes sûr ? avait-elle demandé à plusieurs reprises, s'attirant un regard contrarié de l'employé.

— Si je *l'aurais* reçu, je l'aurais su !

Sans nouvelles de son amant depuis plusieurs jours, elle imagina le pire. Il avait peut-être décidé de rompre, ou bien il avait eu un grave accident. L'idée folle lui vint de se rendre à son domaine de Cap-Rouge pour en avoir le cœur net, mais elle la chassa vite de son esprit. D'abord, elle ne pouvait prendre le risque de demander à monsieur Joseph de l'y mener, car ce dernier ne manquerait pas d'en parler à son maître. Et puis elle aurait l'air de se jeter à la tête de son amant, ce qui lui était intolérable. Elle avait beau être amoureuse, elle n'avait pas perdu tout amour-propre.

Le soir venu, constatant que son mari n'était toujours pas rentré et que Philippe, qui avait des cours à l'université, reviendrait tard, elle décida d'aller au rendez-vous, quitte à ce qu'Alistair n'y fût pas. Elle ne pouvait supporter de tourner en rond dans sa chambre à ressasser ses regrets et ses doutes.

Elle jeta un manteau sombre sur ses épaules, mit un chapeau muni d'une voilette et héla un fiacre. Elle descendit à quelques rues du rendez-vous et fit le reste du chemin à pied pour éviter que le cocher connaisse sa destination finale. Ce n'était guère prudent car le quartier, près des plaines d'Abraham, était plutôt malfamé et ses rues, chichement éclairées, étaient le paradis des prostituées et des petits malfaiteurs. Mais Marguerite y trouvait une source d'excitation supplémentaire, comme si elle eût été la reine Margot donnant un rendez-vous à son amant dans la tour de Nesle, au mépris de tous les dangers.

En arrivant à la rue de Bernières, qui longeait les plaines, Marguerite constata sans surprise que la voiture de son amant n'y était pas, mais elle ne perdit pas espoir. Il lui arrivait parfois d'être en retard. Elle se souvenait même de l'avoir attendu plus d'une heure sous une pluie battante. Cette fois-là, blessée au plus vif d'elle-même, résolue à rompre, elle avait fait mine de héler un fiacre lorsque la voiture d'Alistair s'était arrêtée à sa hauteur. La portière s'était ouverte, une main gantée de cuir s'était tendue vers elle. Il avait suffi à Marguerite d'entrevoir le visage d'Alistair dans la demi-pénombre de la voiture, de sentir son parfum de musc et de tabac fin pour oublier toutes ses résolutions. De jour en jour, elle devenait plus imprudente, ne prenant même plus la peine de trouver des prétextes plausibles pour justifier ses absences, comme si l'amour lui procurait une armure contre le danger. Parfois, dans des moments de lucidité, il lui arrivait de penser que sa passion pour Alistair était une drogue, au même titre que le laudanum, et qu'elle comportait les mêmes dangers d'accoutumance.

Il y avait près de deux heures que Marguerite surveillait anxieusement la rue de Bernières lorsqu'une main se posa sur son coude. Elle se retourna vivement, aperçut un veilleur de nuit qui faisait sa tournée, une lanterne à la main. Il la dévisagea à la lumière de sa lampe, semblant surpris de voir une dame aussi bien vêtue traîner dans ces parages.

— Madame, à vot'place, j'resterais pas icitte. Y est passé minuit, les rues sont pas sûres, à c't'heure.

Honteuse sous le regard appuyé de l'homme, Marguerite s'empressa de s'éloigner. De toute manière, son amant ne viendrait pas. Les rues étaient désertes, il n'y avait pas l'ombre d'un fiacre. Elle dut faire tout le chemin à pied jusque chez elle. Il était plus d'une heure du matin lorsqu'elle arriva enfin à la maison de la Grande Allée. Une torchère au gaz éclairait le portique et seule une lumière brillait à une fenêtre du rez-de-chaussée. *Le bureau de Louis*, songea Marguerite, anxieuse. Il avait dû rentrer et avait décidé de travailler tard, ce qui lui arrivait de plus en plus souvent.

Par prudence, elle décida de contourner la maison et d'entrer par la porte de la cuisine, qui donnait sur le jardin. Dans les débuts de sa liaison avec Alistair, elle avait fait faire un double de la clé, qu'elle gardait toujours avec elle. Elle jeta un coup d'œil à la ronde afin de s'assurer qu'il n'y avait personne. Une lanterne était allumée au-dessus de la maisonnette jouxtant l'écurie où vivait monsieur Joseph, mais les rideaux étaient tirés. Le cocher dormait sans doute, aidé en cela par une rasade d'un mauvais whiskey qu'il se procurait Dieu sait où. La calèche et le Brougham étaient rangés à leur place habituelle. Tout était calme, hormis le hululement d'une chouette, réglé comme un métronome. Elle introduisit la clé dans la serrure et ouvrit doucement la porte. La cuisine était plongée dans l'obscurité. Marguerite avançait avec précaution, les bras tendus devant elle afin d'éviter de heurter un meuble. Elle trouva une lanterne près du poêle, l'alluma, sortit de la cuisine et emprunta le couloir en direction du hall, marchant à pas feutrés pour ne pas alerter son mari. En passant devant le bureau du notaire, elle aperçut un rai de lumière dans l'embrasure de la porte. Elle s'y attarda, le cœur battant. Rien, pas le moindre bruit. C'est ce profond silence qui l'alarma soudain. Au mépris de toute prudence, elle poussa le battant.

C'est là, sur le seuil, à la vue des trois corps inertes qui gisaient sur le sol, que sa vie s'était arrêtée.

∽

Le flacon bleu capta un rayon de lumière provenant de la fenêtre. *Quelle jolie couleur,* pensa Marguerite en le portant à ses lèvres. C'est alors qu'elle entendit des coups frappés à la porte.

— Marguerite, ouvrez.

Elle étouffa un cri en reconnaissant la voix de son mari et laissa choir la bouteille, qui tomba par terre avec un bruit mat. Un liquide transparent s'en échappa et se répandit sur le tapis. Les coups redoublèrent.

— Ouvrez ou je défonce cette porte !

Marguerite se pencha, ramassa la bouteille et, prise de panique, la cacha dans une poche de son peignoir. Puis elle courut vers la porte et l'ouvrit, haletante et en nage. Le notaire vit tout de suite à sa physionomie que quelque chose clochait. Une odeur herbacée flottait dans la pièce. Il se rendit compte que Marguerite avait enfoui une main dans une poche de sa robe de chambre. Levant les yeux, il aperçut une tache sur le tapis, près du lit. Il saisit le bras de sa femme, fouilla dans sa poche et trouva la fiole.

— Vous m'aviez donné votre parole que vous ne toucheriez plus à cette satanée drogue ! s'écria-t-il, pâle de colère.

Marguerite chercha à se dégager, mais son mari resserra sa pression.

— Laissez-moi, siffla-t-elle.

Il finit par relâcher son étreinte. Sa colère avait fait place à une profonde lassitude. Il jeta le flacon vide au panier. Puis il prit place dans un fauteuil, levant ses yeux pâles vers sa femme.

— J'ai besoin de vous, Marguerite.

Sans entrer dans tous les détails, il lui fit part de l'assemblée houleuse qui avait eu lieu à la mairie, des soupçons de fraude et de trafic d'influence qui pesaient sur lui et mettaient en cause son intégrité comme échevin.

— Je n'ai rien à me reprocher. Ces allégations ont été inventées de toutes pièces par quelqu'un qui cherche à me nuire.

À peine quelques instants plus tôt, Marguerite avait songé à échapper à sa vie, et voilà qu'elle y était replongée bien malgré elle.

— De qui s'agit-il ? murmura-t-elle d'une voix absente, le regard fixé sur la tache de laudanum qui s'élargissait sur le tapis.

Durant le trajet qu'il avait effectué de la banque jusque chez lui, le notaire avait réfléchi à la façon dont il s'y prendrait pour convaincre sa femme de l'appuyer sans réserves. Ce qu'il allait lui révéler pourrait être lourd de conséquences, mais il n'avait plus rien à perdre.

— Alistair Gilmour.

Au nom de son amant, Marguerite sortit de sa torpeur.

— Pourquoi monsieur Gilmour chercherait-il à vous nuire ? demanda-t-elle, tâchant de cacher son émoi.

— Par pure vengeance. Il prétend que j'ai déshonoré sa sœur et que je suis responsable de sa noyade, survenue avant notre mariage.

Le notaire guetta la réaction de sa femme. Celle-ci était visiblement sous le choc. Jamais elle n'avait pensé que son amant ait pu avoir une sœur. Il n'existait que dans une sorte de rêve éveillé dans lequel seuls comptaient les sentiments qu'elle éprouvait pour lui. Percevant son trouble, le notaire se leva et saisit Marguerite par les épaules.

— Je n'ai jamais connu cette femme, lui dit-il, la voix vibrante de sincérité, encore moins ai-je cherché à la déshonorer. Cet homme est fou, ou bien il me confond avec quelqu'un d'autre.

Perturbée par le récit de son mari, Marguerite tâchait de réfléchir aux implications de ce qu'il venait de lui révéler.

— Qu'attendez-vous de moi ? finit-elle par dire.

C'était exactement la réponse que souhaitait entendre le notaire.

— Il est vital que vous témoigniez par écrit à l'effet que vous avez vu Peter Henderson dans mon bureau, le 30 octobre dernier, et que vous avez été témoin qu'il m'a remis une importante somme d'argent. Il n'est pas nécessaire que vous en sachiez le montant exact. De toute manière, les femmes n'entendent rien aux affaires.

Marguerite sortit enfin de sa léthargie.

— Quelle date avez-vous dit ?

— Le 30 octobre.

Faisant un effort de concentration, elle tenta de se rappeler ce qu'elle avait fait ce jour-là, mais tout s'embrouillait. *Où étais-je ? Où étais-je donc ?* Sans savoir pourquoi, elle sentait qu'il lui fallait impérativement s'en souvenir. Se méprenant sur son silence, le notaire revint à la charge :

— Vous n'étiez pas à la maison, ma chère, probablement partie à une quelconque réunion des Dames de la Charité, mais peu importe. Ce sera un mensonge blanc, puisque j'ai vraiment reçu cet homme dans mon bureau.

La vérité lui sauta alors au visage. Elle était avec *lui*. Sous prétexte d'un bazar organisé pour venir en aide aux enfants démunis de la ville, elle avait rejoint Alistair à leur lieu de rendez-vous habituel, près des plaines. Ils avaient fait l'amour dans sa voiture, derrière les rideaux tirés, à l'abri des regards. Il l'avait possédée brutalement, soulevant ses jupes avec une violence à peine contenue, en silence, les yeux fermés, comme s'il ne voulait pas la regarder. Elle avait ensuite mis tant bien que mal de l'ordre dans sa toilette et était revenue chez elle en fiacre, prenant soin d'entrer par la cuisine. Madame Régine l'avait surprise alors qu'elle refermait la porte. La domestique n'avait rien dit, se contentant de hocher doucement la tête. Cette nuit-là, Marguerite n'avait pu fermer l'œil, craignant que madame Régine ne la dénonçât au notaire, mais le lendemain, durant le déjeuner, son mari avait lu ses journaux comme il le faisait chaque matin, et elle avait compris que la bonne avait gardé le secret.

— Je ne peux rien faire pour vous, dit-elle d'une voix blanche.

Le notaire se redressa brusquement.

— Vos scrupules vous honorent, ma chère, mais je crois que vous ne mesurez pas la gravité de la situation.

— Vous ne comprenez pas. Quand bien même je souhaiterais faire ce témoignage, je ne le pourrais pas.

Devant le silence de son mari, elle se résolut à dire la vérité :

— Alistair Gilmour était mon amant. Le 30 octobre, j'étais dans ses bras.

Le notaire devint livide. La cicatrice sur sa tempe se fit plus visible.

— Je ne vous crois pas, articula-t-il d'une voix étranglée.

Sans ajouter un mot, Marguerite se leva, se dirigea vers son secrétaire, en sortit un paquet de lettres qu'elle avait enfouies dans le double fond d'un tiroir, puis revint vers le notaire.

— Ce sont les lettres que je lui ai envoyées, et que j'ai recopiées. Vous reconnaîtrez sûrement mon écriture.

Il ne fit pas un geste pour les prendre. C'était inutile. Des bribes de souvenirs, des impressions fugaces auxquelles il n'avait pas accordé d'attention sur le moment prenaient soudain leur sens. Il se rappela le changement radical qui s'était produit dans le comportement de sa femme quelques mois auparavant. De neurasthénique, dépendante du laudanum et passant le plus clair de ses journées dans sa chambre, elle était devenue gaie, sortait de plus en plus souvent, revenait parfois tard, faisait des extravagances vestimentaires, mais surtout, elle avait retrouvé un éclat, une beauté qui évoquaient la jeune femme qu'elle avait été. Dire qu'il avait été assez vaniteux, assez aveugle, pour attribuer cette transformation à un regain d'affection à son égard !

— Cet homme ne vous aime pas. Il s'est servi de vous pour arriver à ses fins.

— Il m'a rendue heureuse, ce dont vous n'avez jamais été capable.

Le notaire encaissa ces paroles sans broncher, mais quelque chose dans son regard fit peur à Marguerite. *Il va me tuer.* Après un long silence, il quitta la pièce en laissant la porte grande ouverte. Marguerite courut la verrouiller de nouveau. Elle resta là, à l'affût du moindre bruit. Il ne se passa rien pendant de longues minutes, puis elle entendit le claquement d'un fouet et un bruit de roues. Se précipitant à la fenêtre, elle vit le Brougham qui roulait à un train d'enfer sur la Grande Allée. Elle eut à peine le temps d'apercevoir le conducteur. C'était son mari. Qu'il ait décidé de conduire la voiture lui-même, sans faire appel à monsieur Joseph, ne fit rien pour la rassurer. Elle eut la certitude qu'il se rendait à Cap-Rouge. Dans l'état où il était, elle le savait capable de tout.

Habitée par un sentiment d'urgence, elle déverrouilla sa porte, sortit de sa chambre et s'élança vers l'escalier. Lorsqu'elle fut au rez-de-chaussée, elle se dirigea vers le cabinet où son mari, excellent chasseur, entreposait sa collection d'armes. La porte du cabinet était habituellement fermée à clé, mais Marguerite put l'ouvrir sans peine. Elle entra dans la pièce, examina la panoplie de fusils de chasse et de pistolets soigneusement disposés sur le mur, derrière une vitrine. Son regard se posa d'abord sur les fusils de chasse. Il y en avait une demi-douzaine, dont les canons et les crosses bien astiqués luisaient dans la lumière du jour. Son mari les avait rapportés de leur demeure de La Malbaie au début du mois d'octobre, lorsque la saison de chasse s'était achevée. Pas un seul fusil ne manquait. Puis, en examinant les rangées de pistolets, elle remarqua un espace vide, ce qui confirma ses pires craintes. Il fallait qu'elle avertisse Alistair avant qu'il soit trop tard.

XVIII

Marguerite arriva au bureau du télégraphe quelques minutes avant la fermeture, hors d'haleine. Elle s'y était rendue à pied, ne voulant pas perdre de temps à faire atteler une voiture par monsieur Joseph. Heureusement, il n'y avait que quelques clients qui faisaient la queue devant le seul guichet resté ouvert. Lorsque ce fut le tour de Marguerite, le commis, un jeune homme boutonneux et au col de chemise un peu sale, leva les yeux vers une horloge fixée au mur du bureau et lança d'un ton morne :

— Désolé, on ferme.

L'employé fit glisser le panneau de bois qui obturait l'ouverture du guichet. Marguerite connaissait le commis, car elle avait eu quelquefois affaire à lui. Elle s'efforça de lui sourire.

— Vous ferez bien une exception pour moi. J'ai un télégramme urgent à envoyer.

Ajustant sa visière avec nonchalance, l'employé lui lança :

— Si c'était si urgent, vous aviez qu'à venir avant la fermeture.

— Je suis arrivée avant la fermeture ! s'écria Marguerite. Il y avait des clients avant moi. Je vous en prie, vous devez m'aider.

— Le bureau ferme à quatre heures et demie.

— Je veux voir votre supérieur, s'exclama-t-elle, exaspérée par l'entêtement du jeune homme.

Un homme replet et de petite taille, alerté par la discussion, s'approcha du commis. Il portait un gilet rayé et une redingote noire qui lui donnaient l'allure d'un bourdon.

— Que se passe-t-il, Rogatien ? demanda-t-il avec un cheveu sur la langue.

— Madame veut envoyer un télégramme. Je lui ai dit que le bureau était fermé.

L'homme au gilet rayé jeta un coup d'œil à Marguerite. Amateur de bonne chère, il ne dédaignait pas non plus reluquer les jolies créatures, sans toutefois aller au-delà du simple plaisir des yeux. Celle-ci était fort bien tournée, avec son port de reine et un regard de velours que faisait briller la colère. Il inclina la tête, laissant voir des cheveux gominés.

— Je suis Hervé Soulanges, directeur. Ne doutez pas un instant qu'il m'eût été infiniment agréable de vous obliger, chère dame. Il m'est malheureusement impossible d'accéder à votre demande.

— Je dois à tout prix envoyer ce télégramme. Une vie pourrait en dépendre.

— Je voudrais bien vous accommoder, mais notre télégraphiste vient tout juste de partir. Revenez demain matin, à huit heures et demie.

— Demain, ce sera trop tard !

En sortant du bureau, Marguerite fit quelques pas sur le trottoir en bois, submergée par un sentiment d'impuissance. Le télégramme aurait été le moyen le plus rapide et le plus sûr d'avertir son amant du danger qu'il courait. Elle résolut de retourner chez elle et de demander à monsieur Joseph de l'accompagner jusqu'à Cap-Rouge. Son mari avait une longueur d'avance, il y avait peu d'espoir qu'ils puissent y parvenir à temps, mais Marguerite ne pouvait se résigner à rester enfermer chez elle à attendre. En marchant en direction de la porte Saint-Louis, une autre idée lui vint à l'esprit. Ce serait une démarche humiliante dont elle n'osait imaginer les conséquences, mais c'était la seule façon d'empêcher son mari de commettre l'irréparable. Elle rebroussa chemin, à la recherche d'un fiacre. Elle en aperçut un, garé dans la rue Saint-Louis, et lui fit signe.

— On va où, ma p'tite dame ?

— À un poste de police, dit-elle en montant dans la voiture. N'importe lequel, pourvu qu'il ne soit pas trop loin d'ici.

L'homme lui jeta un regard dubitatif. De mémoire de cocher, il ne lui était jamais arrivé de conduire une dame « de la haute » au poste. Il se demanda quels secrets se cachaient sous ses beaux atours.

Le fiacre s'immobilisa devant un immeuble gris situé rue Champlain. Des policiers en uniforme fumaient la pipe devant l'entrée. Le cocher descendit et ouvrit la portière. Au moment où il lui tendait la main pour l'aider à franchir le marchepied, Marguerite hésita. La perspective de dénoncer son mari à la police, sans compter les questions dégradantes auxquelles elle devrait se soumettre pour justifier son étrange démarche, lui apparut insupportable. Le cocher commençait à montrer des signes d'impatience. Elle le paya, descendit et se dirigea vers le poste, tâchant d'ignorer les regards des policiers fixés sur elle.

XIX

La malle-poste qui transportait Ian et son bon samaritain arriva enfin à Montréal après s'être arrêtée dans tous les villages et bourgs qui jalonnaient le fleuve. Durant le trajet, monsieur Trottier avait eu beau questionner l'enfant sur sa famille et sur ce qu'il venait faire à Montréal, il n'avait pas réussi à en apprendre plus long, sinon qu'Ian devait se rendre au port, où sa mère était censée l'attendre.

— Le port, c'est grand, mon garçon. Une chatte y retrouverait pas ses petits.

Ian hésita. Monsieur Trottier s'était toujours montré bon avec lui. En regardant son visage rubicond et souriant, il se sentit rassuré.

— On doit embarquer sur le *Mermaid*, en direction de Liverpool.

Monsieur Trottier haussa les sourcils. *Liverpool...* Il n'avait jamais traversé l'Atlantique, encore moins visité cette ville, mais il avait lu dans un almanach que c'était l'un des ports les plus importants de l'Angleterre. Il ne put s'empêcher de se demander pourquoi le garçon et sa mère désiraient s'exiler si loin, de l'autre côté de l'océan. Jamais l'enfant ne lui avait parlé de son père. Peut-être que ce dernier avait refait sa vie là-bas, et qu'ils allaient l'y rejoindre.

La voiture s'engagea dans la rue Notre-Dame. Ian observait avec fascination les maisons et les grands entrepôts qui bordaient la rue, si longue qu'on n'en voyait pas le bout. Jamais il n'avait vu autant de voitures. Il y en avait de toutes les formes, avec des couleurs bariolées. Ils croisèrent un omnibus tiré par deux chevaux et qui avançait sur des rails. Les passagers y étaient assis en rangs d'oignons. Mais il fut encore plus impressionné lorsqu'il aperçut, à sa gauche, une immense structure qui semblait enjamber le ciel, avec de larges piliers de brique.

— Qu'est-ce que c'est ? demanda-t-il.

— Le pont Victoria, répondit le marchand avec fierté. Y est presque achevé de construire.

Il fit un clin d'œil.

— C'est des Irlandais qui l'ont bâti.

La malle-poste s'immobilisa devant un édifice de pierre soutenu par de grosses colonnes.

— Le bureau de poste, expliqua monsieur Trottier. D'ici, on pourra prendre un fiacre jusqu'au port.

Une demi-douzaine de calèches étaient garées à la queue leu leu sur Notre-Dame, non loin du bureau de poste. Monsieur Trottier fit signe à un cocher qui fumait la pipe en attendant des clients.

— Où c'est qu'on peut vous mener, mon bon monsieur ?

— Au port, à l'embarcadère du *Mermaid*.

Le cocher prit une bouffée de sa pipe.

— *Mermaid*... Qu'est-ce que ça mange en hiver ?

— C'est un grand voilier qui se rend jusqu'à Liverpool, répliqua Ian, agacé par la nonchalance du cocher.

— D'habitude, les gros bateaux, y accostent au *pier* Victoria.

Il expliqua que la jetée avait été construite à la demande des marchands anglais et que le fleuve avait été dragué afin de permettre aux navires de gros tonnage d'y avoir accès. Monsieur Trottier aida Ian à se hisser dans la voiture, dont le marchepied était trop haut pour lui.

Une cohue impressionnante régnait dans le port, envahi par des charrettes et des voitures qui allaient et venaient, transportant marchandises et voyageurs. D'immenses barges tirées par des chevaux de trait étaient charriées vers les quais. Le cocher dut s'arrêter à mi-chemin, car la voie était trop encombrée pour qu'il puisse s'y frayer un chemin. Il pointa un doigt en direction d'une jetée.

— C'est là-bas.

Monsieur Trottier regarda dans la direction indiquée. Une demi-douzaine de trois-mâts avaient jeté l'ancre, mais ils étaient trop éloignés pour qu'il puisse en lire les noms. Le marchand se tourna vers Ian.

— On ne peut pas aller plus loin en voiture, mon garçon. Tu vois les grands navires là-bas ? Le *Mermaid* est sans doute parmi eux.

Le garçon suivit son regard. La taille des bateaux, même à cette distance, fit une forte impression sur lui. Il franchit le marchepied et sauta à terre. Monsieur Trottier descendit à son tour, et s'adressa au cocher :

— Attendez-moi ici.

Il rejoignit Ian, lui mit gentiment une main sur l'épaule.

— Si jamais t'as besoin d'aide, je tiens un magasin de tissus rue Saint-Denis. Trottier & Fils. C'est pas très loin d'ici. Une vingtaine de minutes à pied.

Le marchand frotta la tête de l'enfant, puis glissa un billet de cinq dollars dans sa main.

— Bonne chance, mon garçon.

Il remonta dans la calèche et fit signe au cocher de repartir. Ce dernier secoua les rênes et fit demi-tour. La circulation était plus dense, de sorte que la voiture avançait lentement. Le marchand se retourna et regarda derrière lui. Son cœur se serra lorsqu'il vit le garçon, debout au même endroit, qui semblait perdu dans la foule. Il fut sur le point de demander au cocher de rebrousser chemin, mais la pensée que sa femme était toujours sans nouvelles de lui l'en dissuada. Il se retourna à plusieurs reprises pour regarder le garçon jusqu'à ce qu'il disparaisse parmi les badauds.

Ian regarda autour de lui, étourdi par le va-et-vient constant et les bruits assourdissants qui régnaient dans le port. « Attends-moi au port de Montréal ! Le bateau *Mermaid* ! N'oublie pas ! » lui avait crié sa mère. Il se dirigea vers la jetée, contournant les barges et les voitures, bousculé par des débardeurs qui portaient de lourds ballots sur leurs épaules. Un vent froid s'était levé et lui piquait les joues. Il s'approcha des navires. Une rafale fit claquer les cordages. Il put lire le nom du premier bateau : *La Belle au bois dormant.* Il fit le tour de la jetée, le ventre serré par l'inquiétude. Le *Mermaid* n'était peut-être pas encore arrivé au port. Ce n'est que lorsqu'il parvint à l'extrémité du quai qu'il aperçut un navire un peu plus grand que les autres. La proue était surmontée d'une sirène en bois sculpté dont les couleurs s'étaient estompées avec les intempéries. Sous la sirène, il déchiffra le nom du bateau, peint en lettres dorées : *The Mermaid.* Ian poussa une exclamation de joie. C'était le bateau dont sa mère lui avait parlé. Une passerelle avait été placée entre le pont du navire et le quai. Des passagers la franchissaient, munis de leurs bagages, tandis que des marins hissaient des voiles en s'invectivant. Ian regarda autour de lui. Un couple s'embrassait en pleurant ; des hommes avaient enlevé leur chapeau et saluaient des passagers accoudés au bastingage, qui leur rendaient leur salut en secouant leur mouchoir ; des enfants se pourchassaient en criant, mais sa mère n'était pas parmi eux. Soudain, il vit une jeune femme dont les cheveux roux et bouclés tombaient en cascade sous un chapeau. Il s'élança vers elle, lui effleura l'épaule. Elle se retourna vivement, les sourcils froncés. Ce n'était pas sa mère. Il bredouilla des excuses, puis parvint à surmonter sa timidité et demanda à la femme rousse si elle savait à quel moment le *Mermaid* larguerait les amarres. Elle se radoucit devant la mine timide du garçon.

— Dans une heure, à ce qu'on m'a dit.

Ian balbutia des remerciements et décida d'attendre sa mère près de la passerelle, la poitrine comprimée par l'angoisse.

XX

Le notaire Grandmont parvint au village de Cap-Rouge un peu avant la tombée de la nuit. Il ne s'était arrêté qu'une fois à un relais routier afin de nourrir son cheval, ne prenant même pas le temps de manger une bouchée lui-même. Il n'avait qu'une chose en tête : confronter Alistair Gilmour et le tuer. Non content d'avoir été l'artisan de sa ruine, le marchand naval avait couché avec sa femme, achevant ainsi sa vengeance. La liaison avait dû commencer tôt, peut-être même lors de ce fameux bal que le Lumber Lord avait donné dans son magnifique domaine, en septembre. Le notaire avait été flatté que le maître des lieux invitât sa femme pour la première danse devant tout ce que Québec comptait de notables. Les compliments dont Gilmour avait abreuvé Marguerite durant le repas fastueux, l'attention soutenue qu'il lui avait portée, au lieu de l'alarmer, l'avaient comblé d'aise. Quel fieffé imbécile il avait été !

Sa rage monta d'un cran. Peu lui importaient les conséquences de son geste. Il savait maintenant qu'il n'avait plus rien à perdre. Sa seule chance de convaincre le conseil municipal de son intégrité s'était envolée en fumée. Jamais Marguerite n'accepterait de témoigner en sa faveur ; le ferait-elle qu'Alistair Gilmour s'empresserait de révéler qu'elle se trouvait en sa compagnie, sans même éprouver l'ombre d'un scrupule à la compromettre. La ville entière saurait que sa femme l'avait trompé avec le riche négociant. Jamais plus il ne pourrait paraître en société sans être montré du doigt. Cette seule pensée fit bouillir le sang dans ses veines. Il fouetta son cheval avec une furie renouvelée. En tuant son ennemi, il annihilerait cette humiliation, ferait taire les mauvaises langues, rétablirait son honneur perdu, mais plus encore, scellerait à jamais la bouche du seul témoin de son passé. Finies, les lettres anonymes, la peur d'être dénoncé. Gilmour disparu, Cecilia disparaîtrait aussi, ses longs cheveux flottant sur l'eau irisée du lac, ses bras blancs battant l'air jusqu'à ce qu'elle s'enfonce pour ne plus jamais remonter. Le remords qui le rongeait chaque jour davantage s'éteindrait avec elle. Une sorte d'exaltation se mêla à son ressentiment, comme celle qu'il éprouvait devant un chevreuil qu'il était sur le point d'abattre.

Le chemin de la montagne qui menait au domaine de Gilmour lui parut encore plus sombre et escarpé que d'habitude. Des traces de frimas dentelaient les nids de poule. Des branches noires masquaient le ciel. Sa hargne se calma peu à peu dans le silence opprimant qui l'entourait. Il se mit à réfléchir aux gestes précis qu'il devrait accomplir. Ayant visité la demeure de son ennemi à plusieurs reprises, il connaissait bien la disposition des lieux. Il lui faudrait d'abord franchir l'entrée de la propriété, deux grilles entourées d'un muret de pierre et flanquées d'une guérite dans laquelle un homme monterait la garde. Le notaire prétendrait avoir un rendez-vous d'affaires avec Gilmour en espérant que le gardien n'y voie que du feu, mais il n'y comptait pas. Le marchand naval avait sûrement donné ordre qu'on ne le laisse pas pénétrer dans le domaine. Si le gardien lui refusait l'entrée, il n'hésiterait pas à l'abattre. Dans l'état d'esprit qui l'habitait, une armée ne l'aurait pas empêché de parvenir à ses fins.

Une fois le portail franchi, il lui faudrait accéder à Gilmour lui-même, ce qui ne serait pas une mince affaire. Le plus prudent serait de se glisser dans la demeure en passant par les communs. Il se rappelait parfaitement l'emplacement des appartements du marchand naval, que l'on pouvait atteindre par un escalier situé dans une aile du domaine. Là encore, il lui faudrait user de précautions pour éviter de croiser des domestiques, mais il était prêt à toute éventualité.

La voiture roula encore un demi-mille avant d'atteindre le sommet de la montagne. Un soleil rougeâtre finissait de s'éteindre à l'horizon. Le cœur du notaire battit plus vite lorsqu'il aperçut le portail du domaine qui se dessinait aux confins de la clairière. Il fut tenté de rebrousser chemin, mais se secoua. *Il faut en finir une fois pour toutes.* Pour se donner du courage, il glissa sa main dans la redingote qu'il portait sous son large manteau. Son pistolet s'y trouvait toujours. Le contact du bois et du métal le rassura. Il arrêta sa voiture devant les grilles, puis jeta un regard anxieux à la guérite. Il fut étonné de n'y voir personne. Une bourrasque souleva son chapeau, qu'il dut retenir d'une main. Intrigué, il descendit de voiture et s'approcha du portail. Une chaîne retenue par un cadenas enserrait les deux grilles. Il les secoua, mais la chaîne était solide. Il n'avait pas fait tout ce chemin pour se buter à un portail cadenassé ! Sortant son pistolet, il en arma le chien, visa soigneusement le cadenas et tira à bout portant. Le cadenas éclata sous l'impact de la balle. Le notaire enleva la chaîne, écarta les grilles, revint vers la voiture et remit le pistolet dans sa redingote. Il secoua les rênes, habité par un malaise indéfinissable.

Les tourelles de la demeure apparurent au détour du sentier, presque irréelles dans la grisaille du crépuscule. Le notaire décida de garer sa voiture sous le couvert des peupliers qui ceinturaient la propriété et de faire le reste du chemin à pied. Il s'immobilisa devant le majestueux portique. Pas un son ne troublait le silence, hormis le sifflement du vent dans les peupliers dénudés et le crissement de ses pas sur le gravier. Les volets des fenêtres étaient fermés. Le malaise du notaire s'accentua. Il n'y avait aucun signe de vie dans la maison ou aux alentours ; c'était comme si les lieux n'avaient jamais été habités : pas un éclat de voix, ni même les aboiements d'un chien. Le notaire resta un moment devant le portique, indécis. Il s'était attendu à tout, sauf à ce silence. Puis il prit le parti de contourner la demeure, comme il l'avait d'abord planifié. Un sentier sinueux, bordé de bosquets, menait à l'arrière de la maison. Le même silence y régnait. Les jardins étagés, qui s'étendaient à perte de vue jusqu'au fleuve, semblaient figés, comme s'ils attendaient l'hiver.

Son attention fut attirée par un bâtiment adossé à la maison et dont le toit en bardeaux orangés mettait une note de gaieté dans le paysage sépia. Une odeur de fourrage et de crottin flottait dans l'air. Il s'agissait sans doute des écuries. Le notaire s'en approcha. Deux vantaux en bois de grange les clôturaient. Le notaire tenta de les ouvrir, mais comme pour les grilles du portail, une chaîne cadenassée l'en empêcha. Il y avait toutefois un espace entre les battants et le toit. Le notaire jeta un coup d'œil à l'intérieur. Dans la demi-obscurité, il put distinguer une douzaine de stalles. Elles étaient vides et propres. Dès lors, Louis Grandmont eut la certitude que le Lumber Lord avait quitté son domaine.

Le notaire retourna vers les grilles qu'il avait laissées ouvertes, épuisé par son long et inutile périple. Il éprouvait une frustration indicible à l'idée qu'Alistair Gilmour lui avait échappé et en même temps, sans se l'avouer, il ressentait une sorte de soulagement. Une fois sa colère passée, il commençait à entrevoir la folie de son action. S'il avait tué Gilmour, il aurait été arrêté, jeté en prison, accusé aux assises après un procès long et dégradant. La loi prévoyait la peine de mort pour les meurtres, qu'ils fussent prémédités ou non. Même en prenant le meilleur des avocats, il aurait terminé son existence au bout d'une corde. Son nom – celui de ses enfants et de ses petits-enfants – aurait été à jamais souillé par la honte et le déshonneur. Toute l'horreur d'une telle situation lui apparut brutalement, comme s'il s'était réveillé d'un cauchemar. En fin de compte, son ennemi, sans le savoir, lui avait rendu un fier service en fuyant ainsi comme un lâche.

Le notaire était si absorbé dans ses pensées qu'il ne vit pas tout de suite une voiture venir dans sa direction, escortée par deux hommes à cheval. Ce n'est que lorsqu'il entendit un fouet claquer qu'il leva les yeux et l'aperçut. Le véhicule s'arrêta brusquement en lui barrant le chemin. Le cheval du notaire se cabra en hennissant. Croyant d'abord avoir affaire à des brigands, il eut le réflexe de sortir le pistolet de sa redingote, mais se ravisa lorsqu'il reconnut l'uniforme des policiers montés. Les portières du cabriolet s'ouvrirent au même moment. Deux autres policiers franchirent le marchepied et descendirent. L'un d'eux braquait une arme sur le notaire.

— Vous êtes monsieur Louis Grandmont ?

— C'est bien moi, répondit le notaire, interdit.

— Jetez votre arme devant vous.

— Voyons, il s'agit d'un malentendu, tenta de se défendre le notaire.

Voyant un deuxième policier pointer une arme dans sa direction, il n'eut d'autre choix que d'obéir. Il lança son pistolet, qui tomba aux pieds des gendarmes. L'un d'eux s'en empara et l'examina.

— Un Colt Paterson, dit-il à son collègue.

Il ouvrit le barillet, constata que la cartouche était noircie.

— Il a servi récemment.

Le policier referma le barillet et glissa l'arme dans sa ceinture. Il s'adressa de nouveau au notaire.

— Descendez de votre voiture.

Le notaire obtempéra, les jambes flageolantes. Les deux policiers s'avancèrent vers lui et l'empoignèrent sans ménagement.

— Que voulez-vous ? Où voulez-vous m'emmener ?

— Au poste. Nous avons quelques questions à vous poser.

Le notaire eut l'impression de basculer dans un monde d'où toute rationalité avait été exclue. Il faillit s'écrier « Je ne l'ai pas tué ! » mais se retint à temps. Ces policiers ne pouvaient être au courant de ses intentions. *Je dois garder la tête froide. Je n'ai tué personne.* Tout ce qu'il trouva à dire fut :

— Et ma voiture ?

— Un de nos hommes s'en chargera, répondit le premier policier.

Le deuxième exhiba une paire de menottes. Le notaire, les apercevant, se sentit défaillir.

— Ce n'est pas nécessaire, balbutia-t-il, je n'ai pas l'intention d'opposer de résistance.

Le premier policier hocha la tête, embarrassé. Il avait l'habitude d'arrêter des criminels sales et dépenaillés, pas des « monsieurs » portant redingote, haut-de-forme et lavallière nouée à la perfection.

— C'est la loi, monsieur Grandmont.

Voyant qu'il ne servait à rien de protester, le notaire se laissa docilement menotter et entraîner vers le cabriolet. Une pluie froide se mit à tomber. Une rafale de vent souleva le haut-de-forme du notaire, qui ne put le retenir à cause de ses mains entravées. Le chapeau atterrit dans une flaque boueuse.

— Mon chapeau ! s'exclama-t-il, les yeux aveuglés par la pluie.

Ses paroles se perdirent dans le tambourinement de l'averse. Les policiers poussèrent le notaire à l'intérieur de la voiture et s'y engouffrèrent à leur tour. Les portières claquèrent et le cabriolet s'ébranla tandis que les deux policiers lançaient leurs montures vers le chemin de la montagne qui menait au domaine d'Alistair Gilmour.

XXI

Comme Emma l'avait prévu, le docteur Lanthier était venu faire un tour un peu avant le souper et avait insisté pour porter le coffre contenant les effets d'Eugénie dans le porte-bagages derrière le boghei. Il ne s'était pas montré surpris d'apprendre que Fanette avait décidé de quitter la maison du notaire avec sa fille et de retourner vivre chez sa mère, surtout après les aveux qu'il lui avait faits. Pour tout dire, il en avait été soulagé. Depuis la mort de Philippe, le climat dans la maison des Grandmont était devenu intenable, et il craignait que la santé de Fanette en fût affectée.

Le médecin était resté pour le souper. Il venait tout juste de repartir lorsque Fanette, se sentant soudain très fatiguée, monta se coucher. Sa tête était lourde et ses membres, endoloris. Elle se rendit d'abord à la chambre qu'occupait désormais Marie-Rosalie. Celle-ci dormait profondément. Fanette remonta sa couverture, l'embrassa doucement sur le front pour ne pas la réveiller, puis alla dans sa propre chambre, se déshabilla et enfila une robe de nuit. C'est en rangeant ses vêtements dans l'armoire qu'elle ressentit des douleurs à l'abdomen, comme si un poignard l'avait lacéré. Alarmée, elle retourna sur le palier, vit de la lumière sous la porte de la chambre d'Emma, y frappa. Sa mère, un livre à la main, lui ouvrit. Elle étouffa un cri : il y avait une flaque de sang aux pieds de la jeune femme.

Emma descendit l'escalier le plus vite qu'elle put, mit un manteau en vitesse et, sans perdre de temps à atteler son boghei, courut vers la maison du docteur Lanthier.

Après s'être soigneusement lavé les mains, le docteur Lanthier les essuya sur un linge que lui tendait Emma. Le visage de celle-ci était ravagé par l'angoisse. Il se dirigea vers Fanette, étendue sur son lit. Emma l'avait aidée à enfiler une robe de nuit propre. Heureusement, l'hémorragie avait cessé, mais la jeune femme avait perdu beaucoup de sang. Elle était pâle et des ombres violettes marquaient ses paupières. Le médecin l'examina puis, après quelques minutes, se redressa. Il dit très doucement:

— Je suis navré, Fanette. Tu as fait une fausse couche.

Fanette garda le silence; les paroles du médecin semblaient lui être parvenues à travers un brouillard. Emma se détourna et ravala un sanglot. Elle ne savait même pas que sa fille portait un enfant. Elle sortit de la chambre, les yeux aveuglés par les larmes. Elle était inconsolable. Si elle avait su que sa fille était enceinte, elle ne lui aurait jamais permis de l'aider à transporter ce maudit coffre. Elle était convaincue que c'était là la cause de cette fausse couche.

Après avoir administré de la valériane à Fanette pour l'aider à dormir, le docteur sortit de la chambre et rejoignit Emma dans la cuisine. Elle avait mis un canard sur le poêle pour faire du thé.

— Il faut que Fanette se repose, recommanda-t-il. Au moindre signe de fièvre, n'hésitez pas un instant à venir me chercher, même au milieu de la nuit. Je reviendrai demain.

Il remarqua le visage exsangue d'Emma.

— Tâchez de vous reposer, vous aussi. Ça n'arrangerait rien que vous tombiez malade d'épuisement.

— Tout est de ma faute.

Elle lui avoua la bévue qu'elle avait commise. Il secoua la tête.

— À mon avis, ce n'est pas seulement cet effort qui a causé la fausse couche, mais le choc et la douleur du deuil.

Emma, convaincue que le bon docteur tentait de la rassurer, ne dit rien. Il lui mit une main sur l'épaule.

— Il n'y a rien de plus inutile que la culpabilité.

Il partit.

Fanette n'avait pas trouvé le sommeil, malgré la valériane. Une forte pluie s'était mise à tomber et martelait bruyamment les vitres. Des pensées sombres la hantaient. Elle avait le sentiment de glisser dans un tunnel noir et sans fin. Elle se sentait vide, comme si la vie s'était retirée de son corps. Soudain, elle entendit le bruit de la porte qui s'ouvrait, puis de petits pieds sur le plancher. À travers la lumière diffuse d'une lampe dont Emma avait baissé la mèche, elle aperçut Marie-Rosalie avancer vers elle. L'enfant grimpa sur le lit et se blottit contre sa mère. Fanette sentit son souffle sur sa joue. Elle serra sa fille contre elle, réconfortée par son petit corps chaud et son odeur fraîche de lait et d'amande. Bercée par la respiration de l'enfant, elle finit par s'endormir.

XXII

L'averse balaya le pont du bateau à vapeur. Amanda regardait anxieusement à travers la fenêtre de la cabine, striée de gouttes de pluie. Une brume épaisse s'était levée, l'empêchant de voir à plus de quelques pieds. Durant tout le voyage, Amanda avait systématiquement évité de se trouver en présence du lieutenant Noël Picard, se plongeant dans la lecture d'un journal qu'elle avait trouvé, ou s'enfermant dans le carré réservé aux dames, prétextant qu'elle avait le mal de mer. Le lieutenant l'observait discrètement mais n'insistait pas. De toute évidence, la dame n'était pas intéressée par lui, et il avait trop d'amour-propre pour poursuivre ses tentatives de séduction.

Des trouées apparurent dans le brouillard. Amanda aperçut soudain des centaines de lumières scintiller à distance. Elle comprit que le port de Montréal n'était pas loin.

☙

Le départ du *Mermaid* avait été retardé à cause de la brume, mais celle-ci se leva aussi brusquement qu'elle était tombée. L'averse avait complètement cessé. Des marins s'activaient sur le pont pour terminer les manœuvres d'appareillage du navire. Le *Mermaid* quitterait le port quelques minutes plus tard. *Si ma mère n'est pas là, c'est qu'il lui est arrivé quelque chose*, pensa Ian, qui avait été trempé par la pluie et serrait ses bras autour de lui pour tenter de se réchauffer. Sa mère n'avait peut-être pas réussi à monter dans l'une des barques de sauvetage. Elle s'était peut-être noyée. *Elle ne viendra pas. Je ne la verrai plus jamais.* Il s'essuya les yeux avec une manche. Il n'avait jamais oublié le jour où sa mère avait quitté l'abri Sainte-Madeleine en lui promettant qu'elle reviendrait le chercher. Les premiers soirs, lorsqu'il devait se mettre au lit, il restait éveillé, guettant le moindre craquement du plancher, espérant que c'était elle. Elle l'embrasserait, lui raconterait l'histoire de la méchante reine Aoife qui avait transformé les sept enfants du roi en cygnes et lui souhaiterait bonne nuit en gaélique, comme elle le faisait tous les soirs depuis leur arrivée au refuge. Mais elle n'était pas revenue. Sœur Odette s'attardait parfois, lorsque les lumières du dortoir étaient éteintes, et lui caressait les cheveux en lui murmurant des mots doux. Mais rien ne pouvait le consoler, pas même la gentillesse de sœur Odette. Les mois s'étaient écoulés sans qu'il ait eu de nouvelles de sa mère. Puis un jour, un homme très grand aux cheveux couleur de feu, comme ceux de sa mère, était venu à l'abri. Sœur Odette avait expliqué à Ian que cet homme avait bon cœur et qu'il souhaitait le prendre avec lui afin de lui donner une bonne éducation. Ian avait d'abord refusé de suivre l'inconnu. Il avait jeté de la vaisselle sur le plancher, s'était frappé la tête sur le montant du lit, puis avait fini par se résigner. Il était monté avec l'homme aux cheveux roux dans une voiture très grande dotée de banquettes qui sentaient le cuir neuf et de coussins aussi doux que les plumes d'un oiseau. Le voyage avait duré longtemps. Ian avait fini par s'endormir, bercé par le mouvement de la voiture, la tête appuyée sur un coussin. Puis une main l'avait secoué doucement. Il avait ouvert les yeux et avait aperçu le visage de sa mère penché au-dessus du sien. Sa joie de la revoir avait été telle qu'il avait senti son cœur éclater dans sa poitrine, mais en même temps, un sentiment de colère avait déferlé sur lui comme une vague. Pourquoi sa mère l'avait-elle abandonné pendant ces longs mois, sans même lui écrire une lettre ? Devinant ses sentiments, elle l'avait pris dans ses bras et l'avait serré très fort contre elle.

— Pardonne-moi, Ian. Je n'avais pas le choix. Un jour, je t'expliquerai.

En fin de compte, le bonheur de revoir sa mère avait presque effacé son ressentiment. Monsieur Gilmour les avait installés dans une maison de pêcheurs, au bord du fleuve, dans le village de Cap-Rouge. Tous les matins, Ian se rendait à pied à l'école de rang. Au début, les autres enfants, surtout les plus vieux, se moquaient de lui. Ils le surnommaient l'Irlandais, lui lançaient des boulettes de papier durant la classe. Ian feignait l'indifférence, mais les railleries des élèves le déconcertaient et le blessaient. Il avait toujours vécu entouré d'affection. À la maison de madame Bergevin, il était l'objet de l'attention des dames qui portaient des robes aux couleurs chatoyantes et dont le parfum l'étourdissait lorsqu'elles le prenaient dans leurs bras. Il était particulièrement attaché à Anita, qui lui apportait souvent des sucreries et qui laissait parfois des marques de rouge à lèvres sur ses joues tellement elle l'embrassait fort. Un cri le sortit de sa rêverie. Il entendit son nom :

— *Iain ! Iain !*

Il se retourna et aperçut sa mère qui courait vers lui.

— *A Mhamaí !* Maman !

Amanda attrapa son fils et le serra à lui briser les os.

— *A mhaicín… a stóirín…* Mon petit… Mon petit…

Ian se dégagea.

— Il faut se dépêcher, le bateau va partir !

Il l'entraîna vers la jetée Victoria, où le *Mermaid* était accosté. Des marins étaient en train d'enlever la passerelle. Amanda mit ses mains en porte-voix :

— Attendez ! Ne partez pas ! Laissez-nous monter à bord !

Un bruit de moteur couvrit sa voix. Un navire marchand, juste à côté, avait commencé les manœuvres de départ. La passerelle du *Mermaid*, soulevée par des chaînes, se détacha peu à peu du quai tandis que des marins enlevaient les amarres qui retenaient le bateau. Sur l'entrefaite, un cabriolet noir s'arrêta derrière une charrette remplie de tonneaux. Un homme portant un haut-de-forme sortit de la voiture.

— Vous bloquez la voie ! cria-t-il, furieux, au charretier.

Celui-ci haussa les épaules, goguenard.

— J'peux plus avancer ! J'ai pas des ailes pour passer par-dessus les voitures en avant d'moé !

L'homme au haut-de-forme poussa une exclamation de dépit, sauta à terre puis s'adressa à deux hommes qui étaient restés à l'intérieur de la voiture.

— Suivez-moi !

Ils se faufilèrent à travers le dédale de voitures et le flot continu de marins et de voyageurs qui se rendaient vers les quais.

Amanda courut en direction du *Mermaid*, brandissant ses deux billets. La passerelle avait été presque entièrement enlevée.

— Ne partez pas ! Nous sommes deux passagers. Voici nos billets !

C'est alors qu'elle vit quelqu'un dans la foule. Quelqu'un qu'elle aurait reconnu entre mille. Le coroner Duchesne. Elle n'eut que le temps de crier à son fils :

— Ne reste pas ici ! Sauve-toi ! Je te retrouverai, je te le promets !

Ian hésita à quitter sa mère. Amanda jeta un regard désespéré au *Mermaid*. Le navire avait quitté le quai, laissant un court sillage derrière lui.

— Cache-toi ! répéta Amanda, affolée, en désignant une rangée de tonneaux.

Ian, galvanisé par les paroles de sa mère, détala comme un lièvre. Amanda le suivit des yeux, folle d'inquiétude, ne songeant même pas à sa propre sauvegarde.

Après avoir parcouru une vingtaine de pieds, Ian ne put faire autrement que de se retourner. Sa mère était entourée de deux policiers et d'un homme vêtu de noir, portant un très haut chapeau. Il était trop loin pour entendre leurs paroles, mais il vit les gendarmes la menotter et l'entraîner avec eux, sous le regard de passants qui s'étaient immobilisés pour regarder la scène. Les billets qu'elle tenait s'envolèrent au vent comme des oiseaux. Ian resta là, paralysé par la peur et la colère. Pourquoi ces policiers avaient-ils arrêté sa mère ? Pourquoi s'en prendre à elle ? Elle n'avait jamais rien fait de mal, de cela il était absolument certain. Il s'éloigna du port sans savoir où ses pas le mèneraient. Un homme avait observé la scène à distance. Le lieutenant Noël Picard.

Deuxième partie

Les retrouvailles

XXIII

Il pleuvait de plus belle. Des nids-de-poule s'étaient formés sur le chemin, faisant tressaillir les roues du cabriolet, qui se dirigeait vers Québec. Amanda, installée sur une banquette étroite et inconfortable, avait mal aux poignets, enserrés dans des menottes. Au moment de son arrestation, les policiers lui avaient enlevé la bourse qu'elle portait à la ceinture. Un désespoir sans borne s'empara d'elle. Elle avait perdu son fils, n'avait plus un sou vaillant, et elle était entre les mains du coroner Duchesne.

En levant les yeux, elle distingua la silhouette du coroner et celles des deux policiers à travers la cloison qui séparait l'habitacle de la voiture. Elle distinguait à peine leurs visages, faiblement éclairés par la lueur d'une lanterne accrochée au-dessus de la portière. Depuis leur départ de Montréal, le coroner avait fumé une pipe, lu un journal, cogné des clous, mais pas une seule fois il ne lui avait adressé la parole, même lorsque le cabriolet s'était arrêté à un relais afin que les voyageurs et les chevaux pussent se sustenter et prendre un peu de repos. De toute manière, elle s'était elle-même enfermée dans un mutisme empreint de révolte. La pensée d'Ian ne la quittait pas. Qu'allait-il devenir ? Où dormirait-il cette nuit ? Elle n'osait imaginer comment il se débrouillerait tout seul, dans une grande ville où il ne connaissait personne.

Contemplant distraitement la fenêtre, elle sentit soudain un regard sur elle. Elle tourna la tête et se rendit compte que le coroner la fixait. Il détourna aussitôt les yeux. Il avait dû s'informer de l'itinéraire du *Queen Victoria* et était venu attendre Amanda à Montréal. L'acharnement de l'homme de loi à la pourchasser l'effrayait davantage que le fait qu'il l'ait arrêtée. Que lui voulait-il, à la fin ? Que pouvait-elle lui apprendre sur le meurtre du pauvre Jean Bruneau qu'il ne savait déjà ? L'image de Jacques Cloutier se balançant au bout de sa corde la fit frissonner. Bien qu'il ait été condamné et pendu pour le meurtre d'un autre, l'assassin de Bruneau était mort et enterré. Pourquoi le coroner revenait-il à cette histoire, après toutes ces années ? Elle réfléchit à sa propre arrestation et à la personne qui avait servi d'indicateur au coroner. *Andrew...* Elle avait beau tourner la chose sous tous ses angles, c'était lui, ça ne pouvait être que lui. Le chagrin lui noua la gorge. Le seul homme qui lui avait témoigné un peu de bonté, le seul qu'elle avait aimé, l'avait trahie. Quelle faute avait-elle commise à son égard pour qu'il la punisse de la sorte ? Elle ferma les yeux, épuisée par ses interrogations sans fin. L'angoisse l'étreignit de nouveau à la pensée de son fils, perdu dans Montréal. *Pourvu qu'il soit sain et sauf...*

Ian avait trouvé refuge dans un entrepôt, à environ un quart de mille du port. La faim et le froid le firent sortir de sa cachette. La pluie avait cessé, mais une sorte de vapeur montait du sol, percée ici et là par les lueurs fantomatiques des lampadaires au gaz. Au loin, les ombres des bateaux ressemblaient à des éléphants endormis.

Ian buta contre un amas de déchets. Il sursauta lorsqu'un animal jaillit des détritus en poussant un cri aigu. Il crut d'abord que c'était un chat, mais la longue queue fine, le museau et les oreilles pointues lui firent comprendre qu'il s'agissait d'un rat. Il contourna avec précaution le monticule d'immondices et poursuivit son chemin, errant seul dans les rues désertes et mal éclairées. Il n'y avait que des entrepôts et des magasins dont les rideaux de fer étaient fermés. Son estomac le tiraillait tellement il avait faim. Il ne savait où se procurer un repas, ni où il passerait la nuit. Puis il se souvint des paroles de monsieur Trottier. S'il avait besoin d'aide, il pourrait le trouver à son magasin, dans la rue… De quelle rue avait-il parlé, au juste ? Il n'arrivait plus à se rappeler le nom. C'était celui d'un saint. Il se remémora les lettres de l'alphabet, qu'il avait appris à l'école de rang de Cap-Rouge : *a, b, c, d*… Denis ! C'était rue Saint-Denis que se trouvait le magasin. « C'est pas très loin d'ici. Une vingtaine de minutes à pied », avait dit le marchand. Encore fallait-il savoir où la rue se situait. À quelques pas de là, Ian aperçut une forme affalée sous l'auvent d'un magasin. C'était un homme, enroulé dans une couverture trouée. Un gros sac de jute lui servait d'oreiller. L'homme ronflait, marmonnait des mots inintelligibles, puis ronflait de plus belle. Ian aurait bien voulu lui demander son chemin, mais il n'osa pas le réveiller. Soudain, le vagabond se redressa et se tourna vers lui. Ses yeux, d'une couleur indéfinissable, étaient gonflés et veinés de rouge.

— Qu'est-cé que tu fais icitte ? C'est mon coin ! Sacre ton camp !

Ian prit ses jambes à son cou. Il se retrouva dans une rue large et pavée, bordée de réverbères. Quelques voitures circulaient dans les deux sens, malgré l'heure tardive. Il croisa un marchand de journaux qui portait un gros sac en toile sur son épaule.

— La rue Saint-Denis, s'il vous plaît, lui demanda Ian.

— T'as les deux pieds en plein dessus.

Ian leva les yeux et vit *St. Denis Street* inscrit sur la plaque de rue. Il voulut demander au marchand s'il savait où se trouvait le magasin Trottier et Fils, mais il s'était déjà éloigné. Ian décida de marcher en surveillant attentivement les devantures des échoppes, qui étaient nombreuses. Après qu'il eut croisé plusieurs carrefours, son attention fut attirée par une large vitrine éclairée par un lampadaire. Des ballots de tissus de toutes les couleurs y étaient empilés derrière un rideau de fer. Une enseigne indiquait :

Trottier & Fils, Tissus en tous genres. L'espoir et le soulagement envahirent le garçon. Enfin, il avait trouvé ! La boutique était surmontée d'un étage, lequel était plongé dans l'obscurité. Ian présuma que le marchand y habitait. Ne voyant pas de cloche à la porte du magasin, il décida d'y cogner. Ses petits poings résonnaient à peine sur le chêne massif. Après plusieurs tentatives, l'enfant comprit que personne ne pourrait l'entendre.

Ne sachant où aller, il s'installa tant bien que mal devant le magasin, se rencognant contre la porte pour se protéger du froid. Il finit par s'endormir, rompu de fatigue et d'émotion.

⁖

Après quelques heures de route, le fiacre dans lequel les policiers avaient emmené le notaire Grandmont s'immobilisa devant un immeuble dont la façade terne et tachée d'humidité était éclairée par une lanterne. Il faisait encore nuit. Les policiers aidèrent le notaire, toujours menotté, à descendre et l'entraînèrent vers l'entrée. Ses habits étaient trempés, et ses cheveux plaqués sur son crâne accentuaient sa mine hagarde. Une fois la porte franchie, on le mena vers un comptoir en chêne où les citoyens désirant porter plainte et les policiers ramenant des détenus étaient accueillis. Une barrière munie d'une porte le jouxtait. Le notaire fut de nouveau fouillé. On lui prit son trousseau de clés, son portefeuille, sa montre. Encore sous le choc de son arrestation, il se laissa faire. En un court laps de temps, il avait perdu ses réflexes d'homme de la bonne société habitué d'ordonner et d'être obéi, et qui impose le respect par sa seule présence. Le policier derrière le comptoir s'adressa à lui :

— Nom, profession, adresse, marmonna-t-il, un registre ouvert devant lui.

Le notaire eut un sursaut de dignité.

— Je veux voir un avocat. Vous n'avez pas le droit de me détenir sans me permettre de consulter un avocat. Je connais la loi.

— Dans le temps comme dans le temps, maugréa le policier. Nom, profession, adresse, répéta-t-il.

— Maître Louis Grandmont, notaire. J'habite la haute ville, dans la Grande Allée.

Après l'inscription au registre, un constable ouvrit la barrière et entraîna le notaire vers le fond de la salle.

— Que se passe-t-il ? Où m'emmenez-vous ?

— Vous serez interrogé demain matin. En attendant, vous passerez la nuit au poste.

— Je proteste ! Je veux rentrer chez moi ! Vous n'avez pas le droit de me retenir ici contre mon gré ! Où est ma voiture ?

Bien que ses mains fussent entravées, le notaire fit un mouvement pour fuir, mais le constable le rattrapa rapidement et fit signe à un collègue de lui donner un coup de main. Les deux hommes empoignèrent rudement le notaire et le menèrent vers le fond de la salle. Une cellule commune y avait été aménagée. Un simple banc en bois adossé au mur de brique permettait aux détenus de s'asseoir. Une demi-douzaine de personnes, des femmes pour la plupart, s'y trouvaient déjà. Des visages se collèrent aux barreaux, tels des insectes attirés par la lumière, avides de voir le nouvel arrivant. L'un des policiers introduisit une clé dans la serrure tandis que l'autre tenait fermement le bras du prévenu. Ce dernier fut accueilli par des sifflements et des quolibets égrillards :

— Hé, le beau Brummel !

— R'garde-moé-z-y donc les beaux habits !

— Viens icitte que j'te montre c'que j'sais faire…

Le policier poussa le notaire dans la cellule et referma la porte.

Ce dernier resta debout un moment, clignant des yeux dans la lumière d'une lanterne suspendue au plafond de la cellule. Des relents aigres d'alcool, de corps mal lavés et de parfums bon marché l'assaillirent. Un ivrogne affalé sur le banc cuvait son vin. Quelques femmes aux robes et au maquillage criards le dévisageaient, la mine à la fois curieuse et goguenarde. Ce n'était pas tous les jours qu'elles partageaient une cellule avec un monsieur « de la haute ». L'une d'elles, une jeune femme maigre et délurée, aux petits yeux noirs avides, l'observait avec intérêt. Elle le trouvait vieux, mais il portait des habits de riche. Qui sait si elle ne pourrait pas lui soutirer un peu d'argent.

Le notaire fit quelques pas, puis trébucha sur quelque chose. Un rugissement suivi d'un flot d'invectives éclata. Un homme massif se leva d'un bond, se jeta sur lui et l'empoigna à la gorge malgré ses mains menottées. Le notaire voulut appeler à l'aide, mais des sons inarticulés sortaient de sa bouche. L'une des détenues s'interposa :

— Hé, laisse le pauv' yable tranquille.

Le notaire reçut un coup sur la mâchoire et fut projeté contre le mur. Des policiers, alertés par le vacarme, s'élancèrent vers la cellule. Levant leur lanterne, ils virent un prisonnier de grande taille qui donnait des coups de pied à une forme étendue sur le sol. Des prostituées s'agrippaient au belligérant pour tenter de le calmer. Les policiers entrèrent dans la cellule et réussirent à maîtriser le forcené. Puis l'un d'eux s'accroupit aux pieds du notaire. Ce dernier avait le visage ensanglanté et s'était évanoui. Maugréant un juron, il courut chercher de l'aide.

XXIV

Lorsque le notaire Grandmont se réveilla, il fut incapable d'ouvrir un de ses yeux. Tous ses membres étaient si endoloris qu'il avait l'impression d'avoir été piétiné par une armée. Pendant quelques secondes, il n'eut aucune idée de l'endroit où il se trouvait. Il porta une main à sa bouche, sentit une enflure sous ses doigts. De son œil valide, il vit qu'il était étendu sur un vieux canapé, dans une pièce qui ressemblait à un bureau. Une lueur glauque pénétrait par une fenêtre aux carreaux sales. Une forme vague était penchée au-dessus de lui.

— Il revient à lui.

Le notaire distingua peu à peu le visage d'un homme plutôt âgé qui portait des lunettes et une barbe grise.

— Je suis médecin. M'entendez-vous bien ?

Le notaire acquiesça sans un mot.

— Avez-vous des étourdissements ?

— Non.

Il articulait difficilement à cause de sa bouche gonflée et douloureuse.

— À la bonne heure ! Vous avez quelques lacérations. Je les ai examinées : elles sont sans gravité. Aucune blessure à la tête, pas de trace de fracture. Je vais nettoyer vos plaies et mettre des bandages.

Le vieil homme aida le notaire à s'asseoir. Un portrait de la reine Victoria était placé au-dessus d'un pupitre encombré de paperasse. Un homme en tenue civile, assis derrière le pupitre, avait le nez plongé dans un dossier. Le souvenir de son arrestation et de son arrivée au poste sous la pluie battante revint soudain au notaire, mais tout le reste demeurait confus. Il avait mal à la tête et son œil tuméfié l'élançait comme si quelqu'un y avait introduit des aiguilles. Le médecin tenait un linge de coton et une bouteille.

— Attention, cela va brûler un peu.

Le notaire grimaça tandis que le médecin appliquait le linge. L'homme derrière le pupitre frotta ses yeux fatigués. Des policiers s'étaient rendus chez lui et l'avaient réveillé à cinq heures. L'incident qui s'était produit dans la cellule du poste était des plus embarrassants. Comme il songeait depuis quelque temps à demander une augmentation de salaire, il ne voulait surtout pas que cet événement fâcheux lui mette des bâtons dans les roues. Il attendit que le médecin eût terminé son travail et fût sorti de la pièce pour s'adresser au prévenu :

— Mon nom est Albert Murphy. Je suis le directeur du poste Champlain. Je suis désolé de ce déplorable incident, monsieur Grandmont.

Le notaire le coupa :

— Je veux un avocat.

Il faisait un effort pour bien articuler, mais l'enflure de sa bouche lui rendait la tâche difficile. Des bandages avaient été posés sur son œil droit et sur ses égratignures.

Le directeur tâcha de gagner du temps :

— Il est cinq heures trente du matin. Il serait plus sage d'attendre une heure plus raisonnable avant de…

— Faites venir maître Levasseur, s'obstina le notaire. Il habite chemin Saint-Louis.

Le nom du célèbre avocat fit grimacer le directeur. Il voyait déjà s'envoler ses chances d'augmentation de salaire. Pire, son poste serait peut-être en jeu. Malgré le scandale qui avait entaché sa réputation, le notaire Grandmont demeurait tout de même une figure importante de la haute ville.

— Avant de déranger maître Levasseur, il vous serait sûrement utile d'apprendre le nom de la personne qui a porté plainte contre vous, monsieur Grandmont.

Voyant que le notaire se taisait, il continua :

— Hier, en fin d'après-midi, votre femme s'est rendue au poste et a fait une déposition.

Le notaire reçut cette information comme une gifle. Ainsi, c'était Marguerite qui l'avait dénoncé à la police. Il comprenait maintenant là présence des forces de l'ordre près de la demeure de Gilmour.

— Votre épouse a déclaré que vous vous apprêtiez à faire un mauvais parti à Alistair Gilmour, l'un de vos anciens clients, et que vous étiez armé.

— Il n'y a rien de vrai dans tout cela, réussit à articuler le notaire. Ma femme se drogue au laudanum, elle a tout imaginé. J'étais allé chez monsieur Gilmour pour affaires.

Le directeur du poste fit quelques pas vers son pupitre et s'empara d'un dossier.

— D'après le rapport de police, vous aviez un pistolet sur vous...

Il jeta un coup d'œil au rapport en question.

— ... de marque Colt Paterson.

— Je porte toujours une arme sur moi, pour ma protection personnelle.

— Vous avez braqué ce pistolet sur l'un de nos hommes.

Le notaire commençait à entrevoir le pétrin dans lequel il s'était mis. Son mal de tête empirait.

— Je croyais... qu'il s'agissait de voleurs.

— Nos hommes ont découvert que la chaîne verrouillant les grilles du domaine de monsieur Gilmour avait été forcée d'un coup de pistolet. La balle trouvée sur les lieux correspond à celle d'un Colt.

— Je n'ai pas...

— Et il se trouve qu'une balle manquait justement dans votre pistolet.

Le directeur remarqua que les mains du prévenu tremblaient. Il remit le dossier sur son pupitre, revint vers le notaire et s'arrêta à sa hauteur.

— Je ne suis pas ici pour vous persécuter, monsieur Grandmont. Je suis moi-même marié. Je comprends que, dans certaines situations, l'émotion prenne le dessus.

Pour la première fois depuis son incarcération, le notaire vit poindre une lueur d'espoir. Le directeur s'assit familièrement à côté de lui.

— Mes hommes n'ont trouvé aucune trace d'effraction à la résidence de monsieur Gilmour. Les écuries étaient vides, la demeure semblait déserte. Ils ont sonné à la porte pendant de longues minutes, personne n'est venu répondre. De toute évidence, le maître des lieux était absent. Il se pourrait que ce monsieur porte plainte contre vous lorsqu'il découvrira que le portail de son domaine a été forcé, mais en attendant, je ne vois pas de raison de vous retenir ici plus longtemps.

Le notaire hésita, comme s'il n'avait pas tout à fait compris les paroles du directeur.

— Vous voulez dire…

— Vous êtes libre. Comptez-vous chanceux que monsieur Gilmour n'ait pas été chez lui.

Il aida le notaire à se mettre debout. Celui-ci tenait difficilement sur ses jambes.

— Souhaitez-vous qu'un de nos hommes vous reconduise chez vous ?

La seule pensée que des voisins pourraient le voir descendre d'un cabriolet de la police le révulsa.

— Ma voiture… Je veux mon Brougham.

— Mes hommes l'ont ramené à votre domicile hier.

— Dans ce cas, je préfère me rendre chez moi par mes propres moyens.

— Vous pourrez récupérer vos objets personnels à la réception.

Le notaire se dirigea vers la porte. Sa démarche était lente, mais il semblait pouvoir marcher sans trop de difficultés. Le directeur l'escorta jusqu'au comptoir et s'adressa au policier qui était en service :

— Remettez ses objets personnels à monsieur Grandmont. Il est libre.

Le constable jeta un regard étonné à son supérieur, mais il avait appris à obéir, et il ne posa pas de questions. Il fouilla dans un tiroir et en sortit une enveloppe dans laquelle se trouvaient un trousseau de clés, un portefeuille et une montre, qu'il remit au notaire non sans éprouver un malaise en observant son visage tuméfié. Un préposé aida le notaire à enfiler son manteau. Le directeur s'adressa à son subalterne à mi-voix :

— Pas un mot du passage à tabac à la presse, compris ?

XXV

Tous les matins, Oscar se levait tôt et faisait la tournée des quelques postes de police de la ville afin d'y glaner des faits divers. La plupart du temps, il ne tombait que sur des événements sans grand intérêt, telle l'arrestation d'un mendiant ou de prostituées prises en flagrant délit de sollicitation sur les plaines d'Abraham ; rien en tout cas qui valût une manchette. Tôt ou tard, il finirait bien par dégoter une nouvelle qui en vaudrait la peine. « Patience et longueur de temps font mieux que force et que rage », lui disait souvent son oncle Victor.

Ce matin-là, il lui avait fallu tout son courage pour se tirer du lit. Sa chambrette était glaciale. Il avait terminé sa maigre provision de bois de chauffage et n'osait pas en demander à sa logeuse, de peur qu'elle lui réclame de nouveau son loyer impayé. Il s'habilla en grelottant. Ses doigts étaient si gourds qu'il eut du mal à boutonner sa chemise. On n'était qu'à la mi-novembre et il faisait déjà un froid à ne pas mettre un chien dehors. Il se demanda comment il s'y prendrait pour passer l'hiver. Si monsieur Caron ne lui accordait pas une augmentation de salaire, il lui faudrait se résigner à accepter l'offre de son ancien patron.

Constatant avec soulagement que la porte de sa logeuse était close, Oscar se dirigea vers le poste de police le plus important, situé rue Champlain. Bien qu'il fît soleil, un vent glacial lui pénétrait les os. Le poste était généralement bien chauffé, et s'il avait de la chance, le constable Vézina serait en service. Ce n'était pas un mauvais bougre, mais il était vantard sur les bords et sensible à la flatterie ; il lui donnait parfois des renseignements sur les enquêtes les plus prometteuses pour se mettre en valeur.

En arrivant près de l'immeuble de brique, Oscar aperçut un homme qui en sortait. Un manteau couvrait ses épaules, ce qui ne l'empêchait pas de trembler de froid. Un bandage lui masquait un œil et son visage était couvert d'ecchymoses. Ses vêtements, bien que très élégants, étaient sales et froissés. Il eut le sentiment d'avoir déjà vu cet homme. *Se peut-il que ce soit...* Il retint une exclamation de stupeur. *Le notaire Grandmont !* Que faisait-il au poste de police ? Qui l'avait battu de la sorte ? Il s'empressa d'entrer dans l'immeuble, flairant toute une manchette.

Une chaleur bienfaisante, prodiguée par un gros poêle en fonte installé dans un coin de la grande salle, régnait à l'intérieur. Oscar avisa avec soulagement l'agent Vézina derrière le comptoir.

— J'ai vu le notaire Grandmont sortir, lui souffla Oscar, cachant mal son excitation. Qu'est-ce qu'il faisait ici ?

Le policier se rembrunit, visiblement mal à l'aise. La consigne de son patron était écrite en lettres de feu dans son crâne.

— J'peux pas en parler.

Oscar, habitué à plus de coopération de sa part, tâcha de l'amadouer :

— Tu me connais, je suis toujours discret sur mes sources.

Le constable resta muet comme une carpe. La curiosité d'Oscar redoubla. La réticence de Vézina cachait un événement hors du commun, il en aurait mis sa main au feu. Il joua son va-tout :

— Le notaire Grandmont ne devrait pas être très loin. Je vais courir après lui et lui demander ce qui lui est arrivé. Je suis sûr qu'il va avoir un tas de choses intéressantes à me raconter.

L'anxiété du constable redoubla. Il jeta un coup d'œil à la porte du bureau de son patron, qui était heureusement fermée.

— Tout ce que je peux te dire, c'est qu'il s'est fait un peu secouer.

— Par qui ? fit Oscar, l'air faussement indifférent.

Regrettant déjà d'avoir parlé, le policier haussa les épaules.

— T'en sauras pas plus.

Oscar jeta un coup d'œil en direction de la cellule commune. Des femmes s'y trouvaient, dont le maquillage et les vêtements voyants ne laissaient aucun doute sur leur profession. Un homme à l'allure misérable, rencogné sur un banc, cuvait son vin, tandis qu'un grand gaillard fixait le sol, l'air mauvais. *C'est sûrement ce type qui a arrangé le portrait du notaire.* Le reporter revint à la charge, mimant la déception :

— Tu peux au moins me dire ce que le notaire Grandmont faisait au poste.

Le policier hésita. Son patron avait fait allusion au passage à tabac, mais quant au reste... Sentant son hésitation, Oscar usa de flatterie :

— T'es le meilleur policier de l'escouade. J'peux pas croire que tu sois au courant de rien.

Piqué dans sa vanité, le constable se décida à parler :

— D'après ce que j'ai pu savoir, il a été arrêté à Cap-Rouge. On a trouvé une arme sur lui.

Oscar retint son souffle.

— Qu'est-ce qu'il était allé faire là-bas ?

— Il voulait régler ses comptes avec quelqu'un. Un type au drôle de nom. Quelque chose comme... Adler Gilmour. Ou plutôt Alistair.

Alistair Gilmour ! L'excitation d'Oscar monta d'un cran. Le marchand naval était une sorte de célébrité à Québec. Il se demanda dans quelles circonstances le notaire avait fait sa connaissance et pourquoi il avait cherché à s'en prendre à lui.

— Qu'est-ce qu'il lui voulait, à ce Gilmour ?

Le policier se pencha vers Oscar et lui dit, avec un sourire entendu :

— Une histoire de femme...

L'intérêt d'Oscar décupla.

— Une maîtresse ?

Cette fois, le policier se rebiffa.

— Je t'en ai assez dit.

— Merci quand même, mon vieux. Une source comme toi, ça court pas les rues.

Le policier se rengorgea sans saisir le ton goguenard du journaliste. Une fois dehors, Oscar sortit son calepin et se mit à griffonner rapidement des notes pour ne rien perdre des révélations de l'agent.

∽

L'air d'un somnambule, le notaire Grandmont arriva à la porte Saint-Louis. En chemin, il avait croisé le juge Sicotte, qui lui avait jeté un regard horrifié.

— Mon pauvre Grandmont, mais que vous est-il arrivé, pour l'amour de Dieu ?

— Ce n'est rien. J'ai fait une chute de cheval.

Le notaire avait continué de marcher, sentant le regard du juge dans son dos, et avait alors désespérément cherché un fiacre. Il avait soudain avisé une voiture inoccupée et avait fait signe au cocher, mais ce dernier lui avait jeté un regard dégoûté, croyant avoir affaire à un ivrogne amoché par une rixe. Le notaire s'était résigné à faire le reste du chemin à pied, les yeux rivés sur le trottoir afin d'éviter de voir les passants et les voisins qui le scrutaient à la dérobée, certains échangeant des commentaires à mi-voix, d'autres carrément tout haut, comme s'il n'avait pas d'oreilles pour les entendre.

— As-tu vu ce type ? Il devait sûrement être en boisson…

Près de la porte Saint-Louis, un tintamarre retentit. Des hourras et des applaudissements fusaient. Absorbé dans de sombres pensées, le notaire n'y prêta d'abord aucune attention, mais le bruit se rapprochant, il finit par s'arrêter. Une foule en liesse portait quelqu'un en triomphe, telle une vague qui roule allègrement vers le rivage.

— Vive notre nouvel échevin ! Hourra ! Hourra !

— Vive Julien Vanier !

— Hourra ! Hourra !

Le nom de Julien Vanier frappa le notaire tel un coup de fouet. C'était son rival qu'on portait en triomphe sur le chemin Saint-Louis. Le jeune avocat sans expérience avait obtenu gain de cause et récoltait la gloire qui aurait dû être la sienne. L'amertume lui brûla la gorge comme du vitriol.

Madame Régine époussetait lorsqu'elle entendit la porte d'entrée s'ouvrir. Intriguée, elle se dirigea vers le hall et ne put retenir un cri lorsqu'elle aperçut le notaire debout sur le seuil, son visage tuméfié crûment éclairé par la lumière vive du lustre aux pendeloques de cristal. C'est dans le regard éploré de sa servante, dans le geste tendre qu'elle fit pour l'aider à marcher, que le notaire comprit l'étendue de sa déchéance. Son monde s'était écroulé, et il eut la certitude que le restant de son existence s'étiolerait en regrets sur ses rêves brisés et son honneur perdu.

XXVI

Monsieur Trottier s'était levé à six heures, comme il le faisait chaque matin, avait fait une toilette sommaire, s'était rendu à la cuisine et avait rallumé le poêle, puis il avait mis la cafetière sur le feu. Tous ces gestes quotidiens lui plaisaient, lui donnaient une impression agréable de stabilité. Quand le café fut prêt, il s'en versa une tasse et descendit l'escalier qui menait à l'arrière-boutique. Il jeta un coup d'œil à son livre de comptes qui détaillait les recettes de la veille tout en buvant son café, habitude que son épouse, Adrienne, lui reprochait, car il lui arrivait souvent d'en verser quelques gouttes sur le registre. Après avoir vérifié l'inventaire, il leva les yeux vers l'horloge grand-père qui séparait l'arrière-boutique du magasin et constata à sa grande surprise qu'il était déjà neuf heures passées.

Il s'empressa de se rendre à l'entrée du magasin et tira le rideau de fer. C'est alors qu'il vit, à travers la vitrine, une forme recroquevillée contre la porte. Il hocha la tête. Sans doute un quêteux qui avait décidé de se réfugier sous l'auvent du magasin pour la nuit. Il y en avait de plus en plus, de ces pauvres bougres qui erraient dans les rues à la recherche de menue monnaie ou d'un quignon de pain. Pourtant, ce n'était pas l'ouvrage qui manquait. Il hocha la tête. Le mendiant bloquait la porte, il faudrait lui demander de partir, quitte à lui donner une pièce ou deux. Une autre chose qu'Adrienne n'approuvait pas : « Faire la charité aux quêteux, c'est les encourager dans leur vice ! » avait-elle pour coutume de dire. Il déverrouilla la porte et l'entrouvrit prudemment. Une tête aux boucles noires apparut dans l'ouverture.

— Si c'est pas mon p'tit Irlandais ! s'exclama monsieur Trottier.

Le garçon, les genoux collés sur la poitrine, grelottait. Le marchand se pencha vers lui et voulut l'aider à se relever, mais Ian ne tenait plus sur ses jambes tellement elles étaient ankylosées. Il prit l'enfant dans ses bras et l'emmena à l'intérieur, puis l'installa sur une chaise près d'une longue table où des ballots de tissus étaient disposés. Puis il se rendit dans l'arrière-boutique et dégota une couverture dont il enveloppa le garçon. Le marchand brûlait de lui poser des questions sur ce qui s'était produit après qu'il l'eut laissé au port, mais Ian n'était visiblement pas en état de parler. Une exclamation se fit entendre derrière lui :

— Mon doux !

Monsieur Trottier se retourna et vit sa femme debout dans l'escalier, une main sur la bouche. Il la rejoignit, lui expliqua à mi-voix que c'était le garçon dont il lui avait parlé, et qu'il avait ramené avec lui à Montréal après le naufrage du *Queen Victoria*. Madame Trottier s'approcha de l'enfant.

— Pauvre petit. Comment t'appelles-tu ?

— Ian.

Elle l'observa et lui trouva une ressemblance avec son fils Benoit, qui avait été emporté par une congestion pulmonaire à l'âge de douze ans : de grands yeux noirs, des cheveux abondants et bouclés. Elle ne s'était jamais remise de la mort de son fils unique. Les Trottier avaient tenté d'avoir d'autres enfants, mais après plusieurs fausses couches, ils s'étaient résignés à leur sort. Elle lui dit, la voix altérée par l'émotion :

— T'as sûrement une faim de loup.

Elle se rendit à la cuisine, y réchauffa un reste de soupe et redescendit avec un plateau contenant un bol fumant et une épaisse tranche de pain. Ian, qui n'avait pas avalé une bouchée depuis la veille, mangea avec appétit sous le regard attendri de l'épouse du marchand. Il reprenait peu à peu des couleurs, mais ses cheveux encore humides étaient emmêlés et ses vêtements, sales et détrempés.

— Tu as besoin d'un bain et d'habits propres, déclara Adrienne.

Remontant à l'étage, elle mit un chaudron sur le poêle afin de faire chauffer de l'eau pour le bain. Puis elle alla dans une pièce où se trouvaient un lit, une commode, un coffre et un vieux cheval à bascule. C'était l'ancienne chambre de Benoit, restée inchangée depuis sa mort. Elle ouvrit le coffre et en sortit un pantalon et une chemise. Elle n'avait pu se résigner à se défaire des vêtements de son fils. Et voilà que, comme par miracle, ce garçon s'était retrouvé sur le seuil de leur porte. Elle se demanda quelle sorte de mère avait pu ainsi abandonner son enfant.

Lorsque Ian fut lavé et habillé, monsieur Trottier demanda à sa femme de s'occuper du magasin. Resté seul avec l'enfant, il lui demanda gentiment :

— Maintenant, raconte-moi ce qui s'est passé.

Ian demeura silencieux pendant un moment. Le marchand lui semblait être un homme bon, mais il n'avait aucun doute sur le fait qu'il serait scandalisé par le récit de l'arrestation de sa mère, et qu'il le mettrait à la porte. Il n'avait pas d'autre choix que de mentir.

— Y avait beaucoup de monde dans le port. J'ai pas réussi à trouver ma mère. Le bateau est parti sans moi.

L'embarras de l'enfant était palpable. Monsieur Trottier comprit qu'il ne disait pas toute la vérité. Il se demanda ce qui était advenu de la mère du garçon. L'hypothèse la plus probable était qu'elle avait péri dans le naufrage du *Queen Victoria*, mais son intuition lui disait qu'il s'était produit quelque chose dont Ian ne voulait pas parler. Sa mère l'avait peut-être abandonné. Cela se produisait malheureusement trop souvent, surtout en ces temps difficiles. L'asile des Sœurs Grises était rempli de ces enfants dont les mères ne voulaient plus, souvent parce qu'elles étaient seules et sans ressources. Quoi qu'il en soit, il lui faudrait prendre une décision quant au sort d'Ian.

— As-tu de la parenté à Montréal ?

Ian secoua la tête.

— Où habitais-tu avant de te retrouver ici ?

— Dans une maison, au bord du fleuve.

Monsieur Trottier ne perdit pas patience.

— À quel endroit ? Dans un village, sans doute ?

L'enfant redevint méfiant. S'il parlait du village de Cap-Rouge, il lui faudrait aussi révéler l'existence de monsieur Gilmour, et sa mère l'avait maintes fois averti de ne jamais, au grand jamais, mentionner son nom. Il ne savait pas grand-chose de cet homme, à part qu'il habitait un château en haut d'une montagne et qu'il leur rendait visite de temps en temps dans leur petite maison de pêcheurs. Il avait remarqué que les yeux de sa mère brillaient plus que de coutume lorsqu'elle le voyait descendre de sa monture et s'approcher de la maisonnette. Puis l'homme avait espacé ses visites, et les yeux de sa mère avaient cessé de briller. Constatant que l'enfant gardait le silence, le marchand reprit :

— Connais-tu quelqu'un qui pourrait m'aider à retracer ta mère ?

L'image de sœur Odette vint à l'esprit d'Ian. Elle lui avait toujours témoigné beaucoup de bonté. Il n'y avait sûrement aucun danger à mentionner son nom.

— Sœur Odette. On a habité avec elle dans une maison, avec d'autres femmes habillées en bleu.

Le marchand acquiesça, encouragé. C'était le premier indice précis que l'enfant lui fournissait.

— Où se trouve cette maison ?

— À Québec. Sur la rue Richelieu.

Monsieur Trottier fronça les sourcils. Il avait le vague souvenir d'avoir été sollicité par un philanthrope de Québec pour faire un don à un refuge situé dans cette rue, mais sa femme, pour une raison qui lui échappait, s'y était opposée.

— Ce serait pas l'abri Sainte-Madeleine, par hasard ?

Ian acquiesça.

Le marchand frotta les cheveux du garçon.

— Je vais remuer ciel et terre pour retrouver ta mère. En attendant, tu es le bienvenu chez nous.

XXVII

Ian l'attend devant le débarcadère du Mermaid. *Il lui envoie la main en souriant puis, en voulant sauter sur le pont, il tombe dans le vide. Elle se penche au-dessus de l'eau, qui est lisse et sombre comme celle d'un puits. Elle tente de crier, mais aucun son ne sort de sa bouche.*

Amanda se réveilla d'un coup, le front en sueur. La voiture roulait toujours. Son mauvais rêve lui avait laissé une impression pénible, comme un présage que son fils courait un grave danger. Elle jeta un coup d'œil à travers la fenêtre et aperçut une multitude de lumières briller au loin. On approchait de Québec. Ils s'étaient arrêtés à une auberge quelques heures plus tôt. On lui avait alors enlevé ses menottes et permis de sortir pour se dégourdir les jambes. Elle avait ensuite avalé une soupe, sous la surveillance étroite des deux policiers. Les quelques clients attablés à l'auberge avaient dévisagé Amanda avec une curiosité teintée de mépris. Le nez dans son assiette, elle n'avait pas eu un regard pour eux.

Étrangement, le fait de savoir Québec si proche lui redonna espoir. Fanette y vivait, et cette seule pensée la réconforta. Si seulement elle pouvait savoir où sa sœur habitait, lui faire connaître sa situation désespérée, celle de son fils… Le fiacre roula encore un moment et s'immobilisa devant un immeuble de brique qui ressemblait à une caserne. L'un des policiers aida Amanda à franchir le marchepied.

— Où m'emmenez-vous ? demanda-t-elle au policier, prenant un ton brave pour masquer sa peur.

— Au poste, répondit-il, laconique.

Il lui prit un bras sans ménagement et la conduisit dans l'immeuble. Des policiers installés derrière des tables rédigeaient des rapports ou interrogeaient des gens, dont la plupart ne payaient pas de mine. Un gendarme entraîna Amanda au fond du poste et la fit entrer dans une cellule. Tous les regards se tournèrent vers la nouvelle venue et les occupants la détaillèrent de la tête aux pieds. Une femme en particulier la fixait avec une hostilité sourde. Ses yeux noirs luisaient dans son visage maigre. Amanda n'eut pas de peine à la reconnaître. C'était Antoinette, une ancienne pensionnaire de l'abri Sainte-Madeleine. Amanda la soupçonnait d'avoir mis le feu au refuge avant de prendre la fuite, mais il n'y avait pas eu de témoin du forfait. Et même s'il y en avait eu, sœur Odette n'aurait jamais dénoncé l'une de ses pensionnaires à la police. Les yeux d'Antoinette se rétrécirent lorsqu'elle aperçut Amanda.

— Tiens, tiens, Mary Kilkenny, d'la belle visite, cracha-t-elle.

Le seul fait d'entendre le nom qu'elle portait lorsqu'elle vivait à l'abri Sainte-Madeleine fit grimacer Amanda. Encore une fois, son passé revenait la hanter. Elle prit place à l'autre extrémité de la cellule et ferma les yeux, tâchant de trouver l'oubli dans le sommeil, malgré les bruits ambiants et son angoisse quant au sort d'Ian et au sien.

XXVIII

Alexandre Caron faisait ses comptes, la mine préoccupée. Il devait de l'argent à son fournisseur de papier et d'encre. Le nombre de souscripteurs du *Clairon* avait augmenté depuis qu'il avait engagé Oscar, mais cela ne suffisait pas à couvrir les coûts de production et de livraison du journal. Il lui faudrait aborder franchement la question avec son jeune employé lorsqu'il le verrait. Ce n'était pas juste de le retenir à son service alors qu'il n'avait pas les moyens de lui payer un salaire décent. Il entendit un bruit de pas dans l'escalier qui menait à son logement et reconnut sans peine la foulée vive du jeune reporter, qui lui apportait sans doute une autre « manchette du tonnerre ». Comme de fait, Oscar fit irruption dans la pièce après avoir frappé quelques coups sommaires sur la porte. Hors d'haleine, il brandit quelques feuilles de papier.

— Patron, j'ai une manchette du tonnerre.

Monsieur Caron ne put retenir un sourire amusé, mais ses préoccupations financières reprirent vite le dessus.

— Mon cher ami, je me dois d'aborder avec toi une question délicate.

Sans l'écouter, Oscar déposa les feuilles devant son patron, la mine triomphante, et il se mit à parler si vite que les mots se bousculaient dans sa bouche :

— Le notaire Grandmont a été arrêté hier. Il a passé la nuit au poste de police Champlain. Je l'ai vu en sortir ce matin. Il a été battu comme plâtre par un détenu. Je sais de source sûre…

171

Le vieil homme interrompit ce flot de paroles.

— Pas si vite. Laisse-moi le temps de te lire, on discutera des détails après.

Il n'avait pu résister à la curiosité de prendre connaissance de l'article, se promettant de mettre Oscar au courant de la situation du journal après sa lecture. Il ajusta ses bésicles et lut :

« Le notaire Grandmont arrêté pour une sombre histoire de vengeance ! Le notable passe la nuit au poste de police ! Cherchez la femme ! »

Il leva ses yeux de presbyte vers le reporter.

— Tu abuses des points d'exclamation, mon cher ami, commenta le vieux journaliste.

— Les lecteurs aiment les titres accrocheurs, se défendit Oscar, vexé. C'est ce qui fait vendre de la copie. Et puis avouez que « Cherchez la femme », c'est une bonne trouvaille.

— Alexandre Dumas s'en est abondamment servi dans ses romans et ses pièces de théâtre.

Le reporter rougit. Son patron poursuivit sa lecture à mi-voix :

« D'après une source sûre parmi le corps policier, le notaire Grandmont a été arrêté après avoir cherché noise à Alistair Gilmour, le riche et bien connu marchand naval qui s'est fait construire une somptueuse demeure à Cap-Rouge. Une arme a été trouvée sur Grandmont. Heureusement, monsieur Gilmour n'était pas chez lui et le pire a donc été évité. Le notaire Grandmont a été relâché ce matin, après avoir été battu par un détenu pour des raisons inconnues. Toujours d'après notre source, une vengeance liée à une femme serait à l'origine de cette sombre histoire. À défaut de renseignements plus précis, nous en sommes donc réduits à des conjectures et à des hypothèses. Quelle mystérieuse femme se cache derrière le geste insensé du notaire Grandmont ? »

Le vieux journaliste déposa les feuillets sur son pupitre.

— Je serai franc avec toi, mon cher ami. Ton article n'est pas publiable tel quel.

Oscar se rebiffa.

— J'vous comprends pas, patron. On est les premiers à annoncer la nouvelle !

— Je n'ai rien contre la nouvelle en soi, c'est ta façon de la transmettre qui m'indispose. *Le Clairon* a pour but d'informer les lecteurs, non pas de faire des insinuations sans preuves.

— Si vous n'appréciez pas mon style, d'autres l'apprécient, répliqua Oscar, heurté.

Monsieur Caron regarda Oscar par-dessus ses bésicles.

— Tu as reçu une offre, n'est-ce pas ?

Oscar s'en voulut d'être aussi transparent.

— Je vous dois beaucoup, bredouilla-t-il. C'est grâce à vous que j'ai pu trouver du travail après avoir été renvoyé de *L'Aurore*, mais je suis pauvre comme Job, je dois un mois de loyer. Mon ancien patron m'offre un salaire plus élevé.

Bien que monsieur Caron regrettât d'avoir à se séparer de son jeune collaborateur, cela lui évitait l'odieux de le mettre à la porte faute d'argent pour le payer.

— Tu n'as aucun besoin de te justifier, je comprends fort bien. Si je pouvais te rémunérer comme tu le mérites, crois bien que je le ferais. Je te souhaite bonne chance, mon garçon.

Oscar, honteux, reprit son article et partit sans demander son reste. Bourrelé de remords, il se dirigea vers la rédaction du journal *L'Aurore de Québec*, situé dans la basse ville, rue Saint-Pierre. En descendant la côte de la Montagne, il aperçut un garçon qui déambulait sur le trottoir, les mains dans les poches, une casquette enfoncée sur la tête. Son cœur bondit dans sa poitrine. Il se mit à courir pour rattraper le gamin.

— Antoine ! Antoine, attends-moi !

Arrivé à sa hauteur, il lui mit une main sur l'épaule. Le garçon se retourna vivement, la mine effrayée. Ce n'était pas Antoine. Oscar ravala sa déception.

— Désolé, mon gars, je t'ai pris pour quelqu'un d'autre.

Le garçon haussa les épaules et s'éloigna rapidement, le prenant visiblement pour un détraqué. Oscar poursuivit son chemin et donna un coup de pied dans une bouteille de bière Boswell qui traînait sur le trottoir de bois. Le remords avait fait place à l'irritation. Qu'avait-il à s'en faire pour Antoine, alors qu'il était probablement en train de dépenser le reste de son argent volé, se foutant comme de sa dernière chemise de le laisser sans nouvelles ? C'est dans cet état d'esprit qu'il entra dans l'immeuble abritant la rédaction de *L'Aurore de Québec*. Son ancien patron, Ludovic Savard, l'accueillit à bras ouverts.

— L'enfant prodigue est de retour !

Il lui désigna aussitôt un pupitre un peu plus grand que les autres. Oscar y prit place, saluant à peine ses collègues, qui le regardaient avec un mélange de curiosité et d'envie. En quoi ce freluquet était-il meilleur qu'eux ?

ை

Sa casquette enfoncée sur la tête pour se protéger de la pluie, Antoine reluquait l'étal d'une boulangerie. Il fouilla dans ses poches, en sortit quelques dollars et une poignée de monnaie. C'est tout ce qui lui restait de l'argent qu'il avait volé au gros homme, le soir des élections municipales. Il fut sidéré de constater à quelle vitesse il avait flambé la somme. Il faut dire qu'il s'était gavé de friandises, de pain et de pâtisseries à s'en percer la panse, et s'était payé un manteau en laine du pays qui lui avait coûté les yeux de la tête, mais qui le gardait bien au chaud, car les nuits étaient déjà froides. Une ombre se refléta sur la vitrine de l'échoppe. Une grosse main s'abattit sur son épaule.

— Te v'là, mon chenapan ! Je créyais jamais te revoir de mon vivant !

Se retournant vivement, Antoine entrevit un visage rougeaud au nez gonflé comme une éponge et aux yeux globuleux qui semblaient sur le point de sortir de leurs orbites. Il reconnut son père avec horreur et fit un mouvement pour fuir, mais l'homme lui agrippa rudement un bras.

— Lâchez-moé ! cria Antoine en tentant de se dégager.

— Arrête de gigoter, ou ben tu vas en manger toute une !

Le garçon poussa des cris de goret en cherchant de nouveau à s'échapper, mais son père, un solide gaillard, le prit par le col et lui administra une gifle retentissante.

— Ça t'apprendra à te sauver de la maison !

Antoine hurla en se couvrant le visage des deux mains. Certains passants lui jetèrent un regard compatissant, mais la plupart passèrent leur chemin, indifférents. Seul un ouvrier portant des bottes et un pardessus en toile grossière prit sa défense :

— C'est pas une manière de traiter les enfants.

L'homme s'empressa de battre en retraite devant le regard menaçant du père d'Antoine, qui entraîna son fils sans ménagement. Ils marchèrent ainsi jusqu'au quartier Saint-Roch. Des masures en bois, bâties les unes contre les autres et qui semblaient tenir debout par la seule gravité, jalonnaient les rues étriquées en terre battue. C'est dans l'une de ces bicoques qu'Antoine avait grandi, malheureux comme les pierres, et il s'en était échappé à la mort de sa mère, certain qu'il n'y remettrait plus jamais les pieds. Et voilà qu'il y était ramené de force par ce soûlon de père. Antoine jura qu'il s'échapperait de nouveau dès qu'il en aurait l'occasion et qu'il partirait loin, très loin de là, pour ne plus jamais y revenir.

⁓

Amanda n'avait rien mangé de la soupe infecte qu'on lui avait servie. Une lumière terreuse entrait par l'étroite fenêtre de la cellule et un détenu à côté d'elle ronflait bruyamment. Elle n'avait plus aucune notion du temps ; elle avait le sentiment d'être là depuis une éternité. Le grincement de la grille la fit tressaillir. Une voix cria :

— Amanda O'Brennan !

Elle leva la tête, aperçut un policier.

— Venez avec moi, ordonna-t-il.

Amanda se leva sous le regard envieux des autres détenus, en particulier d'Antoinette, et suivit le policier, qui referma la grille. Il lui fit traverser la salle jusqu'à la porte. En sortant à l'air libre,

Amanda fut éblouie par une lumière blanche qui faisait luire les toits et les pavés. Respirant l'air vif à pleins poumons, malgré le froid, Amanda sentit son espoir renaître. Cette lumière, même ce vent glacial lui semblèrent de bon augure. On la relâcherait peut-être. Le policier l'entraîna vers un cabriolet.

— Où va-t-on ? lui demanda-t-elle.

— Au palais de justice.

Ces simples mots éteignirent son espoir. Elle ne savait rien du sort qu'on lui réservait.

XXIX

Amanda suivit le policier dans un dédale d'escaliers et de corridors de marbre plongés dans une pénombre brisée par le halo de lampes torchères. Il s'arrêta devant une porte fermée.

— C'est ici, murmura-t-il d'une voix déférente.

Il frappa à la porte. Une voix autoritaire s'éleva :

— Entrez !

Le policier ouvrit la porte et fit signe à Amanda d'entrer.

— Enlevez-lui ses menottes, reprit la voix.

Le policier s'exécuta, puis se retira en refermant la porte derrière lui. Amanda vit un pupitre dont la surface était encombrée de dossiers, puis une silhouette devant une fenêtre. Un chapeau haut de forme était accroché à une patère.

— Je vous en prie, asseyez-vous.

Cette voix polie mais coupante, ce chapeau... Amanda prit place sur une chaise droite, les entrailles nouées par la peur. L'homme se tourna vers elle. C'était le coroner Duchesne. Il attendit poliment que la jeune femme soit assise avant de s'asseoir à son tour. Il la regarda pendant un moment sans parler, puis il commença :

— Il y a longtemps que je désirais cet entretien, mademoiselle O'Brennan.

Déconcertée par son entrée en matière d'une politesse presque aimable, elle resta coite.

— J'aimerais vous poser quelques questions concernant l'assassinat de Jean Bruneau, si vous n'y voyez pas d'inconvénients.

Amanda fit un effort pour garder son sang-froid. Elle lui demanda ce qu'elle brûlait de savoir depuis son arrestation :

— Comment avez-vous appris que je serais à bord du *Queen Victoria* ?

Il s'empara d'une plume qu'il trempa dans un encrier. Des feuilles blanches étaient placées devant lui.

— Mon rôle est de vous poser des questions, mademoiselle, pas d'y répondre.

Il jeta un coup d'œil à un dossier ouvert devant lui.

— D'après les témoignages que j'ai pu recueillir jusqu'à présent, vous avez quitté la ferme des Cloutier avec Jean Bruneau le 15 mars 1849, en début d'après-midi. Est-ce exact ?

Amanda acquiesça.

— Répondez par oui ou par non, mademoiselle.

— Oui.

— Connaissiez-vous monsieur Bruneau avant cette date ?

— Non.

— Si mes renseignements sont exacts, vous aviez quatorze ans au moment des faits. Pour quelle raison avez-vous décidé de partir avec un parfait inconnu ?

Amanda leva ses yeux gris vers le coroner.

— J'étais maltraitée chez les Cloutier. Monsieur Bruneau avait accepté de m'emmener chez lui, aux Trois-Rivières, comme domestique.

La plume du coroner parcourait rapidement le papier. Son écriture était droite et anguleuse, sans aucune rature.

— Êtes-vous partie seule avec monsieur Bruneau ?

La réponse ne vint pas tout de suite. Le coroner observa la jeune femme. Le visage de celle-ci s'était assombri.

— J'ai dû laisser ma petite sœur à la ferme. La mère Cloutier refusait de la laisser partir.

— Il s'agit de Fanette, n'est-ce pas ?

Amanda redressa brusquement la tête en entendant le prénom de sa sœur.

— Vous la connaissez ?

— Je l'ai interrogée à votre sujet il y a quelque temps.

Elle revit la scène dramatique qui s'était déroulée devant l'église St. Patrick… Sa fuite éperdue, le cri de Fanette, debout devant l'église – « Cours ! » –, la silhouette sombre du coroner Duchesne qui se dressait au milieu de la rue Sainte-Hélène, telle la statue du commandeur. Une idée affreuse lui vint à l'esprit. Était-il possible que Fanette ait révélé au coroner le lieu de leur rendez-vous ? Ce dernier poursuivit son interrogatoire, comme si de rien n'était.

— Que transportait monsieur Bruneau dans sa voiture ?

— Il y avait plusieurs valises dans son porte-bagages.

— Rien d'autre ?

— J'ai vu un pistolet caché dans la *sleigh*, sous la banquette.

Ce renseignement sembla intéresser le coroner, car il s'empressa de noter la réponse. Puis il leva de nouveau la tête vers Amanda.

— La victime avait-elle une somme d'argent avec elle ?

C'était la première fois que le coroner utilisait le mot « victime ».

— Monsieur Bruneau en avait sûrement, mais je ne l'ai jamais vu.

— Si vous ne l'avez pas vu, qu'est-ce qui vous fait dire qu'il en avait ?

— Il a offert de payer une compensation à la mère Cloutier pour la convaincre de nous laisser partir avec lui aux Trois-Rivières.

Le coroner avait cessé d'écrire.

— Il tentait de vous acheter ?

Amanda sentit le regard indigné du coroner sur elle, mais elle ne perdit pas contenance.

— J'étais malheureuse comme les pierres chez les Cloutier. J'ai supplié monsieur Bruneau de nous emmener, ma sœur et moi. L'argent, c'était juste une façon d'amadouer la mère Cloutier.

À la mine que fit le coroner, elle comprit qu'il la croyait. Il reprit son interrogatoire :

— Que s'est-il passé après votre départ ?

Chaque détail de cette funeste journée était resté gravé dans la mémoire d'Amanda. Monsieur Bruneau et elle avaient fait quelques lieues dans un chemin étroit et enneigé. Un cavalier avait soudain fait irruption devant la *sleigh*, à la tombée de la nuit. Elle avait reconnu Jacques Cloutier, dont le visage dur était vaguement éclairé par la lueur des fanaux accrochés devant la voiture.

— Que faisait-il là ? demanda le coroner.

— Il a demandé à monsieur Bruneau de lui donner son argent. Monsieur Bruneau a répondu qu'il n'en avait pas.

Après, tout s'était enchaîné très vite. Jean Bruneau s'était emparé de son pistolet et l'avait braqué sur Cloutier. Celui-ci avait sauté de cheval et s'était rué vers le commerçant, qui avait alors tiré sur Cloutier presque à bout portant.

— L'a-t-il touché ?

— Le soir tombait. Je ne sais pas si la balle a atteint sa cible, mais Cloutier a poussé un hurlement et s'est jeté sur monsieur Bruneau.

La plume du coroner continuait à courir sur le papier.

— Durant leur lutte, poursuivit Amanda, monsieur Bruneau a laissé tomber son pistolet dans la neige. J'ai sauté de la voiture à mon tour, j'ai saisi le pistolet ; j'ai essayé de viser Cloutier mais j'avais peur de blesser monsieur Bruneau, alors j'ai tiré un coup en l'air. Les chevaux sont partis à l'épouvante.

Le coroner écrivait rapidement.

— Monsieur Bruneau s'est mis à courir, Cloutier l'a rattrapé. J'ai essayé de tirer une deuxième fois, mais le pistolet s'est enrayé. Puis j'ai vu un couteau dans sa main.

— Dans la main de Cloutier ?

Elle acquiesça. Le ton du coroner lui semblait moins sec, et il avait l'air d'accorder du crédit à son témoignage. Cela l'encouragea à poursuivre.

— La lame s'est enfoncée à plusieurs reprises dans le corps du pauvre monsieur Bruneau. Je me suis sauvée. J'ai couru de toutes mes forces. La nuit était complètement tombée, je ne voyais plus grand-chose. J'ai trébuché, je me suis retrouvée par terre. J'ai entendu des loups hurler, puis des pas dans la neige. C'était lui.

Amanda s'interrompit, la gorge serrée. Le coroner se pencha vers elle, faisant craquer sa chaise.

— De qui parlez-vous ?

— Cloutier, murmura-t-elle, la voix altérée. Il avait toujours son couteau. J'ai vu la lame briller au-dessus de ma tête. Puis après, plus rien. J'ai perdu connaissance.

— Que s'est-il passé ensuite ?

— Quand je suis revenue à moi, j'ai senti une douleur.

Elle toucha son côté droit, comme si la morsure du couteau était toujours présente. Puis elle raconta qu'elle avait été trouvée par un jeune cultivateur, Pierre Girard, qui l'avait ramenée en charrette jusqu'à sa ferme. Sa femme et lui l'avaient recueillie et soignée. Elle se garda bien toutefois de parler de sa grossesse.

— Où vivent ces Girard ?

— Près du village de La Chevrotière.

Elle entendit la plume grincer sur le papier, puis soudain le son cessa.

— Qui était le jeune garçon qui était avec vous près de la jetée Victoria et qui s'est enfui ?

Amanda sentit le sang se retirer de son visage. Pour rien au monde elle ne voulait révéler l'existence d'Ian au coroner.

— Je ne sais pas, répondit-elle, la voix étranglée. Je ne le connaissais pas.

Le coroner continua d'écrire pendant un moment, puis leva les yeux vers la jeune femme.

— Une dernière question, mademoiselle O'Brennan.

Elle resta immobile, osant à peine respirer.

— Pourquoi avez-vous fui tout ce temps, au lieu de répondre simplement à mes questions ?

Amanda soutint le regard de l'homme de loi.

— J'avais peur de Jacques Cloutier.

— Tant qu'il était vivant, je peux comprendre, mais après son exécution ?

— J'avais peur de vous. J'avais l'impression que vous étiez convaincu de ma culpabilité.

La franchise de la jeune femme prit le coroner de court. Il posa finalement sa plume sur le pupitre.

— Savez-vous lire ?

— Oui, répondit Amanda, encore sur ses gardes.

— Dans ce cas, je vous serais reconnaissant de lire cette déposition et de la signer.

Déposition… Ce qui avait semblé à Amanda n'être qu'un simple témoignage prenait soudain une tournure menaçante. Le coroner, s'apercevant de la réaction de la jeune femme, adopta un ton lénifiant.

— C'est simplement pour m'assurer que ce que j'ai écrit reflète fidèlement votre témoignage.

Amanda prit le document que lui tendait le coroner et le parcourut. Ses propos semblaient avoir été fidèlement transcrits. L'homme de loi trempa sa plume dans l'encrier et la remit à la jeune femme.

— Signez au bas de la feuille, je vous prie.

Prenant la plume, Amanda fit un mouvement pour apposer sa signature, puis hésita. Elle ne connaissait rien à la loi. Ce simple geste lui parut soudain lourd de conséquences.

— Que m'arrivera-t-il si je ne la signe pas ?

— Cela pourrait signifier deux choses, mademoiselle O'Brennan : ou bien cette déposition ne reflète pas votre témoignage, auquel cas il faudra l'amender, ou bien vous m'avez menti.

Amanda réfléchit à ce que le coroner venait de lui apprendre. Elle avait menti au sujet de son fils, mais tout le reste était la pure vérité. Qui pourrait lui reprocher de chercher à protéger l'être qui lui était le plus cher au monde ? Chassant ses doutes, elle signa le document. Le coroner s'en saisit, le secoua pour faire sécher l'encre, en vérifia la signature, puis le rangea dans le dossier. Il ouvrit ensuite un tiroir et en sortit une bourse.

— Ceci vous appartient. Vous êtes libre, mademoiselle.

La jeune femme prit la bourse d'un geste lent, comme si elle n'arrivait pas encore à croire en sa chance. Le coroner renchérit :

— Je mets cependant trois conditions à votre remise en liberté : que vous ne troubliez pas l'ordre public, que vous vous rapportiez chaque semaine au poste de police Champlain pour aviser les agents de votre lieu de résidence, et que vous ne quittiez pas la ville de Québec tant que mon enquête sur le meurtre de Jean Bruneau ne sera pas terminée.

Elle faillit s'exclamer : « Mon fils ! » mais se retint à temps. Maintenant qu'elle avait recouvré sa liberté, elle trouverait bien un moyen de retourner à Montréal et d'aller à sa recherche, même s'il fallait pour cela contrevenir aux ordres du coroner. Mais pour rien au monde elle ne quitterait Québec sans avoir revu Fanette.

Le coroner s'était replongé dans le dossier. Elle s'attarda.

— Monsieur Duchesne…

Il leva les yeux, surpris de la voir encore dans son bureau.

— Vous avez interrogé ma sœur Fanette. Vous savez sûrement où elle habite.

Elle crut apercevoir une lueur de compassion dans son regard habituellement inflexible.

— Chez les Grandmont, dans la Grande Allée, près de la porte Saint-Louis.

La jeune femme lui jeta un regard reconnaissant, puis sortit. La porte se referma sur elle. Le coroner resta songeur. Amanda O'Brennan avait semblé sincère lorsqu'elle avait décrit les circonstances du meurtre de Bruneau, mais elle lui avait carrément menti en affirmant qu'elle ne connaissait pas le garçon qui se trouvait avec elle au port de Montréal, au moment où il avait procédé à son arrestation. Car ce garçon était bel et bien son fils. Son informateur avait été catégorique sur ce point lorsqu'il s'était rendu au palais de justice, le soir du 9 novembre 1859, afin de l'avertir qu'Amanda O'Brennan s'apprêtait à monter à bord du *Queen Victoria* à destination de Montréal. Le coroner se souvenait de chacune de ses paroles : « Elle est accompagnée d'un garçon de dix ans aux cheveux noirs très fournis. C'est son fils, Ian. »

Son informateur lui avait également appris qu'Amanda se faisait appeler Mary Kilkenny lorsqu'elle travaillait dans une maison close. Il avait immédiatement envoyé des policiers au lieu d'embarquement du *Queen Victoria*. Ceux-ci n'avaient pas réussi à mettre la main sur Amanda et son fils, mais ensuite, en vérifiant la liste des passagers à bord du bateau, le coroner avait pu constater qu'une passagère se faisant appeler Mary Kilkenny y voyageait avec son fils. Pourquoi la jeune femme avait-elle voulu lui cacher son lien avec cet enfant ? Le coroner sentait confusément que cette question était au cœur de son enquête et que, s'il arrivait à la résoudre, il saurait si Amanda O'Brennan avait assassiné le pauvre négociant ou, à tout le moins, si elle avait été la complice de Jacques Cloutier.

Une intuition fugace s'alluma et disparut aussitôt. Il se leva d'un geste machinal et se dirigea vers un classeur en bois qui se trouvait au fond de son bureau. Il en sortit un vieux dossier qui s'effilochait à force d'avoir été manipulé. Il revint vers son pupitre, déposa le dossier et commença à le feuilleter. C'était là, quelque part, il en était certain. Soudain, il tomba sur ce qu'il cherchait. C'était un dessin qu'Emma Portelance lui avait apporté une dizaine d'années auparavant, lorsque Cloutier était recherché par la police. On y voyait le visage d'un homme d'une vingtaine d'années, aux cheveux foncés et drus, au regard sombre et dur. En l'examinant de plus près, il comprit la source de son intuition. Et une partie du mystère se dissipa.

XXX

Lorsque Amanda sortit du palais de justice, elle se rendit compte que la nuit était tombée. Des réverbères illuminaient le rond de chaîne qui faisait le tour de la place, les voitures se faisaient plus rares. Elle s'approcha d'une calèche où un cocher, installé sur sa banquette, chiquait en attendant un client.

— Avez-vous l'heure, s'il vous plaît ?

Le cocher examina Amanda à la lueur des lanternes accrochées à l'avant de sa voiture, puis consulta une montre de gousset.

— Y est neuf heures passées.

Il lui fit une œillade.

— Trop tard pour une dame seule, mais si tu me tiens un peu compagnie, j'pourrais te donner une couple de piastres.

Se rendant compte qu'il l'avait prise pour une prostituée, Amanda s'éloigna, la rage au cœur. Son ancien métier semblait être gravé sur son visage comme une marque au fer rouge. Un peu plus loin, elle s'arrêta devant une échoppe et aperçut son reflet dans la vitrine éclairée par un lampadaire. C'est alors qu'elle se rendit compte à quel point elle ne payait pas de mine. Elle avait passé deux jours en voiture et n'avait pas eu la chance de prendre un bain. Grâce à la gentillesse de l'aubergiste de Sorel, elle portait un bonnet propre, mais ses habits, les mêmes depuis le début de son périple, étaient sales et froissés. Elle n'aurait pas le courage de se présenter devant sa sœur dans un si piètre état. De toute manière, elle n'oserait jamais la déranger à une heure pareille. « Votre sœur habite chez les Grandmont », avait dit le coroner. Amanda n'avait jamais entendu ce nom. Que faisait Fanette dans cette demeure ? Peut-être y travaillait-elle comme bonne, à l'instar de la majorité de ses compatriotes irlandaises.

En attendant d'en savoir plus, il lui faudrait bien trouver un endroit où passer la nuit. Il y aurait sûrement une auberge ouverte malgré l'heure tardive, mais elle redoutait d'être mal accueillie. C'est alors qu'elle pensa à l'abri Sainte-Madeleine. Cette maison avait été un havre pour elle et son fils, et sœur Odette lui avait toujours témoigné de la bonté. La rue Richelieu n'était pas très loin du palais de justice. Elle décida d'y marcher.

Son cœur se serra lorsqu'elle aperçut la vieille maison de brique dans laquelle elle avait coulé des jours sinon heureux, du moins sereins. Un filet de fumée sortait de la cheminée. Elle frappa à la porte vermoulue. Elle dut s'y prendre à plusieurs reprises, car personne ne venait répondre. Soudain, la porte s'ouvrit. Une jeune femme robuste, portant une robe de nuit blanche et un bonnet, les yeux bouffis de sommeil, était debout sur le seuil et tenait une lanterne devant elle.

— Qui va là ? maugréa-t-elle, visiblement mécontente d'avoir été réveillée.

Elle leva sa lanterne, aperçut Amanda, poussa une exclamation de joie.

— Mary ! Dieu merci, tu es de retour !

Elle l'enlaça à l'étouffer. Amanda se dégagea gentiment.

— Ne m'appelle plus Mary, dit-elle. Mary est morte et enterrée. Dorénavant, tu m'appelleras Amanda O'Brennan.

Saisie par la gravité avec laquelle Amanda avait prononcé ces mots, Béatrice se contenta de l'entraîner à l'intérieur. Une femme de petite taille, également en robe de nuit, apparut dans le hall, une bougie à la main. Amanda s'avança vers elle, émue.

— Sœur Odette.

La religieuse la reconnut aussitôt.

— Mary ! Pas un jour ne s'est écoulé sans que je prie pour toi.

Béatrice intervint, prenant un air légèrement solennel.

— Il ne faut plus l'appeler Mary, fit-elle avec une note de naïveté. Son nom est Amanda O'Brennan.

Après lui avoir servi un repas chaud, sœur Odette conduisit Amanda à son ancienne chambre.

— Demain, quand tu seras plus reposée, nous parlerons.

Amanda éprouva un sentiment d'étrangeté à retrouver cette chambre modeste blanchie à la chaux, sans autre décoration qu'un immense crucifix. Le village de Cap-Rouge et sa liaison tumultueuse avec Andrew Beggs lui parurent soudain appartenir à une autre vie. Elle trouva une robe de nuit que quelqu'un, probablement Béatrice, avait soigneusement pliée et déposée sur le lit. Touchée par cette attention, elle se déshabilla, éteignit la chandelle et s'étendit sur la couche, qui était dure mais dont les draps étaient propres. Pour la première fois depuis longtemps, elle dormit tout son soûl.

Le lendemain matin, après un déjeuner pris au réfectoire avec les pensionnaires, Amanda fut entraînée par sœur Odette dans son bureau.

— Avant toute chose, j'ai un aveu à te faire, commença la sœur, visiblement malheureuse. Je t'avais promis de garder ton fils Ian avec nous, mais un homme est venu ici dans l'intention d'adopter un enfant. Il a vu Ian, a insisté pour l'emmener avec lui, jurant qu'il en prendrait soin, qu'il lui donnerait une bonne éducation. Il y avait des mois que je n'avais eu de tes nouvelles…

Amanda l'interrompit.

— Vous n'avez rien à vous reprocher. Je connais l'homme qui est venu à l'abri. Il m'a ramené mon fils.

La jeune femme lui raconta sa rencontre avec le Lumber Lord, sa fuite avec Ian à bord du *Queen Victoria*, le naufrage, sa rescousse par des pêcheurs, ses retrouvailles avec Ian au port de Montréal. Quand elle en vint à son arrestation par le coroner Duchesne, le désespoir l'envahit.

— Qu'est-il arrivé au pauvre petit? demanda sœur Odette, sur des charbons ardents.

— Tout ce que je sais, c'est qu'il est seul, quelque part à Montréal.

Elle expliqua que, le coroner ayant donné ordre qu'elle ne quitte pas Québec, elle risquait d'être arrêtée de nouveau si elle partait à Montréal pour le retrouver, mais qu'elle était prête à courir ce risque.

— Crois-tu que tu serais plus utile à ton fils derrière des barreaux ? dit sœur Odette avec sa placidité habituelle.

Le désespoir envahit Amanda.

— Je n'ai pas le droit de l'abandonner à son sort. Il est sûrement en train de crever de faim et de froid, à l'heure qu'il est.

Sœur Odette se fit rassurante :

— De nos jours, on ne laisse pas un enfant seul dans la rue, sans protection. Il est probable qu'Ian ait été pris en charge par un orphelinat ou un hospice.

Cette perspective ne fit rien pour apaiser Amanda.

— Un orphelinat, murmura-t-elle, la voix blanche, imaginant des enfants seuls, misérables, cordés dans des couchettes anonymes.

— Je connais une religieuse qui enseigne à l'orphelinat catholique de Saint-Patrick, géré par les Sœurs Grises. Son nom est sœur Gisèle. Il y a quelques années que je n'ai eu de ses nouvelles, mais elle y est sûrement encore. Je lui écrirai au sujet de ton fils. Tous les organismes de charité publique tiennent des registres. Si Ian est passé par une institution ou une autre, elle sera en mesure de le savoir.

— Ça prendra du temps ?

— Il n'y a pas encore de neige, les routes sont carrossables. La lettre devrait mettre un peu moins d'une semaine avant de parvenir à destination. Le temps que sœur Gisèle la reçoive et m'écrive en retour, il faudrait sûrement compter au moins une autre semaine.

— Deux semaines, c'est beaucoup trop long ! s'écria Amanda.

Sœur Odette devina sa pensée.

— Ne défie pas les ordres du coroner. C'est un homme déterminé et sans pitié.

Amanda la regarda, interdite. Sœur Odette s'expliqua :

— Il est venu ici, en septembre dernier. Il recherchait une certaine Amanda O'Brennan. Je lui ai répondu que je ne connaissais personne sous ce nom. Ce qui n'était pas faux, ajouta la religieuse avec une lueur malicieuse dans l'œil.

Amanda, sidérée que le coroner ait réussi à retrouver sa trace jusqu'à l'abri Sainte-Madeleine, fut incapable de sourire.

— Ne crains rien. S'il t'a relâchée, c'est qu'il n'avait rien contre toi.

Elle garda le silence un moment.

— Il n'était d'ailleurs pas le seul à te rechercher.

Amanda la regarda avec appréhension.

— Une jeune femme qui se disait ta sœur nous a rendu visite, un mois après la venue du coroner.

— Fanette, murmura Amanda.

La religieuse acquiesça.

— Je lui ai appris que nous avions hébergé une jeune femme du nom de Mary Kilkenny, qui correspondait à la description qu'elle nous avait faite de sa sœur.

Les doutes envahirent Amanda de nouveau. Comment Fanette avait-elle su qu'elle se trouvait à l'abri Sainte-Madeleine ? Était-il possible qu'elle l'ait appris du coroner ?

— Lui avez-vous dit autre chose sur moi ?

Sœur Odette hésita, puis se décida à dire la vérité.

— Que Mary Kilkenny avait été prostituée, mais qu'elle s'était repentie.

Amanda s'assombrit. La pensée que sa sœur fût au courant qu'elle avait mené cette vie dégradante la heurtait. La religieuse la regarda dans les yeux.

— Ce n'est pas à toi de porter le fardeau de la honte, mais aux personnes qui t'ont réduite à cet état.

Trop bouleversée pour répondre, Amanda resta silencieuse. Sentant que la jeune femme avait besoin d'être seule, sœur

Odette se leva et sortit. Suivant la religieuse des yeux, Amanda songea à ce qu'elle lui avait révélé. S'il était vrai que ce n'était pas à elle de porter la honte, alors pourquoi cette honte la rongeait-elle comme un acide, même après qu'elle eut fui la maison close de madame Bergevin ? Une part d'elle-même souhaitait de tout son cœur revoir Fanette, mais l'autre craignait d'être jugée par elle. Elle se leva tout à coup, monta à sa chambre, fit un brin de toilette, mit sur ses épaules un châle que sœur Blanchet avait trouvé pour elle dans les vêtements donnés par les Dames de la Charité, puis sortit sans rien dire à personne.

XXXI

Pierre Girard était en train de remplir une auge d'avoine et de foin lorsqu'il entendit le roulement d'une voiture. Les visites étaient rares, surtout en novembre; les villageois s'enfermaient déjà chez eux avant la venue de l'hiver. Sortant de l'étable, il vit un cabriolet noir s'arrêter devant la maison de ferme. Un homme portant redingote et haut-de-forme en descendit.

— Vous êtes Pierre Girard?

Le fermier acquiesça sans mot dire, intimidé par la mine sévère et les habits de l'homme, visiblement ceux d'un citadin.

— Je suis le coroner Georges Duchesne. Je souhaiterais vous poser quelques questions au sujet d'Amanda O'Brennan.

⁓

Aurélie Girard déposa une théière et une tasse devant le coroner, qui était assis à la table de la cuisine, son chapeau sur les genoux. Deux gamins d'une dizaine d'années firent irruption dans la pièce en poussant des cris de guerriers. L'un d'eux pointait son index pour imiter un pistolet.

— *Pow pow!* T'es mort!

— Je t'ai tué en premier!

— Les jumeaux, arrêtez de vous chamailler! s'écria la fermière, jetant un coup d'œil craintif à l'homme habillé de noir.

— Charmants enfants, dit le coroner, un sourire bienveillant aux lèvres, ce qui rassura Aurélie.

Il prit une gorgée de thé, puis commença à parler :

— Je fais une enquête concernant le meurtre de Jean Bruneau.

Les deux époux échangèrent un regard anxieux. Ils n'avaient pas oublié cette sombre histoire, bien qu'elle se fût produite plus de dix ans auparavant. Le coroner s'adressa à Pierre Girard, qui restait debout près de sa femme, comme s'il cherchait à la protéger.

— J'ai interrogé Amanda O'Brennan. Elle m'a dit que vous l'aviez trouvée dans la forêt, peu après le meurtre.

— Oui, balbutia le fermier. La pauvre petite était mal en point. Elle était tout en sang.

La fermière intervint :

— On est allés quérir le docteur. Elle avait une grosse blessure là.

Elle désigna son côté droit.

— Quel genre de blessure ? s'enquit le coroner.

Les fermiers répondirent en même temps.

— C'est les loups, dit Pierre Girard.

— Un couteau, dit sa femme.

Le coroner les fixa en silence. Pierre Girard devint rouge. Sa femme vola à sa rescousse.

— En tout cas, d'après le docteur, ça ressemblait à une blessure faite par un couteau.

— Quel est le nom de ce médecin ?

— Le docteur Boudreault, répondit Aurélie avec réticence. Il n'exerce plus.

— Habite-t-il près d'ici ?

— Il a une petite maison, au village de La Chevrotière.

Après un autre silence, le coroner s'adressa de nouveau au fermier :

— Pourriez-vous me montrer l'endroit précis où vous avez trouvé Amanda O'Brennan ?

Pierre Girard se troubla.

— Ça fait longtemps. Les arbres ont poussé depuis. J'suis pas sûr de pouvoir le reconnaître.

— On ne perd rien à essayer.

Les deux hommes sortirent. Aurélie se rendit à la fenêtre et les regarda s'éloigner dans la forêt, l'air anxieux. Non pas que son Pierre ou elle-même eurent quoi que ce soit à se reprocher, mais elle avait des craintes pour la pauvre Amanda. Qu'était-elle devenue, après toutes ces années ? Pourquoi cet homme vêtu de noir posait-il tant de questions sur elle ? La soupçonnait-il d'être mêlée à ce crime affreux ?

Pierre revint après une bonne demi-heure.

— Il est parti ? demanda Aurélie.

Le fermier haussa les épaules.

— Pas encore. Il furète partout.

Il s'empara d'un pichet, se versa un verre d'eau, qu'il vida d'un coup.

— Y a une chose que je t'ai jamais contée, avoua-t-il soudain.

Elle lui jeta un regard inquiet.

— À la fonte des neiges, une couple de semaines après le départ d'Amanda, je suis allé faire la tournée des érables. J'ai aperçu quelque chose qui brillait, à moitié enfoui dans la terre, pas loin de l'endroit où j'avais trouvé la pauvre fille. C'était un couteau.

Son visage d'ordinaire jovial se rembrunit.

— Y avait des taches rousses dessus, comme de la rouille. Ou c'était peut-être du sang.

— Pourquoi tu m'as rien dit ?

— T'étais enceinte des jumeaux, je voulais pas t'inquiéter.

— Qu'est-ce que t'as fait du couteau ?

— Je l'ai enterré.

Elle réfléchit à ce que son mari venait de lui dire.

— En as-tu parlé au coroner ?

Il fit non de la tête.

— T'as bien fait. Ça nous apporterait un paquet de trouble.

Aurélie poussa tout à coup une exclamation. Alarmé, Pierre vint vers elle.

— Qu'est-ce que t'as ?

Elle lui fit signe de regarder par la fenêtre qui donnait sur la forêt, à l'arrière de la maison. À travers les arbres, il aperçut à distance la silhouette noire du coroner. Il était penché et semblait fouiller dans les feuilles.

XXXII

Installée derrière son secrétaire, sœur Odette écrivait une lettre. Bien qu'il fût près de dix heures du matin, il faisait sombre dans la pièce, et elle devait s'éclairer à la chandelle. Après l'avoir terminée, elle plia la lettre et la glissa dans une enveloppe sur laquelle elle inscrivit le nom de sœur Gisèle et l'adresse de l'orphelinat Saint-Patrick. Puis elle la cacheta et la glissa dans une poche de sa robe noire. Elle irait la porter elle-même au bureau de poste situé rue Richelieu à la fin de matinée, avec le reste du courrier. En attendant, elle se rendit à l'église attenante au refuge, qui avait été construite grâce au don de leur bienfaiteur, monsieur Muir, afin d'y faire ses dévotions, puis rejoignit les pensionnaires rassemblées au réfectoire pour un cours de broderie que donnait sœur Blanchet. Amanda n'était pas parmi celles-ci. Elle s'adressa à Béatrice :

— As-tu vu Amanda ?

Béatrice, qui avait de la difficulté à manier l'aiguille et les fils fins avec ses grosses mains, secoua la tête. Sœur Odette ne put réprimer un soupir d'inquiétude. *Pourvu qu'Amanda ne soit pas partie pour Montréal sur un coup de tête ! Dieu sait qu'elle en est capable.*

⁊

Son châle serré sur ses épaules, Amanda était parvenue à la porte Saint-Louis. Elle s'arrêta près de l'arche de pierre, se frottant les mains pour les réchauffer. Le coroner lui avait dit que la maison des Grandmont était située dans la Grande Allée, mais il n'en avait pas précisé le numéro civique. Elle vit un promeneur solitaire lisant son journal et s'approcha de lui.

— Monsieur, s'il vous plaît…

L'homme lui jeta un regard hautain.

— Vous devriez avoir honte de quémander.

Il referma son journal d'un geste sec et s'éloigna. Amanda passa à un cheveu de l'injurier, mais se contint. Ce n'était pas le moment de faire un esclandre. Jetant un coup d'œil à la ronde, elle constata que les alentours étaient déserts. Elle n'avait pas le choix : il lui faudrait frapper à chaque porte des deux côtés de la rue jusqu'à ce qu'elle tombe sur la bonne maison.

Une fois l'enceinte du portail franchie, elle s'engagea dans la Grande Allée. C'était la première fois qu'elle se rendait dans ce quartier. Elle fut impressionnée par la taille des arbres, dont les branches se rejoignaient au-dessus de la rue comme les voûtes d'une église. Les maisons de pierre étaient hautes, avec des toitures d'ardoise dont quelques-unes étaient percées de lucarnes, d'autres surmontées par de jolies girouettes de fer forgé. Contrairement aux masures de la basse ville, faites de bois et de brique, ces fastueuses demeures semblaient bâties pour durer des siècles.

Alors qu'Amanda marchait sur le large trottoir de bois, l'image de Fanette lui revint, telle qu'elle l'avait aperçue, dix ans auparavant, au marché Champlain, tenant la main d'une dame au grand chapeau et au visage empreint de bonté. Peut-être que le nom de famille de cette dame était Grandmont et qu'elle habitait sur cette rue. Amanda l'espéra soudain de tout son cœur, car cela signifierait que Fanette avait trouvé un bon foyer, qu'elle avait été bien traitée et avait eu toutes les chances de mener une belle vie, à l'abri des malheurs.

En levant les yeux, elle aperçut une maison de quatre étages dont les larges fenêtres étaient festonnées de dentelle. Elle décida d'en gravir l'escalier, qui menait à un large portique aux élégantes colonnes. Soulevant le heurtoir, elle le rabattit sur la porte, la poitrine serrée par la crainte et par l'espoir. Elle entendit des aboiements aigus derrière la porte, puis celle-ci s'ouvrit. Un chien minuscule, affublé de rubans et vêtu d'un mantelet, se mit à aboyer furieusement. Un homme portant un gilet rayé et une redingote noire tenait le chien à grand-peine par son collier.

— Je suis désolé, mademoiselle, mais nous n'avons pas besoin de domestiques.

Il fit un mouvement pour refermer la porte. Amanda ravala son humiliation.

— Attendez! Je ne cherche pas de travail. Je voudrais savoir où se trouve la maison des Grandmont.

Une voix haut perchée se fit entendre.

— Qui est là, Gaston?

L'homme au gilet rayé devint déférent. Amanda comprit qu'il était un employé de la maison. Il n'eut pas le temps de répondre. Une femme apparut derrière lui. Son visage rubicond était surmonté d'un bonnet rose à froufrous. Une robe de chambre de soie de la même couleur, chargée de dentelles et de volants, lui couvrait les épaules. Pendant un court instant, Amanda pensa qu'il s'agissait de la dame entrevue au marché avec Fanette, mais son air dédaigneux et sa tenue extravagante lui donnèrent à penser que ce ne pouvait être la même.

— Madame Sicotte, cette... personne désire savoir où habitent les Grandmont, fit le valet, la bouche pincée.

Le chien continuait à aboyer en sautant sur place comme s'il eût été atteint de la danse de saint Guy. La dame que le valet avait appelée madame Sicotte jeta un regard hautain à la jeune femme.

— Que voulez-vous aux Grandmont? demanda-t-elle sèchement.

— On m'a dit que ma sœur habitait chez eux.

Le ton de madame Sicotte s'adoucit légèrement.

— Quel est le nom de votre sœur?

— Fanette.

Une trace de pitié mêlée d'embarras apparut sur le visage de la dame, qui enroula nerveusement un ruban de son bonnet autour d'un doigt.

— Elle y habite en effet. La maison est à trois pâtés d'ici, du même côté de la rue. Vous la reconnaîtrez facilement par ses tourelles.

Puis elle se pencha, prit le chien dans ses bras.

— Tut tut tut, Gibraltar, sois sage, tu vas réveiller tout le quartier...

La dame s'éloigna dans un torrent de dentelles et de rubans tandis que le valet refermait la porte. Amanda demeura un moment sous le porche, bouleversée par ce qu'elle venait d'apprendre. Elle avait du mal à imaginer que Fanette vivait tout près et que, dans quelques minutes à peine, elle la verrait enfin en chair et en os, la prendrait dans ses bras, effaçant d'un coup les années de séparation et de souffrance. Une joie sauvage balaya tous ses doutes. Elle descendit les marches trop rapidement, trébucha et dut se retenir à la rampe de fer forgé pour éviter de tomber. Elle se redressa, fit un effort pour se calmer et s'engagea sur le trottoir de bois dans la direction indiquée par la dame en rose. La rue commençait à être plus animée. Amanda croisa quelques passants bien vêtus, arborant l'assurance que donne la prospérité, et crut déceler du mépris dans le regard qu'ils posaient sur elle. Elle se sentit soudain à l'étroit dans ses modestes vêtements.

Après avoir passé deux pâtés de maisons, Amanda s'immobilisa devant une demeure qui lui sembla encore plus opulente que les autres. Elle aperçut les tourelles dont la dame en rose avait parlé. En levant les yeux, elle remarqua que des rideaux sombres obturaient les fenêtres, ce qui était inhabituel en plein jour. Un tissu noir avait été drapé au-dessus de la porte. Une sourde appréhension s'empara d'elle. Tout ce noir... Elle avisa un heurtoir de bronze et, après une dernière hésitation, cogna à la porte. Le son se réverbéra dans l'air froid. Amanda attendit, à l'affût du moindre bruit, mais elle n'entendit rien. Elle cogna de nouveau, un peu plus fort. Après une attente qui lui sembla durer une éternité, elle entendit enfin les gonds grincer. La porte s'entrebâilla, laissant entrevoir une femme de couleur qui portait un bonnet et un tablier blancs.

— Monsieur le notaire ne reçoit personne.

La servante fut sur le point de refermer la porte, mais la jeune femme s'avança sur le seuil.

— Je viens voir ma sœur, Fanette O'Brennan.

Madame Régine resta interdite. Elle n'avait jamais entendu le nom de famille de Fanette, qui sonnait étrangement à ses oreilles.

— O'Brennan, murmura-t-elle, confuse.

La jeune femme insista :

— Elle habite bien ici ?

La servante eut l'air troublé.

— C'est-à-dire... elle habitait ici, mais...

Un homme apparut derrière la servante. La sévérité de ses traits était accentuée par ses habits noirs. Amanda sentit son regard bleu, presque transparent, posé sur elle.

— Qui êtes-vous ? demanda-t-il d'une voix coupante.

Intimidée malgré elle par le ton sec et autoritaire de l'homme, Amanda balbutia :

— Amanda O'Brennan. Je suis la sœur de Fanette.

Il la dévisagea avec une hostilité non déguisée.

— Allez-vous-en, siffla-t-il entre ses dents. Vous n'êtes pas la bienvenue dans cette maison. Laissez-nous vivre notre deuil en paix.

La porte se referma brusquement. Amanda resta clouée sur place. *Notre deuil.* Une crainte insensée déferla sur elle. *Fanette est morte.* Voilà qui expliquait les rideaux tirés, la porte drapée de noir, l'homme endeuillé. Elle se mit à tambouriner sur la porte de ses poings nus, des sanglots lui raclant la gorge. Cette fois, personne ne vint répondre. Elle resta de longues minutes sur le seuil, puis se résigna à repartir, ses espoirs réduits à néant, indifférente maintenant aux regards des passants, qu'elle ne voyait même plus. Ce n'est que lorsqu'elle parvint à la porte Saint-Louis qu'elle sentit une main sur son bras. C'était la servante au tablier blanc. Elle s'adressa à Amanda à mi-voix, comme si elle craignait d'être entendue :

— Je sais où se trouve votre sœur.

XXXIII

Une immense vague déferle sur le pont, si haute qu'elle forme un rideau sombre devant ses yeux. Elle réussit à s'agripper à un mât. À travers les trombes d'eau, elle aperçoit un corps porté par des marins. Elle reconnaît le visage exsangue de Philippe. Son corps est enveloppé dans un linceul et jeté par-dessus bord. Il disparaît dans la tourmente. La douleur de Fanette est telle qu'elle est tentée de lâcher prise et de se laisser emporter par une vague qui la mènerait vers lui. C'est alors qu'elle aperçoit Amanda, debout sur le pont, ses cheveux roux fouettés par le vent et les embruns.

— A Fhionnuala ! Fionnualá !

La voix de sa sœur lui parvient à peine, couverte par le sifflement du vent. Amanda court vers elle, le corps ruisselant d'eau.

— A Fhionnuala, táim anseo. A dheirfiúrín, dúisigh Ní fhágfaidh mé thú choíche arís. Fionnualá. Je suis là. Ma petite sœur, réveille-toi. Je ne te quitterai plus jamais.

Le visage d'Amanda est tout près du sien maintenant. Elle voit distinctement son pendentif en forme de trèfle dont la pierre de jade luit doucement, ses boucles rousses, ses yeux gris comme un ciel d'Irlande, les larmes qui roulent sur ses joues, mais ce sont peut-être des gouttes de pluie.

Fanette ouvrit les yeux. Elle crut encore rêver lorsqu'elle vit le visage de sa sœur penché au-dessus du sien, ses boucles rousses auréolant sa tête, ses joues mouillées de larmes.

— Amanda, murmura-t-elle. *An tú atá ann ? An tú féin é dáiríre ?* C'est toi ? C'est bien toi ?

Fanette avait parlé en gaélique sans s'en rendre compte. Elle tenta de se redresser pour enlacer sa sœur, mais elle était si faible qu'elle ne put qu'esquisser le mouvement. Amanda l'enlaça et se blottit contre elle en pleurant de joie. Fanette sentit la chaleur du corps de sa sœur, ses joues humides contre les siennes. Ce n'était pas un rêve, Amanda était bien là, en chair et en os.

Emma se tenait debout non loin du lit, se tamponnant les yeux avec un mouchoir. Peu après la fausse couche de Fanette, une mauvaise fièvre s'était déclarée, et le docteur Lanthier, craignant une septicémie, avait exigé qu'elle gardât le lit. Marie-Rosalie avait été envoyée chez madame Johnson, une voisine dévouée d'origine irlandaise qui avait déjà gardé Fanette lorsqu'elle était enfant. Depuis, Emma n'avait pas quitté le chevet de sa fille, redoutant le pire malgré les bons soins du médecin. Ce matin-là, lorsqu'elle avait entendu cogner à la porte, elle avait cru qu'il s'agissait du docteur Lanthier, qui chaque jour rendait visite à Fanette avant d'entreprendre la tournée de ses patients et revenait la voir chaque soir, avant d'aller dormir. À sa grande surprise, elle avait vu sur le seuil une jeune femme dont les mèches rousses, mouchetées par des flocons de neige, sortaient en désordre de son bonnet. Fanette lui avait tant parlé de sa grande sœur qu'Emma n'avait pas eu de mal à reconnaître Amanda. Elle s'était empressée de la faire entrer pour empêcher le vent de refroidir la maison puis, après lui avoir servi un thé bouillant, lui avait appris le deuil de Fanette, suivi de sa fausse couche. Amanda l'avait écoutée en silence, les mains crispées autour de sa tasse de thé, les lèvres tremblantes.

— Comment va-t-elle ? avait-elle fini par dire, sa voix si basse qu'elle était à peine audible.

— Elle fait encore de la fièvre, avait répondu Emma avec franchise, mais je suis convaincue qu'elle s'en sortira.

— Laissez-moi la voir.

Bien que Fanette fût encore très fragile, Emma n'avait pas eu le cœur d'empêcher la jeune femme de monter dans sa chambre.

Les deux sœurs étaient toujours enlacées lorsque le docteur Lanthier arriva. Emma lui expliqua la situation à mi-voix. Le médecin s'éclipsa discrètement en promettant de revenir plus tard.

Fanette s'était rendormie, épuisée par la fièvre et l'émotion. Amanda resta à son chevet, installée dans un fauteuil juste à côté du lit. Emma tenta de la convaincre de manger quelque chose, mais Amanda refusa. Pour rien au monde elle ne se serait éloignée de sa jeune sœur. Elle lui rafraîchissait le front avec un linge qu'elle retrempait inlassablement dans une bassine remplie d'eau ; Emma la changeait de temps en temps en y ajoutant des morceaux de glace. À l'aide d'une éponge, elle humectait les lèvres de Fanette pour la désaltérer, même lorsque celle-ci dormait. Lorsque Fanette émergeait de son sommeil, Amanda lui parlait doucement, dans une langue qu'Emma ne comprenait pas, mais dont elle présuma que c'était le gaélique. Amanda lui fit sa toilette elle-même, comme elle l'aurait fait pour un petit enfant, avec une délicatesse et une patience infinies. Elle attendait que sa jeune sœur se rendorme pour appuyer sa tête sur le dossier de sa chaise et somnoler, se réveillant au moindre soupir.

Après deux jours, Fanette avait repris du mieux ; la présence d'Amanda semblait avoir agi tel un remède miraculeux. Le docteur Lanthier fut agréablement surpris lorsqu'il vit Fanette assise dans son lit. Ses yeux avaient perdu cette brillance malsaine qui accompagne la fièvre. Il mit une main sur son front, constata qu'il ne brûlait plus.

— La fièvre est tombée.

Ces mots, le médecin les avait prononcés à de nombreuses reprises au cours de son existence consacrée à soigner les gens, mais jamais il n'avait éprouvé autant de soulagement à les énoncer qu'en ce moment. Amanda pleura de joie et d'épuisement. Emma insista pour que celle-ci prenne du repos et l'installa dans la chambre de Marie-Rosalie. La jeune femme s'endormit aussitôt qu'elle posa la tête sur l'oreiller. Emma sortit de la chambre et alla se réfugier dans la cuisine pour y verser toutes les larmes de son corps. La mort d'Eugénie lui avait permis de mesurer la fragilité de l'existence, et sa crainte de perdre Fanette s'en était accrue. Maintenant qu'elle était tirée d'affaire, sa reconnaissance était telle qu'il lui sembla qu'Eugénie y était pour quelque chose. Après s'être rincé le visage en puisant de l'eau fraîche dans le quart en bois, elle mit sa capeline et un manteau chaud et marcha jusqu'à l'église Notre-Dame-des-Victoires. Elle alluma un lampion à la mémoire d'Eugénie. Les morts n'étaient plus là pour tenir la main des vivants, mais leur esprit durait et instillait du courage dans les moments les plus difficiles.

                                                   ✑

L'état de Fanette s'améliorait de jour en jour. Elle put enfin recommencer à manger, se contentant de bouillon de poule les premiers temps, puis de mets plus consistants qu'Emma préparait avec soin, bien qu'elle n'eût pas les talents de cuisinière d'Eugénie. Pendant la convalescence de sa sœur, Amanda avait continué à dormir dans la chambre de Marie-Rosalie, qui se trouvait toujours chez la voisine. Bientôt, Fanette fut capable de se lever, de faire sa toilette et de s'habiller toute seule.

Rassurée sur la santé de sa sœur, Amanda lui annonça qu'elle devait retourner à l'abri Sainte-Madeleine. Elle lui promit de revenir la voir tous les jours.

                                                   ✑

Sœur Odette accueillit Amanda avec un soulagement indicible. Elle s'était fait un sang d'encre depuis la disparition de sa protégée, convaincue que celle-ci s'était entêtée et était partie à Montréal à la recherche de son fils, en dépit de l'interdiction du coroner. Amanda raconta à la religieuse les circonstances de ses retrouvailles avec sa jeune sœur, les malheurs qui avaient affligé celle-ci, et son retour graduel à la santé. La joie de revoir

Fanette ne lui avait toutefois pas fait oublier le sort de son fils. Elle demanda à sœur Odette si elle avait eu des nouvelles de l'orphelinat Saint-Patrick. La religieuse secoua la tête. Voyant l'angoisse sur le visage d'Amanda, elle tenta de la rassurer.

— Il faut faire montre de patience. J'ai posté la lettre il y a à peine huit jours.

Le lendemain après-midi, Amanda revint comme promis à la maison de la rue Sous-le-Cap. Elle commençait à se familiariser avec le quartier : les vêtements accrochés aux cordes à linge et raidis par le froid, les rues étroites encombrées de tonneaux et de fagots de bois, les patinoires improvisées où les enfants s'amusaient à glisser sur des planchettes nouées à leurs pieds par une corde, tous ces faits et gestes quotidiens la rassérénaient, mais en même temps lui rappelaient cruellement l'absence de son fils. Elle trouva Fanette assise par terre dans sa chambre, jouant à la poupée avec une fillette. La ressemblance entre elles était frappante.

— C'est ta fille, dit-elle, émue.

Fanette leva un visage rayonnant vers sa sœur.

— Amanda, je te présente Marie-Rosalie.

Fanette se tourna vers la fillette.

— C'est ta tante Amanda.

Marie-Rosalie lui fit un grand sourire. Une fossette se dessina sur sa joue droite.

— Mon Dieu, ce qu'elle te ressemble ! s'exclama Amanda. C'est toi au même âge.

— Il paraît pourtant qu'elle est le portrait craché de son père, répondit Fanette, la gorge serrée.

Une tristesse insondable voila son regard. Amanda prit sa sœur dans ses bras et la serra contre elle sans rien dire. Marie-Rosalie tendit sa poupée à sa tante.

— Rose a du chagrin. Tu dois la consoler, dit-elle avec gravité.

Amanda prit la poupée et la berça avec délicatesse, comme s'il s'était agi d'un vrai poupon. Fanette observa sa sœur aînée, pensive. Celle-ci n'avait pas fait allusion à son fils une seule fois.

depuis leurs retrouvailles. Elle fut tentée d'aborder le sujet avec Amanda, mais quelque chose la retint. Sa sœur ignorait peut-être que le père McGauran lui avait révélé l'existence d'Ian. Elle ne voulait pas trahir la confidence du prêtre, ni mettre Amanda dans l'embarras.

— Elle est consolée, maintenant, dit Amanda en remettant la poupée à la fillette.

Marie-Rosalie la reprit et l'examina avec attention.

— C'est vrai, elle ne pleure plus, commenta-t-elle de sa voix flûtée.

— Une poupée se console plus vite que les grandes personnes, observa Amanda.

Les deux sœurs échangèrent un long regard. Ces mots résumaient à eux seuls les épreuves qu'elles avaient traversées. Profitant de ce que Marie-Rosalie s'était levée et avait déposé sa poupée sur son lit, prenant bien soin de la couvrir, comme sa propre mère le faisait chaque soir avec elle, Fanette se leva à son tour et la rejoignit.

— Allons, ma chouette, il est temps de faire ta sieste.

Fanette aida sa fille à se déshabiller, lui enfila une robe de nuit.

— Raconte-moi l'histoire de la méchante reine Aoife, demanda l'enfant.

Amanda s'approcha de sa sœur.

— Tu te rappelles, je te racontais la même histoire quand tu étais petite.

— Je n'ai rien oublié.

Après avoir exaucé son souhait, Fanette embrassa Marie-Rosalie tendrement, puis la couvrit chaudement d'une couverture. Les deux sœurs sortirent de la chambre à pas feutrés et descendirent à la cuisine. Emma n'était pas encore revenue du refuge du Bon-Pasteur. Fanette ralluma le poêle et fit du thé. Amanda la regardait faire, encore étonnée d'avoir retrouvé sa sœur après une aussi longue séparation, touchée par ses gestes gracieux, sa silhouette fine que la robe de deuil rendait encore plus fragile, la beauté de son profil dans la lumière douce de la lampe. Fanette déposa une théière et deux tasses sur la table.

— Je t'ai vue une fois à la halle du marché Champlain. Tu étais en compagnie de ta mère adoptive.

— Quand était-ce? dit Fanette, surprise.

— En mai 1850. Tu devais avoir dix ans. Tu étais si jolie, avec ton chapeau de paille et tes nattes.

— Pourquoi ne pas m'avoir parlé? J'aurais tout donné pour te revoir.

Amanda revit les allées ensoleillées, les marchandes qui criaient leurs boniments, puis sa petite sœur, accompagnée d'une femme à la mine avenante portant un grand chapeau et qui la tenait par la main; l'élan d'amour et de remords aussitôt brisé lorsque son regard avait croisé celui d'un client endimanché qui faisait le tour du marché avec son épouse. Elle n'eut pas le courage de lui avouer que c'était le fait d'être une prostituée qui l'en avait empêchée.

— Tu semblais si heureuse, finit-elle par dire. Je ne voulais pas perturber ta vie.

Fanette servit le thé en silence, blessée malgré elle que sa sœur ne soit pas venue vers elle ce jour-là.

— Je t'ai cherchée si longtemps. Pas un jour ne passait sans que je pense à toi.

Amanda sentit un remords familier l'envahir. Tant de fois elle s'était reproché d'avoir abandonné sa sœur lorsqu'elle était partie sans elle avec monsieur Bruneau.

— Tu ne peux pas comprendre, dit-elle, sur la défensive. Tu as eu la chance d'être recueillie par une femme merveilleuse, tandis que moi…

Elle s'interrompit, incapable de poursuivre. Fanette s'en voulut d'avoir provoqué cette réaction chez sa sœur.

— Je ne te reproche rien. Tu ne pourras jamais savoir à quel point je suis heureuse que tu sois là.

Alors il n'y eut plus entre elles, pendant un moment magique, que l'amour qu'elles se portaient et le bonheur de s'être retrouvées. Comme si elle avait été mise en confiance, Amanda dit soudain :

— J'ai eu un enfant. Un fils. Il s'appelle Ian, comme notre père.

Fanette fut émue que sa sœur aborde enfin ce sujet délicat.

— Le père McGauran me l'avait appris. J'étais allée le voir dans l'espoir d'avoir de tes nouvelles. Qu'attends-tu pour me le présenter ? J'ai si hâte de le connaître.

Les yeux d'Amanda s'assombrirent. Elle n'eut pas le cœur de raconter à Fanette les circonstances entourant son arrestation par le coroner au port de Montréal, ni la fuite éperdue de son fils. La seule évocation de l'homme de loi et de la disparition d'Ian lui enserrait la poitrine dans un étau.

— Il n'est pas avec moi. On a été séparés après le naufrage d'un bateau qui devait nous mener jusqu'à Montréal.

— Un naufrage ? s'écria Fanette, bouleversée.

— J'ai été recueillie par des pêcheurs. Ian a pu monter dans une barque de sauvetage. Il est sain et sauf, quelque part à Montréal, mais je suis sans nouvelles de lui.

Amanda prit une gorgée de thé et s'empressa de changer de sujet.

— Quand as-tu rencontré le père McGauran ? reprit-elle, faisant un effort pour ne pas pleurer.

Fanette eut l'impression que sa sœur avait délibérément laissé des pans de son récit dans l'ombre.

— À la fin de l'été 1858.

Amanda fixa sa tasse.

— Il t'a parlé du père d'Ian ?

Fanette hésita, sentant qu'elle marchait sur un fil ténu. Amanda revint à la charge :

— Il t'a parlé du père ? répéta-t-elle.

Sa voix s'était durcie.

— Il m'a simplement dit qu'Ian était de père inconnu.

Le visage d'Amanda se détendit légèrement. Le père McGauran n'avait pas trahi son secret. Il ne fallait pas que sa sœur sache la vérité. Jamais. Personne ne devait savoir. Fanette reversa du thé dans les tasses tout en observant sa sœur aînée à la dérobée. Leur séparation avait été longue, remplie d'ornières et de zones d'ombre. Il leur faudrait du temps avant d'apprivoiser les silences et les non-dits.

XXXIV

Un ruban à la main, Adrienne Trottier finissait de prendre les mensurations d'Ian, qu'elle notait sur un bout de papier. L'enfant, debout sur un tabouret, avait des fourmis dans les jambes.

— Tiens-toi bien droit, dit-elle gentiment. C'est presque fini.

La femme du marchand s'était mis en tête de confectionner des habits neufs à l'enfant. Elle avait déjà choisi du lin de la meilleure qualité pour les chemises, et de la gabardine pour les pantalons. Elle était si absorbée par sa tâche qu'elle n'entendit pas son mari entrer. Il la regarda pensivement. Il y avait belle lurette qu'il ne l'avait vue d'humeur aussi gaie.

— Adrienne…

Elle leva la tête vers lui en souriant.

— J'ai besoin de toi pour écrire une lettre, dit-il.

Elle nota la dernière mesure et suivit son mari dans l'escalier qui menait à l'arrière-boutique. Il était quasi analphabète. Il pouvait signer son nom et lire les grands titres d'un journal, mais il était incapable d'écrire une phrase entière, bien qu'il sût compter. C'était donc sa femme qui rédigeait son courrier. Croyant qu'il s'agissait d'une lettre pour ses affaires, Adrienne s'installa derrière un secrétaire et attendit, une plume à la main.

— Le petit m'a dit que sa mère et lui ont vécu à l'abri Sainte-Madeleine, à Québec. Il a parlé d'une religieuse, sœur Odette. Je voudrais lui écrire au cas où elle aurait des nouvelles.

À l'évocation de l'abri Sainte-Madeleine, Adrienne demeura interdite.

— Ce refuge-là accueille des femmes de mauvaise vie.

Le marchand se rappela la raison pour laquelle sa femme avait refusé qu'il contribue à l'œuvre de cette communauté.

— J'vois pas ce que ça change.

Le ton de madame Trottier monta d'un cran :

— Je laisserai pas le pauvre enfant retourner à une… une dévergondée !

— C'est pas à nous de la juger. Une mère est une mère.

— Elle l'a abandonné ! s'exclama-t-elle, indignée. Elle l'a laissé tout seul dans la grande ville, sans nourriture, sans argent. Si tu l'avais pas trouvé sur le seuil de notre porte, il serait peut-être mort de faim et de froid à l'heure qu'il est.

Elle se leva, lissant les plis de sa robe.

— Je l'écrirai pas, ta lettre.

— Dans ce cas-là, je vais demander à monsieur Gervais de le faire.

Émile Gervais, un voisin, était instituteur dans une école primaire du quartier et, à l'occasion, il aidait des gens qui ne savaient pas écrire à rédiger leurs lettres. Le visage d'Adrienne tomba. Sa vindicte avait disparu, remplacée par un chagrin insondable.

— Il ressemble à notre Benoit. Dès que je l'ai vu, j'ai compris que c'était Dieu qui nous l'envoyait.

Bien qu'il comprît les sentiments de sa femme, le marchand resta ferme.

— Cet enfant-là nous appartient pas, Adrienne.

Après un long silence, madame Trottier finit par se rasseoir, la mine résignée. Elle reprit la plume, la trempa dans l'encrier. Soulagé que sa femme revienne à une attitude plus raisonnable, le marchand commença à dicter la lettre :

Chère sœur Odette…

Une fois la lettre terminée, monsieur Trottier la signa, la mit dans une enveloppe, la cacheta. Adrienne offrit à son mari d'aller la poster, ce qu'il accepta avec reconnaissance.

Le bureau de poste était situé sur Saint-Denis, près de la rue Mignonne, à cinq minutes de marche du magasin. Madame Trottier s'en approcha. Une charrette tirée par deux alezans, transportant des tonneaux de bière, se gara devant une taverne située en face du bureau de poste. L'épouse du marchand jeta un regard sévère au tonnelier qui commençait à décharger sa cargaison. Elle désapprouvait ces débits de boissons où les maris flambaient leur salaire péniblement gagné en laissant leur famille sans ressources, les contraignant à se nourrir à la soupe populaire. Comme pour lui donner raison, un homme à moitié ivre, titubant devant le bureau de poste, lui tendit son chapeau cabossé.

— Que'ques sous pour un pauv' bougre qui mange de la vache enragée.

Elle détourna les yeux et s'empressa d'entrer dans l'immeuble de pierre aux colonnes cannelées. L'image de l'ivrogne lui restait en tête. Tandis qu'elle se dirigeait vers un guichet libre, elle ne put s'empêcher de penser à Ian, grelottant sur le pas de leur porte. Que deviendrait-il si sa mère revenait le chercher et le ramenait avec elle dans un bouge qu'elle imaginait sale et mal famé, fréquenté par des soûlons et des brigands ? Lorsque ce fut son tour, elle déposa la lettre sur le comptoir. La postière, madame Grimard, fit un mouvement machinal pour la saisir.

— Attendez ! s'écria madame Trottier.

Elle reprit la lettre, qu'elle glissa dans son manteau.

— J'ai mal adressé l'enveloppe, balbutia-t-elle.

Sentant une rougeur lui monter au front, elle se dépêcha de sortir en priant pour que le mendiant fût parti, mais il se tenait toujours au même endroit, la bouche étirée en un sourire qui sentait le malheur. Contre toute attente, en revoyant cet homme dont la misère était presque indécente, l'épouse du marchand se sentit réconfortée. Le vague remords qu'elle avait éprouvé en reprenant la lettre destinée aux religieuses se dissipa. *C'est pour le bien du petit que je le fais.* Si elle le laissait partir, elle le condamnerait à une vie misérable, et il finirait comme cet homme, à quémander dans la rue. Il n'en tenait qu'à elle de l'en préserver en lui procurant le confort et l'amour d'un véritable foyer. Émue aux larmes par la perspective de sauver cet enfant, elle se sentit soudain en veine de générosité. Elle fouilla dans la bourse qu'elle avait à la ceinture et y trouva une pièce, qu'elle jeta dans le chapeau du mendiant. Puis elle marcha d'un pas ferme en direction du port sans entendre les paroles de gratitude du pauvre hère.

— Dieu vous bénisse, ma'me.

Elle s'avança vers la rive, puis s'arrêta au bord du fleuve, qui scintillait dans la lumière orangée. Jetant un coup d'œil à la ronde, elle fut rassurée en constatant que personne ne lui prêtait attention. Elle sortit la lettre de son corsage puis la déchira en petits morceaux qu'elle jeta au fur et à mesure dans l'eau. Elle contempla les bouts de papier blanc qui dérivaient au fil du courant, avec le sentiment du devoir accompli.

XXXV

Le cimetière Saint-Louis était désert. Des lambeaux de brume s'accrochaient au faîte des arbres, dont les branches dénudées se découpaient sur le ciel gris telles des ombres chinoises. Une légère neige tombait, fondant aussitôt qu'elle touchait le sol. Vêtue d'un manteau et d'un chapeau noirs, Fanette s'arrêta devant un monument. Emma avait insisté pour qu'elle ne sorte pas par un froid pareil, d'autant plus qu'elle relevait à peine de sa fausse couche, mais Fanette n'avait rien voulu entendre. Les femmes n'ayant pas le droit d'assister à la mise en terre, c'était la première fois qu'elle pouvait se recueillir sur la tombe de Philippe. Sur la pierre de grès avait été gravée une épitaphe :

Philippe Grandmont
1836-1859
Son souvenir restera à jamais gravé dans nos cœurs

Fanette resta debout devant la tombe, indifférente au vent glacial qui s'engouffrait sous les plis de son manteau. Un sentiment d'étrangeté l'habitait ; la mort de Philippe l'avait projetée dans un pays inconnu. Elle était devenue une jeune veuve sur laquelle les regards des passants s'attardaient avec pitié lorsqu'ils constataient qu'elle portait le grand deuil. Elle avait envie de leur crier : « Mais non, vous vous trompez, l'homme que j'aime vit toujours, ce n'est qu'un malentendu, il est parti en voyage, il reviendra, bien sûr qu'il reviendra… » Mais il était allé dans un pays d'où on ne revient pas. Elle savait que ce n'était que le début de la douleur, que celle-ci prendrait tout son temps pour déployer ses voiles sombres autour de son cœur. Elle ferma les yeux, tâchant d'évoquer le visage de Philippe, ce sourire si particulier qui faisait remonter un coin de sa bouche, mais elle se rendit compte avec désarroi que même son image était devenue floue.

Ce n'est qu'à ce moment qu'elle se sentit glacée jusqu'aux os. Elle serra son manteau contre elle et s'éloigna. En marchant dans une allée, elle se rendit compte que les noms inscrits sur les tombes étaient tous irlandais : *O'Sullivan, O'Connelly, Ryan, Donovan, Murphy...* Sans s'en rendre compte, elle avait traversé la partie nord du cimetière, celle des Canadiens français, et se trouvait maintenant dans la partie sud, réservée aux Irlandais catholiques. Elle songea avec tristesse que, même dans un cimetière, les Canadiens français et les Irlandais ne se côtoyaient pas. Philippe et elle avaient été l'exception.

Au détour d'une allée, elle aperçut un homme ployé au-dessus d'une petite pierre tombale en forme de croix celtique. Il tenait un chapeau dans ses mains, et ses cheveux longs d'un roux flamboyant tombaient sur ses épaules. Elle s'arrêta, saisie. C'était Alistair Gilmour. Ne voulant pas le déranger dans ce qui semblait être une prière, elle fit mine de s'éloigner. Peut-être entendit-il le bruit de ses pas sur le gravier, ou peut-être était-ce le brusque envol d'une tourterelle poussant un cri qui ressemblait à une complainte, mais il se tourna vers elle, ses yeux verts figés et sans vie comme ceux d'un aveugle. D'abord, il ne fit pas un geste, comme s'il n'avait pas encore tout à fait pris conscience de la présence de la jeune femme. Puis il se redressa soudain, sa grande silhouette se déployant parmi les arbres et les pierres tombales. Fanette remarqua des traces de larmes sur ses joues. Elle ne comprit pas l'émotion qui lui étreignit la gorge devant le chagrin de cet homme qu'elle connaissait si peu. Puis elle se rendit compte qu'elle avait reconnu dans son regard la même douleur que la sienne. Il fut le premier à prendre la parole :

— J'ai fait un séjour en Écosse durant quelques semaines. Je viens de revenir à Québec.

Il regarda les flocons qui ressemblaient à des diamants finement ciselés.

— J'ai appris la mort de votre mari. C'est un grand malheur pour vous.

Il n'y avait pas de compassion dans son regard, seulement une sorte de colère qui ressemblait à celle que Fanette portait en elle depuis la mort de Philippe. La perte de leur bébé n'avait fait qu'accentuer sa révolte et son incompréhension devant tant d'injustice, sentiments qu'elle emmurait en elle dans un silence sans larmes. Un vent aigre s'était levé, soulevant des mèches rousses autour du visage pâle du marchand naval. Il fit quelques pas vers elle. Elle respira le parfum de musc et de tabac qui l'avait frappée lorsqu'elle avait dansé avec lui, le soir du bal qu'il avait donné à son domaine de Cap-Rouge, et qu'il l'avait serrée d'un peu trop près. Elle n'eut pas le réflexe de se distancer de lui, obnubilée qu'elle était par ce regard qui semblait refléter son propre chagrin.

— C'est votre beau-père qui aurait dû mourir. Votre mari est mort à sa place. Il n'y a pas de justice ici-bas, et je doute qu'il y en ait une dans l'autre monde, s'il existe. Même la vengeance a un goût de cendre.

Il lui tourna le dos et s'éloigna dans l'allée. Ses paroles singulières continuaient à résonner dans la tête de Fanette, amplifiées par le silence du cimetière. *Même la vengeance a un goût de cendre.* La petite croix celtique devant laquelle le Lumber Lord avait prié attira son regard. Elle s'en approcha. Le monument, usé par les intempéries, était piqué ici et là d'une mousse verdâtre. Une inscription y était gravée, dont certaines lettres avaient été presque effacées par le temps.

À la mémoire éternelle de
Cecilia Beggs
Ma sœur bien-aimée
1810-1834

1834. Elle fit le calcul et se rendit compte que Cecilia Beggs était morte à l'âge de vingt-quatre ans. *Ma sœur bien-aimée.* S'il s'agissait de la sœur d'Alistair Gilmour, Beggs était sans doute son nom de femme mariée. Elle fut étonnée toutefois de ne pas voir de mention de son statut matrimonial sur le monument. Un souvenir lui revint, une phrase que le Lumber Lord avait prononcée alors qu'il dansait avec elle au bal, portant sur elle un regard où régnait la même douleur que celle qu'elle avait vue dans ses yeux alors qu'il était prosterné sur la tombe : « J'ai aimé une femme qui vous ressemblait. » Un frisson lui parcourut l'échine. Elle ne sut pas si c'était à cause du froid ou d'une angoisse diffuse qui s'était emparée d'elle.

XXXVI

Le notaire Grandmont et sa femme ne s'étaient pas adressé la parole depuis que ce dernier était retourné chez lui, après avoir été libéré par la police. Marguerite prenait tous ses repas dans sa chambre et n'en sortait que lorsqu'elle était certaine que son mari était enfermé dans son bureau ou absent, ce qui ne lui arrivait que rarement. Le notaire ne recherchait pas non plus la compagnie de sa femme, considérant que toute explication avec elle eût été aussi gênante qu'inutile. Marguerite l'avait dénoncé à la police par crainte qu'il s'en prît à son amant, il avait été libéré. Qu'y avait-il à ajouter ? Ils vivaient donc comme deux étrangers dans la même maison.

Chaque jour, madame Régine allait chercher le courrier et les journaux, prenant soin de jeter les gazettes – dont elle gardait parfois un exemplaire pour y mettre ses épluchures de légumes – et n'apportant au notaire que les lettres. Car le lendemain du retour du notaire, elle avait eu le malheur de placer *L'Aurore de Québec* sur la table de la salle à manger, à côté de son assiette, comme elle le faisait tous les matins. Le notaire s'en était emparé, en avait parcouru la première page, puis l'avait ensuite lancé par terre avec fureur.

— Débarrassez-moi de ce torchon ! Je ne veux plus voir un seul journal dans ma maison, m'entendez-vous ? Plus un seul !

Madame Régine avait eu peur en voyant le visage tuméfié du notaire s'empourprer davantage sous l'effet de la colère. Elle s'était empressée de ramasser le journal, qu'elle avait jeté dans le poêle, non sans y avoir d'abord jeté un coup d'œil. Elle ne savait pas lire, mais elle pouvait reconnaître certains mots simples. Elle avait distingué les mots « arrêté », « police », « femme », assez en tout cas pour comprendre ce qui avait pu provoquer la fureur de son patron. Un peu plus tard cette journée-là, elle avait su par monsieur Joseph, qui l'avait appris du cocher des Sicotte, que le notaire avait passé la nuit au poste à cause d'une « histoire de jupon », selon l'expression utilisée par monsieur Joseph. Elle n'avait pas voulu en apprendre davantage. Elle demeurait loyale au notaire Grandmont ; moins elle en savait, mieux c'était. Curieusement, le notaire semblait avoir oublié de se désabonner des gazettes, car il continuait à les recevoir chaque jour, et madame Régine continuait à les jeter au fur et à mesure dans le poêle.

Elle s'apprêtait justement à brûler la *Gazette de Québec* lorsqu'on sonna à la porte. La servante s'en étonna, car les Grandmont ne recevaient plus personne. Elle referma la cloison du poêle, se dirigea vers l'entrée et entrouvrit la porte. Un homme de taille moyenne, portant des lunettes cerclées d'or, une mallette à la main, était sur le seuil. Le visage de cet homme lui était familier, mais elle ne se souvenait pas de son nom.

— Je désire voir monsieur Grandmont.

— M'sieur le notaire ne reçoit personne.

— Dites-lui que c'est Peter Henderson. Je suis convaincu qu'il me recevra.

Madame Régine alla trouver le notaire. Celui-ci pâlit lorsque sa servante prononça le nom d'Henderson.

— Faites-le entrer, dit-il d'une voix blanche.

Il serra le pommeau de la canne qu'il gardait en tout temps avec lui. Constatant que ses mains s'étaient mises à trembler, il s'efforça d'en contrôler l'agitation, mais elles tremblèrent de plus belle. Il donna un coup de canne sur le plancher, la rage au cœur, ne comprenant pas pourquoi son corps le trahissait ainsi. C'est dans cet état d'esprit qu'il reçut le comptable. Ce dernier remarqua la nervosité du notaire ainsi que les contusions qu'il avait sur le visage et autour de l'œil, d'une vilaine teinte jaune diaprée de violet, mais il fit comme si de rien n'était. Il s'assit sans enlever son manteau.

— Vous vous demandez sans doute la raison de ma présence ici, commença-t-il, le visage impassible.

— En effet, répliqua le notaire, tâchant de raffermir sa voix.

— Je ne vous prendrai pas trop de votre précieux temps.

Peter Henderson ouvrit sa mallette, en sortit une enveloppe blanche qu'il tendit au notaire.

— Je crois que ceci vous intéressera.

Le notaire s'en empara, la déchira à l'aide de son coupe-papier, pestant intérieurement contre le tremblement perpétuel de ses mains. Il sortit une feuille, qu'il déplia. Il reconnut avec terreur l'écriture maladroite. Il n'eut même pas besoin de lire au-delà des premiers mots de la missive, qu'il savait par cœur.

En juillet 1834, une jeune femme nommée Cecilia Beggs est morte noyée dans le lac Saint-Charles. J'accuse le notaire Louis Grandmont d'être responsable de sa mort. Elle portait son enfant.

La feuille lui échappa des mains et atterrit doucement sur le plancher. Le comptable ne se donna pas la peine de la ramasser.

— C'est moi qui vous ai envoyé cette lettre, monsieur Grandmont.

Le notaire avait été à ce point convaincu qu'Alistair Gilmour était l'auteur des missives anonymes qu'il mit un moment avant de comprendre. Peter Henderson continua sur un ton monocorde, comme s'il discutait d'un état financier.

— Il y a un moyen fort simple d'acheter mon silence.

— Lequel ?

La voix du notaire avait le son d'une crécelle.

— Faites atteler une voiture. Rendez-vous à la Northern Imperial Bank. Retirez la somme de quarante mille dollars. Je vous attendrai au coin des rues Saint-Paul et Saint-André. Si vous n'y êtes pas dans une heure, je ferai parvenir une copie de cette lettre à la police ainsi qu'à *L'Aurore de Québec*. M'avez-vous bien compris ?

Le notaire acquiesça en silence. Le comptable se leva.

— Je vous remercie de votre collaboration, maître Grandmont.

Il se leva, prit sa mallette et la remit au notaire.

— Ceci vous sera utile pour ranger l'argent.

Il sortit. Le notaire resta figé un moment dans son fauteuil, puis se secoua. Il appela monsieur Joseph, lui demanda d'atteler son Brougham et se rendit à la banque, qui se trouvait rue Saint-Pierre. Il retira la somme tandis que le cocher était garé devant l'immeuble, puis il retourna dans sa voiture et se rendit au coin des rues Saint-Paul et Saint-André, comme l'avait exigé Henderson. Celui-ci l'attendait dans un fiacre. Il en descendit, vint à la rencontre du notaire, prit la mallette et retourna vers sa voiture. Il s'y engouffra et referma la portière. Le fiacre s'engagea dans la rue Saint-André et disparut.

Lorsqu'il rentra chez lui, le notaire aperçut Marguerite en train de descendre l'escalier. Elle portait chapeau et manteau. Un valet la suivait, traînant une malle.

— Vous partez ? dit le notaire, saisi.

— J'ai reçu un télégramme de ma mère pendant votre absence. Mon père est très malade, dit-elle en ajustant des gants de chevreau sur ses mains délicates tandis que monsieur Joseph, aidé d'un autre valet, s'emparait de la malle et la portait vers l'entrée.

— Vous m'en voyez navré. Ce n'est pas trop grave, j'espère…

— Une crise d'angine. Ma mère me demande de passer quelque temps à la maison.

— Quand reviendrez-vous ?

— Cela dépendra de l'état de santé de mon père. Je resterai à ses côtés tant qu'il aura besoin de moi.

Quelque chose dans le ton de sa femme fit comprendre au notaire que ce départ risquait d'être long. Il fut sur le point de s'écrier : « Vous ne reviendrez pas ! La maladie de votre père, quel prétexte idéal pour quitter discrètement votre mari sans vous attirer les foudres de la bonne société ! », mais il se contint.

— Transmettez à votre père mes meilleurs vœux pour un prompt rétablissement.

Touchée par la marque de considération de son mari, Marguerite lui répondit :

— Je n'y manquerai pas. Je vous écrirai pour vous tenir au courant de son état.

Elle partit, laissant dans le hall un effluve de son parfum. La porte claqua. Le notaire se dirigea lentement vers son bureau. Le bruit de sa canne résonnait dans la maison, réverbéré par un écho sourd. Il eut la certitude que sa femme ne reviendrait pas.

XXXVII

Le lieutenant Noël Picard regarda avec émotion le lac Saint-Charles, qui brillait dans une lumière bleutée annonçant l'hiver. Après s'être présenté aux autorités du port de Montréal, il avait décidé de revenir à la Jeune Lorette, son village natal, pour y passer l'hiver en attendant que la saison de navigation reprenne et qu'il reçoive une nouvelle assignation. Ses parents étaient morts quelques années auparavant, mais sa sœur cadette habitait toujours au village avec son mari et ses quatre enfants. Malgré le fait qu'il vivait sur les bateaux cinq ou six mois par année, il était resté extrêmement attaché à Lucie, qu'il continuait à appeler « ma petite sœur », bien qu'elle eût trente et un ans bien sonnés.

Remontant sur le siège de la voiture qu'il avait achetée à bon prix à Québec, il reprit la route en direction du village. Après quelques milles sur un chemin à peine balisé, il aperçut avec un pincement au cœur les premières maisons du village et le clocher de l'église. Il n'avait pu avertir Lucie de sa venue, car le télégraphe ne se rendait pas jusqu'au village. Il gara sa voiture devant une maison située un peu en retrait, non loin de la chute Kabir Kouba. Le bruit de l'eau qui se fracassait contre les rochers en contrebas le remplit de joie. C'était le son qui avait bercé son enfance.

Levant les yeux, il vit une fumée blanche s'échapper de la maisonnette en bois flanquée de l'appentis où étaient entreposés les mocassins, les raquettes et la poterie que Lucie fabriquait et vendait au marché. Quand Noël revenait à son village après des mois d'absence, il avait toujours la crainte de ne pas retrouver son monde tel qu'il était avant son départ, aussi fut-il rassuré de le retrouver intact. En descendant à terre, il vit une tête ronde apparaître dans l'une des fenêtres. Il ne la reconnut pas. Se pouvait-il que ce soit André, le dernier-né, qui n'avait que dix-huit mois lorsqu'il l'avait vu la dernière fois ? Il s'avança vers la porte, qui s'ouvrit en laissant jaillir un flot d'enfants qui se jetèrent sur lui avec des cris d'allégresse. Il ne put s'empêcher de rire sous l'assaut. Il prit dans ses bras l'enfant au visage rond qui le regardait avec de grands yeux remplis de curiosité, le souleva de terre et l'embrassa sur les deux joues. C'était bel et bien André.

— Hé, c'est que t'as profité pendant mon absence…

Les autres enfants s'accrochaient à son manteau en riant et en se chamaillant. Une femme aux longues tresses noires, portant un tablier par-dessus sa robe de lainage, apparut sur le pas de la porte.

— Noël !

— Ma petite sœur !

Ils s'enlacèrent tendrement. C'est alors qu'il remarqua son ventre rond comme une pleine lune.

— T'es enceinte !

— J'ai six mois de faits, dit-elle fièrement.

— À ma prochaine visite, je vais avoir une nièce.

Elle sourit. Bien qu'elle adorât ses quatre fils, elle avait toujours souhaité avoir une fille.

Le repas fut joyeux. Bertrand, le mari de Lucie, était revenu de la chasse avec quelques lièvres et un dindon sauvage. Lucie attisa le feu dans l'âtre et mit un lièvre à cuire sur une broche, réservant le dindon pour un autre repas. La veille, elle avait préparé de la sagamité, une soupe à base de maïs, d'orge, de graisse de cerf et de viande, qu'elle réchauffa et servit avec du pain de maïs. Noël mangea comme un ogre, retrouvant avec plaisir la cuisine délicieuse de Lucie, qui le changeait des repas médiocres servis à bord des bateaux. Durant le souper, pressé de questions,

Noël raconta le naufrage du *Queen Victoria*, tout en édulcorant son récit pour ne pas inquiéter Lucie. Les enfants l'écoutaient, les yeux écarquillés d'admiration et de crainte.

— Y a vraiment eu une explosion ? demanda Aurélien, le plus vieux, qui venait d'avoir quinze ans.

Lucie jeta un regard anxieux à son frère, qui haussa les épaules.

— La chaudière a sauté.

— Les inventions des Blancs, commenta Bertrand en fumant sa pipe, ça marche jamais.

— Est-ce qu'y a eu des morts ? intervint de nouveau Aurélien.

Le visage du lieutenant s'assombrit.

— Quelques-uns.

À la fin de la soirée, profitant du fait que les enfants étaient couchés et que Bertrand était sorti pour poser des collets, Lucie ne put s'empêcher de confier ses craintes à son frère.

— Chaque fois que tu pars, j'ai toujours peur que tu reviennes pas.

— Les naufrages sont rares.

Son regard devint songeur.

— À quoi penses-tu ? demanda Lucie.

Alors il parla d'*elle*, surpris de la facilité avec laquelle il évoquait cette femme aux cheveux de feu qu'il ne connaissait ni d'Ève ni d'Adam, mais qui n'avait pas quitté ses pensées.

— T'es amoureux par-dessus la tête, constata Lucie, un sourire mutin aux lèvres.

Il ne répondit pas. Sa sœur avait lu dans son cœur, comme toujours.

— J'espère que tu t'es déclaré, ajouta-t-elle avec humour, sinon y a pas grand-chance qu'elle se soit rendu compte de tes sentiments, cachottier comme t'es.

Lucie faisait référence aux rares occasions où il était effectivement tombé amoureux, mais que, soit par timidité, soit par orgueil, il ne l'avait jamais avoué.

— Pour une fois, oui, je me suis déclaré.

Elle le regarda, frappé par le sérieux avec lequel il avait prononcé ces mots.

— À quand le mariage ?

— Pas de chance. Elle est déjà prise.

Il ne révéla pas à sa sœur qu'il était convaincu que cette femme lui avait menti en prétendant qu'elle était mariée, qu'elle voyageait avec un enfant sous un faux nom, qu'elle était recherchée par la police et qu'il avait été témoin de son arrestation, au port de Montréal. À quoi aurait-il servi d'en parler ? Il était bien décidé à ne plus penser à cette Amanda O'Brennan, à ranger son souvenir dans un coin bien caché de son cœur et à l'y oublier.

⚬⌒⚬

Le lendemain, Noël décida d'emmener ses neveux à la pêche. Lucie les avait suivis pour tenir compagnie à son frère, bien qu'elle n'aimât pas la pêche et que, en général, elle évitât de se trouver trop près d'un cours d'eau. Il avait fait froid durant les dernières semaines, et le lac Saint-Charles avait complètement gelé à certains endroits, près de la rive. Plus loin, des reflets plus foncés indiquaient que la glace n'était pas encore prise. Tandis que Noël appâtait l'extrémité d'une canne à pêche que Bertrand avait fabriquée à l'aide d'un roseau, le petit André se mit à courir vers le rivage en poussant des cris de joie.

— Ne va pas trop loin ! lui lança Lucie, anxieuse.

L'enfant s'arrêta au bord du lac, puis fit quelques pas sur la glace. Un cri aigu alarma soudain Noël. Il tourna la tête vers Lucie, qui venait de s'élancer en direction du rivage.

— André !

Laissant tomber la canne à pêche, Noël partit en flèche à son tour. En approchant du lac, il remarqua des marques de pas sur la glace, puis des fissures suivies d'une cassure nette. Le manteau rouge que portait le petit André faisait une tache dans l'eau, à une quinzaine de pieds de la rive. Noël connaissait très bien le lac Saint-Charles pour l'avoir parcouru en canot durant la belle saison, et en raquettes ou en traîneau l'hiver. L'eau était peu profonde à cet endroit, mais sa température glaciale risquait de causer de graves engelures à l'enfant s'il ne le sortait pas de là au plus vite. Il marcha précautionneusement sur la glace intacte puis, lorsqu'il fut à quelques pieds de l'enfant, s'allongea sur la surface gelée, tendit les bras et empoigna vigoureusement le bambin par le col. Il le sortit de l'eau puis revint sur ses pas en rampant, tenant le petit devant lui. Ce n'est que lorsqu'il fut certain de la solidité de la glace qu'il se mit debout et souleva l'enfant dans ses bras pour le ramener sur la terre ferme. Le pauvre André avait les lèvres bleues et était si effrayé qu'il arrivait à peine à pleurer. Lucie se jeta sur lui et le serra contre elle en sanglotant. Les autres enfants s'étaient assemblés autour d'eux, la mine grave et silencieuse.

— Il faut vite lui enlever ses vêtements mouillés et l'habiller chaudement, dit Noël calmement.

Lucie, étreignant son enfant farouchement, ses prunelles si noires qu'elles se confondaient avec la pupille, ne semblait pas l'entendre. Son frère lui secoua doucement un bras et répéta patiemment :

— Lucie, il faut rentrer.

Cette fois, les paroles de son frère semblèrent l'atteindre, car Lucie se mit à marcher, tenant toujours son fils dans ses bras, suivie par les autres enfants et par Noël, qui fermait la marche pour s'assurer qu'aucun autre incident ne survienne.

༺ఌ༻

Tandis que Lucie déshabillait son fils, Noël examinait l'enfant à la recherche de traces d'engelures. Il n'avait pas fait d'études de médecine, mais durant ses longues années à bord des bateaux il avait appris à soigner des blessures mineures. Une fois que l'enfant eut enfilé des vêtements secs, Lucie l'installa sur un coussin, près de l'âtre. Noël y jeta une bûche, provoquant une pluie d'étincelles.

Lucie était devenue plus calme, mais elle s'était enfermée dans un étrange mutisme et son regard semblait perdu dans une contemplation sombre. Le petit André s'était assoupi. Noël prit place à côté de sa sœur, lui frotta gentiment le dos.

— Ne t'inquiète pas, le petit a eu plus de peur que de mal.

Un faible sourire allégea les traits de Lucie, mais elle demeurait tendue. La respiration régulière d'André et le crépitement du feu ponctuaient le silence.

— Il y a très longtemps, j'ai été témoin d'une noyade.

Noël jeta un regard étonné à sa sœur. C'était la première fois qu'il entendait parler de cette histoire.

— Une noyade ?

— Je devais avoir six ou sept ans. J'aidais notre père à poser des collets. C'était au mois de juillet, il faisait chaud, j'avais très soif. J'ai décidé d'aller du côté du lac pour me rafraîchir les pieds et remplir ma gourde. En sortant de la forêt, j'ai aperçu une barque dans laquelle deux personnes étaient assises. Une jeune femme en robe blanche et un homme.

— Des Blancs ?

Elle fit oui de la tête.

— L'eau brillait comme un miroir. Il y avait pas de vent. La barque avançait lentement. La jeune fille riait. Je me souviens, elle portait un chapeau avec un volant qui ressemblait à un oiseau. La barque s'est immobilisée au milieu du lac. J'ai vu deux perdrix jaillir d'un buisson et s'envoler à tire-d'aile, pas loin de la barque. La jeune femme en blanc a peut-être eu peur, je sais pas. Elle s'est levée dans le bateau et est soudain tombée à l'eau. L'homme a pas bougé tandis que la jeune femme se débattait. Puis elle s'est enfoncée et a disparu. Son chapeau flottait sur l'eau, comme un cygne. Ensuite, je me rappelle plus très bien, je me suis retrouvée près du vieux hangar à bateaux. J'ai vu une voiture attelée à un cheval. Tout à coup, l'homme est arrivé. Il avait des yeux bleus, presque transparents, et ses cheveux étaient blonds comme un épi de maïs. J'ai rebroussé chemin en courant. J'ai couru, couru, sans regarder derrière moi.

Noël avait écouté le récit de sa sœur avec attention. Si elle avait six ou sept ans au moment des événements, ils s'étaient donc produits vingt-quatre ou vingt-cinq ans auparavant.

— Pourquoi t'en as jamais parlé ?

Lucie ramena ses bras autour de ses épaules.

— Papa voulait pas.

Noël la regarda, la mine interrogative. Elle poursuivit avec réticence.

— Je lui ai tout raconté. Il m'a dit que c'était une histoire de Blancs, et de jamais rien dire à personne.

Cette révélation n'étonna pas Noël outre mesure. La communauté huronne avait généralement des relations cordiales avec les Blancs, mais leur père avait une fois eu maille à partir avec un commerçant qui lui avait commandé un canot, lui promettant de le payer après la livraison. Après avoir pris possession de l'embarcation, le commerçant avait prétexté qu'il lui fallait retourner en ville pour y chercher son argent, et on n'avait plus jamais entendu parler de lui. Depuis ce temps, leur père était devenu méfiant.

— Quelques mois plus tard, je crois que c'était au milieu de l'automne, je suis retournée avec notre père près du lac. Un homme très grand aux cheveux rouges et aux yeux verts comme ceux d'un chat est venu vers nous. Il a posé plein de questions sur la jeune femme en blanc.

— Te souviens-tu du nom de cet homme ? demanda Noël, de plus en plus intrigué.

Elle secoua la tête.

— Ça fait trop longtemps.

Elle fronça les sourcils dans un effort de mémoire.

— Je crois qu'il a dit... qu'il était le frère de cette jeune femme. Notre père avait beau m'interdire de parler, j'ai pas pu m'empêcher de lui raconter ce que j'avais vu. Papa était fâché. Il a demandé à l'homme aux cheveux rouges de partir.

Le petit André se réveilla en gémissant. Lucie alla vers lui et le prit dans ses bras pour le rassurer. Préoccupé par le récit de sa sœur, Noël ne voyait cependant pas ce qu'il pouvait faire.

Beaucoup d'eau avait coulé sous les ponts depuis. Il ne connaissait rien de l'identité de la jeune femme qui s'était noyée, ni de celle de l'homme qui, selon Lucie, ne l'avait pas secourue. Le seul témoin de cette mort tragique était sa sœur, qui n'avait que six ou sept ans à l'époque. Quand bien même il rapporterait ces faits à la police, celle-ci n'aurait pas assez d'éléments en mains pour faire une enquête sérieuse. Il jeta un coup d'œil pensif à Lucie, qui cajolait toujours son fils en lui murmurant des mots doux à l'oreille. Leur père avait peut-être raison, après tout. C'était une histoire de Blancs qui ne les concernait pas.

XXXVIII

Trois semaines s'étaient écoulées depuis que sœur Odette avait envoyé sa lettre à l'orphelinat Saint-Patrick, mais celle-ci était restée sans réponse. Chaque jour, Amanda attendait impatiemment que sœur Odette revienne du bureau de poste avec le courrier. Dès qu'elle entendait le bruit de la porte d'entrée, elle s'y précipitait. Un seul regard de la religieuse lui faisait comprendre qu'il n'y avait pas de lettre. Sœur Odette commençait à être préoccupée.

— Il est possible que sœur Gisèle soit décédée, ou qu'elle soit tombée malade, mais il me semble que l'on aurait pris la peine de m'en avertir.

Après la quatrième semaine d'attente, Amanda n'y tint plus.

— Je dois aller à Montréal.

Sœur Odette réfléchit. Elle savait qu'il serait difficile de faire entendre raison à sa protégée et qu'Amanda n'aurait pas l'âme en paix tant qu'elle n'aurait pas retrouvé son fils.

— Ne prends pas de risques inutiles. N'oublie pas que tu dois te rapporter à la police chaque semaine. Laisse-moi y aller à ta place. J'ai mes entrées dans les communautés religieuses, je serai mieux placée que toi pour m'informer sur le sort d'Ian. Sans compter qu'il me connaît, il me suivra en toute confiance.

Sensible aux arguments de la religieuse, Amanda finit par accepter. Sœur Odette fit donc ses préparatifs pour un voyage d'une semaine, car il fallait compter deux jours en diligence pour l'aller, deux autres pour le retour, et au moins deux journées pour entreprendre des recherches.

Le lendemain à l'aube, Béatrice attela la charrette qui servait habituellement à faire le marché et conduisit sœur Odette à l'auberge Giroux située rue Champlain, d'où partait la diligence pour Montréal. Une légère neige avait commencé à tomber. En entrant dans l'auberge, sœur Odette vit que cinq voyageurs attendaient déjà le départ. Elle s'empressa d'acheter un billet au comptoir de l'hôtel pour s'assurer d'avoir une place. Le conducteur, un jeune homme portant beau avec un long manteau bleu prussien et des bottes de cuir rouge, sonna le cor.

— Tout le monde en voiture ! *Everyone on board !* Départ dans une minute ! *Departure in one minute !*

Les passagers se précipitèrent à l'extérieur. La diligence fut bientôt remplie. Le conducteur aida une jolie passagère à monter, se mettant presque au garde-à-vous devant elle, ce qui provoqua les rires et des commentaires salaces de quelques passagers. Lorsque sœur Odette monta à son tour, il ne restait plus qu'une place au fond de la voiture, qui s'ébranla avec force grincements.

⁓

Il faisait un froid de canard dans la tannerie. Antoine, abruti par le travail, ne sentait plus ses bras ni ses jambes. Cela faisait maintenant près d'un mois qu'il travaillait dans un atelier qui appartenait à son oncle Zéphyrin. Son père l'y avait traîné, un matin, en lui disant : « C'est pas vrai que tu vas vivre à mes crochets. Tu vas travailler, mon gars. C'est par le travail qu'on devient un homme. » Il venait le chercher chaque soir, prenant d'abord soin de récupérer le maigre salaire que son fils avait gagné à la sueur de son front. Une fois chez eux, il lui donnait du pain sec et une soupe qui goûtait le ranci, puis l'enfermait à double tour dans un réduit qui lui servait de chambre à coucher.

Le nettoyage des peaux était la tâche la plus pénible de la tannerie. Il fallait enlever le plus de gras possible sans les abîmer, et l'odeur putride qui s'en dégageait levait le cœur. Malheur à l'ouvrier qui les grattait un peu trop et les déchirait. L'oncle

Zéphyrin, qui surveillait tout d'un œil de lynx, corrigeait le fautif en lui administrant quelques coups de fouet dans l'arrière-cour, à l'abri des regards indiscrets, ou bien en soustrayant quelques sous de son salaire déjà minime. Habile de ses mains, Antoine avait jusque-là échappé à ces mauvais traitements, mais sa haine pour son père et son oncle, qui l'obligeaient à travailler douze heures par jour comme un forçat, grandissait à chaque instant. Il n'était habité que par une obsession: fuir.

Il avait toutefois un compagnon d'infortune, un garçon de neuf ans prénommé Jules, chétif et petit pour son âge, mais dont l'adresse faisait l'envie des plus vieux. C'est lui qui avait initié Antoine aux trucs du métier, lui montrant la façon la plus efficace de gratter les peaux sans les endommager, de les rincer sans les « nayer », de les étendre « ben drette » pour qu'elles sèchent sans prendre de faux plis. Les deux enfants se parlaient peu. L'oncle Zéphyrin ne tolérait pas que ses travailleurs s'adressent la parole, prétendant que la « parlotte », comme il l'appelait, leur faisait perdre un temps précieux. À peine pouvaient-ils se soulager, ce qu'ils devaient faire dans un vieux seau puant placé dans l'arrière-cour. Leur seul moment de répit, c'était l'heure de la soupe, qui était distribuée une fois par jour par une servante taciturne et que les employés devaient ingurgiter rapidement.

Antoine profitait de ces trop brefs instants de liberté pour confier à Jules à mi-voix ses rêves d'évasion. Jules hochait la tête, le visage étonnamment mûr pour son âge, supputant ses chances de réussir un tel exploit. L'occasion la plus propice était bien sûr lorsque le patron sortait dans l'arrière-cour, mais celui-ci prenait bien soin de cadenasser chaque fois la porte de la tannerie, de sorte qu'il était impossible pour ses employés de quitter l'atelier. Peu importe, Antoine était bien déterminé à trouver un moyen. Jules se prit lui aussi à rêver de fuite. Il parla de Montréal, où son père était parti quelques années auparavant pour travailler à la construction d'un pont immense qui enjambait le fleuve. Montréal était une ville fabuleuse, disait-il, avec une grande montagne, des édifices de vingt étages au moins, si hauts que des oiseaux faisaient leur nid sur le toit, et des centaines de voitures roulaient sur de larges avenues.

Soufflant sur ses mains dans le vain espoir de les réchauffer, Antoine tourna la tête vers Jules, qui travaillait sans relâche, son corps maigre raidi par l'effort. Son espoir de s'évader s'amenuisait de jour en jour. Levant les yeux vers une étroite fenêtre, il vit à travers le seul carreau propre des flocons blancs. Il neigeait. Quand il était petit, il aimait aller dehors et sentir les flocons fondre sur sa langue. Un gros tintamarre interrompit sa rêverie. L'un des ouvriers, un adolescent d'une quinzaine d'années, venait de laisser tomber un bassin contenant de la chaux, se brûlant les mains et les pieds. Il se mit à hurler de douleur.

Alerté par les cris, l'oncle Zéphyrin se précipita dans leur direction. D'autres ouvriers, pris de panique, couraient dans tous les sens, renversant des étals au passage. Antoine et Jules échangèrent un regard intense : c'était le moment ou jamais. D'un seul mouvement, ils filèrent vers l'entrée de la tannerie, constatèrent avec soulagement que le cadenas n'avait pas été mis, poussèrent les deux battants et aboutirent dans le vestibule qui donnait sur la loge de madame Lacasse. Ils virent avec terreur que la porte en était entrebâillée. La logeuse apparut sur le seuil de la loge, toisant les deux garçons de ses yeux d'écureuil.

— Les p'tits gars, vous êtes pas censés être au travail ?

Les deux garçons restèrent figés sur place. Sur l'entrefaite, un bruit de pas retentit dans l'escalier. Antoine se tourna vivement dans cette direction et faillit tomber à la renverse lorsqu'il reconnut Oscar. Ce dernier n'était pas moins surpris de voir son ancien protégé :

— Antoine !

Celui-ci fit signe à son ami de déguerpir. Jules obéit sans demander son reste. Au moment où Antoine s'apprêtait à emboîter le pas à son camarade, Oscar le saisit par le collet.

— Eh, pas si vite, mon gars, tu me dois des explications.

Zéphyrin Lacasse fit irruption dans le vestibule, rouge de colère, et fonça sur Antoine comme un aigle sur sa proie.

— J'vais t'en faire, mon p'tit garnement ! Retourne travailler !

Il l'empoigna rudement par le bras. Le sang d'Oscar ne fit qu'un tour. Il se plaça devant Antoine pour le protéger.

— Qu'est-ce que vous lui voulez ?

— C'est mon neveu. Mêlez-vous de vos affaires.

Antoine profita de cette diversion inespérée et prit aussitôt ses jambes à son cou. Zéphyrin Lacasse poussa un juron et tenta de courir après le garçon, mais Oscar le retint fermement.

— Si vous touchez à un cheveu de sa tête, vous aurez affaire à moi !

Le coup qu'Oscar reçut sur la mâchoire fut si brutal qu'il fut projeté sur le mur et faillit perdre connaissance. Il lui fallut quelques secondes pour comprendre ce qui venait de lui arriver. À travers ses yeux mi-clos, il distingua la silhouette massive de son attaquant, qui serrait les poings et serait revenu à la charge si sa femme n'était pas intervenue.

— Laisse-le tranquille, Zéphyrin, j'pense qu'y a compris sa leçon.

Ce n'était pas par bonté d'âme que madame Lacasse avait soudain pris la défense du pauvre Oscar, mais parce qu'il était son locataire et qu'il avait acquitté son loyer quelques jours auparavant. Son mari maugréa entre ses dents et, voyant qu'Antoine était déjà trop loin pour qu'il puisse le rattraper, retourna dans la tannerie en claquant les battants. Oscar se releva, ce qui provoqua une douleur fulgurante à sa mâchoire. Il eut peur d'avoir une ou deux dents cassée, mais à son grand soulagement, il constata qu'elles étaient toutes en place. Madame Lacasse le regardait du coin de l'œil, mal à l'aise.

— Un peu de glace, vous allez être comme neuf.

Elle disparut dans sa loge tandis qu'Oscar reprenait peu à peu ses esprits. Malgré les élancements à sa mâchoire, il décida d'aller à la recherche d'Antoine. Une fois dehors, il vit l'enfilade des tanneries qui longeaient la rue, des cheminées qui crachaient une fumée noire, des charretiers qui chargeaient et déchargeaient leurs marchandises, mais Antoine avait disparu.

Jules poussa un petit cri de frayeur lorsqu'il sentit une main saisir la sienne, puis sourit jusqu'aux oreilles lorsqu'il reconnut Antoine. Les deux garçons, tout en continuant à courir, furent pris d'un fou rire. Ils n'interrompirent leur course qu'une fois rendus à la halle du marché Champlain, soufflant comme des forges. Antoine fut le premier à reprendre son souffle. Il avait les poumons en feu et commençait à sentir le froid, mais il n'en avait cure. Ils étaient libres ! Une joie sauvage l'envahit. Les flocons de neige, ressemblant à des étoiles, tombaient un peu plus nombreux. Antoine tira la langue et laissa quelques flocons y fondre. Jules commençait cependant à grelotter. Antoine lui entoura les épaules d'un geste protecteur.

Des charrettes et des fiacres circulaient rue Champlain et se garaient dans les allées du marché. D'autres voitures repartaient, chargées à ras bord de victuailles et de marchandises de toutes sortes. Les deux enfants, étourdis par les boniments des marchandes et le bruit des voitures, se frayaient un chemin dans la foule. Antoine réfléchissait déjà au moyen de se rendre à Montréal, mais avant, il fallait trouver de quoi manger. Les étals regorgeaient de légumes de saison et des cageots étaient remplis de pommes. Une odeur de pain frais lui mit l'eau à la bouche. Des miches rondes et dorées à souhait avaient été rangées sur un comptoir. Profitant que la boulangère servait une cliente, Antoine chipa une miche, qu'il glissa sous sa chemise. Il entraîna Jules à l'écart, rompit le pain et en tendit la moitié à son compagnon. Jules, affamé, y mordit à pleines dents.

Ayant terminé leur repas frugal, les deux enfants avisèrent une grosse charrette remplie de bois de chauffage que des hommes étaient en train de décharger. Après avoir terminé leur travail, ces derniers remirent la bâche en place. Antoine donna un coup de coude à son compagnon.

— Viens-t'en.

Entraînant Jules par le bras, il attendit que les hommes se fussent éloignés pour courir vers la charrette. Il souleva la bâche et aida Jules à se glisser à l'intérieur. Il y grimpa à son tour, replaçant soigneusement la bâche. Après une dizaine de minutes, la charrette s'ébranla.

— Où on va ? chuchota Jules, n'y voyant rien tant la bâche était opaque.

— Aucune idée, répliqua Antoine.

Après quelques heures de route, le chariot s'arrêta enfin. Antoine risqua un œil à l'extérieur, vit le conducteur qui mangeait du pain. Il s'extirpa de la charrette, les membres engourdis, et aida Jules à descendre. Remettant la bâche en place, Antoine jeta un regard autour de lui. D'étranges barres de métal jointes par des poutres de bois s'étiraient à l'infini. Il avait entendu parler des chemins de fer mais n'en avait jamais vu un de près. Il entendit soudain un sifflement, puis aperçut le train : une grosse machine ressemblant à la gueule d'un chien féroce s'avançait rapidement sur les lignes de métal, tirant des sortes de chariots accrochés les uns aux autres. La machine s'arrêta dans un grincement, laissant échapper une fumée blanche et noire. Antoine donna un coup de coude à Jules.

— Viens !

Il l'entraîna vers un des wagons et se hissa jusqu'à une plate-forme, puis aida ensuite son compagnon à le rejoindre. Il avisa une porte en métal munie d'une grosse poignée, qu'il tira vers lui. La porte s'ouvrit. Antoine agrippa la main de Jules et le poussa à l'intérieur avant que la porte se refermât sur eux. Il faisait un noir d'encre dans le wagon, et une odeur forte prenait à la gorge. Après quelques secondes, leurs yeux s'habituant à l'obscurité, ils devinèrent des formes épaisses et entendirent un meuglement. C'étaient des vaches. À ce moment, une secousse les projeta sur le sol. Le convoi s'ébranla, partant pour une destination inconnue.

❧

La diligence mit plus de quarante-huit heures à parvenir à Montréal. La neige, bien que peu abondante, avait rendu le chemin glissant, et la voiture avait failli prendre le fossé à plusieurs reprises, sans compter l'arrêt d'une nuit aux Trois-Rivières et les courtes escales dans les villages où des passagers devaient descendre. Soulagée d'être enfin parvenue à destination, sœur Odette prit sa valise de carton bouilli et regarda autour d'elle, un peu perdue. Il y avait une éternité qu'elle n'était venue à Montréal, et elle avait l'impression que la ville avait grossi. Les façades de maisons se dressaient en rangs plus serrés le long des rues, et l'odeur de charbon et de crottin semblait plus suffocante que lors de sa dernière visite.

Sœur Odette aperçut des calèches qui faisaient la queue près du bureau de poste. Elle s'adressa à l'un des cochers, lui demanda où se trouvait l'orphelinat Saint-Patrick. Il pointa l'index vers l'ouest.

— C'est dans la rue Dorchester, ma sœur, juste derrière l'église, près de la côte du Beaver Hall.

Sœur Odette dut tendre l'oreille, car le conducteur parlait vite et roulait ses *r*, avec un accent qu'elle avait de la difficulté à comprendre. Il lui conseilla de prendre un fiacre, car à pied, elle en aurait pour au moins une demi-heure, et il faisait « frette à s'en geler les paluches ». Elle monta dans la voiture, soulagée de ne pas avoir à marcher. Elle avait à peine dormi dans la diligence, et la fatigue commençait à se faire sentir.

La voiture s'arrêta rue Dorchester, juste derrière l'église St. Patrick. Après avoir payé le cocher, sœur Odette s'approcha de l'orphelinat, étonnée par sa taille et son architecture imposantes. L'immeuble de pierre comportait deux ailes de quatre étages aux fenêtres rectangulaires. Les toits en pente étaient garnis de lucarnes. La porte d'entrée, encadrée de pilastres et surmontée d'un entablement, était en chêne massif. Une quinzaine d'enfants jouaient dehors et se pourchassaient en poussant des cris aigus qui ressemblaient à ceux des hirondelles. Rassurée par le spectacle de ces jeux, sœur Odette entra dans l'édifice. Le hall, large et aéré, était dallé de carreaux noirs et blancs qui luisaient de propreté. Une religieuse vêtue d'un costume gris assorti d'un voile ceint par un bandeau blanc l'accueillit.

— Bonjour, ma sœur, que puis-je faire pour vous ?

— Je souhaiterais voir sœur Gisèle.

— Sœur Gisèle est tombée malade. Elle vit désormais à l'hospice Saint-Joseph.

La religieuse vit la déception se peindre sur le visage de sœur Odette.

— C'est moi qui l'ai remplacée. Si je puis vous être utile…

— Je suis sœur Odette, la directrice de l'abri Sainte-Madeleine. J'avais écrit à sœur Gisèle, mais j'imagine qu'elle n'a pas reçu ma lettre. L'une de nos filles cherche son enfant. Auriez-vous recueilli un garçon du nom d'Ian O'Brennan au cours des dernières semaines ? Il a dix ans, les cheveux et les yeux noirs.

— Ian O'Brennan, répéta la sœur en réfléchissant.

Puis elle fit non de la tête.

— Ce nom ne me dit rien. Vous comprenez, nous recevons beaucoup d'enfants. Ce dernier mois, nous en avons eu plus de trente. Voulez-vous jeter un coup d'œil aux registres ?

— Bien sûr.

— Suivez-moi.

Malgré ses recherches minutieuses, sœur Odette ne trouva aucune mention d'Ian dans les livres de l'orphelinat, qui étaient méticuleusement tenus. Elle était à des lieues d'imaginer qu'Ian se trouvait à quelques pâtés de maison de l'orphelinat, dans une maison bourgeoise de la rue Saint-Denis.

XXXIX

Bien que monsieur Trottier fût très accaparé par son commerce et dût se rendre régulièrement à Sherbrooke, à Québec et même parfois dans le Maine pour s'y approvisionner en tissus, il faisait montre de bonté à l'égard d'Ian, lui rapportant parfois un souvenir au retour d'un voyage – un petit voilier acheté dans un village côtier, ou un camion en bois peint dégoté dans un marché public. Il avait insisté pour que l'enfant aille à l'école du quartier, mais sa femme avait refusé, prétextant qu'il était encore trop fragile pour affronter l'inconfort d'une classe mal chauffée et les coups de règle des maîtres. En réalité, elle tenait à le garder près d'elle, ne pouvant se résigner à être séparée de lui. Monsieur Trottier avait fini par céder, mais avait insisté pour que sa femme lui donne des leçons, ce qu'elle faisait le soir, après la fermeture du magasin. Le jour, elle installait Ian sur un tabouret derrière le comptoir, près de la caisse. Il restait assis docilement tandis que madame Trottier se faisait un plaisir de satisfaire la curiosité des clientes, qui brûlaient de savoir qui était ce joli garçon aux cheveux bouclés et aux grands yeux noisette.

— On a trouvé le pauvre enfant sur le seuil de notre porte, se plaisait à raconter l'épouse du marchand à qui voulait bien l'entendre. Si vous l'aviez vu, avec ses vêtements sales et déchirés…

— Pauvre petit… Si ç'a du bon sens de laisser un enfant dans une telle misère, commentaient les clientes, en contemplant Ian avec une pitié empreinte de curiosité. Vous avez bien de la bonté de l'avoir recueilli.

Madame Trottier rougissait de contentement.

— C'est facile d'être bon avec un enfant pareil. Sage comme une image, jamais un mot plus haut que l'autre…

Ces braves femmes parlaient devant Ian avec cette étrange propension des adultes à croire que les enfants ne les entendent pas. Ian les écoutait distraitement, répondant à leurs questions – « Comment t'appelles-tu ? », « Quel âge as-tu ? » – par monosyllabes, tandis que sa pensée voguait ailleurs, évoquant sa mère, dont les traits commençaient déjà à devenir flous. Il s'enfermait alors en lui-même, n'entendant même plus les voix qui tourbillonnaient autour de sa tête telles des mouches importunes. Madame Trottier, qui observait l'enfant à la dérobée, voyait bien la tristesse voiler son regard, ses yeux se mouiller de larmes, mais attribuait ces signes à une humeur passagère d'enfant, ou à un début de rhume, refusant d'en reconnaître la véritable cause.

Secouant son manteau et son bonnet de fourrure, monsieur Trottier entra dans le magasin. Il revenait d'un voyage à Sherbrooke, d'où il avait ramené de gros ballots de coton et de velours, ainsi qu'un présent pour Ian. C'était un boîtier en pin sculpté et peint à la main.

— Connais-tu le jeu de dames ?

Le garçon secoua la tête.

— J'ai failli battre monsieur Lecomte, qui a gagné le grand championnat de dames contre Fournier en 1856.

Le marchand ouvrit le boîtier, déposa le damier sur un guéridon, commença à y installer les jetons.

— Le but, c'est de manger le plus de dames possibles à ton adversaire, tout en évitant de te faire manger. Si l'une de tes pièces parvient à la première rangée à l'opposé du damier, elle devient reine et te permet d'avancer et de reculer à ta guise. Tu comprends ?

Ian acquiesça poliment, mais son attention semblait être ailleurs. Déçu de ne pas avoir suscité davantage de réactions chez l'enfant, pas même l'esquisse d'un sourire, monsieur Trottier s'en ouvrit à son épouse après qu'ils eurent mis Ian au lit. Adrienne était en train de compter les recettes de la journée.

— Ce garçon-là n'est pas heureux.

— Il faut lui laisser le temps, dit Adrienne en continuant à aligner des chiffres dans un livre de comptes.

Cette réponse ne satisfit pas Monsieur Trottier, qui prit place sur une chaise à côté de sa femme.

— On n'a jamais eu de nouvelles de l'abri Sainte-Madeleine. Pourtant, t'as posté la lettre il y a plus d'un mois.

Soudain embarrassée, Adrienne tenta de minimiser la chose.

— Si les religieuses n'ont pas répondu, c'est qu'elles n'avaient rien à nous apprendre.

Percevant un malaise chez sa femme, monsieur Trottier revint à la charge.

— Tu ne me cacherais pas quelque chose ?

Adrienne se fâcha.

— Tu vois pas que je suis en train de compter ? J'ai perdu le fil, je suis obligée de recommencer !

Elle reprit ses calculs, se concentrant sur les chiffres afin d'éviter le regard de son mari. La colère de sa femme le convainquit qu'il y avait anguille sous roche, car madame Trottier avait d'ordinaire un caractère plutôt placide.

— Adrienne, tu dois me dire la vérité.

Elle rougit jusqu'à la racine des cheveux. Des larmes d'embarras lui vinrent aux yeux. Elle mit du temps à répondre.

— J'ai jeté la lettre.

À ces mots, le marchand se fâcha à son tour.

— C'est très mal. Tu n'aurais pas dû.

— Je l'ai fait pour le bien d'Ian, rétorqua-t-elle, sur la défensive. Il est heureux avec nous. Il ne pourrait pas trouver meilleur foyer.

— Il est si heureux qu'il est fermé comme une huître, qu'il se cache dans tous les coins pour pleurer ! maugréa le marchand.

— Il finira par oublier sa mère. Les enfants sont ainsi faits, ils s'attachent aux gens qui prennent soin d'eux.

Monsieur Trottier regarda sa femme, pensif. Il aurait bien voulu la croire, car il s'était lui-même attaché à Ian au fil des jours, et il savait à quel point Adrienne supporterait mal d'en être séparée.

Cette nuit-là, il eut du mal à dormir, se tournant et se retournant dans son lit, ne sachant quelle décision prendre. Le lendemain, il se leva dès quatre heures et, à la lueur d'une bougie, jeta pêle-mêle des vêtements dans un sac de voyage. Sa femme, réveillée par le bruit, le regarda, effarée.

— Où vas-tu ? balbutia-t-elle, redoutant la réponse.

— À l'abri Sainte-Madeleine. Je prends la diligence qui part à cinq heures ce matin. Ne m'attends pas avant une couple de jours. Je compte sur toi pour t'occuper du magasin.

Il referma le sac et fit mine de se diriger vers la porte, mais sa femme vint se placer devant lui.

— Si tu as un peu d'amour pour moi, ne pars pas.

Il ne perdit pas patience.

— Je t'en prie, ne rends pas les choses plus difficiles qu'elles le sont.

Elle resta devant la porte sans bouger.

— Depuis qu'Ian est chez nous, j'ai retrouvé le goût de vivre. T'as pas le droit de me l'enlever.

L'argument de sa femme le toucha, mais il refusa de laisser les sentiments guider sa décision. Il tâcha de ne pas la regarder, pour ne pas voir ses yeux implorants.

— Et toi, tu crois qu'on a le droit d'enlever un enfant à sa mère ?

Sentant que son mari était inébranlable, elle usa de sa dernière arme :

— Si tu vas à Québec, je te le pardonnerai jamais.

Elle retourna se coucher. Des sanglots étouffés s'élevèrent. Il resta là, son sac de voyage à la main, ne sachant plus quel parti prendre. Au bout d'un moment, il déposa son sac par terre, éteignit la chandelle et regagna le lit, le cœur rempli de remords. Les paroles de sa femme résonnaient dans sa tête. Avec le temps, Ian finirait par oublier sa mère.

Troisième partie

La grande demande

XL

Québec
Le 6 mai 1860

Plus de cinq mois s'étaient écoulés depuis la visite de sœur Odette à l'orphelinat Saint-Patrick. Amanda était toujours sans nouvelles de son fils. Elle en était inconsolable, mais se consacrait sans relâche aux visites de familles pauvres ou de prisonnières abandonnées de tous, comme si elle tentait, en soulageant la misère des autres, de noyer la sienne. Même sœur Odette se sentait impuissante à l'aider, bien qu'elle priât tous les jours pour qu'Ian fût encore en vie et qu'il fût rendu à sa mère. Les seuls moments où Amanda éprouvait encore un élan de bonheur, un regain d'espoir et d'optimisme, étaient lors de ses visites à Fanette. Elles évoquaient inlassablement leur enfance en Irlande : leurs promenades près des falaises ; leurs jeux avec leurs frères, Arthur et Sean ; la patience d'ange de leur mère, Maureen, qui souriait avec indulgence lorsqu'elle entendait les cris des enfants ou qu'ils revenaient à la maison avec les genoux écorchés ; la bonté de leur père, doux comme un agneau malgré sa stature imposante. La masure en planches mal jointes dans laquelle elles avaient habité, leur grabat posé à même le sol de terre battue, l'odeur âcre de la boue séchée qui brûlait dans l'âtre et jusqu'à leurs haillons s'étaient peu à peu recouverts de la poussière d'or du souvenir et de la nostalgie, reliquats d'un paradis perdu. Amanda appelait souvent sa sœur par son prénom irlandais, ce qui ravissait Fanette. Elle avait alors le sentiment que la musique des syllabes la ramenait aux collines vertes de son enfance, à la mer qui se brisait sans relâche sur les falaises déchiquetant le ciel.

Au fil de leurs évocations, qui se faisaient pour la plupart en gaélique, un rêve s'était formé : celui de retrouver Ian et de partir ensuite à la recherche d'Arthur et de Sean, dont les deux sœurs avaient été séparées lors de leur quarantaine à la Grosse Isle. Réunir de nouveau la famille, que la grande famine avait impitoyablement décimée. Alors, peut-être, imaginait Amanda, retourneraient-ils tous vers les collines verdoyantes de leur Irlande natale, et ils reverraient la mer bleu-vert qui se brisait sur les rochers et se confondait avec le ciel.

La petite Marie-Rosalie écoutait avec fascination sa tante et sa mère parler avec animation dans leur drôle de langue, dont les sons évoquaient un monde mystérieux et inconnu. Parfois, Amanda prenait la fillette dans ses bras et la serrait un peu trop fort contre elle. Marie-Rosalie sentait alors les larmes de sa tante mouiller ses joues et se demandait comment il se pouvait que les adultes pussent être si heureux et, tout à coup, devenir tristes au point de pleurer. Mais elle aimait bien Amanda, avec ses beaux cheveux qui lui faisaient penser à des rayons de soleil et ses yeux gris qui brillaient parfois comme des opales.

∽

À la fin de la saison des glaces, Noël Picard se rendit au bureau de poste du village pour y prendre le courrier. On lui remit une lettre lui annonçant sa nouvelle assignation comme lieutenant d'un bateau à vapeur, le *Montréal*, qui ferait la liaison entre Québec, les Trois-Rivières et Montréal. Il devait se rendre au port de Québec trois jours plus tard afin de se rapporter au capitaine du bateau. Il revint à pied chez sa sœur, qu'il aperçut en train de fendre du petit bois derrière la maison, portant un bébé dans un sac à dos. Lucie avait accouché à la fin du mois de février. C'était Lorraine Cantin, l'épouse du Grand Chef, qui l'avait assistée durant son labeur. Une fois le nouveau-né lavé et emmailloté, la sage-femme avait permis à son époux Bertrand et à Noël d'entrer dans la chambre. Lucie tenait le poupon dans ses bras, rayonnante malgré sa fatigue.

— T'avais raison, avait-elle dit à son frère avec un sourire radieux, c'est une fille.

— Une vraie beauté, comme sa mère, avait murmuré Noël, bouleversé à la vue du bébé dont le corps minuscule était rouge et plissé. Avez-vous trouvé un prénom ?

— Solange, avait répondu Bertrand, un grand sourire aux lèvres.

C'était le prénom de leur mère, qui était morte des suites d'une mauvaise fièvre quelques années auparavant. Lucie avait tendu le bébé à son frère, qui l'avait pris délicatement, comme une porcelaine fragile, et lui avait dit :

— Toi aussi, tu tiendras ton enfant un jour.

Le ciel était couvert de stries dorées par la lumière matinale. Les chutes bruissaient en se jetant à gros bouillons jusqu'au fond du ravin. Noël s'approcha de Lucie et lui annonça la nouvelle de son affectation. Il vit à l'inquiétude qui avait envahi son visage qu'elle appréhendait son départ. Elle n'avait rien oublié du naufrage.

— Arrête de te faire du mauvais sang, ma petite sœur, il m'arrivera rien.

Lucie regarda son frère, dont le visage en lame de couteau était adouci par la couleur de ses yeux, du même marron qu'une feuille d'automne.

— Tu vas nous manquer, dit-elle.

Il sourit.

— Attends un peu avant de t'ennuyer, j'suis même pas encore parti.

— Quand pars-tu ?

— Demain. Je veux avoir du temps devant moi pour régler des affaires à Québec.

Elle fut tentée de lui demander si par son expression « régler des affaires » il faisait allusion à cette jeune femme rencontrée à bord du *Queen Victoria*, mais elle n'osa pas, une sorte de pudeur l'en empêchait. Pendant le reste de l'hiver, il n'avait plus parlé d'elle, il l'avait probablement oubliée.

Noël passa la nuit chez sa sœur, puis repartit le lendemain matin pour Québec. Avant son départ, Lucie, entourée de sa marmaille, lui offrit un manteau en peau de daim brodé de sequins de turquoise et de perles d'eau douce qu'elle avait confectionné elle-même, ainsi qu'un chapeau à large bord.

— Pour que tu n'oublies pas d'où tu viens, dit-elle.

Noël répondit simplement :

— Je reviendrai.

∽

Amanda et sœur Odette se rendirent en charrette à la prison de Québec afin de visiter les prisonnières et de leur apporter un peu de réconfort, comme elles le faisaient une fois par semaine. La charrette avait été chargée de vêtements propres et de quelques victuailles. La majorité des prisonnières étaient des prostituées et elles manquaient de tout. Chaque fois qu'elle voyait les murailles grises, Amanda ressentait un profond malaise, mais elle tâchait de le surmonter en se rappelant que les seules visites que ces pauvres femmes recevaient étaient celles qu'elle et sœur Odette leur rendaient.

En faisant la tournée des cellules, Amanda et sœur Odette virent à travers les barreaux d'une geôle une jeune femme prostrée sur son grabat. De longs cheveux sales et emmêlés couvraient en partie son visage pâle.

— C'est une nouvelle, marmonna le gardien. Elle pleurniche sans arrêt.

La jeune femme releva la tête. Des traces de larmes striaient ses joues. Amanda la reconnut, bien que la pauvre fille fût en piètre état.

— Anita !

Anita était une prostituée qu'elle avait connue à la maison close de madame Bergevin, la seule pour qui elle avait eu une réelle affection. La jeune femme frotta ses yeux rouges comme pour s'assurer que la silhouette habillée de bleu n'était pas une vision.

— Mary… Mary, c'est bien toi ?

Sœur Odette, comprenant que les deux jeunes femmes se connaissaient, s'adressa au gardien :

— Laissez-nous entrer, je vous prie.

Le gardien hocha la tête. Il ne comprenait pas qu'une bonne sœur perde son temps à rendre visite à des catins qui ne valaient même pas la corde pour les pendre, mais il ouvrit néanmoins la grille. Monsieur Cummings, le directeur de la prison, avait donné comme consigne de permettre les visites de charité. Amanda s'élança alors vers la jeune prisonnière tandis que sœur Odette restait discrètement en retrait.

— Comment t'es-tu retrouvée ici ?

Anita haussa les épaules, honteuse. Elle parla à mi-voix pour que le gardien ne l'entende pas :

— J'me suis sauvée de chez madame Bergevin y a une couple de jours. J'avais rien à manger. J'suis allée du côté des plaines. J'étais en train d'accoster un client quand la police m'a ramassée.

Amanda se tourna vers sœur Odette, qui n'avait pas perdu un mot de l'échange.

— On ne peut pas la laisser ici, dit-elle tout bas, car le gardien tendait l'oreille.

Sœur Odette jeta un coup d'œil compatissant à Anita, qui claquait des dents tellement la cellule était froide et humide.

— Je vais voir ce que je peux faire.

Elle s'adressa de nouveau au gardien.

— Je voudrais voir monsieur Cummings.

Le gardien hésita. Il ne voulait pas déranger le directeur pour une broutille, mais d'un autre côté, il commençait à connaître sœur Odette et savait que, malgré sa petite taille, elle avait une détermination de fer.

Monsieur Cummings reçut sœur Odette avec affabilité. Il voyait régulièrement sa petite silhouette arpenter les couloirs sombres de la prison, soulageant la détresse de femmes que la police lui ramenait presque tous les jours et qu'il lui fallait caser dans une prison déjà surpeuplée. Il s'était plaint à de nombreuses reprises dans des rapports qu'il adressait au gouvernement, mais on invoquait invariablement le manque d'argent et rien ne changeait.

— Que puis-je faire pour vous, ma sœur ?

— C'est au sujet d'une prisonnière prénommée Anita.

Le directeur fronça les sourcils, tâchant de se rappeler, mais ses « pensionnaires » étaient trop nombreux pour qu'il se souvînt de chacun d'eux. Il consulta un gros registre déposé sur son pupitre déjà encombré de paperasse et de livres. C'était en effet un avide lecteur, dévorant tout ce qui lui passait sous la main, des almanachs aux contes de Voltaire.

— Son nom de famille ?

— Je l'ignore, mais elle a été écrouée il y a seulement quelques jours.

Il feuilleta le registre et en parcourut les dernières pages.

— Voilà. Anita Mackenzie. Écrouée le 3 mai. Prise en flagrant délit de sollicitation sur les plaines d'Abraham. A été condamnée à trois mois de prison.

— Trois mois ? s'indigna sœur Odette. Et le client, lui ?

Le directeur, décontenancé par le ton courroucé de la religieuse, expliqua qu'une nouvelle loi permettait à la police d'arrêter les prostituées sans l'*habeas corpus*.

— Autrement dit, elles sont enfermées d'office sans aucun recours.

Monsieur Cummings lui jeta un regard admiratif. Au lieu de porter un habit religieux, cette femme aurait pu aisément revêtir la toge.

— Malheureusement, oui.

— C'est injuste, dit sœur Odette avec simplicité.

Il eut l'air penaud.

— Je ne dis pas que c'est juste, mais c'est la loi.

— Si la loi permet d'arrêter une prostituée sans procès, elle n'interdit sûrement pas de la libérer.

Monsieur Cummings la regarda, saisi. Jamais une telle hypothèse ne lui était venue à l'esprit. Sentant qu'elle avait marqué un point, sœur Odette renchérit :

— À quoi servirait de laisser cette infortunée jeune femme moisir en prison ? L'abri Sainte-Madeleine serait prêt à l'accueillir. Cela vous ferait une pensionnaire de moins à loger et à nourrir. Sans compter la chance que vous lui donneriez de sauver son âme, ajouta-t-elle, une lueur ironique dans les yeux.

Le directeur hésita. La suggestion de sœur Odette lui semblait judicieuse, mais c'était un homme d'un naturel plutôt timoré, et il ne voulait surtout pas avoir d'ennuis avec les autorités. Plus jeune, il avait eu des velléités de devenir écrivain. Il avait ensuite entamé des études de droit, mais avait échoué à ses examens du Barreau. Voilà où ses rêves l'avaient mené : à décider du sort d'une prostituée sous le regard déterminé d'une petite femme d'à peine cinq pieds.

Amanda tenait toujours la main d'Anita lorsque sœur Odette revint à la cellule, accompagnée du directeur de la prison en personne. Celui-ci s'adressa au gardien :

— Veuillez libérer mademoiselle Mackenzie, dit-il.

Lui jetant un regard ahuri, le gardien hésita à obtempérer. Le directeur répéta sèchement :

— Libérez cette femme immédiatement.

Le gardien, peu habitué à ce ton de commandement chez son supérieur, raidit les épaules et s'empressa d'ouvrir la grille. Anita resta assise à sa place, trop épuisée pour comprendre ce qui lui arrivait. Amanda lui prit gentiment le bras.

— Tu peux sortir, Anita.

Escortées par le gardien, les trois femmes franchirent l'enceinte de la prison. Une pluie fine accompagnée de brume les accueillit à leur sortie, mais Anita prit une grande inspiration, les yeux levés vers le ciel gris, encore surprise de sa libération inespérée. Puis elle sembla reprendre pied dans la réalité.

— Je n'ai pas d'endroit où aller.

— Si vous le souhaitez, nous sommes prêtes à vous accueillir à notre refuge, dit sœur Odette.

La jeune femme se tourna vers Amanda, qui lui sourit. Anita parut soulagée. Sœur Odette l'entraîna vers la charrette, qui était garée tout près de là.

℘

Installé sur le siège du conducteur, Noël Picard, portant le manteau et le chapeau au large bord que sa sœur lui avait donnés, tira légèrement sur les rênes. La bruine avait rendu la chaussée glissante. Il avait fait bonne route sur le chemin qui partait de la Jeune Lorette pour suivre le cours de la rivière Saint-Charles, et avait déjà traversé une bonne partie de la ville de Québec. Il avait encore plusieurs heures devant lui avant le départ du *Montréal*.

En roulant dans la rue Champlain, non loin du port, il passa devant le poste de police. Repensant aux confidences de sa sœur Lucie, il songea à faire une déposition. Même s'il avait des doutes quant à l'utilité d'une telle démarche, il décida qu'il n'avait rien à perdre en l'accomplissant. Il gara son véhicule et l'attacha à une clôture où se trouvaient déjà plusieurs chevaux et voitures, puis il entra dans le poste. Un policier assis derrière un comptoir l'accueillit en étouffant un bâillement. Il avait été de service toute la nuit et attendait son remplacement avec impatience.

— Je souhaiterais faire une déposition.

Le policier lui jeta un regard méfiant. Lorsque Noël portait son uniforme, il pouvait facilement passer pour un Blanc, mais avec son manteau en daim et ses cheveux noirs un peu hirsutes, ses origines huronnes se révélaient.

— À quel sujet ?

— Un meurtre.

La méfiance du policier s'accentua. Noël resta patient. Il savait que le fait qu'il était indien pouvait parfois créer un sentiment d'hostilité, sans qu'il ait jamais réussi à en comprendre la raison. Pour lui, un homme était un homme, quelle que fût la couleur de sa peau, son nom de famille ou les prières qu'il faisait avant de dormir.

— Je suis Noël Picard, lieutenant du bateau *Montréal.*

Comme il s'y attendait, ces mots eurent un effet immédiat sur son interlocuteur. Le policier se redressa, le visage soudain empreint de respect.

— Bien sûr, lieutenant, suivez-moi.

Ce fut le directeur du poste lui-même, Albert Murphy, qui prit sa déposition. Il écouta attentivement le récit de Noël Picard, prenant des notes, hochant la tête de temps en temps.

— Vous dites que votre sœur a été le témoin de cette noyade ? demanda-t-il.

— Oui, Lucie.

— Quel âge avait-elle au moment des faits allégués ?

— Six ou sept ans.

Le directeur leva des yeux étonnés vers Picard.

— Vous voulez dire que ces incidents remontent à plus de vingt-cinq ans ?

— Le passage du temps ne change rien à la gravité d'un crime, répliqua-t-il calmement.

— Connaissez-vous au moins l'identité de la présumée victime ?

L'irritation commençait à gagner Picard.

— Comment ma sœur aurait-elle pu la connaître ? Elle a vu une pauvre jeune femme tomber d'une barque et couler à pic, et un jeune homme aux cheveux blonds qui n'a rien fait pour la secourir. Par contre, j'ai parlé à un ancien du village, Nicolas Tsawenhohi, l'un des Hurons qui ont apporté le corps de la victime en canot jusqu'au port de Québec. Il m'a appris qu'elle portait un bracelet en argent.

Le directeur pianota sur son pupitre.

— Un témoin de six ou sept ans, une victime inconnue, un présumé meurtrier sans nom, une déposition vingt-cinq ans après les faits, un banal bijou… Comment voulez-vous que j'ouvre une enquête avec si peu d'éléments ?

— Il y a autre chose. Ma sœur m'a raconté qu'un homme disant être le frère de la victime était venu au village pour poser des questions sur la noyade.

Pour la première fois, le directeur montra un peu d'intérêt.

— Vous avez son nom ?

Picard fit non de la tête.

— D'après Lucie, il était très grand, avait des cheveux roux, des yeux verts.

Le directeur nota cette information pour la forme, mais Noël Picard comprit qu'il n'avait pas réussi à susciter son intérêt. Bien que la réaction de l'officier de police ne l'étonnât pas, une sorte de déception le tarabustait malgré lui.

En sortant du poste, constatant qu'il avait encore du temps devant lui avant le départ du *Montréal*, il décida de se rendre en voiture à une auberge qu'il connaissait, rue Saint-Jean. À la hauteur de la rue Richelieu, il croisa une charrette conduite par une religieuse. Levant un regard distrait, il aperçut deux femmes assises sur un ballot de paille, à l'arrière. L'une d'elles portait une robe qui faisait une tache bleue dans la grisaille environnante. Un voile de la même couleur couvrait ses cheveux. Quelque chose dans la physionomie de cette femme le frappa, ses yeux, peut-être son visage fin, une sorte de tristesse qui émanait d'elle. Sans savoir ce qui le guidait, il attendit que la charrette le croise, puis fit demi-tour et la suivit. C'était *elle*, il en était presque certain. Il se morigéna intérieurement pour son obsession, qui lui faisait voir Amanda O'Brennan partout, mais il continua tout de même à suivre la charrette. Il songea que Lucie n'aurait pas manqué de se moquer gentiment de lui si elle l'avait vu courir ainsi après ses chimères…

Après avoir parcouru une bonne partie de la rue Richelieu, la charrette s'arrêta devant une maison de brique. Noël Picard se gara à bonne distance pour éviter de se faire remarquer. La femme en bleu descendit de la charrette et aida l'autre jeune femme à en descendre à son tour. Il eut la tentation de courir vers elle et de l'aborder, mais il n'en fit rien. La dernière chose qu'il souhaitait, c'était de l'effaroucher ou de se montrer grossier. Il attendit que les deux jeunes femmes soient entrées dans la maison de brique pour s'approcher de la religieuse, qui s'apprêtait à mettre pied à terre.

— Laissez-moi vous donner un coup de main, ma sœur, dit poliment Noël.

Mais la religieuse n'attendit pas qu'il tende son bras et sauta lestement sur la chaussée. Elle ne put s'empêcher de sourire en voyant la mine déconfite de l'homme qui l'avait abordée.

— Merci de votre gentillesse. J'ai l'habitude de faire ces choses sans aide.

Elle prit son cheval par la bride et entreprit de conduire la charrette dans la cour attenante à la maison, mais il la suivit.

— Je me présente, Noël Picard, lieutenant du bateau *Montréal*.

— Moi, c'est sœur Odette.

Se trouvant soudain ridicule de s'être présenté de façon aussi ostentatoire, il décida de se lancer à l'eau.

— Sœur Odette, j'ai cru reconnaître quelqu'un… Enfin, l'une des deux jeunes femmes qui vous accompagnaient. Elle était à bord d'un bateau qui a fait naufrage. J'étais un membre de l'équipage, et je voulais simplement prendre de ses nouvelles. Son nom est Amanda O'Brennan, mais elle se fait également appeler Mary Kilkenny. Est-ce bien la même personne ?

Sœur Odette observa discrètement le lieutenant. Il avait un regard franc, des traits énergiques légèrement marqués par la vérole, et ses paroles semblaient sincères, mais tant de ses pensionnaires s'étaient justement laissé séduire par de belles paroles pour connaître ensuite la misère de la prostitution…

— Mes filles se portent bien, lieutenant, et se repentent dans la grâce du Seigneur.

Elle fit mine de s'éloigner, mais Noël Picard revint à la charge, bien décidé à en savoir plus long.

— Excusez-moi, ma sœur. Vous n'avez pas répondu à ma question.

Sœur Odette se tourna vers lui et le regarda droit dans les yeux. Ce qu'elle y vit lui inspira confiance.

— Oui. C'est bien elle.

Noël Picard fut lui-même surpris de la vague de joie qui le prit d'assaut.

— J'aimerais la voir, ma sœur.

La religieuse hésita mais comprit à la mine déterminée de l'homme et à ses yeux marron qui brillaient comme des étoiles qu'elle ne s'en débarrasserait pas si aisément.

— Attendez-moi ici. Je vais demander à Amanda si elle veut bien vous recevoir, mais permettez-moi de ramener d'abord la charrette.

— Laissez-moi le faire pour vous.

Sœur Odette se résigna à accepter l'aide de cet homme entêté, puis lui indiqua la cour. Noël s'empara des rênes avec adresse et conduisit le cheval par la bride, entraînant la charrette avec lui.

Sœur Odette entra prestement dans la maison et trouva Amanda dans la cuisine. Elle venait de servir de la soupe à la pauvre Anita.

— Quelqu'un désire te voir, dit la religieuse à Amanda sans ambages.

L'inquiétude se lut tout de suite dans les yeux de la jeune femme.

— Il prétend t'avoir connue à bord du *Queen Victoria*. Son nom est Noël Picard.

Amanda se rembrunit. Même si le lieutenant ne lui avait pas inspiré d'antipathie, elle le connaissait à peine et ne pouvait s'empêcher de se méfier de lui. D'abord, comment avait-il réussi à la retracer jusqu'à l'abri ? Quelqu'un l'avait-il informé ? Et puis, pourquoi tant de persistance à vouloir la retrouver ? Jamais un instant il ne lui vint à l'esprit que des sentiments amoureux puissent en être la cause. Elle secoua la tête.

— Dites-lui que je ne veux voir personne.

La religieuse acquiesça. Sans l'exprimer ouvertement, elle était soulagée qu'Amanda ait pris cette décision, qu'elle estimait sage. Elle sortit par la porte de la cuisine et rejoignit le lieutenant, qui avait dételé la carriole et venait de remplir une auge de foin. Sans même que sœur Odette ouvrît la bouche, il comprit que la réponse était négative. Heurté, il ne dit rien, puis il regarda le ciel. Des nuages sombres y roulaient comme des vagues.

— J'espère qu'elle se porte bien et qu'elle a retrouvé son fils.

— Je lui ferai le message.

Il partit sans se retourner. Sœur Odette le suivit des yeux, pensive.

Noël Picard marchait rapidement. Il était pressé de retrouver sa voiture, qu'il avait laissée à distance, et de rejoindre le *Montréal*. Il ne restait plus aucune trace de la joie qu'il avait éprouvée plus tôt, comme si elle avait été voilée par un lourd nuage. Il combattit la rancœur qui l'avait remplacée. Si Amanda O'Brennan ne voulait pas le voir, elle avait sûrement ses raisons, la première de toutes étant qu'elle n'était pas intéressée par lui.

Lorsqu'il arriva à sa calèche, il monta sur le siège et secoua les rênes, indifférent à la pluie qui s'était mise à tomber plus fort, martelant le pavé comme des clous. Amanda revenait toujours dans ses pensées, quels que soient ses efforts pour l'en chasser. Il se demanda pour quelle raison elle portait cette robe bleue. Lorsqu'il avait donné à manger au cheval, il avait aperçu une femme qui semait dans un potager et portait la même robe. Il s'agissait peut-être d'une sorte de communauté religieuse. Cela expliquait sans doute son refus de le voir. Mais pourquoi une robe bleue, au lieu d'un costume religieux ? Une phrase de sœur Odette lui revint. « Mes filles se repentent dans la grâce du Seigneur. » Sur le moment, il n'avait pas accordé d'importance à ces mots, tout à son désir de revoir Amanda, mais soudain, leur sens lui apparut plus clairement. *Mes filles se repentent...* La vérité lui sauta aux yeux. Elle avait eu un fils hors mariage. Dans son village, les filles-mères n'étaient pas jugées avec la même sévérité que chez les Blancs. Elles portaient leur bébé à terme, et celui-ci était élevé à la Jeune Lorette par les grands-parents ou même par une autre famille d'adoption. Il comprenait mieux maintenant l'attitude défensive d'Amanda, ses mensonges, autant d'écrans de fumée pour cacher son passé. L'absence d'alliance à son doigt confirmait cette hypothèse. Contre toute attente, sa joie revint. Peut-être que son refus de le revoir n'exprimait pas de l'indifférence à son égard, mais plutôt la crainte qu'il découvrît son passé. En homme amoureux, il s'accrochait à la moindre brindille pour continuer d'espérer.

Lorsqu'il parvint au port de Québec, il fit remiser sa voiture dans une écurie et monta à bord du *Montréal*. La supervision des dernières manœuvres d'appareillage du bateau à vapeur lui fit momentanément oublier la dame en bleu, mais une fois l'ordre du départ donné, il s'appuya sur le bastingage et, voyant avec un pincement au cœur le port s'éloigner, comprit qu'il ne chasserait pas aussi facilement de son esprit cette femme dont le sort continuait à lui importer, quel que fût son passé. Il regarda le ciel dont le gris pâle lui fit penser aux yeux d'Amanda. Il se jura qu'à la nouvelle lune, si ses sentiments pour elle étaient toujours aussi vifs, il retournerait à la maison de brique et lui ferait la grande demande.

XLI

Un homme vêtu de noir descendit de voiture et se dirigea vers la maison des Grandmont. Seule une collerette blanche égayait un peu son habit austère. Il frappa à la porte à l'aide du heurtoir. Madame Régine répondit. Sans savoir pourquoi, la mine sévère de l'homme et sa bouche mince comme la lame d'un rasoir lui firent peur. L'homme tenait un document dans une main.

— Camille Delage, huissier. Je souhaiterais remettre ceci à monsieur Louis Grandmont, dit-il, la voix sèche comme un clapet qui se referme.

Le sang de madame Régine se figea au mot « huissier », qui avait la sonorité d'une porte de prison.

— Je vais lui porter moi-même, dit-elle, plus morte que vive.

Le notaire Grandmont apparut derrière la servante.

— Vous pouvez disposer, dit-il à madame Régine, qui obéit sans se faire prier.

Le huissier dévisagea le notaire.

— Vous êtes Louis Grandmont ?

— *Maître* Grandmont, répliqua vivement le notaire, en appuyant sur le titre.

— Camille Delage, *huissier.*

Il lui tendit le document.

— Vous devez vous présenter sans faute à la cour du banc de la reine après-demain, à défaut de quoi un mandat d'arrêt sera émis contre vous.

Le notaire Grandmont prit le document tandis que le huissier tournait les talons et retournait à sa voiture. Il attendit que le cabriolet s'éloigne pour jeter un œil au papier timbré. Il s'agissait d'un avis d'effraction pour fraude électorale et trafic d'influence, accompagné d'un ordre de comparution à la cour du banc de la reine. Les derniers événements lui avaient fait oublier cette épée de Damoclès qui pendait au-dessus de sa tête depuis l'assemblée houleuse du conseil municipal. Le maire avait affirmé vouloir rencontrer Alistair Gilmour afin d'obtenir sa version des faits. Le Lumber Lord s'était sans doute fait un devoir de jurer sur son honneur qu'il ne lui avait jamais remis la somme de quarante mille dollars. Et comme le notaire n'avait pu obtenir le témoignage de sa femme pour confirmer ses dires, le conseil de Ville avait donc décidé de procéder. Cette nouvelle tuile l'anéantit. Il s'enferma dans son bureau et y resta assis dans l'obscurité, incapable d'une seule pensée intelligente. Puis la sonnerie de l'horloge le sortit de sa torpeur. Il se leva, se rendit aux écuries, demanda à monsieur Joseph d'atteler son Brougham. Maître Levasseur habitait à quelques pâtés de maison de chez lui, mais le notaire voulait à tout prix éviter d'être vu en public.

❧

Maître Levasseur, installé derrière son imposant pupitre en merisier, était plongé dans la lecture du document timbré que le notaire lui avait remis. Assis sur une chaise élégante mais inconfortable, le notaire tâchait de déchiffrer l'expression du célèbre avocat. Lorsqu'il s'était présenté, le majordome avait d'abord refusé de le laisser entrer, affirmant que maître Levasseur plaidait à la cour, et que de toute façon il n'accueillait jamais un client sans rendez-vous, mais le notaire avait tellement insisté que le serviteur avait fini par le laisser entrer et l'avait fait attendre dans un vaste bureau tapissé de livres de loi. L'avocat s'était finalement présenté deux heures plus tard, affectant l'air distrait et faussement affable des gens débordés.

Le notaire observait toujours maître Levasseur à la dérobée. Soudain, celui-ci déposa le document sur le pupitre et brossa une poussière imaginaire sur sa redingote impeccablement coupée.

— Vous êtes dans un sérieux pétrin, monsieur Grandmont. Il faudra tout mon savoir-faire pour vous sortir de cette situation pour le moins embarrassante.

— Que dois-je faire ? dit le notaire, accablé.

L'avocat lui jeta un regard circonspect. Le pauvre homme ne payait pas de mine. Il repensa au choc qu'il avait ressenti en lisant *L'Aurore de Québec*, dont la manchette avait fait étalage de l'arrestation du notaire Grandmont et de sa nuit mouvementée au poste, quelques mois auparavant. Il imaginait mal cet homme hautain, qui fréquentait la meilleure société de la haute ville, côtoyer la racaille d'une geôle.

— D'abord, il vous faut à tout prix éviter un procès, qui serait très dommageable pour votre réputation.

Le notaire eut une moue amère.

— Ma réputation ? Pour ce qu'il en reste…

— Si vous préférez, parlons de votre honneur, répliqua sèchement l'avocat.

Le regard du notaire devint vague, comme s'il s'était enfermé à l'intérieur de lui-même.

— Mon honneur, je l'ai perdu un certain jour de juillet 1834.

L'avocat fronça les sourcils.

— Que voulez-vous dire ? Que s'est-il produit en juillet 1834 ?

Le notaire se tut et secoua doucement la tête. Maître Levasseur sentit le doute le gagner. Il eut l'impression que cet homme n'avait plus toutes ses facultés et regretta d'avoir accepté de le recevoir. Le notaire dut se rendre compte de la mauvaise impression qu'il venait de produire, car il se redressa sur sa chaise et dit, avec toute la dignité dont il était capable :

— Je vous en prie, sortez-moi de ce guêpier.

Maître Levasseur observa le notaire comme s'il cherchait à lire ses moindres pensées.

— Avant d'accepter de vous représenter, monsieur Grandmont, je veux avoir l'heure juste.

Il se leva, fit quelques pas vers lui, s'arrêta à sa hauteur.

— Avez-vous participé, d'une façon ou d'une autre, à la fraude électorale dont la Ville vous accuse ?

— Non, d'aucune façon.

— Avez-vous accepté un pot-de-vin alors que vous étiez échevin pour favoriser la vente d'un terrain municipal à John Barry ?

— Non ! s'écria le notaire.

Puis, devant le regard perçant de l'avocat, il reprit à mi-voix :

— J'ai reçu une somme de quarante mille dollars de mon client Alistair Gilmour, qui désirait acheter ce terrain sous un prête-nom.

— Si je comprends bien, monsieur Gilmour vous a donc versé cette somme à titre d'honoraires ?

— Tout à fait, fit le notaire, rassuré par les questions de son avocat, qui semblaient corroborer sa version des faits.

— Qu'avez-vous fait de cet argent ?

Le notaire sentit un vent de panique le gagner. Il n'eut pas le courage d'avouer qu'il avait été victime de chantage et qu'il avait remis les quarante mille dollars à Peter Henderson.

— Je l'ai déposé à la banque.

Maître Levasseur reprit place dans son fauteuil, s'appuya sur le dossier comme s'il était plongé dans une profonde réflexion.

— Voici mon conseil : plaidez coupable à toutes les accusations. Comme le dit l'adage, le moins bon des règlements vaut le meilleur des procès !

— Mais je ne suis pas coupable !

Il se mit à cligner des yeux, incapable de soutenir le regard de son avocat.

— En tout cas, je n'ai jamais agi en pensant que c'était mal.

L'avocat saisit une plume et la trempa dans un encrier.

— Excellente répartie, dit-il en se mettant à écrire. Je m'en servirai dans mes pourparlers avec le procureur de la Couronne et celui de la Ville.

— Attendez. Qu'arriverait-il si je plaidais non coupable ?

L'avocat se pencha vers son client.

— Vous auriez droit à un procès dégradant pendant lequel votre nom serait traîné dans la boue, où chacune de vos actions serait dépecée par des journalistes assoiffés de faits divers et par un public qui se repaîtrait du spectacle de votre déshonneur.

Le notaire baissa la tête, vaincu par les arguments de son avocat. Ce dernier remit sa plume sur son socle, satisfait.

— Je vous sortirai de ce mauvais pas, monsieur Grandmont. En attendant votre comparution, ne vous montrez pas en public. Le jour de l'audition, présentez-vous au palais de justice dans vos meilleurs habits. En cour, l'apparence compte davantage que la vérité. Et je vous en conjure, cessez de boire.

— Je ne bois plus, dit le notaire, blessé dans son amour-propre.

En effet, il n'avait pas pris une goutte depuis sa nuit en prison. L'avocat jeta un coup d'œil pensif à son nouveau client, dont les mains étaient agitées d'un tremblement continuel. Il se demanda de nouveau s'il avait pris la bonne décision en acceptant de le défendre.

∽

Le lendemain, le notaire Grandmont se fit conduire au palais de justice par monsieur Joseph. Il avait suivi les recommandations de son avocat à la lettre : il portait sa meilleure redingote et s'était rasé de près. Maître Levasseur fut fort satisfait de la bonne mine de son client lorsqu'il le vit entrer dans la salle d'audience. Celle-ci était presque déserte, seuls le greffier et un gardien de sécurité s'y trouvaient, car l'avocat avait convaincu le juge Field, qui devait présider l'audience, de la tenir à huis clos par « respect pour la vie privée de l'un des piliers de la bonne société de Québec ». Le juge s'était empressé d'acquiescer à cette demande. Comme convenu, maître Levasseur avait adopté un plaidoyer de culpabilité, à la grande surprise du juge.

— Vous en êtes certain, maître ?

L'avocat se contenta de faire un sourire entendu. Il obtint que son client soit libéré sous une caution que le juge fixa à cinq mille dollars. Comme le notaire lui jetait un regard paniqué, maître Levasseur offrit d'avancer lui-même la somme, confiant que le notaire la lui rembourserait au moment opportun.

⁓

Quelques jours après la comparution, maître Levasseur se présenta à la maison de la Grande Allée, une volumineuse serviette de cuir fin à la main.

— Je crois que vous serez content de moi, déclara l'avocat, l'air satisfait. J'ai réussi à obtenir une entente hors cour avec le conseil municipal. Non seulement vous échappez à un procès, mais j'ai obtenu que cette entente demeure confidentielle. Vous ne risquez pas d'être banni de la Chambre des notaires et vous pourrez continuer à exercer votre profession en tout bien tout honneur.

— Comment avez-vous fait votre compte ? demanda le notaire, incrédule.

Ses malheurs récents l'avaient rendu méfiant.

L'avocat déposa un document sur le pupitre, ses lèvres minces pincées dans un sourire.

— J'ai fait valoir au conseil municipal qu'un procès public risquait d'éclabousser la réputation de la Ville tout autant que la vôtre. Il y a bien sûr eu quelques hauts cris, surtout de la part d'un certain Julien Vanier, l'échevin qui vous a remplacé au conseil, et d'un maçon du nom de Joachim Bérubé, mais la majorité s'est ralliée. Vous verrez, dans quelques semaines, cette malheureuse affaire sera chose du passé. Un autre scandale éclata, ou une guerre se déclarera, et on vous oubliera vite.

Le notaire saisit le document et commença à le parcourir. Son visage s'assombrit au fil de sa lecture. Après l'avoir terminé, il le jeta sur la table, accablé.

— Dans cette entente, je m'engage à verser vingt mille dollars à la Ville. Où voulez-vous que je trouve une somme pareille ?

L'avocat le toisa avec ironie.

— Vous oubliez le « pot-de-vin » de quarante mille dollars que vous avez obtenu dans des circonstances pour le moins nébuleuses.

Le notaire secoua la tête.

— Je n'ai plus cet argent, dit-il d'une voix étouffée.

L'avocat lui jeta un regard étonné. Le notaire avoua :

— J'ai été victime d'un maître chanteur.

Le visage de l'avocat devint de marbre.

— Vous auriez dû m'en parler lors de notre première rencontre, monsieur Grandmont. Quelle est l'identité de ce maître chanteur ?

— Il m'est impossible de vous la révéler.

L'avocat se leva.

— Dans ce cas, je devrai annuler cette entente. Il vous faudra trouver un autre avocat pour assurer votre défense en cour. Je vous ferai envoyer ma note de frais pour le travail que j'ai déjà effectué pour votre compte.

L'homme de loi reprit son document et fit mine de partir. Le notaire l'interpella :

— Attendez.

Joignant ses mains comme pour une prière, il poursuivit :

— Je ne veux pas de procès. Je trouverai l'argent.

— Vous avez une semaine, dit sèchement l'avocat.

Après le départ de maître Levasseur, le notaire resta prostré un moment dans son fauteuil. Lors de son mariage avec Marguerite, celle-ci avait reçu une dot importante mais, avide de reconnaissance sociale, il avait dépensé cet argent sans compter, achetant les meubles les plus coûteux, se procurant les plus beaux attelages, donnant les réceptions les plus extravagantes. Les tableaux qu'il avait fait exécuter par le grand maître Antoine Plamondon lui avaient à eux seuls coûté près de deux mille dollars chacun. Bien que ses affaires eussent prospéré au fil des années, son train de vie dépassait largement ses revenus. De la dot de Marguerite, il ne restait plus que huit mille dollars.

L'argent que lui avait rapporté le domaine de Portelance, qui constituait la dot de Fanette, avait servi à éponger ses dettes. Il ne lui restait qu'un seul expédient mais, jusqu'à présent, une sorte de décence l'avait empêché d'y avoir recours. Le père de Marguerite avait eu la prévoyance de placer pour sa fille une somme de quinze mille dollars, qu'il avait demandé à son beau-fils d'administrer pour elle. Jamais le notaire n'avait mis sa femme au courant de l'existence de ce placement, auquel il ne pouvait toucher à moins d'obtenir le consentement de son épouse. Saisissant sa plume et la trempant dans l'encrier, il écrivit une lettre :

> Par la présente, la soussignée Marguerite Grandmont désigne son mari, Louis Grandmont, en tant que seul mandataire de tous ses biens et, à ce titre, lui permet de les administrer de toutes les façons qu'il jugera utiles.

Après l'avoir achevée, il fouilla dans ses tiroirs à la recherche de vieilles correspondances que sa femme lui avait écrites du temps lointain où elle avait un peu d'amour pour lui. Il trouva ce qu'il cherchait et s'exerça à contrefaire sa signature. Après quelques tentatives, il fut satisfait du résultat. Il trempa sa plume dans l'encrier et signa « Marguerite Grandmont » au bas du document. Avec les intérêts qui s'étaient accumulés, pensa-t-il, il aurait tout juste assez d'argent pour acquitter le règlement hors cour et payer les honoraires de son avocat. Il lui faudrait sans doute vendre quelques meubles pour arrondir la somme, mais au moins il serait sorti d'affaire.

Quelques jours plus tard, alors que madame Régine s'apprêtait à jeter dans le poêle les journaux reçus le matin, le notaire crut voir son nom sur une manchette de *L'Aurore de Québec*. Il s'en empara et le parcourut avidement : « Soupçonné de fraude électorale et de malversation, le notaire Louis Grandmont ne subira pas de procès. Une entente hors cour entre la Ville et le notaire, dont la teneur est confidentielle, met fin à toute poursuite. Seuls messieurs Julien Vanier et Joachim Bérubé, échevins au conseil municipal, se sont opposés à ce règlement. Ils ont d'ailleurs donné leur démission avec fracas pour protester contre ce qu'ils considèrent comme "un manque flagrant de transparence qui met en péril la notion même de démocratie". »

Le notaire replia le journal. Maître Levasseur avait eu raison. Mieux valait un mauvais règlement qu'un bon procès.

☙

Installé derrière son pupitre, Oscar scrutait les télégrammes reçus à la rédaction et les articles des journaux concurrents. Une enveloppe brune atterrit soudain devant lui. Il leva les yeux, aperçut le nouveau garçon à tout faire que son patron avait engagé pour un salaire de crève-faim. D'un geste machinal, Oscar ouvrit l'enveloppe et en extirpa une lettre.

Montréal, le 8 novembre 1859

Par la présente, je jure avoir versé la somme de quarante mille dollars au notaire Louis Grandmont afin qu'il use de son influence en tant qu'échevin pour favoriser l'achat à vil prix d'un terrain appartenant à la Ville de Québec. Je projetais d'y faire bâtir une gare de trains qui aurait pu faire ma fortune, et la sienne.

J'ai rencontré monsieur Grandmont à son domicile, le 30 octobre dernier, pour lui remettre la somme en main propre. Je reconnais également avoir engagé des hommes de main afin de voler deux boîtes de scrutin du comté de Saint-Louis et de les remplacer par des boîtes frauduleuses, cela dans le but avoué de favoriser l'élection de monsieur Grandmont et avec l'entier accord de ce dernier.

Ayant subi d'importants revers financiers après la débâcle de titres miniers en Bourse, j'ai pris la douloureuse décision de mettre fin à mes jours. Mais avant que la nuit

éternelle ne m'engloutisse, je tenais à ce que la vérité soit sue.
Je demande pardon à Dieu et aux hommes pour mes actes.

John Barry

Oscar relut la lettre à plusieurs reprises, médusé par son contenu. Puis il examina soigneusement l'enveloppe. Le cachet indiquait qu'elle avait été postée à Québec. Son nom et l'adresse du journal y avaient été inscrits, mais il n'y avait aucune mention de celle de l'expéditeur. La personne qui lui avait fait parvenir cette lettre tenait à ce que son identité demeure secrète. Il se demanda de qui il pouvait s'agir. Une hypothèse lui vint à l'esprit. L'entente hors cour entre le notaire et la Ville avait fait des mécontents. Il n'aurait pas été étonné que l'un des conseillers démissionnaires, ou les deux, fût à l'origine de cet envoi. Oscar replia la lettre et la glissa dans une poche de son veston, le cœur battant d'excitation.

D'un pas leste, il se dirigea vers le bureau de Ludovic Savard.

— Patron, lisez ça.

Le reporter tendit la lettre. Son patron la parcourut rapidement, la mine ennuyée, puis la rejeta du revers de la main.

— Bah, c'est de l'histoire ancienne. Trouve-moi plutôt une bonne affaire de mœurs.

Oscar reprit la lettre, ravalant sa déception. Il avait la conviction profonde qu'elle valait son pesant d'or. Un jour ou l'autre, il trouverait le moyen de faire sa petite enquête, ou son nom n'était pas Oscar Lemoyne.

XLII

Emma Portelance se réveilla un peu plus tard que d'habitude, en nage. Son premier geste fut d'ouvrir la croisée et de respirer l'air frais du matin, au risque d'attraper froid – on avait beau être en mai, les matins étaient encore frisquets. Soudain, elle fut prise de frissons et dut se couvrir d'un châle. Qu'elle le voulût ou non, il lui faudrait bien un jour ou l'autre se résigner à parler au docteur Lanthier de ces symptômes, qu'elle se refusait toujours de lier à la ménopause. Mais en attendant, elle avait une chose plus importante à accomplir. La journée s'annonçait belle ; il n'y avait pas un nuage à l'horizon. Ce serait donc ce jour-là qu'elle se rendrait à son domaine de Portelance. Elle n'avait aucune nouvelle des Dolbeau, à qui elle avait pourtant écrit plusieurs lettres durant l'hiver. Elle leur avait accordé un congé de loyer lors de la sécheresse qui avait décimé les récoltes, l'année précédente. Elle se demanda si leur silence était lié à l'embarras que cette faveur leur avait causé. Sa situation financière étant de plus en plus précaire, elle voulait toutefois savoir à quoi s'en tenir. Dans la *Gazette des campagnes*, qu'elle recevait une fois par mois, on prédisait un temps idéal pour les semailles, ce qui était de bon augure pour les moissons à venir. Il lui faudrait cependant faire montre de doigté avec monsieur Dolbeau. Bien qu'il fût d'une loyauté à toute épreuve, il était têtu comme une mule et d'une susceptibilité à faire damner un saint. Elle ne voulait d'aucune façon lui faire sentir qu'il lui était redevable de sa générosité.

En passant devant la chambre de Fanette, elle s'aperçut que la porte était entrouverte. Elle s'attarda sur le seuil. Fanette dormait encore, son beau visage baigné dans la lumière matinale. Elle semblait si sereine dans le sommeil… Emma se prit à espérer qu'avec le temps le chagrin de sa fille finirait par s'adoucir, et qu'elle retrouverait le bonheur. Le petit lit de Marie-Rosalie avait été installé à côté de celui de Fanette. La fillette dormait elle aussi, ses petites mains repliées sous son menton. Bien que Marie-Rosalie eût les yeux bleus de sa mère, sa ressemblance avec son père s'accentuait de jour en jour : les mêmes traits à la fois fins et volontaires, les cheveux d'un brun cuivré. Même si Philippe n'était plus, il continuait à vivre à travers sa fille.

Après avoir allumé le poêle et pris un déjeuner hâtif, Emma laissa un mot sur la table de la cuisine, avertissant Fanette de son voyage à Portelance et de son retour prévu pour le souper, puis elle se rendit au hangar qui servait d'écurie et attela son boghei.

※

Se laissant bercer par le cahotement de la voiture, Emma contemplait avec émotion le paysage pourtant si familier qui défilait tout au long du chemin du Roy menant à l'ancienne seigneurie. Le fleuve reflétait le bleu indigo du ciel, où flottaient quelques nuages effilochés comme des brins de laine. Une brise fraîche, chargée d'un parfum de sève et de gomme de pin, faisait frissonner les premières feuilles.

Lorsque Emma arriva à Portelance, elle fut étonnée du silence qui y régnait. Les volets de la maison des Dolbeau étaient clos comme si elle eût été inhabitée. Une charrette à bras gisait dans un coin avec un essieu brisé. Le potager, que madame Dolbeau entretenait toujours avec soin, était envahi de mauvaises herbes. Descendant de son boghei, Emma attacha sa jument à une clôture et s'avança vers la maison. La chaise berçante dans laquelle monsieur Dolbeau avait pour habitude de s'asseoir pour fumer sa pipe après une journée de labeur avait disparu. Agitée par une sourde appréhension, Emma frappa à la porte. Personne ne vint répondre. Elle fut sur le point de frapper à nouveau lorsqu'une voix aigre la fit tressaillir.

— C't'une propriété privée, icitte, allez-vous en.

Emma se retourna vivement. Un homme maigre dont le visage étroit était déparé par une verrue au coin de la bouche se tenait debout près de la clôture, s'appuyant sur le manche d'un sarcloir. Elle ressentit une antipathie immédiate pour cet inconnu dont les yeux chassieux évitaient de la regarder en face.

— Je possède la moitié de ce domaine, dit-elle fermement. Ce serait plutôt à moi de vous demander ce que vous faites ici.

Les lèvres minces de l'homme s'étirèrent en un sourire faussement jovial découvrant des dents gâtées.

— Romuald Rioux. J'suis le métayer.

— Aux dernières nouvelles, mon métayer s'appelait Isidore Dolbeau. Il habitait ici avec sa femme.

— Y sont partis.

Emma le regarda sans comprendre. L'homme expliqua, gardant le même sourire, faux comme un râtelier :

— Des huissiers les ont mis dehors pour défaut de paiement.

Cette nouvelle indigna Emma.

— Qui a fait venir les huissiers ?

— M'sieur Grandmont.

Emma commençait à comprendre la situation.

— C'est lui qui vous a engagé ?

— Comme vous dites, répondit l'homme avec insolence.

Irritée par le ton grossier du nouveau métayer, Emma l'était encore davantage par le fait que le notaire Grandmont l'eût engagé sans même la consulter.

— Que sont devenus les Dolbeau ?

Romuald Rioux haussa les épaules.

— D'après la rumeur, m'sieur Dolbeau serait parti au chantier, quelque part dans le Nord. J'en sais pas plus.

— Et sa femme ?

Le nouveau métayer se pencha, arracha un pissenlit dont il écrasa les aigrettes entre ses pouces. Elles s'envolèrent dans la brise.

— Au diable si je le sais.

Il jeta la tige par terre, l'écrasa avec son talon, tourna le dos à Emma et rejoignit un jeune homme gringalet qui lui ressemblait comme deux gouttes d'eau. Les deux hommes se mirent à labourer un champ dénudé. Emma sentit une telle rage l'envahir qu'elle pensa étouffer. Toussant à s'en fendre l'âme, les joues et les bronches en feu, elle s'éventa avec sa capeline et attendit que sa crise se calme avant de retourner à sa voiture. Elle s'y hissa avec effort, le souffle plus court que d'habitude, bien décidée à confronter celui qui avait orchestré avec un tel cynisme ces tristes événements.

XLIII

Emma ne s'arrêta qu'une fois, dans une auberge située à mi-chemin entre Portelance et Québec, afin de prendre un repas et de nourrir sa jument. Les symptômes d'étouffement qu'elle avait éprouvés après sa pénible rencontre avec Romuald Rioux avaient heureusement disparu. En remontant dans son boghei, elle songea qu'elle n'avait pas revu le notaire Grandmont depuis les funérailles de Philippe. Elle appréhendait cette rencontre. Non qu'elle craignît le notaire : c'était sa propre colère qu'elle redoutait. Elle se rappela les conseils qu'Eugénie lui prodiguait lorsqu'elle devait faire face à une situation difficile : « Surtout, garde ton calme. Ne te laisse pas emporter par l'émotion... » L'évocation d'Eugénie la rendit un peu plus sereine. Elle fit le reste de la route en peaufinant ses arguments. La vue de Québec, qui semblait suspendue entre ciel et mer, la ragaillardit, et elle se sentit prête à affronter son vieil ennemi.

La voiture d'Emma roulait dans la Grande Allée. Elle vit à distance la maison dont les tourelles en poivrière se profilaient avec élégance sur le ciel printanier. En s'en approchant, elle remarqua que les fenêtres étaient aveuglées par des rideaux noirs. Les Grandmont portaient encore le grand deuil, qui pouvait durer jusqu'à une année selon les règles établies par la reine Victoria, même si la plupart des gens s'en tenaient à six mois. Un tissu noir était toujours drapé au-dessus de la porte. Lorsque Emma y frappa à l'aide du heurtoir en bronze, des souvenirs douloureux lui revinrent. Cette maison avait été le théâtre de quelques joies, dont la naissance de Marie-Rosalie, mais avait surtout abrité le malheur. Ce fut madame Régine qui lui ouvrit. Ses traits tirés trahissaient la fatigue et le désarroi.

— Bonjour, madame Régine. Je voudrais voir le notaire Grandmont.

La servante usa de la formule que lui avait dictée son maître.

— M'sieur le notaire ne reçoit personne, répondit-elle, le visage fermé.

Emma raffermit son ton.

— Il me recevra.

Devant la mine déterminée d'Emma, la servante se résigna. Elle connaissait suffisamment la dame patronnesse pour savoir que celle-ci n'en ferait qu'à sa tête. Elle se recula pour la laisser entrer. Emma fut frappée par l'obscurité qui régnait dans le hall autrefois illuminé par un immense lustre, qui avait maintenant disparu. Le silence pesait dans la maison comme dans un tombeau. Seule une lampe posée sur une crédence jetait un peu de lumière.

— Le notaire Grandmont ne veut pas qu'on gaspille le kérosène inutilement, expliqua la servante.

Elle hocha la tête.

— La maison est bien triste depuis que madame Grandmont est partie.

Emma accusa la surprise. Ainsi, Marguerite Grandmont avait quitté son mari. Cela avait dû se faire discrètement, car aucune rumeur à ce sujet n'avait circulé à Québec, qui pourtant était friande de ce genre de nouvelles.

Madame Régine désigna un fauteuil appuyé contre un mur.

— Attendez ici.

La servante disparut dans l'ombre du couloir. Emma regarda autour d'elle et constata que le salon, autrefois rempli de meubles, était presque vide. Les tableaux de Plamondon qui trônaient au-dessus de la cheminée avaient également disparu, laissant deux rectangles pâles sur le mur. La maison sentait la solitude et l'abandon. Madame Régine revint quelques minutes plus tard.

— M'sieur le notaire accepte de vous recevoir.

Emma fut saisie en constatant le changement qui s'était opéré chez le notaire Grandmont : il avait maigri, ses cheveux étaient devenus presque entièrement blancs, son regard autrefois autoritaire était indécis et ses yeux, veinés de rouge. Un tremblement régulier agitait ses mains, appuyées sur le pommeau d'une canne. Il lui désigna un fauteuil puis se dirigea à pas lents vers le sien. Elle observa que sa démarche était saccadée et que son corps était légèrement courbé vers l'avant, comme s'il risquait de tomber. Elle se demanda si l'alcool pouvait être la cause de ces symptômes ; pourtant elle ne vit pas l'ombre d'une bouteille ou d'un verre sur le pupitre, et elle ne décela aucune odeur de spiritueux. Elle attendit poliment que le notaire prît place avant de l'imiter. Cela mit du temps. Le simple fait de s'asseoir sembla l'épuiser. Il sortit un mouchoir de sa redingote et s'épongea le visage. L'agitation des mains s'était accentuée.

— Que me vaut l'honneur d'une de vos trop rares visites ?

Malgré ses efforts pour prononcer chaque mot distinctement, ses difficultés d'élocution étaient évidentes. Emma pensa que le notaire était peut-être atteint d'une maladie nerveuse qu'on appelait familièrement la « maladie du tremblement ». Son propre grand-père en avait souffert et elle se rappelait, enfant, l'avoir vu perdre progressivement l'usage de ses jambes jusqu'à être confiné à son lit. Elle attaqua néanmoins résolument le sujet qui la préoccupait.

— Je viens d'apprendre que vous avez renvoyé les Dolbeau du domaine de Portelance et engagé un nouveau métayer sans m'en avertir.

— Ces gens me devaient deux loyers, ils ont mérité leur sort.

L'acrimonie avec laquelle le notaire avait prononcé ces paroles n'échappa pas à Emma. La maladie ne semblait pas avoir adouci son caractère, bien au contraire.

— Vous avez saisi tous leurs biens. N'était-ce pas une punition suffisante ?

Le notaire fit un geste de la main pour signifier son mépris.

— Quelques vieux meubles sans valeur.

L'indignation fit bouillir Emma, qui sentit une bouffée de chaleur monter à son visage. Elle réprima son envie de s'éventer.

— Combien les Dolbeau vous doivent-ils ?

— Quatre cent trente dollars et vingt sous, en comptant les intérêts.

— Je m'engage à vous rembourser cette somme. J'exige en échange que vous repreniez les Dolbeau.

Emma s'était imprudemment engagée sur ce terrain, car elle n'avait pas l'argent pour honorer la dette de ses anciens métayers. Il était hors de question d'emprunter une somme au docteur Lanthier, car elle ne voulait à aucun prix mêler les affaires à leur précieuse amitié. Quant à son avoué, maître Hart, il avait déjà fait preuve d'une grande générosité à son égard en lui avançant la somme de trois cents dollars l'automne précédent, montant qu'elle n'avait pas encore été en mesure de rembourser. La réponse du notaire ne se fit pas attendre.

— Je refuse de reprendre les Dolbeau. Mon nouveau métayer me convient parfaitement.

L'image de Romuald Rioux s'imposa à Emma, avec sa verrue disgracieuse et son sourire faux.

— J'ai fait sa connaissance au domaine, annonça-t-elle. Il ne m'a inspiré aucune confiance. De toute manière, vous auriez dû me consulter avant de l'engager. Que vous le vouliez ou non, je reste propriétaire de la moitié du domaine.

— Monsieur Rioux est là pour rester. C'est mon dernier mot.

Emma comprit que ce n'était pas tant parce qu'il tenait à son nouveau métayer que le notaire Grandmont s'entêtait à vouloir le garder, mais parce qu'il s'accrochait à ce dernier vestige de pouvoir. Elle se leva d'un bond, exaspérée.

— Vous avez toujours eu une pierre à la place du cœur !

Le notaire esquissa un faible sourire, visiblement satisfait d'avoir enfin fait sortir Emma de ses gonds. Celle-ci, regrettant de s'être laissée emporter, se rassit, mortifiée. En montrant ainsi ses émotions, elle était bien consciente d'avoir perdu de sa crédibilité. *Pourquoi la colère chez les femmes est-elle toujours considérée comme une faiblesse, alors que chez la gent masculine, elle est un gage de force et de virilité ?* La chaleur qui régnait dans le bureau lui sembla soudain aussi suffocante que celle d'une forge. Elle tira un mouchoir de sa manche et se tamponna le front le plus discrètement possible. Il lui fallait maintenant aborder un sujet tout aussi délicat. Elle avait déjà perdu la première manche, et elle craignait de perdre la deuxième.

— Il y a une dernière question dont je souhaitais vous entretenir. Il s'agit de la dot de ma fille.

Le visage du notaire resta de marbre. Emma décida d'user de diplomatie.

— Je sais que le bien-être de Fanette et de votre petite-fille vous importe, et que vous ne les laisseriez jamais manquer de quoi que ce soit.

Encore une fois, le notaire se tint coi. Son visage était demeuré inexpressif, au point qu'Emma se demanda même s'il avait entendu ce qu'elle venait de dire. Elle poursuivit néanmoins, rassemblant toute la force de persuasion qui lui restait.

— Étant donné qu'elle est veuve et qu'elle habite maintenant sous mon toit avec Marie-Rosalie, elle serait en droit de…

Il la coupa. Ses tremblements avaient étrangement cessé.

— Vous vous trompez. Philippe est resté intestat. La dot de sa femme me revient donc entièrement de plein droit.

Il fallut toute sa maîtrise à Emma pour ne pas éclater.

— Que le sort de Fanette vous laisse indifférent, je le conçois. Vous n'avez jamais montré d'affection à son égard. Mais celui de votre petite-fille ? Je croyais que vous y teniez comme à la prunelle de vos yeux.

— Encore une fois, vous vous trompez sur mes sentiments, madame Portelance. Je n'ai pas toujours été en bons termes avec ma belle-fille, tant s'en faut, mais elle est la mère de Marie-Rosalie. Les liens familiaux sont sacrés à mes yeux. C'est la raison pour laquelle je tiens à ce que Fanette revienne vivre sous mon toit avec ma petite-fille, comme c'est son devoir de le faire.

Emma ne put réprimer un frisson en imaginant les deux êtres qu'elle aimait le plus au monde condamnés à retourner habiter dans cette maison sinistre. Plutôt renoncer cent fois à la dot que de laisser une telle situation se produire ! L'expression du notaire s'était durcie. Une sourde appréhension s'empara d'Emma alors qu'elle observait son visage émacié. La maladie l'avait certes diminué, mais il n'avait pas perdu toutes ses griffes.

XLIV

Avant de rentrer chez elle, Emma décida de consulter son avoué, maître Hart, qui avait toujours été de bon conseil. Elle grimpa avec effort l'escalier vermoulu et trouva le vieil homme assis derrière son pupitre, la tête cachée derrière une pile de livres et de dossiers, une pipe fumante à la main. Toussotant à cause de la fumée, Emma raconta à maître Hart sa confrontation avec le notaire Grandmont au sujet de l'embauche d'un nouvel intendant et de la dot.

— Pour ce qui est du nouvel intendant, j'ai bien peur qu'il n'y ait rien à faire, énonça le vieil avoué, la mine désolée.

— Je reste propriétaire de la moitié du domaine, cela me confère des droits ! s'écria Emma, indignée.

L'avoué cura sa pipe dans le cendrier déjà plein.

— J'ai honte de vous le dire, mais les femmes, dans notre Code civil, n'ont pas plus de statut juridique qu'un enfant. En principe, vous ne pouvez pas ouvrir un compte bancaire, encore moins déposer une poursuite en cour.

— J'ai un compte bancaire, protesta Emma.

— ... que vous avez réussi à ouvrir parce que votre père, à l'époque, s'était porté garant de votre solvabilité, dit le vieil homme à regret.

Emma réfléchit à ce que son avoué venait de lui apprendre, la mine sombre.

— Et pour ce qui est de la dot ?

— Le notaire Grandmont a malheureusement raison. Il demeure l'administrateur légal de la dot de votre fille.

— Je n'ai donc aucun recours ?

Le silence de l'avoué fut plus éloquent que ne l'eussent été des mots. Emma trouva néanmoins le courage d'aborder un autre sujet délicat :

— Vous m'avez généreusement consenti un prêt important. Je suis incapable d'honorer ma dette envers vous en ce moment, mais je vous promets de…

Contre toute attente, maître Hart se fâcha.

— Vous n'allez tout de même pas revenir sur cette vieille histoire !

Emma le regarda, interloquée.

— Je vous dois bel et bien trois cents dollars.

— Vous ne me devez rien du tout ! Sur son lit de mort, votre père m'a demandé de veiller à vos intérêts. Vous n'allez pas me reprocher d'obéir à ses dernières volontés !

⁓

Il était plus de sept heures du soir lorsque Emma rentra chez elle, fourbue. Fanette, qui venait de coucher Marie-Rosalie, fut soulagée d'entendre le roulement de sa voiture, qu'elle guettait depuis un bon moment. Les conducteurs profitaient du retour de la belle saison pour rouler plus vite, et les accidents de la route étaient nombreux. Fanette vit tout de suite à la mine tracassée de sa mère que sa journée avait été difficile. Tandis qu'elle faisait réchauffer les restes d'un pot-au-feu, Emma lui raconta sa désagréable rencontre avec Romuald Rioux, le triste sort des Dolbeau, le refus du notaire de les reprendre comme métayers et son inflexibilité quant à sa dot, sans toutefois faire allusion au fait qu'il exigeait le retour de Fanette et de Marie-Rosalie chez lui, car elle craignait d'alarmer sa fille inutilement. Fanette écouta sa mère avec attention sans intervenir, bien que la révolte montât en elle. Lorsque Emma, agitée et en nage, conclut son récit, Fanette laissa échapper un cri du cœur :

— Quel homme détestable !

— J'aurais dû lui tenir tête. Les Dolbeau ont tout perdu, et on ne pourra compter sur aucune source de revenu jusqu'aux prochaines récoltes, à l'automne.

— Et la somme que maître Hart vous a prêtée ? s'enquit Fanette.

— Il en reste tout juste assez pour nous soutenir pendant encore quelques semaines, un mois tout au plus. La seule bonne nouvelle, c'est que maître Hart a été assez généreux pour effacer la dette.

Emma se leva pour débarrasser la table.

— Je n'aurai peut-être pas d'autre choix que de vendre ce qui me reste du domaine de Portelance.

Connaissant le profond attachement de sa mère pour ces terres qui avaient appartenu à sa famille depuis plusieurs générations, Fanette tenta de la rassurer :

— Il doit bien y avoir une autre solution. Quand j'étais petite, vous me disiez souvent que plaie d'argent n'est pas plaie mortelle.

Emma sourit, touchée par cette évocation.

— Il faut croire que j'étais optimiste, dans ce temps-là.

Plus que n'importe quel aveu, cette phrase trahissait un sentiment d'impuissance que Fanette n'avait jamais vu chez sa mère, sauf à la mort d'Eugénie. Une idée s'imposa à elle.

— Je vais trouver un travail, dit-elle, la mine décidée.

— Il n'en est pas question, décréta Emma. Ta santé est encore trop fragile.

— J'ai fait ma fausse couche il y a près de six mois, protesta Fanette. Je suis parfaitement remise.

— Quelle sorte d'emploi occuperais-tu ?

— Je pourrais devenir institutrice, comme Rosalie.

— Qui prendra soin de ta fille ?

— Je la ferai garder par madame Johnson. Ou bien je l'emmènerai à la crèche qui vient d'ouvrir rue Saint-Jean.

Emma connaissait bien cette crèche, qu'elle avait contribué à mettre sur pied avec les Dames de la Charité et les Sœurs de la Providence, et qui permettait aux femmes qui travaillaient de faire garder leurs enfants, mais pour une raison qu'elle ne comprenait pas elle-même, elle avait des réticences à y laisser sa petite-fille. Fanette comprit que Marie-Rosalie n'était qu'un prétexte. La mort d'Eugénie et le fait qu'elle-même avait failli être emportée par la fièvre avaient à ce point marqué sa mère qu'elle était devenue craintive.

— J'ai une santé de fer. Il ne m'arrivera rien.

Fanette sut qu'elle avait visé juste en voyant le regard de sa mère s'embuer. Elle appuya sa tête sur son épaule comme elle le faisait, enfant.

— Laissez-moi vous remettre un peu de tout ce que vous m'avez donné.

❧

Le soleil jetait ses dernières lueurs à travers la forêt parsemée de taches de neige noircies par le dégel.

— *Timber !*

Un immense pin fendit l'air et s'abattit sur le sol avec fracas sous les cris des hommes. Monsieur Dolbeau eut tout juste le temps de reculer avant que le tronc ne le frappât de plein fouet. Il comprit qu'il l'avait échappé belle. La fatigue rendait les bûcherons imprudents. Dans une seule journée, ils avaient abattu une quinzaine de pins. Chaque fois qu'un arbre tombait, monsieur Dolbeau se disait : *un de plus*, comme une litanie, avec l'impression qu'il se rapprochait de son but.

Lorsqu'il rentra au baraquement, ses membres étaient atrocement endoloris. Il prit son écuelle et joignit les hommes qui attendaient à la cantine leur ration de fèves au sirop d'érable, préparées par le *cook* dans une grosse marmite, les mêmes maudites fèves servies soir après soir, parfois agrémentées d'un morceau de lard et accompagnées d'un verre de tord-boyaux. Il regagna ensuite son lit, fait de quelques planches et d'un matelas bourré de paille. Il sombra aussitôt dans un sommeil sans rêves, sans entendre les ronflements qui s'élevaient des lits voisins, une quinzaine de lits cordés les uns à côté des autres comme des embarcations de fortune.

À l'aube, en sortant pour aller travailler, monsieur Dolbeau vit une formation d'oies blanches survoler le ciel filamenté de nuages. En suivant des yeux l'arc gracieux que traçaient les oiseaux, il sut que le printemps était enfin arrivé. Il enleva sa vieille tuque, planta sa hache dans une souche et se rendit à la maisonnette du contremaître, qui lui remit sa dernière paye, déposant minutieusement chaque dollar sur la table, sous son regard attentif. Il revint dans son baraquement, mit dans un baluchon quelques vêtements, des objets de toilette et quelques figurines qu'il avait sculptées dans des morceaux de bois durant les longues soirées d'hiver. Il repartit comme il était venu, avec pour tout bagage son modeste fourbi et ses espoirs.

XLV

Emma se rendit au bureau de poste. L'employée lui tendit quelques lettres, des journaux, la *Gazette* et *L'Aurore de Québec*, ainsi qu'un colis. Emma revint chez elle et prépara le café. Après le déjeuner, alors qu'elle avait terminé la lecture de ses journaux et s'apprêtait à les mettre au rebut, Fanette lui demanda de les conserver. Elle souhaitait consulter la rubrique des « annoncements » afin d'y chercher un emploi. Tandis que Fanette parcourait les journaux, Emma ouvrit son colis. Il s'agissait de la *Correspondance* de George Sand, de 1851 à 1854, qu'elle avait commandée à une librairie parisienne et qu'elle attendait depuis plusieurs mois. Bien qu'une journée chargée l'attendît au refuge du Bon-Pasteur, elle était curieuse d'en connaître le contenu et commença à le feuilleter. Une lettre en particulier attira son attention. Elle datait du 6 février 1852 et était adressée à la sœur du grand écrivain : « Le sang s'est porté à la poitrine et j'ai tous les accidents de la phtisie. Mon médecin assure que c'est l'effet de l'âge critique et qu'il me guérira. »

L'âge critique... C'était une expression à la mode pour désigner la ménopause. Ayant elle-même souffert, après sa visite au détestable métayer, d'une crise d'étouffement à tout point semblable à celle que George Sand avait dépeinte dans sa lettre, Emma y vit une confirmation de son propre état. Elle se demanda si le médecin de la romancière l'en avait effectivement guérie. Elle en eut la réponse quelques pages plus loin, dans une lettre que George Sand écrivit à une amie : « On m'a saignée, synapisée, vomitisée, morphinisée, et après toutes ces secousses qui m'ont mise sur les dents quatre ou cinq fois, on m'a enfin débarrassée de l'étouffement qui me paralysait. »

Emma referma le livre, horrifiée. Ces traitements lui semblaient des plus barbares, mais s'il fallait en croire George Sand, ils avaient été efficaces. Frappée par la pâleur soudaine de sa mère, Fanette s'inquiéta.

— Qu'avez-vous, maman ?

— Rien du tout. Et tes petites annonces ? demanda-t-elle pour changer de sujet.

— On affiche un emploi de postière.

— Dans quel quartier ?

Fanette scruta de nouveau l'annonce.

— Rue Saint-Joseph, dans le quartier Saint-Roch.

Emma n'était pas enthousiaste.

— Saint-Roch, ce n'est pas à la porte. Il faudrait que tu t'y rendes en voiture chaque jour. Et puis passer tes journées derrière un comptoir à tamponner des lettres… Tu risques de t'ennuyer à périr.

Fanette jeta un regard en coin à sa mère. De toute évidence, celle-ci avait encore des réticences à ce qu'elle travaille. Revenant à la lecture des annonces, elle en vit une qui attira son attention.

— Tenez, il y en a une autre qui me semble intéressante.

Elle la montra à sa mère, qui la parcourut en tenant le journal à bonne distance pour pouvoir distinguer les petits caractères, car elle était devenue presbyte et avait jusque-là négligé de se procurer des lunettes : « Famille cherche gouvernante afin d'enseigner le français et autres matières à deux enfants de huit et de dix ans. Gages à discuter. Couvert compris. Références exigées. »

Emma remit le journal à sa fille.

— Il faudrait connaître les gages. Et les enfants sont peut-être deux petits monstres mal élevés.

— On ne le saura jamais si je ne réponds pas à l'annonce, répondit sagement Fanette.

Se rendant compte de son attitude négative, Emma fit ses excuses :

— Je ne suis plus moi-même depuis quelque temps. Ce poste a l'air très convenable. Pour ce qui est des références, je dois visiter ma sœur Marie demain, je suis certaine qu'elle se fera un plaisir de te les fournir.

Marie-de-la-Visitation, la plus jeune sœur d'Emma, avait enseigné à Fanette durant toutes ses années au couvent des Ursulines ; la jeune femme était très attachée à la religieuse, qui l'avait prise sous son aile et l'avait aidée à surmonter les écueils de la vie de couventine.

Après le départ de sa mère, Fanette relut attentivement l'avis. On y parlait d'enseigner « le français et autres matières ». Fanette en déduisit que les enfants étaient peut-être d'origine anglaise. De nombreux fonctionnaires anglais travaillaient pour le gouvernement du Canada uni, dont le siège avait été momentanément installé à Québec en attendant son déménagement à Ottawa. Elle décida de répondre à l'annonce.

❧

En route pour le refuge du Bon-Pasteur, Emma décida sur un coup de tête de passer par la rue Saint-Paul au cas où elle trouverait le docteur Lanthier chez lui. Par chance, son cabriolet était garé devant la porte. Tirant sur les rênes, elle immobilisa sa voiture derrière celle du médecin. Au moment où elle descendait de son boghei, le docteur sortit de chez lui. Elle l'interpella :

— Henri !

Ce dernier, allant à la rencontre d'Emma, remarqua qu'une rougeur était montée à ses joues et qu'elle s'épongeait le front avec un mouchoir. Il devint inquiet, craignant que quelque chose ne fût arrivé à Fanette ou à Marie-Rosalie.

— Ma chère Emma, j'espère que tout va bien...

— Mais oui, mais oui, dit-elle en reprenant son souffle. Je souhaitais simplement vous entretenir d'un sujet...

Elle s'interrompit, visiblement embarrassée. Le médecin, avec son tact habituel, sentit son malaise et l'invita à entrer, ce qu'elle accepta avec reconnaissance. Il fit asseoir Emma au salon, ralluma son poêle dans la cuisine et chauffa un reste de café, puis revint au salon.

— Alors, dites-moi ce qui vous amène, dit-il en lui tendant une tasse.

Après avoir pris une gorgée, Emma attendit que le médecin s'assît à son tour et aborda la question qui la tarabustait depuis un moment.

— Vous êtes mon ami le plus cher. Je ne vous ai jamais consulté pour des questions d'ordre médical.

Le docteur Lanthier la regarda avec gravité. Un rayon de soleil faisait luire la monture en or de ses lunettes.

— Si vous avez un problème de santé, il ne faut surtout pas hésiter à m'en faire part.

— Il ne s'agit pas de moi, s'empressa de dire Emma. Cela concerne… une personne de ma connaissance.

Le docteur Lanthier attendit qu'elle poursuive, intrigué.

— Depuis quelque temps, cette personne éprouve quelques symptômes apparentés à ce qu'on appelle généralement… l'âge critique.

— Vous voulez dire la ménopause, dit le docteur Lanthier, la mine neutre.

Encouragée par le ton direct et franc du médecin, Emma déposa sa tasse de café sur une table et se jeta à l'eau.

— Exactement. Cette personne a des bouffées de chaleur, des sautes d'humeur, sans compter qu'elle fait de l'insomnie. Il lui est arrivé d'avoir une crise d'étouffement. Elle a subi des traitements pour guérir ces maux et voudrait s'assurer qu'ils seront efficaces.

Convaincu qu'Emma parlait en fait d'elle-même, le docteur avait du mal à ne pas sourire.

— De quels traitements parlez-vous ? s'enquit-il.

— Eh bien, la personne en question s'est d'abord fait « synapiser », mais je n'ai pas compris ce que cela signifiait.

Le docteur Lanthier fronça les sourcils.

— Il s'agit probablement d'un bain de pieds composé d'eau très chaude et de moutarde, dit-il. Quels autres traitements cette personne a-t-elle subis ?

— Elle s'est fait administrer des saignées, des vomitifs, ainsi que de la morphine.

Le sourire du médecin disparut.

— Ce sont là des traitements dignes de l'âge de pierre ! s'exclama-t-il, cachant mal son indignation. Le médecin qui vous les a infligés mériterait d'être banni de la profession !

Emma tourna au rouge pivoine.

— Je vous assure qu'il ne s'agit pas de moi !

Le médecin la regarda sans trop comprendre. Elle avoua, embarrassée :

— George Sand a écrit tout cela dans des lettres. Ayant moi-même éprouvé quelques-uns des symptômes qu'elle y décrit, je voulais avoir votre opinion sur les traitements que son médecin lui avait administrés.

Cette fois, le médecin ne put s'empêcher de pouffer de rire.

— Ce n'est pas drôle ! s'exclama Emma, vexée. Je ne me supporte plus, Henri ! Vous devez bien avoir quelque remède à me conseiller ?

Il reprit son sérieux :

— En tout cas, pas de saignées, rien de cet acabit. Je vous recommande un peu d'exercice. De la marche, par exemple, ou du jardinage. Pour ce qui est de l'insomnie, je peux vous prescrire de la valériane. Vos problèmes respiratoires m'inquiètent davantage. Éprouvez-vous des douleurs du côté du cœur ? Des palpitations inhabituelles ?

— J'ai parfois le souffle court.

Il alla chercher son sac, qu'il avait déposé près de la porte, l'ouvrit et en sortit son stéthoscope.

— Vous permettez ?

Il glissa les tiges de l'instrument dans ses oreilles et déposa délicatement la ventouse sur la poitrine d'Emma, du côté gauche, afin d'écouter les battements de son cœur. Ils avaient beau être les meilleurs amis du monde, ce contact intime les mit tous les deux mal à l'aise, et ils osaient à peine respirer. Après quelques secondes, le médecin se redressa.

— Votre cœur bat tout à fait normalement.

Il s'éloigna d'elle, remit son stéthoscope dans son sac. Emma avait éprouvé un certain émoi à sentir la chaleur d'un corps masculin tout près du sien. Il y avait si longtemps que cela ne lui était arrivé ! Sentant la rougeur envahir son visage, elle se leva un peu trop brusquement, faisant grincer la chaise.

— Merci pour le café. Je suis désolée de vous avoir dérangé pour des vétilles.

Elle se dépêcha d'aller vers la porte.

— Emma…

Elle se tourna vers Henri.

— … Ce ne sont pas des vétilles. N'hésitez pas à revenir me voir si un autre malaise se produisait.

Elle sortit et retourna vers sa voiture, soulagée par les réponses rassurantes du docteur Lanthier sur son état de santé, et encore émue par ce contact si inattendu.

C'est sûrement un autre symptôme de la ménopause, décida-t-elle en montant dans sa voiture.

XLVI

Grâce aux bons soins de sœur Odette et d'Amanda, Anita s'était rapidement remise de son séjour en prison. Mise en confiance par la bonté de la religieuse et par l'amitié d'Amanda, elle se confia à cœur ouvert sur les misères qu'elle avait subies dans la maison close de madame Bergevin, de plus en plus désertée par les clients. La tenancière était amère et traitait durement ses filles, les blâmant pour tout et rien. L'atmosphère était devenue irrespirable, et Anita avait trouvé le courage de fuir, mais elle ne savait pas ce qui allait advenir d'elle. La dernière chose qu'elle souhaitait, c'était de se retrouver de nouveau à la rue sans autre recours que la prostitution. Sœur Odette lui fit un sourire apaisant :

— Tu pourras rester à Sainte-Madeleine tant que tu le voudras.

Anita prit la décision de devenir pénitente. Sœur Blanchet lui confectionna une robe bleue, un mantelet assorti et une robe de lin gris pour tous les jours. Béatrice lui crocheta un châle. Il y eut une cérémonie toute simple dans la chapelle de la congrégation.

Rassurée sur son sort, Anita s'intéressa à celui de son amie retrouvée. Elle profita de ce qu'elles étaient toutes les deux seules dans la chambre des pensionnaires à ranger des vêtements pour demander des nouvelles d'Ian, qu'elle avait pris en affection du temps où Amanda et son fils vivaient à la maison close. Elle fut bouleversée d'apprendre que celui-ci était introuvable.

— Tu as sûrement un objet qui lui appartient.

Amanda regarda son amie sans comprendre.

— Un vêtement, une mèche de cheveux, un jouet avec lequel il s'amusait souvent…

Ces simples mots firent revivre à Amanda toutes ses tribulations avec son fils. Lors du naufrage du *Queen Victoria*, leur bagage avait été perdu.

— Il ne me reste plus rien de lui.

Cette constatation rendit la disparition de son fils encore plus cruelle. Anita regretta d'avoir involontairement causé du chagrin à sa compagne.

— Ce n'est pas grave. Tu n'as qu'à penser très fort à Ian et elle le verra comme s'il était là.

— De qui parles-tu ?

— Une femme. Elle travaille comme lavandière dans la basse ville.

Voyant qu'Amanda ne comprenait toujours pas où elle voulait en venir, elle baissa un peu la voix et poursuivit :

— Elle a un don de voyance.

Cette fois, Amanda éclata :

— Mon fils a disparu depuis près de six mois, il est peut-être mort à l'heure qu'il est, et toi tu me parles de voyance !

Amanda sortit de la pièce en claquant la porte. Plus tard au réfectoire, bien que sœur Odette les eût placées côte à côte, Amanda, enfermée dans la colère et la douleur, n'adressa pas un mot à sa compagne. Ce ne fut que lorsque l'heure du coucher arriva, que les pensionnaires eurent regagné leur chambre et éteint les chandelles qu'Anita chuchota :

— Amanda, dors-tu ?

Le silence lui répondit. On n'entendait que des respirations qui s'élevaient et s'apaisaient dans le sommeil.

— Pardonne-moi. Je suis si stupide parfois.

Anita espéra une réponse mais, constatant qu'elle ne venait pas, ferma les yeux, le cœur gros.

Le lendemain, après l'office du matin, alors qu'elle participait à la corvée de lessive dans la cour, Anita vit Amanda s'approcher d'elle. Son visage fermé lui enleva tout espoir de réconciliation.

— Où habite ta lavandière?

Surprise par la volte-face de son amie, Anita balbutia:

— Rue des Fossés.

Anita n'osa pas lui demander ce qui l'avait fait changer d'idée. Elle n'avait reçu aucune éducation, mais savait que lorsqu'on a perdu un être cher, on ferait n'importe quoi pour le retrouver.

— Madame Bouliane fait une séance tous les soirs, à partir de neuf heures.

— Alors on ira ce soir, quand tout le monde sera couché.

Le soir venu, les deux femmes attendirent que toutes les lumières de l'abri fussent éteintes et, munies d'une lanterne, sortirent par la porte de la cuisine. Elles portaient leur robe de tous les jours afin de ne pas attirer l'attention.

Après trois quarts d'heure de marche, elles parvinrent au quartier Saint-Roch. Le ciel était sombre, à peine éclairé par un croissant de lune zébré par des nuages. Tenant Amanda par le bras, Anita l'entraîna vers la rue des Fossés, qui serpentait à travers de massifs entrepôts. Après avoir franchi un coude, elles parvinrent à une maison de planches dont la façade donnait directement sur la rue. La maison était plongée dans l'ombre.

— On dirait qu'il n'y a personne, chuchota Amanda.

— Elle est là, répondit Anita avec assurance.

Deux points de lumière s'approchaient de la maison. Bientôt, elles distinguèrent une femme au visage émacié accompagnée d'un homme qui semblait avoir à peu près le même âge et qui portait une casquette d'ouvrier; quelques pieds plus loin, un couple bien habillé les suivait. Sans hésitation, Anita frappa trois coups à la porte, puis deux autres coups plus rapprochés. Après un court moment, la porte s'ouvrit dans un grincement. Une jeune fille apparut sur le seuil, une chandelle à la main. Elle portait un fichu noué autour de la tête.

— Venez, dit-elle. Ma mère vous attend.

Anita fut la première à entrer. Elle fit signe à Amanda, qui lui emboîta le pas. Les autres suivirent. Ils montèrent un escalier étroit dont les marches geignaient à chaque pas et se retrouvèrent dans une petite chambre à l'arrière de la maison, éclairée par quelques chandelles disséminées dans la pièce. Une femme trapue, au visage large et aux cheveux gris remontés en chignon, était assise sur un baril, les mains croisées sur ses genoux. Elle avait les yeux fermés et semblait prier. Une demi-douzaine de caisses en bois avaient été disposées autour d'elle. Quelques personnes y étaient déjà installées. La jeune fille invita les nouveaux arrivants à s'asseoir à leur tour. Anita et Amanda prirent place l'une à côté de l'autre. La jeune fille resta debout en retrait.

— Esprit, es-tu présent ? dit-elle d'une voix claire.

La femme au chignon inclina légèrement la tête. Lorsqu'elle la releva, ses yeux étaient grands ouverts, mais louchaient très légèrement, comme ceux d'un aveugle.

— Je suis là.

Sa voix, légèrement gutturale, résonnait dans la pièce. La jeune fille se tourna vers la petite assemblée.

— Les personnes qui le veulent peuvent poser une question. L'esprit répondra.

Anita jeta un coup d'œil à Amanda, dont l'expression exprimait le scepticisme le plus complet. Elle se pencha vers elle et lui chuchota :

— Sois patiente. Tu verras.

Amanda haussa les épaules sans répondre. Elle regrettait d'être venue. La femme au visage émacié prit la parole. Sa voix chevrotait tellement elle était émue.

— Notre fille est morte de tuberculose l'an dernier. Je voudrais savoir si elle est heureuse là-haut et si elle a un message à nous envoyer.

— Quel est son prénom ? répondit la dame au chignon.

— Charlotte.

La voyante ferma les yeux, se balança doucement d'un côté et de l'autre.

— Je la vois, murmura-t-elle.

Au même instant, un souffle de vent entra par une fenêtre entrouverte et fit grésiller la flamme des chandelles. Quelques murmures s'élevèrent. Excédée, Amanda fut sur le point de se lever, mais Anita la retint d'une main. Amanda se rassit à contrecœur. La voyante poursuivit :

— Elle a de beaux cheveux blonds... et des yeux bleus.

La femme au visage émacié se mit à sangloter.

— Mon Dieu, c'est elle.

Son mari lui entoura les épaules d'un bras pour la réconforter. Amanda fixait le sol, révoltée qu'on pût abuser ainsi de la douleur de pauvres gens.

— Elle a trouvé difficile de vous quitter, continua la voyante, mais elle est plus sereine maintenant.

— Charlotte, ma Charlotte ! Tu nous manques tellement...

La voyante sourit.

— Elle le sait. Elle vous fait dire de ne plus être tristes. Là où elle est, il n'y a plus de souffrances. L'amour est plus fort que la mort.

Les sanglots de la femme au visage émacié se calmèrent peu à peu. Un faible sourire éclairait son visage. Le silence se rétablit et dura longtemps. La voix de la jeune fille s'éleva :

— L'esprit attend la prochaine question.

Anita donna un coup de coude à Amanda. Bien qu'elle ne voulût pas l'admettre, la souffrance du couple qui avait perdu sa fille l'avait remuée. Au fond, ces gens venaient ici pour trouver du réconfort, et cette voyante, que l'esprit existât ou non, leur en procurait.

— Je voudrais savoir ce que mon fils est devenu, dit Amanda avec une pointe de défi.

Elle n'avait pas été capable de demander s'il était encore vivant.

— Quel est son prénom ?

— Ian.

La voyante se balança d'avant en arrière. Ses sourcils se froncèrent, puis elle leva une main agitée.

— Il y a du vent, beaucoup de vent. De la fumée, aussi, et de l'eau. Des cris.

Amanda écoutait chaque parole, les yeux rivés sur la femme qui continuait à se balancer.

— Maintenant, je vois des rues, il y a beaucoup de monde, des marchandises, des voiles qui claquent au vent.

Le port de Montréal, se dit Amanda.

— Il y a un enfant, il court, il a froid, il semble perdu.

— Ian ! s'écria Amanda malgré elle. Où est-il ? Comment va-t-il ?

Le visage de la voyante parut agité.

— Je vois des couleurs, beaucoup de couleurs.

Elle hésita, puis reprit :

— Votre fils n'est pas malheureux, mais il n'est pas heureux non plus.

La femme au chignon s'interrompit, balança la tête d'un côté et de l'autre, puis elle continua :

— Il est en sécurité. Je vois de l'amour. Il y a plein d'amour autour de lui.

Elle secoua la tête, puis ne dit plus rien. Amanda attendit avec anxiété que la voyante se remît à parler, mais celle-ci resta silencieuse. Elle ouvrit soudain les yeux. Son regard était devenu vague, comme perdu. Elle semblait très fatiguée. La jeune fille fit quelques pas vers sa mère.

— L'esprit est parti.

Elle invita les gens à partir et à revenir le lendemain s'ils le souhaitaient. Amanda, qui était restée sur sa faim, se leva, voulut s'approcher de la voyante, mais Anita la retint d'un geste.

— Elle ne se rappellera plus rien.

Les deux femmes sortirent de la pièce et s'engagèrent dans l'escalier. Lorsqu'elles furent dehors, Anita observa son amie en souriant.

— Alors, qu'est-ce que je te disais ? Elle est merveilleuse, pas vrai ?

— Je ne crois pas un mot de ce qu'elle a raconté.

La déception submergea Anita, mais elle ne dit rien. Amanda se tourna vers elle.

— Mais elle a fait une chose pour moi. Une chose importante.

Anita la regarda, intriguée.

— Elle m'a redonné de l'espoir.

Se tenant par le bras, les deux amies reprirent la rue des Fossés. Amanda aperçut soudain un carrosse qui roulait dans leur direction. La forme de la voiture lui était familière. Elle la reconnut soudain et entraîna Anita dans l'ombre d'une porte cochère.

— Que se passe-t-il ? s'écria-t-elle, effrayée.

Amanda mit un doigt sur sa bouche. La voiture passa près d'elles puis s'éloigna.

— C'était le carrosse de madame Bergevin.

Elles attendirent quelques minutes avant de reprendre leur route vers l'abri Sainte-Madeleine.

❧

Madame Bergevin donna un coup de fouet à son cheval. Elle avait attelé sa voiture elle-même : il y avait belle lurette qu'elle n'avait plus les moyens de se payer un cocher. Il lui faudrait bientôt se résigner à vendre son carrosse, trop cher à entretenir, et le remplacer par un fiacre d'occasion. *Les années fastes sont loin derrière moi*, songea-t-elle avec amertume. Dire que, peu de temps auparavant, les bourgeois et les dignitaires se précipitaient chez elle, remplissant le grand salon illuminé de la fumée de leurs cigares et de leurs rires avinés ! Maintenant, elle n'allumait plus que quelques lampes pour économiser le kérosène et masquer l'usure des tapis et des meubles. Il ne restait que trois filles qui trimaient pour elle, et encore, elles attiraient de moins en moins de clients. Anita, la douce et ronde Anita, avait pris la poudre d'escampette quelques semaines auparavant. Jamais elle n'aurait pu imaginer la trahison de celle sur qui elle comptait pour retenir quelques fidèles clients et la soutenir dans ses vieux jours. L'amertume lui brûla la gorge. Cette trahison lui en rappelait une autre, encore plus douloureuse. Celle de Mary. Elle n'avait jamais digéré son départ, même si elle l'avait su inévitable depuis le début. Mary était une rebelle dans l'âme. Rien ni personne ne pouvait se targuer de la posséder. « Tu reviendras, lui avait-elle sifflé en l'apercevant debout près de la porte, tenant son enfant par la main. Mes filles reviennent toujours, tu verras. » « Jamais ! » avait rétorqué Mary, ses beaux yeux gris devenus sombres. Et elle avait tenu parole. Elle n'était pas revenue. *Toutes pareilles*, songea madame Bergevin en donnant un coup de fouet son cheval, *des catins sans gratitude*.

La nuit tombait lorsque la voiture arriva au port. La lune venait de disparaître derrière des nuages, laissant des stries blafardes dans le ciel noir. Madame Bergevin descendit de son siège en s'appuyant sur le rebord pour ne pas perdre l'équilibre. Elle attacha les rênes à une clôture qui bordait un entrepôt puis marcha vers le port. Quelques lampes-tempête brillaient ici et là. Des vaguelettes léchaient la coque des bateaux amarrés le long du quai en faisant un léger clapotis. Elle fut surprise de la tranquillité qui régnait dans la rade, habituellement animée par le va-et-vient des marins, leurs cris et leurs chants qui s'élevaient et retombaient dans le soir. Munie d'une lanterne qu'elle avait pris soin d'apporter avec elle, la tenancière s'avança à pas prudents vers les quais, espérant apercevoir quelque marin qu'elle pourrait hameçonner en vantant les charmes de ses filles, « les plus belles de Québec ». Car elle en était là. C'est elle qui devait maintenant arpenter les bas-fonds de la ville en quête d'un client.

Les ponts des bateaux étaient silencieux et déserts. Elle arrivait trop tard, comprit-elle avec irritation. Les hommes avaient probablement déjà quitté leurs navires pour envahir les maisons closes les plus proches, y dépensant leur paie sans compter. Elle attendit un moment, tenant sa lanterne devant elle, puis elle se résigna à rebrousser chemin, pestant intérieurement contre son manque de flair. Encore une soirée perdue !

En revenant vers son carrosse, elle entendit soudain des cris aigus accompagnés de vociférations émises par une voix plus grave. Effrayée, elle se réfugia dans l'encoignure d'un hangar, éteignit sa lanterne et attendit, le cœur battant. Normalement, elle ne se déplaçait jamais sans son petit pistolet, mais pour une fois, elle l'avait laissé chez elle. Décidément, ses réflexes de prudence s'étaient émoussés. Les voix reprirent de plus belle :

— Espèce d'écœurant ! Bas les pattes !

— Ça t'apprendra à me voler, maudite grue ! éructa une voix avinée.

— C'est toé, le voleur ! T'en as eu pour ton argent !

— Va chez l'diable !

Toujours enfoncée dans son coin d'ombre, madame Bergevin entendit un craquement, comme celui d'un objet qui en frappe un autre, puis vit une silhouette frêle s'élancer dans sa direction. Prise de peur, la tenancière songea à s'enfuir, mais la forme fut brièvement éclairée par la lune qui venait de sortir des nuages, et elle put distinguer un visage féminin encadré d'une longue tignasse. La femme semblait assez jeune et était maigre comme un clou. D'un mouvement plus instinctif que réfléchi, madame Bergevin saisit la jeune femme par le bras et la tira vers elle. Celle-ci se débattit et voulut crier, mais la tenancière lui mit une main sur la bouche.

— Pas un mot, lui glissa-t-elle à l'oreille, si tu veux que j'te sorte d'affaire.

La jeune femme fut prise d'un frémissement, puis cessa de résister. Madame Bergevin desserra peu à peu son étreinte. L'inconnue resta immobile. Son cœur battait si fort que la tenancière l'entendait cogner contre sa propre poitrine. Elles restèrent tapies dans l'ombre, osant à peine respirer, scrutant anxieusement le coin d'où l'homme surgirait sûrement d'un instant à l'autre, rugissant comme une bête enragée. Un étrange silence avait suivi l'altercation. Madame Bergevin avait beau tendre l'oreille, elle n'entendait que le clapotis de l'eau et le bruissement des mâts bercés par la brise du soir. Après une attente qui lui parut très longue, elle murmura à l'oreille de la jeune femme :

— Ma voiture est à deux pas. Je peux t'héberger pour la nuit.

La fille ne répondit pas, mais madame Bergevin sentit une main lui presser l'épaule en signe d'assentiment. La tenancière lui prit résolument le bras et l'entraîna vers son carrosse, non sans jeter un coup d'œil à la ronde, craignant de voir l'homme apparaître. Les deux femmes parvinrent à la voiture sans encombre. Madame Bergevin ouvrit une portière, fit signe à sa nouvelle protégée de monter. La jeune femme ne se fit pas prier et se glissa comme une couleuvre sur la banquette. S'empressant de refermer la portière, madame Bergevin dénoua les rênes et grimpa sur le siège sans effort, comme si la peur avait temporairement fait disparaître les maux de l'arthrite.

La voiture s'engagea dans la rue Saint-Joseph et s'arrêta devant la maison de trois étages dont la devanture était habituellement éclairée par une lampe torchère, mais qu'on avait laissée éteinte par souci d'économie. En descendant de voiture, madame Bergevin se rendit compte que, dans son empressement à quitter le port, elle avait oublié sa lanterne. Elle se gronda intérieurement, mécontente de devoir en acheter une autre, puis fut irritée d'en être réduite à des calculs aussi mesquins. Sentant la mauvaise humeur la gagner, elle ouvrit la portière.

— Descends, dit-elle d'un ton rogue.

Une fois à l'intérieur de la maison, madame Bergevin tourna la mèche d'une lampe, ce qui lui permit de détailler la nouvelle venue. Ce qu'elle vit ne fit rien pour améliorer son humeur. La jeune femme portait des haillons dont même le guenillou le plus démuni n'aurait pas voulu. Une odeur rance se dégageait d'elle. Son visage était barbouillé et ses cheveux, sales et emmêlés, de sorte qu'il était difficile de savoir si elle était jolie ou non. Madame Bergevin l'entraîna vers la salle d'eau, résolue à lui faire prendre un bain, bien qu'il lui en coûtât de puiser dans sa provision de bois pour allumer le poêle et y faire chauffer une marmite d'eau. La jeune femme refusa d'abord catégoriquement d'enlever ses vêtements et d'entrer dans la baignoire, mais la tenancière la menaça de la mettre à la porte si elle n'obtempérait pas. Après l'avoir frottée vigoureusement avec une brosse et du savon, elle constata avec satisfaction que sa nouvelle protégée, sans être une beauté, avait quelques attributs : des yeux vifs, une bouche généreuse et des jambes fines, tout ce qu'il fallait pour faire une prostituée potable.

— Quel est ton nom ? demanda-t-elle d'une voix doucereuse.

— Antoinette.

Madame Bergevin lui procura des vêtements propres et lui servit un repas, que la fille dévora sans même se servir des couverts. La tenancière lui posa des questions sur elle. Antoinette haussa les épaules. Il n'y avait pas grand-chose à raconter. Elle passait une partie de sa vie dans la rue et l'autre au poste de police. Elle avait été recueillie un moment par des religieuses, dans un abri pour anciennes prostituées, mais s'était battue avec une autre fille, une espèce de sainte nitouche qui se pensait meilleure que les autres.

— Après ça, une maudite cornette m'a sacrée à la porte. J'me suis vengée en mettant le feu à la baraque.

Madame Bergevin regarda la jeune femme du coin de l'œil, se demandant si, après tout, elle avait fait une bonne affaire en la recueillant.

— Je l'ai revue, dit Antoinette entre deux bouchées.

— De qui veux-tu parler ?

— Mary, la fille avec qui j'me su' battue. J'étais dans la même cellule qu'elle, au poste de police, y a une couple de mois. J'te dis qu'elle avait perdu ses grands airs…

La tenancière montra soudain de l'intérêt au récit décousu d'Antoinette.

— Comment s'appelle cette fille, déjà ?

— Mary Kilkenny.

Le regard de madame Bergevin s'aiguisa comme un couteau.

Mary Kilkenny.

— Pour quelle raison cette Mary Kilkenny a-t-elle été arrêtée ?

La fille eut un gloussement ironique.

— La même que moé, j'suppose.

Non, je suis certaine que non, songea la tenancière. Un plan encore très vague commençait à se dessiner dans sa tête.

— Combien de temps as-tu passé avec cette fille, au poste de police ?

— Toute une nuit, pis une bonne partie de la journée, le lendemain. En quoi ça vous intéresse ?

La tenancière sourit sans répondre, puis installa Antoinette dans l'une de ses meilleures chambres. *On n'attrape pas les mouches avec du vinaigre,* se dit-elle en lui souhaitant une bonne nuit.

Le lendemain, elle lut dans *L'Aurore de Québec* qu'un marin avait été trouvé dans le port de Québec, gisant sans connaissance sur le quai, une bouteille de rhum brisée à côté de lui. Il avait été ramené à l'Hôpital général, où il avait succombé à ses blessures. La police en avait conclu qu'il avait probablement été victime d'une rixe après une soirée bien arrosée. Madame Bergevin fit part de la nouvelle à Antoinette, qui se mit à sangloter et à trembler de tous ses membres. La tenancière lui frotta le dos.

— Tu es en sécurité chez moi, rien de fâcheux pourra t'arriver tant que tu demeureras sous mon toit. Mais il faudra que tu sois bien gentille et que tu fasses tout ce que je vais te demander de faire.

Antoinette promit tout, se blottissant contre la tenancière comme un chat de ruelle se réfugie dans une maison après des mois d'errance.

Madame Bergevin n'eut pas à l'initier au métier : de toute évidence, sa nouvelle recrue avait déjà toute l'expérience requise. Somme toute, son expédition au port avait été des plus profitables. Antoinette lui rapporterait des sous qui n'étaient pas à dédaigner en ces temps de vache maigre, mais surtout, elle deviendrait l'instrument idéal pour faire payer chèrement sa fuite à Amanda.

XLVII

Debout devant la glace dans sa chambre, Fanette mit une épingle pour fixer son chapeau noir. Chaque matin depuis qu'elle avait envoyé sa lettre de candidature pour le poste de gouvernante, elle allait elle-même prendre le courrier, mais elle n'avait pas encore obtenu de réponse. En levant les yeux, elle vit le reflet de sa mère qui aidait Marie-Rosalie à mettre des souliers. Elle fut touchée de voir Emma penchée au-dessus de sa petite-fille en tâchant de lui apprendre, avec une patience d'ange, comment lacer ses chaussures. Marie-Rosalie adorait sa grand-mère, et celle-ci ne jurait que par la fillette, trouvant toujours le moyen de lui donner une sucrerie lorsque Fanette avait le dos tourné, la traînant dans le jardinet pour lui montrer comment biner ou sarcler le potager, ou lui apprenant le nom des plantes, comme elle l'avait fait avec Fanette enfant.

En sortant, Fanette sentit l'effluve du lilas que sa mère avait planté devant la maison. Une onde de bonheur la traversa puis, tout de suite après, la douleur. Elle croyait qu'avec le temps, son chagrin d'avoir perdu Philippe s'adoucirait, mais chaque jour qui passait rendait son absence encore plus implacable. Elle avait beau se réjouir d'avoir une petite fille aussi adorable, la meilleure mère qu'on puisse imaginer, une sœur qu'elle avait enfin retrouvée après tant d'années de séparation, son chagrin restait intact, comme un rocher que ni le vent ni la mer ne réussissent à entamer.

Au bout de la rue Sous-le-Cap, elle aperçut une silhouette bleue rayée par les rayons de soleil matinaux. C'était Amanda.

Chaque fois qu'elle voyait sa sœur aînée, elle ressentait la même joie ; sa présence était une sorte de miracle auquel elle n'arrivait pas à s'habituer. En s'approchant d'elle, Fanette crut déceler sur son visage une sérénité qu'elle ne lui avait pas vue depuis son retour. Amanda lui fit un sourire radieux.

— Je crois qu'Ian est vivant.

— Tu as eu de ses nouvelles ? s'exclama Fanette, remplie d'espoir.

Amanda haussa les épaules, embarrassée. Elle n'osa pas avouer à sa sœur qu'elle était allée visiter une voyante.

— Pas vraiment. En fait, quelqu'un l'aurait vu.

— Quelqu'un que tu connais ?

Amanda se trouva soudain ridicule de faire montre d'autant de pudeur. Elle jeta un coup d'œil à la ronde, ne vit que quelques enfants qui jouaient dans la rue, et raconta à sa sœur son étrange expérience avec la voyante. Fanette l'écouta sans broncher, puis dit avec gravité :

— Si toi tu crois qu'Ian est vivant, alors c'est qu'il l'est.

Réconfortée par ces mots, Amanda accompagna sa sœur jusqu'au bureau de poste, puis la quitta pour retourner à l'abri Sainte-Madeleine. Jusqu'à présent, Amanda avait obstinément refusé que sa sœur vienne l'y visiter, car une part d'elle-même craignait encore son jugement. Cela chagrinait Fanette, qui aurait aimé revoir sœur Odette et rencontrer les autres pensionnaires du refuge, mais elle ne voulait pas forcer les choses et se disait qu'un jour ou l'autre Amanda lui ferait suffisamment confiance pour lui ouvrir les portes de sa vie quotidienne.

Heureusement, le bureau de poste était presque vide. Une lettre l'attendait. Elle l'ouvrit sans attendre d'être de retour chez elle et la parcourut :

Chère madame,

Mon époux et moi-même avons pris connaissance avec intérêt de votre lettre en réponse à notre annonce. Nous souhaiterions vous rencontrer afin que nous fassions plus ample connaissance. Ayez l'obligeance de vous présenter à notre domicile, au 10, rue d'Auteuil, le 21 mai prochain, à dix heures précises, en prenant soin d'apporter vos références.

Veuillez accepter, chère madame, l'expression de nos sentiments distingués.

Walter Norton, Esquire

Le nom « Norton » lui était familier, mais elle n'arrivait pas à se souvenir des circonstances où elle en avait entendu parler. En rentrant chez elle, Fanette tendit la lettre à sa mère, qui y jeta un coup d'œil attentif.

— Je connais Walter Norton de réputation, approuva Emma. Son nom apparaît souvent dans la rubrique des travaux parlementaires de la *Gazette de Québec*. Il travaille comme secrétaire adjoint du gouverneur général Walker Head, si ma mémoire est bonne.

Puis, comme si quelque chose d'important lui venait soudain à l'esprit :

— Le 21 mai, c'est aujourd'hui !

Elle leva les yeux vers l'horloge grand-père.

— Il est déjà dix heures moins vingt. La rue d'Auteuil est dans la haute ville, à une quinzaine de minutes en voiture.

Fanette décida de s'y rendre dans son Phaéton.

— Fais un brin de toilette pendant que j'attelle ta voiture, proposa Emma.

Sans attendre la réponse, Emma partit en direction de la cour tandis que Fanette montait à sa chambre. Elle ajusta quelques mèches de cheveux, ajouta un ruban de couleur à son chapeau noir afin d'égayer un peu sa tenue de deuil puis redescendit prestement. Au moment où elle montait dans le Phaéton, Emma poussa une exclamation :

— Ta lettre de recommandation !

Emma retourna dans la maison et en ressortit après quelques secondes avec la lettre que sœur Marie-de-la-Visitation avait eu la gentillesse d'écrire pour recommander la candidature de Fanette. En nage, elle remit la missive à sa fille.

— Cela se passera pour le mieux, dit-elle en souriant.

თ

Le Phaéton parvint au bout de la rue Sainte-Anne, tourna à droite rue d'Auteuil et s'arrêta devant une charmante maison de pierre qui semblait neuve tellement la toiture de bardeaux rouges et les fenêtres scintillaient au soleil. Dans le parc en face, des femmes promenaient des landaus et les cris des enfants se réverbéraient dans l'air cristallin. Fanette consulta une montre de gousset qu'Emma lui avait offerte pour son anniversaire. Il était dix heures moins deux minutes.

Tenant toujours sa lettre de référence à la main, Fanette descendit de la voiture et se dirigea vers la porte ornée de motifs floraux en fer forgé. Un valet aux cheveux gominés, dont les moustaches semblaient avoir été peintes tant elles étaient fines, accueillit la jeune femme avec une politesse obséquieuse qui la fit sourire sous cape. Tout comme sa mère, Fanette appréciait les bonnes manières mais n'aimait pas l'ostentation. Le domestique la fit entrer dans un grand salon.

— Veuillez patienter, sir Walter Norton et madame Norton seront à vous dans un instant, dit-il en désignant un fauteuil.

Le valet avait prononcé « sir » avec emphase en pinçant comiquement les lèvres, comme l'eût fait un domestique de comédie. Fanette prit place dans le fauteuil qu'il lui avait désigné en espérant que le maître des lieux ne soit pas à l'image de son serviteur. Tandis qu'elle attendait, elle regarda autour d'elle. L'ameublement était de style baroque Louis XV, très à la mode dans les foyers bourgeois de la haute ville, mais trop chargé au goût de Fanette. Après quelques minutes, le domestique revint et annonça d'une voix solennelle, comme s'il s'agissait du roi et de la reine d'Angleterre en personne :

— Sir Walter Norton et madame Norton.

Une jeune femme fit son entrée dans un bouillonnement de soie moirée, une main délicatement posée sur le bras d'un homme visiblement plus âgé qu'elle et qui semblait embarrassé par tout ce chichi. Fanette reconnut avec stupeur Simone, la fille du juge Sicotte, dont elle avait fait la connaissance quelques années auparavant lors d'un séjour à La Malbaie, dans la maison de campagne du notaire Grandmont. Elle n'avait jamais oublié la soirée durant laquelle Philippe avait lu un sonnet de son cru. La belle Simone s'était imaginé qu'il lui était destiné, et lorsque Philippe avait eu la franchise d'admettre qu'il l'avait écrit en pensant à une autre – cette autre étant Fanette –, Simone et ses parents en avaient été si humiliés qu'ils avaient quitté la maison le lendemain sans même saluer leurs hôtes. Simone n'avait pas changé, estima Fanette. Toujours aussi jolie, avec ses yeux d'un bleu de porcelaine de Delphes et ses boucles blondes faisant un halo gracieux autour de son visage délicat.

Simone Norton s'avança vers Fanette, laissant voir des escarpins d'un raffinement exquis, et tendit ses deux mains tout en arborant une expression pleine de compassion.

— Ma pauvre petite Fanette. Vous permettez que je vous appelle par votre prénom ?

Elle lui saisit les mains sans lui laisser le loisir de répondre :

— J'ai été bouleversée en apprenant que vous étiez devenue veuve. Toutes mes condoléances.

Fanette fut touchée par l'apparente sincérité de la jeune femme.

— Merci.

Se tournant vers son mari, Simone s'exclama :

— Walter, mon ami, laissez-moi vous présenter Fanette, la petite Irlandaise qui a épousé le pauvre Philippe.

La nuance de mépris dans le ton qu'avait eu Simone en prononçant ces mots n'échappa pas à Fanette, qui retira aussitôt ses mains. Monsieur Norton inclina poliment la tête, cachant son malaise sous un masque de réserve.

— Enchanté de faire votre connaissance, madame Grandmont. Je n'ai pas rencontré votre mari personnellement, mais j'ai entendu parler de lui en grand bien, dit-il dans un excellent français, teinté d'un léger accent.

Fanette ressentit une sympathie immédiate pour cet homme aux manières simples et courtoises, dont le regard trahissait toutefois une certaine lassitude. Agacée de ne plus être le centre de l'attention, Simone émit un petit toussotement et prit place sur un canapé, faisant froufrouter sa jupe. Son mari attendit que Fanette se soit rassise dans son fauteuil avant de s'installer auprès de sa femme.

— J'ai eu deux enfants d'un premier mariage, Charles et Dorothy, commença-t-il. Leur mère est morte en couches.

Sa voix s'était altérée à cette évocation. Il se racla la gorge et poursuivit :

— Leur gouvernante, Mrs. Pritchard, est retournée vivre en Angleterre.

Il fut aussitôt coupé par sa jeune épouse :

— C'était une employée modèle. Nous l'adorions. Toujours ponctuelle, déférente, sachant où était sa place…

Fanette fit un sourire poli.

— Pour ma part, je sais lire, écrire et compter. J'imagine que cela pourra être utile pour enseigner à vos enfants.

Une lueur d'irritation apparut dans les yeux bleus de Simone. Walter Norton eut du mal à contenir un sourire.

— Dans votre lettre, poursuivit-il, vous mentionnez que vous avez fait vos études chez les Ursulines, c'est exact ?

Fanette acquiesça.

— J'ai obtenu mon diplôme de l'École normale avec haute distinction. Voici d'ailleurs une lettre de recommandation de sœur Marie-de-la-Visitation, qui m'a enseigné.

Elle tendit la lettre de sœur Marie à monsieur Norton, mais c'est sa femme qui s'en empara. Elle la parcourut, puis fit la moue.

— Les Ursulines… D'après ce que j'ai entendu dire, elles enseignent surtout à des personnes démunies.

Fanette sentit l'indignation la gagner.

— Les pauvres n'ont pas choisi de l'être, madame Norton, comme il n'y a pas de mérite à être né dans l'opulence.

Simone resta interdite. Convaincue que sa répartie cinglante lui avait enlevé toute chance d'obtenir le poste de gouvernante, Fanette s'attendait à être poliment invitée à quitter les lieux, mais Walter Norton reprit la parole comme si de rien n'était :

— J'imagine que vous parlez anglais ?

— Je l'ai appris chez les Ursulines, ainsi que la géographie, l'histoire, la musique, la littérature, le dessin, les sciences, l'arithmétique, et même la danse.

Walter Norton acquiesça tandis que sa femme ouvrit un éventail qu'elle agita, l'air mortifié.

— Je crois que vous avez effectivement toutes les qualités requises pour ce poste, conclut-il. Pour ce qui est de vos gages, je vous offre la somme de sept dollars par semaine, en plus de deux repas par jour. Et vous aurez congé les samedis et dimanches. Cela vous convient-il ?

Le montant était généreux.

— Ça me semble tout à fait raisonnable.

— Nous vous attendrons donc dès demain, si vous n'y voyez pas d'inconvénients.

— Vous pouvez compter sur moi.

Simone Norton se leva.

— Eh bien, voilà l'affaire conclue, dit-elle d'un ton sec.

Après avoir salué Fanette d'une inclination de la tête empreinte de froideur, elle quitta le salon dans un bruissement de soie. Son mari se leva. Il avait repris sa mine réservée.

— À demain, madame Grandmont.

Il quitta la pièce à son tour. Fanette entendit la voix de Simone, dont l'écho lui parvint du couloir.

— J'espère que vous n'aurez pas à regretter *votre* décision. Cette Irlandaise s'est montrée des plus impertinentes avec moi. Elle a de la chance d'avoir un emploi, après le scandale qui a éclaboussé sa famille.

Fanette n'entendit pas la réponse de son mari. Une porte claqua. Le majordome fit son entrée sur l'entrefaite.

— Si madame veut bien me suivre, fit-il avec le même ton cérémonieux qu'il avait employé en l'escortant jusqu'au salon.

Soulagée de se retrouver enfin à l'air libre, Fanette prit une bonne inspiration. La maison des Norton avait beau être grande, elle lui avait semblé étouffante. Elle aurait dû se réjouir de son embauche, mais l'attitude hautaine de Simone l'avait irritée.

De retour chez elle, Fanette fut accueillie par sa mère, qui brûlait de savoir comment l'entrevue s'était déroulée. Elle remarqua la mine pensive de sa fille.

— Tu n'as pas obtenu le poste ? s'inquiéta-t-elle.

Fanette lui annonça la bonne nouvelle, sans toutefois lui faire part de ses appréhensions quant à Simone. Le poste était bien rémunéré, et le fait de pouvoir aider financièrement Emma était plus important que les caprices de Simone Norton.

XLIII

Le lendemain, Fanette conduisit Marie-Rosalie chez madame Johnson en Phaéton puis se présenta comme convenu chez les Norton. Le maître de la maison et son épouse étaient absents, mais le majordome qui l'avait accueillie la veille conduisit Fanette dans une grande pièce qui servait à la fois de salle de jeux et de salle d'études. Des poupées de cire aux joues roses et aux yeux bleus dont le verre luisait dans la clarté des lampes étaient placées en rangs d'oignons sur des étagères. Un cheval à bascule, la bride posée autour du pommeau d'une selle dorée, semblait attendre qu'un cavalier voulût bien le monter. Une petite fille d'environ deux ans, aux cheveux blonds bouclés et aux yeux bleus, y grimpa en poussant de petits cris de joie. Une voix cristalline mais sévère se fit entendre :

— *Please step down immediately, miss. This horse doesn't belong to you.*

Fanette tourna la tête en direction de la voix. Un garçon d'environ sept ans se tenait debout sur le seuil de la porte. Il ressemblait à un petit homme avec son habit de velours bleu prussien, son nœud papillon de la même couleur et ses cheveux bien peignés. À son air grave et à ses yeux bruns pensifs, Fanette devina sans peine qu'il s'agissait du fils de Walter Norton.

— *Leave her alone, Charles. Don't you see she's enjoying the ride !*

Une fillette d'une dizaine d'années apparut derrière son frère, le dépassant d'au moins une tête. Elle était grande pour son âge, mais ses épaules étaient légèrement voûtées, comme si elle tentait de se faire plus petite. Elle avait des traits irréguliers mais empreints de douceur, ce qui leur conférait une certaine beauté. Aussitôt après avoir parlé, elle rejoignit la fillette qui était restée agrippée au cheval de bois, au bord des larmes, et lui sourit :

— *It's alright, Rebecca. You can stay on the horse if you like.*

Une nurse vint chercher la petite Rebecca, dont Fanette présuma qu'elle était la fille de Simone. Restée seule avec Charles et Dorothy Norton, elle constata qu'en plus de lire et d'écrire parfaitement l'anglais, ils avaient de bonnes notions de français et une connaissance satisfaisante dans les autres matières. Ils étaient d'une politesse étonnante pour des enfants de leur âge, et d'une docilité qui confinait à la passivité, comme s'ils craignaient de déplaire ou cherchaient à se faire oublier. Bien qu'ils ne se plaignissent jamais, Fanette perçut qu'ils n'étaient pas heureux. La perte de leur mère les avait sans doute profondément affectés, mais elle ne doutait pas que Simone Norton y fût aussi pour quelque chose. Un incident confirma son intuition. Après un goûter servi à la cuisine, Fanette avait permis aux deux enfants de se dégourdir les jambes avant de reprendre les leçons. Soudain, elle entendit un bruit fracassant. Aussitôt après, Charles entra dans la pièce en larmes, suivi de sa sœur, la mine penaude.

— Charles, que se passe-t-il ? s'exclama Fanette.

Entre deux sanglots, le garçon expliqua qu'en courant dans le salon, ce qui était formellement interdit, il avait fait tomber un vase de porcelaine de Sèvres qui s'était cassé en mille miettes.

— *She hates me. I will be punished.*

Fanette comprit sans peine que le « *she* » désignait Simone Norton ; le désespoir avait temporairement fait oublier ses bonnes manières à l'enfant.

— *Don't worry, Charles,* intervint Dorothy d'une voix calme. *I shall say it was I who broke it.*

Médusée par la maturité dont l'enfant faisait preuve, Fanette consola Charles du mieux qu'elle le put, puis se rendit au salon. Une jeune servante était déjà à genoux et ramassait les morceaux du vase éparpillés sur le tapis persan. Fanette lui donna un coup de main tout en lui demandant de ne pas rapporter l'incident à sa maîtresse. La bonne, visiblement craintive, secoua la tête.

— Madame a des yeux de lynx, elle remarque tout. Je risque de perdre mon emploi.

— Si votre maîtresse ne se rend pas compte de la disparition du vase, n'en faites pas mention. Dans le cas contraire, dites que c'est moi qui l'ai brisé.

Devant la mine déterminée de Fanette, la servante finit par accepter, mais à son corps défendant. Fanette se rendit à la cuisine et jeta les morceaux de porcelaine à la poubelle sans plus de cérémonie, en espérant que Simone Norton n'y verrait que du feu.

Lorsque la maîtresse de maison rentra chez elle, Fanette constata avec soulagement qu'elle était de fort bonne humeur. La jeune femme ramenait dans une housse de satin une robe qu'elle avait fait faire chez madame Duchamp, une couturière qui tenait boutique dans la haute ville, d'après un modèle très en vogue à Paris.

— Saviez-vous que Marguerite Grandmont a décidé d'ouvrir un salon littéraire ?

Fanette l'ignorait. Elle n'avait pas revu sa belle-mère depuis son départ de la maison du notaire, bien que Rosalie lui eût appris dans l'une de ses lettres que sa mère était retournée chez ses parents pour y soigner son père et y vivait en permanence depuis la mort de ce dernier.

— Figurez-vous qu'elle a eu le toupet de nous inviter, Walter et moi, bien qu'elle sache que ma mère tient également un salon. Je sais qu'elle est votre belle-mère, mais je n'approuve pas son mode de vie. Non seulement elle vit séparée de son mari, ce qui est déjà scandaleux, mais on lui prête une liaison avec Alistair Gilmour, vous savez, ce parvenu qui a fait fortune dans la construction navale.

Fanette n'avait rien oublié des confidences que Marguerite lui avait faites au sujet du Lumber Lord, mais elle ne les aurait pas trahies pour un empire.

— Bien entendu, je me ferai une joie d'aller à cette soirée, poursuivit Simone, intarissable.

— Si ma belle-mère a si mauvaise réputation, pourquoi tenez-vous tant à accepter son invitation ? dit Fanette avec une politesse ironique.

Simone Norton pinça les lèvres, agacée d'être remise à sa place par une simple gouvernante, oubliant commodément que celle-ci avait tout de même fait un mariage dans la haute société. L'antipathie qu'elle éprouvait déjà pour son employée monta d'un cran.

— Vous ne connaissez pas les usages du monde, ma pauvre Fanette. Toute la bonne société de Québec y sera.

Ce qu'elle n'avoua pas, c'est que sa mère, inquiète de la tenue de ce nouveau salon qui risquait de rivaliser avec le sien, l'avait instamment priée d'accepter l'invitation de Marguerite Grand-mont afin de lui faire un compte rendu détaillé de la soirée. Elle voulait connaître le nombre d'invités, savoir s'il y aurait parmi eux des personnalités de renom, apprendre quels plats seraient servis et dans quel ordre, dans le but de surpasser sa rivale.

En traversant le salon pour se rendre à l'escalier qui menait à sa chambre, Simone remarqua l'espace vide sur le manteau de la cheminée. Elle se tourna vers la bonne, qui venait d'entrer dans la pièce.

— Noémie, où est mon vase ?

La jeune fille jeta un regard effaré à Fanette. Celle-ci lui fit un signe discret de la main pour la rassurer.

— Je l'ai brisé, dit calmement Fanette. J'ai voulu prendre un chandelier qui se trouvait à côté. Ma manche a effleuré le vase, qui est tombé. Une simple maladresse de ma part.

Charles et Dorothy assistaient à la scène, se tenant timide-ment en retrait.

— Ce vase m'a été donné par mes parents comme cadeau de noces. J'y tenais comme à la prunelle de mes yeux, rétorqua Simone, furieuse.

— Je vous rembourserai.

— J'y compte bien. Je retiendrai le montant sur vos gages.

Charles fut sur le point de parler, mais sa sœur l'en empêcha d'un regard.

☙

Agenouillée au milieu de son petit potager, son chapeau de paille sur la tête, Emma finissait de semer des graines de haricots, de carottes et de laitue qu'elle s'était procurées au marché Champlain. La journée était chaude pour la fin de mai. Emma suait à grosses gouttes et son souffle était un peu court.

— On annonce de bonnes semailles c't'année, fit une voix.

Emma tourna la tête : un homme trapu se tenait debout près de la clôture qui donnait accès à la cour arrière. Elle mit sa main en visière pour tenter de distinguer ses traits, car l'étranger était en contre-jour. Il s'approcha. Des rides profondes marquaient son visage buriné par le soleil et par le dur labeur. Il portait un sac en bandoulière.

— Monsieur Dolbeau !

Elle se redressa si vite qu'elle laissa tomber les graines qui étaient encore dans son tablier, puis elle s'empressa d'ouvrir la clôture. Son ancien métayer enleva sa casquette en silence. Ils avaient beau se connaître depuis toujours, ils furent incapables de parler. Madame Portelance fut la première à reprendre ses esprits.

— Entrez donc, que je vous prépare un thé à la cuisine.

☙

Emma déposa une théière sur la table et remplit deux tasses. Elle en plaça une devant monsieur Dolbeau.

— J'ai su que vous étiez allé travailler dans un chantier.

Il acquiesça, la mine sombre.

— Tous nos meubles ont été saisis. J'ai trouvé de l'ouvrage dans un camp de bûcherons, au nord des Trois-Rivières.

319

— Comment se porte votre femme ?

Il se rembrunit.

— Elle est allée vivre chez sa sœur, à Beauport. L'hiver a été dur. Elle a été emportée par une pleurésie. Quand j'ai su la nouvelle au camp, elle avait déjà été enterrée.

Des larmes lui piquèrent les yeux, qu'il essuya du revers de sa manche. Emma sentit le chagrin lui serrer la gorge. Elle revit madame Dolbeau debout sur le perron de la maison de Portelance, son visage tanné par le soleil, ses yeux bleus taquins posés sur elle tandis qu'elle lui servait un verre de cidre. Comme ces temps heureux semblaient lointains ! Pour couper court à l'émotion, monsieur Dolbeau termina sa tasse de thé.

— Je suis venu pour régler nos comptes.

Sans laisser à Emma le temps de parler, il déposa une enveloppe sur la table.

— Les deux loyers que je vous dois y sont, sans oublier les intérêts. Quant à ceux que je devais au notaire Grandmont, il s'est amplement remboursé en saisissant notre maison pis nos meubles.

Emma repoussa l'enveloppe.

— J'ai renoncé à ces loyers, vous le savez mieux que personne.

Il secoua la tête, entêté.

— Vous y avez renoncé *temporairement*, madame Portelance. Je me souviens parfaitement de vos paroles.

— Vous avez la tête aussi dure qu'un pavé ! s'exclama Emma, exaspérée. Vous avez perdu toutes vos récoltes. Comment pouvez-vous me devoir quelque chose sur ce que vous ne possédez pas ?

Pour la première fois, elle perçut une hésitation chez son ancien métayer. Elle croyait avoir enfin réussi à lui river son clou, mais il revint à la charge :

— Je suis prêt à accepter votre offre, mais à condition que j'achète de nouvelles semences avec l'argent que je vous dois, que je retourne au domaine de Portelance et que j'entreprenne les semailles. À l'automne, je vous rembourse ma dette avec la vente des récoltes.

L'honnêteté du cultivateur, si profondément ancrée en lui qu'aucune épreuve ne semblait pouvoir l'entamer, bouleversa Emma. Elle se résigna à lui dire la vérité :

— Le notaire Grandmont a engagé sans mon consentement un métayer, Romuald Rioux, un homme des plus désagréables.

Monsieur Dolbeau refusa de se laisser abattre par ce nouveau revers.

— Vous êtes copropriétaire du domaine, vous avez votre mot à dire.

— J'ai tenté de discuter avec le notaire Grandmont. Il ne veut rien entendre.

— Qu'attendez-vous pour le poursuivre en justice ? lança le cultivateur.

— Les femmes ne sont pas considérées comme des personnes au regard de la loi. Je n'ai pas la capacité juridique de contester les décisions du notaire Grandmont en cour.

L'humiliation qu'elle avait éprouvée lorsque maître Hart lui avait expliqué le Code civil était toujours aussi vive. Monsieur Dolbeau, qui était pourtant un homme assis sur les traditions, ne put s'empêcher de réagir :

— Les lois sont mal faites, maugréa-t-il.

Emma le regarda du coin de l'œil, souriant à demi.

— Je croyais que les poules auraient des dents avant de vous entendre dire une chose pareille.

Un faible sourire éclaira brièvement le visage de monsieur Dolbeau. Puis ils gardèrent un long silence.

— Qu'allez-vous devenir ? demanda finalement Emma.

Le cultivateur haussa les épaules.

— Je suis encore vigoureux pour mon âge, je tâcherai de me faire engager sur une ferme.

Emma leva les yeux vers lui.

— J'ai une bien meilleure solution, monsieur Dolbeau. Reprenez votre argent et achetez-vous un lopin de terre. Vous serez votre propre maître.

— Je vous remercie de votre générosité, madame Portelance, mais j'ai jamais accepté la charité de personne, et c'est pas aujourd'hui que je vais commencer.

Emma leva les yeux au ciel. Décidément, les épreuves n'étaient pas venues à bout de l'orgueil du vieux cultivateur.

— Vous souvenez-vous de la pluie de grêlons qui avait détruit nos semailles, il y a dix-sept ans ? dit-elle.

— Comme si c'était hier.

— On croyait avoir tout perdu, ce printemps-là. Mais vous avez trouvé le moyen d'acheter des grains de blés d'hiver, vous les avez semés, et on a pu faire une récolte décente à l'automne.

Emma se leva.

— Malgré mon insistance, vous n'avez jamais accepté que je vous rembourse l'achat de ces nouvelles semences.

Elle prit l'enveloppe, la mit dans les mains du vieil homme.

— Je ne vous fais pas la charité. Je vous rembourse simplement votre dû.

Cette fois, il ne trouva rien à répondre. Il glissa l'enveloppe dans son veston élimé, remit son chapeau de paille puis partit sans se retourner, de peur de laisser voir à Emma son émotion.

XLIX

Il était près de six heures lorsque Walter Norton revint chez lui. Il avait les traits tirés de quelqu'un qui avait travaillé de longues heures. À peine avait-il remis sa canne et son haut-de-forme à son valet que Simone courut vers lui et lui apprit l'incident du vase, se gardant bien de préciser que Fanette avait offert de le rembourser. La mine lasse, il se rendit à la salle d'études, suivi par sa femme. Lorsqu'il entra dans la pièce, Fanette était en train de ranger ses livres tandis que Charles et Dorothy terminaient leurs devoirs.

— *Children, I would like to talk to Mrs. Grandmont.*

Simone cacha mal un sourire de triomphe tandis que Charles et Dorothy échangeaient un regard consterné. Ils se levèrent et sortirent, la mine sombre. Walter s'adressa à sa femme.

— Je vous rejoins bientôt, Simone.

Celle-ci comprit que son mari voulait parler en tête à tête avec Fanette. Elle sortit à son tour, dépitée. Walter Norton referma la porte et désigna une chaise à Fanette. Il attendit qu'elle s'assoie pour l'imiter.

— Vous n'avez pas cassé ce vase, n'est-ce pas ?

— Je vous assure que…

— J'ai remarqué la mine d'enterrement de Charles et de Dorothy. Je vous en prie, dites-moi la vérité.

Elle garda le silence, ne voulant pas dénoncer Charles. Il la regarda dans les yeux :

— Je ne crois pas que ce soit Dorothy qui ait brisé le vase. Elle est plutôt pondérée de nature, comme sa mère.

— Ce n'est pas elle, en effet.

— Il s'agit donc de Charles.

C'était davantage une affirmation qu'une question. Fanette ne répondit pas.

— Je crains qu'il soit parfois un peu maladroit. J'étais comme lui au même âge.

Contre toute attente, un sourire éclaira soudain son visage.

— Je vous remercie d'avoir pris sa défense. Mon travail m'accapare, et je suis rassuré de savoir qu'une personne de confiance veille sur mes enfants.

Se rendant compte que ses paroles pouvaient être interprétées comme une critique envers sa femme, il s'empressa d'ajouter :

— Bien sûr, Simone est attachée à eux, mais elle n'avait que dix-huit ans lorsque nous nous sommes mariés. C'est bien jeune pour prendre sur ses épaules la responsabilité de deux enfants nés d'un autre mariage. Sans compter Rebecca, qui n'a que deux ans.

Fanette aurait voulu ajouter : « Alors, pourquoi l'avoir épousée ? » Elle se contenta de dire :

— Vos enfants ont reçu une excellente éducation, et ils ont une maturité impressionnante pour leur âge. Ils méritent toute l'affection que vous leur portez.

Walter Norton, qui était loin d'être un sot, comprit le message sous-entendu que lui envoyait sa gouvernante. Il se promit de consacrer plus de temps à ses enfants à l'avenir.

— Pour ce qui est du vase, n'ayez aucune inquiétude, j'en rachèterai un autre moi-même.

— J'ai donné ma parole à votre femme que je le rembourserais, s'objecta Fanette.

— N'ayez crainte, ce n'est pas de la porcelaine de Sèvres, mais une imitation. Il s'en vend par dizaines au magasin Morgan & Co, à Montréal. J'en achèterai un lors d'un prochain voyage.

Ils échangèrent un regard complice, puis le haut fonctionnaire remit aussitôt son masque de froideur. Soulagée par la tournure des événements, Fanette quitta le bureau et emprunta le couloir qui menait au hall d'entrée lorsqu'elle croisa Simone. À sa mine pincée, elle comprit que celle-ci avait sans doute épié leur conversation.

— C'est par charité que nous avons décidé de vous prendre à notre service, ne l'oubliez jamais.

Fanette s'apprêtait à lui servir une réplique cinglante, mais elle aperçut les deux enfants Norton debout à l'extrémité du couloir, l'air anxieux, et elle eut pitié d'eux. Sans savoir pourquoi, elle pensa à sa propre mère, à son visage exsangue, à ses mains tremblantes de fièvre, au bouquet de myosotis éparpillé sur sa poitrine, à ses lèvres pâles qui murmuraient des prières inaudibles. Elle comprit qu'une part de son attachement pour ces enfants solitaires était liée au fait qu'ils avaient perdu leur mère, comme elle avait perdu la sienne.

L

Fanette alla chercher sa fille chez la voisine, puis revint à la maison, tâchant de chasser les paroles humiliantes de Simone Norton qui lui tournaient encore dans la tête. La vue de la maison rue Sous-le-Cap et les cris des enfants qui se pourchassaient dans la rue la réconfortèrent. Elle trouva Emma dans la cour, penchée au-dessus d'une cuve de bois, en train de frotter vigoureusement du linge avec une planche à laver et un bloc de savon. Fanette se précipita vers elle pour lui donner un coup de main.

— Vous devriez m'attendre avant d'entreprendre ces travaux, reprocha-t-elle à sa mère avec une pointe d'humour.

— Le docteur Lanthier m'a recommandé un peu d'effort physique, répliqua Emma, essuyant son front couvert de sueur. Comment s'est déroulée ta première journée ?

Fanette fit l'éloge des deux enfants Norton, puis parla de l'incident du vase. Évitant de s'attarder sur le comportement de Simone, elle souligna plutôt le sens de la justice de Walter Norton.

— Son père était un juge bien connu dans son temps, et il avait une réputation de droiture qui semble avoir eu une bonne influence sur son fils.

Tandis que Fanette l'aidait à essorer les vêtements, Emma lui raconta la visite de monsieur Dolbeau, ainsi que la mort de sa femme. La nouvelle attrista Fanette. Elle avait gardé d'excellents souvenirs des Dolbeau et avait conservé le goéland de bois que le vieux métayer avait sculpté pour elle lorsqu'elle avait séjourné au domaine de Portelance, à l'âge de quatorze ans, pendant l'épidémie de choléra qui avait sévi à Québec.

Lorsqu'elles eurent fini d'étendre les vêtements sur une corde qu'Eugénie avait installée entre la clôture et le lilas, mère et fille entrèrent dans la cuisine. Emma tendit une lettre à Fanette.

— Je l'ai eue dans le courrier de ce matin, un peu après ton départ.

Fanette la prit, reconnut avec plaisir l'écriture de Rosalie et s'empressa de l'ouvrir.

> Les Trois-Rivières,
> paroisse de la Visitation-de-la-Pointe-du-Lac
> Le 16 mai 1860
>
> Ma chère Fanette,
>
> J'espère que ma lettre te parviendra à temps. Figure-toi que j'ai obtenu un congé d'une semaine, non pas par bonté d'âme de la part de la sœur directrice, mais parce que le temps des semailles a commencé et que ma classe est presque déserte. La majorité des élèves de l'école sont filles ou fils de cultivateurs, et leurs parents les obligent à participer aux travaux de la ferme. Je t'avoue que ces vacances arrivent à point nommé. Je te l'ai souvent écrit, le travail d'enseignante est un véritable sacerdoce. Debout à l'aube, j'ai pour première tâche d'allumer le feu dans la truie avant l'arrivée des élèves. Avant mon embauche à cette école, la coutume voulait qu'un élève plus vigoureux que les autres aille à la rivière chercher de l'eau avec un seau qui était ensuite suspendu à un crochet afin qu'on puisse se désaltérer durant la journée, mais voyant le pauvre garçon ployer sous le poids de sa charge, j'ai décidé de m'en occuper moi-même. J'ai même acheté de ma poche des gobelets supplémentaires, car il n'y en avait qu'un seul dont tout un chacun se servait, ce que je ne trouvais pas très hygiénique.
>
> J'ai l'air de me plaindre, mais je ne suis pas malheureuse. Lorsque je reviens à ma chambre, bien qu'elle soit

petite et plutôt inconfortable, je ressens un sentiment de liberté que rien ne pourra jamais m'enlever.

Mais trêve de bavardage... Je prendrai le bateau à vapeur qui fait escale aux Trois-Rivières tôt le vendredi matin, le 25 mai, et arrive à Québec en fin d'après-midi, vers six heures, au quai Chouinard. Je séjournerai chez ma grand-mère Dugas où, comme je te l'ai déjà écrit, ma mère habite depuis la mort de son père. C'est d'ailleurs grâce à elle que je puis me payer le bateau, trop cher pour mon petit salaire d'institutrice... T'ai-je dit qu'elle avait eu la brillante idée de tenir un salon littéraire ? Je suis heureuse qu'elle réalise enfin ce rêve qu'elle chérissait depuis longtemps, mais surtout qu'elle ait réussi à se libérer des « griffes » de mon père, ou en tout cas de celui qui en a joué le rôle pendant toutes ces années. Je sais que ce n'est pas très charitable de ma part, mais je le hais toujours avec autant de force, quoique j'aie su par ma mère qu'il est tombé bien bas et qu'il vit en ermite, abandonné de tous, sauf de la fidèle madame Régine et de monsieur Joseph.

Embrasse Emma et Marie-Rosalie pour moi. J'ai tellement hâte de vous serrer toutes les trois contre mon cœur !

Ta fidèle amie,

Rosalie

La nouvelle de la venue de Rosalie à Québec réjouit Fanette. Les deux amies s'écrivaient régulièrement, mais rien ne pouvait remplacer une rencontre en chair et en os.

Le vendredi, après trois jours heureusement sans histoires chez les Norton, Fanette décida d'accueillir Rosalie et d'emmener sa fille avec elle. Comme le port était à deux pas de la rue Sous-le-Cap, elles s'y rendirent à pied.

La rue Champlain était encombrée de voitures et de charrettes qui arrivaient au port ou en repartaient. Marie-Rosalie fut éblouie à la vue des navires dont les coques blanches semblaient prendre le ciel d'assaut. Des amas de charbon formaient ici et là des monticules sombres. Une forte odeur de sucre émanait de barriques chargées de mélasse de la Barbade.

En approchant du quai Chouinard, tenant la main de sa fille serrée dans la sienne pour ne pas la perdre dans la foule, Fanette constata que le bateau était déjà à quai. La passerelle avait été jetée et des passagers commençaient à la franchir, munis de leurs bagages. Rosalie n'était pas parmi eux. Fanette scruta anxieusement le pont en espérant y voir la silhouette de son amie, mais il était difficile de distinguer les visages dans la foule qui se pressait autour d'elles.

Après quelques minutes, elle l'aperçut enfin. Rosalie claudiquait légèrement, mais il sembla à Fanette qu'elle était plus robuste et que son teint, habituellement d'une délicate pâleur, était plus hâlé. Rosalie l'aperçut à son tour, et elle lui fit de grands signes joyeux d'une main. Elle fut bientôt cachée par d'autres passagers. Des exclamations provenant de la foule amassée près du débarcadère accueillaient les voyageurs, suivies d'embrassades. C'est avec une allégresse sans retenue que les deux amies s'enlacèrent enfin. Le chapeau noir de Fanette contrastait avec le bonnet blanc que portait Rosalie. Celle-ci jeta un regard médusé à la fillette qui était debout près de sa mère.

— Comme tu as grandi ! s'exclama Rosalie en l'embrassant sur les deux joues.

Et comme elle ressemble à Philippe, songea-t-elle, le cœur serré. La tenue de deuil de Fanette était un triste rappel de la disparition de son frère, qui lui semblait tout aussi irréelle qu'au premier jour. Un homme s'approcha d'elles. C'était un cocher que Marguerite avait chargé d'aller chercher sa fille. Il avait garé sa calèche non loin de là, près de la jetée. Les deux amies se séparèrent à regret.

— Le fameux salon dont je t'ai parlé dans ma lettre aura lieu demain soir, dit Rosalie avant de suivre le cocher. Tu viendras ?

Fanette hésita. L'idée de se retrouver dans une soirée mondaine avec une foule d'étrangers ne lui souriait guère. Depuis la mort de Philippe, elle évitait les sorties comme la peste.

— À vrai dire, j'aurais préféré qu'on se voie seulement toutes les deux.

— L'un n'empêche pas l'autre, répondit Rosalie. J'ai toute une semaine devant moi !

Voyant que son amie hésitait toujours, elle ajouta, avec la franchise dont elle avait toujours fait preuve avec Fanette depuis leur rencontre au couvent des Ursulines :

— Ça te ferait peut-être du bien de sortir un peu de ton antre.

Elle s'éloigna en direction de la calèche près de laquelle l'attendait le cocher. Fanette la suivit des yeux, se sentant blessée sans en comprendre la raison.

— Viens, on rentre à la maison, dit-elle à Marie-Rosalie, le cœur gros.

Emma les accueillit en souriant. Elle remarqua tout de suite la contrariété sur le visage de sa fille et crut que le navire avait été retardé, ou que Rosalie n'était pas au rendez-vous, mais Fanette la rassura.

— Le bateau était à l'heure. Rosalie se porte très bien.

Constatant que Fanette n'en dirait pas davantage, Emma se consacra aux préparatifs du souper tout en se demandant ce qui avait bien pu provoquer ce changement d'humeur chez sa fille. Elle se faisait pourtant une telle joie de revoir sa grande amie. Se pouvait-il qu'il y ait eu un froid entre elles ?

Durant le souper, Fanette n'ouvrit pas davantage la bouche. Ce n'est que lorsque Marie-Rosalie fut couchée qu'elle dit soudain :

— Rosalie m'a invitée à un salon littéraire qui aura lieu chez Marguerite Grandmont, demain soir.

— Un salon ! Quelle charmante idée ! commenta Emma, observant le visage de sa fille, qui avait gardé la même mine réservée.

— Je n'irai pas.

— Mais pourquoi donc ? Tu as si peu d'occasions de te distraire…

— Vous parlez comme Rosalie. Elle m'a dit que ça me ferait du bien de sortir de mon antre.

Emma comprit la raison de l'humeur de sa fille.

— Elle n'a peut-être pas tout à fait tort, observa-t-elle, tâchant de mettre des gants blancs.

Fanette haussa les épaules, irritée.

— Les réunions mondaines ne me disent rien.

Emma l'observa, pensive.

— Tu mènes une vie bien austère pour une jeune femme de ton âge. Tu ne fais que travailler, et le soir, tu restes enfermée ici entre ces quatre murs, sans autre divertissement que les bavardages d'une vieille dame et les babillages d'une fillette.

Emma avait mis de l'humour dans sa répartie, mais Fanette s'y montra insensible.

— Cette existence me convient parfaitement.

Emma décida que le moment était propice pour aborder un sujet qu'elle savait délicat, mais qui la tracassait depuis un moment.

— Cela fait plus de six mois que tu portes le deuil de Philippe, commença-t-elle.

Elle vit les traits de sa fille se tendre. Bien qu'il lui en coûtât de lui causer du chagrin, elle poursuivit :

— Je sais à quel point la perte de Philippe a été terrible.

— Non, vous ne le savez pas, répondit Fanette, la voix étouffée.

— La vie continue malgré tout. Tu as de belles années devant toi, une petite fille adorable. Un jour ou l'autre, il faudra bien que tu tournes la page.

Le regard de Fanette brilla de colère.

— Que voulez-vous dire par « tourner la page » ? Que j'oublie Philippe ? Que je fasse comme s'il n'avait jamais existé ?

Sa voix avait résonné dans la pièce. Elle tourna instinctivement la tête vers l'escalier, craignant que Marie-Rosalie ne l'ait entendue de sa chambre, mais tout était silencieux. Sentant qu'elle avait été maladroite, Emma tenta de s'expliquer :

— Je ne parle pas d'oubli. Crois-tu que j'oublierai jamais Eugénie ?

Fanette regardait devant elle, combattant ses larmes, les mâchoires serrées.

— Je parle de reprendre goût à la vie. Philippe aurait été le premier à souhaiter que tu sois heureuse.

Fanette ne sentit même pas les larmes rouler sur ses joues. Sa gorge lui faisait mal, mais cette douleur lui était devenue si familière qu'elle semblait faire partie d'elle.

— Si je cessais de porter son deuil, j'aurais le sentiment de le perdre une deuxième fois, de l'abandonner.

Voyant que sa mère ne répondait pas, elle renchérit, la voix cassée par le chagrin :

— Personne ne peut comprendre. Pas même vous.

Emma sortit un mouchoir de sa manche, le tendit à sa fille. Il n'y avait rien de plus cruel que d'être le témoin impuissant de la souffrance de l'être qu'elle chérissait plus que tout.

— Je ne suis pas à ta place, c'est vrai, mais je sais au moins une chose. Le temps finira par adoucir ton chagrin.

Fanette secoua la tête.

— Pas le mien.

— On ne se remet jamais complètement de la disparition d'un être qu'on a aimé, mais on apprend à apprivoiser le chagrin. Philippe te reviendra, mais d'une autre façon. Son souvenir t'habitera peu à peu, jusqu'à ce qu'il fasse partie de toi. Et tu retrouveras le bonheur.

Fanette se tamponna les yeux avec le mouchoir que sa mère lui avait donné.

— Je le voudrais bien, mais je crois que j'en ai perdu le mode d'emploi, dit-elle, souriant à travers ses larmes.

— Tu souris, c'est déjà un bon début, répondit Emma en s'essuyant discrètement les yeux avec sa manche.

— Quand il m'arrive de sourire, comme maintenant, ou d'éprouver un moment de joie, poursuivit Fanette, une voix intérieure me dit : « Comment peux-tu sourire, comment peux-tu être heureuse, alors que Philippe est mort ? »

— Être heureux exige aussi de la discipline. Il faut s'efforcer parfois de faire des choses que l'on n'a pas toujours envie de faire : sortir, se distraire. Et peu à peu, la vie reprend ses droits.

Après avoir souhaité bonne nuit à sa mère, Fanette monta se coucher. Elle s'attarda devant la chambre de Marie-Rosalie. Celle-ci dormait à poings fermés. Fanette referma doucement la porte et se rendit dans sa propre chambre. Elle vit son reflet dans le miroir au-dessus de la coiffeuse et fixa longuement sa silhouette noire. Elle détesta soudain cette image sombre qui lui rappelait constamment la mort de Philippe. Tout ce qu'il avait été de son vivant, sa vivacité d'esprit, sa douceur, sa passion pour la médecine, son amour pour sa fille et pour elle, tout ce qui était sa vie semblait nié par cette noirceur. Fanette se déshabilla, déposa sa robe et son jupon noirs sur le dos d'une chaise, puis se regarda de nouveau dans la glace. Sa peau était pâle et lumineuse, comme si elle absorbait la clarté douce de la lampe. La jeune femme effleura doucement ses bras, puis ses seins aux contours ronds et doux, avec le sentiment de redécouvrir son propre corps après l'avoir oublié pendant de longs mois. Elle resta longtemps ainsi, frissonnante dans la brise du soir, se rappelant les caresses de Philippe, ses baisers passionnés, ses mains qui exploraient son corps, faisaient naître des plaisirs sans cesse renouvelés. Puis elle enfila une robe de nuit blanche. Elle songea que la nuit, elle n'était plus en deuil.

Le lendemain matin, Emma était en train d'allumer un feu dans le poêle lorsque Fanette entra dans la cuisine. Elle remarqua tout de suite que sa fille portait une robe claire.

— J'ai décidé d'aller à cette soirée, en fin de compte.

Emma ne fit aucune remarque, mais se réjouit du fait que leur conversation de la veille avait fait son chemin.

LI

Des domestiques allaient et venaient dans la grande maison, l'un portant une nappe de damas brodée, l'autre un vase rempli de mimosas et de roses, un troisième, une chaise à dossier droit de style empire qui rejoignit une rangée de chaises semblables disposées dans un immense salon au milieu duquel trônait un piano à queue. Marguerite Grandmont avait l'œil à tout, portant attention aux moindres détails. Elle voulait que son premier salon fût parfait. Rosalie l'assistait dans ses préparatifs, heureuse de voir la joie briller enfin dans les yeux de sa mère. Marguerite lui avait fait part dans l'une de ses lettres de son rêve d'ouvrir un salon qui réunirait les meilleurs esprits et les talents les plus prometteurs de Québec et d'ailleurs, lui expliquant que l'idée lui en était venue en lisant les mémoires de madame Ancelot. Celle-ci avait tenu salon à Paris pendant plusieurs décennies et dépeignait avec verve les nombreuses soirées données chez elle. Enthousiasmée par son projet, Rosalie l'avait fortement encouragée à le réaliser. Madame Dugas, la mère de Marguerite, bien qu'affectée par la mort de son mari et affaiblie elle-même par la maladie, avait accueilli l'idée avec bienveillance et n'avait pas hésité à fournir à sa fille les moyens financiers de la concrétiser.

C'est ainsi que Marguerite avait mis son plan à exécution. Ayant entendu dire qu'Emma Lajeunesse, une chanteuse âgée d'à peine douze ans mais dont on vantait partout la voix prodigieuse, était de passage à Québec, elle l'avait invitée à se produire chez elle. Un jeune compositeur et pianiste du nom de Calixa

Lavallée, établi dans le Rhode Island depuis peu mais qui s'était fait connaître quelques années auparavant en donnant un concert au théâtre Royal de Montréal à l'âge de treize ans, avait accepté d'interpréter au piano quelques pièces musicales de son cru. Mais la découverte dont elle était le plus fière, la « perle » qui justifiait à ses yeux tous ses efforts, était Lucien Latourelle, un jeune poète de Lévis qui poursuivait ses études au séminaire de Québec. Elle était tombée sous le charme de ses sonnets, d'une fraîcheur émouvante malgré leur facture classique, et, elle devait l'avouer, du poète lui-même, un jeune homme de vingt et un ans d'une timidité presque maladive, mais beau comme un dieu grec.

Marguerite l'avait rencontré lors d'une soirée donnée par l'épouse du juge Sicotte, qui tenait salon tous les mercredis soir. Fréquenté en général par des juges et des fonctionnaires à la retraite ou par de vieux écrivains ennuyeux comme la pluie, Marguerite s'y était rendue davantage par devoir que pour le plaisir. Vivant désormais séparée de son mari, elle trouvait important de se montrer dans la bonne société afin de maintenir son statut et de faire taire les mauvaises langues.

Dès le début de la soirée, elle avait dû faire la conversation à un vieux politicien cacochyme qui cognait des clous entre deux quintes de toux tandis que madame Sicotte, assise derrière son piano, massacrait allègrement une valse de Chopin. Au moment où, n'en pouvant plus, elle avait été sur le point de tirer sa révérence, un jeune homme, un peu à l'étroit dans son costume neuf, s'était timidement avancé vers le centre du salon et avait commencé à réciter un sonnet d'une voix presque inaudible, les yeux baissés et les joues rouges de confusion. Touchée par sa gaucherie et par sa beauté juvénile, Marguerite s'était approchée de lui et l'avait félicité pour son poème, bien qu'elle n'en eût saisi que quelques bribes.

— Avez-vous écrit autre chose ? lui avait-elle demandé.

Rougissant encore davantage, si cela était possible, le jeune poète lui avait avoué, avec une autodérision qui amusa Marguerite, qu'il avait « commis » une cinquantaine de poèmes et qu'il rêvait néanmoins de les faire publier. Marguerite lui avait suggéré de les lui faire parvenir. Éperdu de reconnaissance, il lui avait saisi les mains avec effusion, geste qui leur avait attiré le regard désapprobateur de madame Sicotte mais qui avait ému Marguerite au plus haut point. Ses mains douces, son regard de biche et la candeur de son sourire évoquaient son fils disparu, mais aussi la beauté de la jeunesse à peine sortie de l'enfance et portant déjà les premiers signes de la virilité, ce qui la rendait d'autant plus troublante.

Profitant d'un congé du séminaire, Lucien Latourelle se présenta donc chez elle la semaine suivante, se faisant annoncer par une carte de visite, ce que Marguerite trouva charmant. Elle le fit attendre au salon pendant une bonne demi-heure, prenant un soin particulier à sa toilette. Se jetant un regard critique dans la glace, elle se trouva des rides qu'elle n'avait jamais remarquées auparavant. Contrariée, elle demanda à sa femme de chambre de fermer les rideaux dans son boudoir et d'allumer quelques lampes en prenant soin que la mèche soit au plus bas. Lorsque le jeune homme fit son entrée dans la pièce, Marguerite avait pris place sur son récamier, un bras replié sous son menton avec une nonchalance étudiée. Lucien Latourelle lui fit la lecture de quelques poèmes, dont un sonnet intitulé *Fleur* auquel il était particulièrement attaché, car c'était son premier.

Petite fleur, frêle prodige,
De la terre chaste ornement,
Que tu me plais ! que de ta tige
J'aime le doux balancement !

En lisant le dernier vers, il n'avait pu s'empêcher de jeter un regard admiratif à son interlocutrice, dont le teint d'albâtre et les yeux d'un noir de jais lui rappelaient les grâces de Shéhérazade dans les contes des *Mille et une Nuits* qui avaient bercé son adolescence. Il avait poursuivi sa lecture, la voix encore plus vibrante :

Je vois dans ta grâce suprême,
Dans ton coloris enchanteur,
Un sourire du Créateur.
Petite fleur, combien je t'aime !

Aux mots « je t'aime », il s'était mis à rougir. C'est à peine s'il avait réussi à terminer la lecture de ses autres poèmes. Affichant un masque de bienveillance pour cacher son trouble, Marguerite le félicita pour son talent, la grâce candide avec laquelle il maniait les mots les plus simples. Elle lui donna quelques conseils pour affermir sa voix et corriger son maintien, allant même jusqu'à lui offrir les services de sa couturière afin de lui confectionner un habit qui mettrait davantage en valeur son « élégance naturelle ». Enfin, elle lui promit toute sa protection. Éperdu de reconnaissance, le jeune poète se jeta à ses pieds, geste excessif que Marguerite jugea néanmoins romantique à souhait. Elle lui permit d'effleurer ses mains de ses lèvres et le chassa gentiment, l'invitant à revenir la semaine suivante.

Ainsi s'était nouée de fil en aiguille une relation passionnée, bien que platonique. Gardant un brin de sagesse malgré son engouement pour le jeune homme, Marguerite avait compris que son empire sur lui serait d'autant plus grand si elle ne lui cédait pas. Tout au plus lui abandonnait-elle sa main, qu'il couvrait de baisers frémissants. Une seule fois lui avait-elle permis de l'embrasser, et encore cela n'avait été qu'un baiser chaste auquel Marguerite avait mis fin à regret. Que ses lèvres étaient douces ! À peine avait-elle pu sentir le piquant de sa barbe naissante. Il avait mis un peu trop d'eau de Cologne, mais ce détail même l'avait attendrie, car il prouvait que Lucien se mettait en frais pour lui plaire. Pendant des jours elle avait interdit à sa femme de chambre d'ouvrir les fenêtres du boudoir afin de garder les traces du parfum dans la pièce. La nuit, elle repassait la scène mille fois dans sa tête sans jamais en épuiser la grâce.

— Où désirez-vous déposer ces fleurs, madame Grandmont ?

La voix d'un valet l'avait tirée de sa rêverie.

— Sur la crédence, ce sera parfait.

Marguerite fit une dernière fois l'inspection du salon. Les meubles venaient d'être astiqués, le piano luisait sous la lumière d'un lustre en cristal de Bohême. Il ne lui restait plus qu'à se changer en attendant ses invités. Quelques semaines auparavant, elle avait commandé chez madame Duchamp de nouvelles toilettes pour Rosalie et pour elle. Lorsque Rosalie descendit l'escalier, s'appuyant à la rampe pour atténuer sa claudication, Marguerite la trouva presque belle dans sa robe simple à deux volants dont la teinte orangée rehaussait son teint plus hâlé.

⁖

Simone Norton finissait de s'habiller avec l'aide de sa femme de chambre. Se jetant un coup d'œil dans la glace, elle admira sa robe de soie rose garnie de nombreux plis bouffants attachés par des rubans et couverts de dentelle. La traîne avait au moins trois pieds de longueur. Elle décida d'agrémenter sa tenue d'un camée offert par son mari pour leur deuxième anniversaire de mariage. C'était un bijou de famille qui avait appartenu à sa grand-mère et auquel il était très attaché. Elle ouvrit sa boîte à bijoux en nacre et en sortit la broche, qu'elle épingla sur son corsage. Lorsque son mari, vêtu d'une élégante redingote noire assortie d'une lavallière de soie blanche, vint lui annoncer que la voiture était attelée, il fut saisi en voyant la robe de sa femme, qu'il jugea d'un luxe trop ostentatoire, frisant le mauvais goût. Il fut sur le point de lui faire un commentaire, mais il remarqua le camée qu'elle portait et en fut touché. De quel droit se permettait-il de juger des goûts de Simone ? N'était-il pas normal à son âge de vouloir faire montre d'un peu d'extravagance ? Il s'en voulut d'être si exigeant à son égard, de toujours lui demander ce qu'elle ne pouvait lui donner. Il songea que les raisons pour lesquelles il était tombé amoureux de sa jeune épouse étaient sans doute les mêmes qui l'avaient peu à peu éloigné d'elle. Il se promit d'être plus indulgent avec sa femme à l'avenir, de tâcher de mieux la comprendre.

C'est dans ces excellentes dispositions qu'il prit Simone par le bras et l'escorta jusqu'à la calèche qui les attendait dans la cour intérieure.

ও

Fanette portait une robe très simple en soie moirée bleue, ornée d'un corsage à rucher et bordée de velours, que Philippe lui avait offerte l'année précédente. Lorsque Emma la vit descendre l'escalier, elle ne put retenir une exclamation :

— Comme tu es jolie !

Fanette prit place sur le siège du Phaéton. Elle regrettait déjà sa décision de se rendre à cette soirée. La simple perspective de devoir parler de la pluie et du beau temps avec des gens qui lui seraient pour la plupart indifférents lui parut comme une montagne insurmontable. Puis elle se raisonna. Rosalie lui tiendrait compagnie. Rien ne l'obligeait à engager la conversation si elle n'en avait pas envie. Elle secoua les rênes. La voiture roula dans la rue Sous-le-Cap en direction de la côte Dambourgès. La maison des Dugas était située rue Saint-Louis, non loin de la demeure du notaire Grandmont. La perspective de retrouver ce quartier ne lui souriait guère. Elle fit néanmoins un effort pour chasser sa morosité.

Lorsqu'elle parvint à la rue Saint-Louis, une vingtaine de minutes plus tard, elle vit plusieurs voitures déjà garées devant la maison des Dugas, une grande demeure en pierre de taille de style palladien entourée d'une clôture de fer forgé et brillamment éclairée par des lampes torchères. Des silhouettes allaient et venaient derrière les fenêtres nimbées de lumière. Descendant de voiture, Fanette gravit les marches, combattant son désir de s'enfuir à toutes jambes, de remonter dans le Phaéton et de retourner à la simplicité de la petite maison d'Emma.

ও

La soirée battait son plein. La petite Emma Lajeunesse, un véritable prodige, venait de conquérir tous les cœurs avec son interprétation d'un air de la *Sonnambula*, le fameux opéra en deux actes composé par Bellini sur un livret de Felice Romani. Même Simone Norton, assise dans les premiers rangs avec son mari, dut convenir que Marguerite Grandmont avait fait preuve d'un goût sûr en misant sur un tel talent. Émue par la performance de la jeune fille de douze ans, Fanette tourna la tête vers Rosalie et lui sourit.

— Tu vois, ce n'est pas un tel supplice, murmura Rosalie, taquine.

Fanette fut d'accord. Il y avait certes eu un moment désagréable, lorsque Simone Norton était passée à côté d'elle en l'ignorant complètement, comme si elle avait fait partie des meubles, mais Fanette avait eu sa petite revanche lorsque Simone avait été obligée d'occuper deux chaises tellement sa robe prenait de place.

Lorsque les applaudissements se furent calmés, Marguerite, resplendissante dans une robe de mousseline blanche, s'adressa à l'assemblée :

— J'ai maintenant le plaisir de vous présenter un jeune poète de Lévis. Il est la preuve que le talent, tout comme la sagesse, n'attend pas le nombre des années pour s'épanouir.

Elle leva gracieusement un bras en direction d'un jeune homme qui était resté assis en retrait.

— Lucien Latourelle.

Le jeune poète se leva, laissant tomber par terre quelques feuilles qu'il ramassa nerveusement. Lorsqu'il se redressa, il était rouge comme une pivoine. C'est avec la mine d'un condamné à mort qu'il prit place devant le parterre, les yeux baissés, les mains moites. Le brouhaha s'atténua peu à peu. Lucien Latourelle s'éclaircit la voix. La redingote d'un bleu céruléen que Marguerite lui avait fait faire sur mesure mettait sa taille svelte en valeur. Ses cheveux blonds tombaient en boucles légères sur son front.

— *Où s'en vont les rêves ?*

Sa voix se fêla légèrement à la lecture du titre de son poème, mais le regard bienveillant de sa protectrice, assise au premier rang, lui redonna courage. Il leva la tête et poursuivit sa lecture d'une voix plus assurée :

Où vont les hourras de nos fêtes ?
Où vont les cris de nos douleurs
Et les chansons de nos fauvettes,
Et nos fous rires, et nos pleurs ?

C'est à quoi, dans notre faiblesse,
Ô mortels, nous rêvons sans cesse,
Comme sans doute le ruisseau
Rêve où vont ses gouttes d'eau ?

Où sont les pensées des poètes
Dont le front est ceint de lauriers ?
Où sont les humaines conquêtes
Avec le renom des guerriers ?

Jusqu'où survivra leur mémoire ?
C'est à quoi songe toute gloire
Comme sans doute le soleil
Rêve où va son rayon vermeil ?

Souriant sous cape devant la naïveté des vers mais touchée par l'effort qu'y avait mis le jeune poète, Fanette jeta un coup d'œil à Rosalie pour savoir ce qu'elle en pensait. Celle-ci avait les yeux rivés sur Lucien Latourelle. Il y avait dans son regard une intensité particulière que Fanette ne lui avait jamais vue auparavant. Cette découverte l'émut. Rosalie avait toujours prétendu qu'elle n'attirerait jamais les garçons et, de même, professait que la gent masculine la laissait indifférente. Et voilà qu'elle semblait sensible au charme de ce jeune et séduisant poète…

Un long silence s'établit après que le dernier vers eut été récité. Quelques soupirs s'élevèrent. Lucien Latourelle lança un regard désespéré à Marguerite, persuadé que sa prestation avait été mal accueillie. Des applaudissements, d'abord discrets, commencèrent à se faire entendre, puis des « bravo » sentis. Quelques femmes agitaient leur éventail, émues davantage par la beauté du jeune poète que par ses vers. Bientôt, Lucien fut entouré d'admiratrices qui jouaient du coude pour attirer son attention. Rosalie resta assise à sa place, mais ses yeux étaient toujours fixés sur le jeune poète. Le pauvre Calixa Lavallée s'installa au piano et se mit à jouer dans l'indifférence générale.

Un brouhaha se fit soudain entendre dans le salon. Fanette tourna la tête. Quelqu'un venait de faire son entrée. Sa grande silhouette dominait l'assemblée. Elle reconnut Alistair Gilmour.

LII

Fanette fut étonnée de l'émotion qui l'envahit en reconnaissant le marchand naval. Elle se trouva sotte et mit ces sentiments sur le compte de la surprise. Elle ne comprenait pas pourquoi sa seule présence suffisait à la troubler, comme lors de leur rencontre fortuite au cimetière Saint-Louis. Il était en train de converser avec Marguerite Grandmont, la tête légèrement inclinée et une main délicatement posée sur son bras, dans un geste qui trahissait une certaine intimité. Fanette se rappela la remarque de Simone Norton sur la liaison entre le Lumber Lord et Marguerite, et en fut agacée malgré elle.

Durant le reste de la soirée, Gilmour sembla accorder une attention particulière à Simone Norton tout en ignorant Fanette. Cette dernière refusa de s'y attarder, mais elle était secrètement blessée par son attitude cavalière et le jugea bien superficiel de consacrer autant d'attention à une femme aussi étourdie que Simone. Ce n'est qu'au moment où elle s'apprêtait à faire ses adieux à Rosalie et à Marguerite qu'il la prit à part.

— Il paraît que vous êtes devenue gouvernante chez les Norton.

Fanette lui jeta un regard étonné. Il haussa les épaules en souriant.

— Je ne suis pas devin. Je l'ai su par Walter Norton.

— Vous le connaissez ?

— Je l'ai rencontré à quelques reprises au Cercle de la Garnison. C'est un homme bien. Il a beaucoup d'estime pour vous.

Ce compliment fit plaisir à Fanette.

— C'est réciproque. Monsieur Norton est un homme cultivé. Il n'est pas condescendant pour deux sous.

— Tout le contraire de sa femme, n'est-ce pas ? dit le marchand naval sans la quitter des yeux.

Simone Norton s'approcha d'eux. Elle dut prendre sa traîne d'une main pour éviter de marcher dessus.

— Mon cher Alistair, vous vous intéressez donc à notre petite Irlandaise ? Figurez-vous qu'elle est devenue la gouvernante des deux enfants de Walter. Nous sommes très satisfaits de ses services, bien qu'elle ait une propension à briser les vases de prix. N'est-ce pas, *ma chère* ?

Cette fois, c'en était trop. Fanette s'apprêtait à répondre vertement à sa patronne, mais le marchand naval la devança.

— Vous faites partie de ces personnes trop sottes pour savoir que leur statut social ne vient pas de leur mérite, mais du hasard de leur naissance.

Simone resta interdite, puis se détourna et s'éloigna le plus rapidement qu'elle put, trébuchant dans les pans de sa robe.

— Elle vous fera payer très cher ma remarque, glissa-t-il à Fanette.

— Vous n'aviez pas à répondre à ma place, rétorqua celle-ci, furieuse.

— Pardonnez-moi, mais je ne peux supporter la bêtise.

— Vous n'avez pourtant pas hésité à lui tourner autour toute la soirée.

Gilmour reçut l'estocade en souriant.

— Cela vous a déplu ? Vous m'en voyez ravi.

S'en voulant de s'être laissé entraîner dans un badinage qui ne lui ressemblait pas, Fanette fit un mouvement pour prendre son mantelet et son chapeau que lui tendait un serviteur.

— Ne partez pas, je vous en prie. Je souhaite vous parler d'un sujet important.

Frappée par la gravité soudaine du marchand naval, la jeune femme suspendit son geste. Alistair Gilmour l'entraîna vers une fenêtre française qui donnait sur un balcon. Une brise légère faisait bruisser les arbres. Les yeux du marchand luisaient dans la clarté d'une lampe qu'un domestique avait déposée sur une crédence, près de la porte.

— J'ai su que votre mère avait des embarras financiers. Elle a dû céder une part de son domaine de Portelance au notaire Grandmont. Elle a perdu son métayer, sans compter les récoltes, qui ont été désastreuses.

Fanette le regarda, stupéfaite. Comment le marchand naval pouvait-il être au courant de faits que seuls sa mère, le notaire Grandmont et les Dolbeau connaissaient ?

— Peu importe comment je l'ai appris. Vous êtes devenue gouvernante pour subvenir aux besoins de votre famille.

— Il n'y a pas de honte à éduquer des enfants, se défendit Fanette, ulcérée.

— Je ne voulais pas faire preuve de mépris, dit le Lumber Lord avec sincérité. J'ai connu la misère, je sais ce que c'est que de travailler par nécessité. Mais je connais aussi les femmes comme Simone Norton. Elle continuera de vous rendre la vie misérable et vous fera payer cher chaque sou gagné à son service.

Sur ce point, il avait raison, mais Fanette ne l'aurait reconnu pour rien au monde.

— Je n'ai pas pour habitude de critiquer mes employeurs. Vous vouliez me parler d'un sujet important ?

Il lui jeta un regard où perçait l'admiration.

— Épousez-moi.

Elle s'attendait si peu à cette demande qu'elle crut d'abord qu'il se moquait d'elle.

— Si c'est une plaisanterie, elle est de très mauvais goût.

Elle voulut partir, il la retint.

— Écoutez-moi d'abord. Vous jugerez ensuite.

Il y avait une telle intensité dans son regard, sa sincérité semblait si évidente que Fanette resta.

— Je suis riche. Vous n'auriez plus à craindre pour votre avenir, ni pour celui de votre fille. Votre mère pourrait racheter son domaine de Portelance.

— Vous parlez du mariage comme d'un marché.

Elle rougit aussitôt. C'était exactement l'expression qu'elle avait utilisée lorsqu'elle avait reproché à sa mère l'arrangement que celle-ci avait négocié avec le notaire pour le convaincre de consentir à son mariage avec Philippe. Le marchand remarqua sa rougeur.

— Vous aimiez votre mari, n'est-ce pas ?

— Je l'aime toujours.

— Et pourtant, je suis convaincu qu'il a dû y avoir une sorte d'arrangement financier avant votre mariage. Il y en a toujours.

Elle leva les yeux vers lui.

— Il y avait une différence, cependant. C'était un mariage d'amour.

— Je vous aime, Fanette.

— Et moi, je ne vous aime pas.

Contre toute attente, il lui saisit les mains. Les siennes étaient chaudes et rugueuses.

— Nous avons tous les deux perdu un être cher. Les morts ne nous quittent jamais, mais ils n'exigent pas de nous que nous cessions de vivre et d'aimer pour autant.

Pourquoi fallait-il que, chaque fois qu'elle voyait cet homme, des pensées qu'elle croyait profondément enfouies en elle refassent surface telles des bulles qui affleurent sur l'eau d'un puits ?

Elle se dégagea soudain comme si les mains du marchand lui brûlaient la peau. Elle tourna les talons et revint dans le salon, frissonnante malgré la chaleur qui y régnait. Faisant un effort pour masquer son émoi, elle embrassa Rosalie et Marguerite, enfila son mantelet, mit son chapeau et ses gants et, au moment de franchir la porte d'entrée, ne put s'empêcher de jeter un coup d'œil du côté du salon. Alistair Gilmour était toujours accoudé à la balustrade du balcon, ses mèches rousses flottant sur ses épaules, son regard braqué sur elle.

LIII

Le Phaéton roulait dans la rue Saint-Louis, déserte à cette heure de la nuit. Le ciel était criblé d'étoiles et un mince croissant de lune luisait comme du vif-argent. Les réverbères traçaient des raies obliques sur le pavé. Fanette ne cessait de penser à l'étrange demande en mariage d'Alistair Gilmour, à la franchise presque brutale avec laquelle il avait parlé de la situation financière d'Emma pour ensuite lui lancer qu'il l'aimait, comme s'il n'avait aucun doute qu'elle finirait par partager ses sentiments. Pourtant, il la connaissait à peine, et elle-même ne connaissait presque rien de lui, sinon qu'il avait eu une liaison avec Marguerite Grandmont et que, pour ce qu'elle en savait, cette liaison se poursuivait peut-être. Elle ne comprenait pas cet homme, ce mélange de sincérité et de duplicité, de force et de vulnérabilité. Il savait si bien parler de la souffrance, et en même temps, il semblait mordre dans la vie comme s'il craignait qu'elle lui échappe.

La maison d'Emma était plongée dans l'obscurité, mis à part un lumignon qu'elle avait laissé à la porte pour que Fanette pût rentrer sans encombre. Après avoir dételé la voiture et donné à manger et à boire à son cheval, elle monta à sa chambre, non sans s'être d'abord assurée que Marie-Rosalie dormait. *Vous n'auriez plus à craindre pour votre avenir, ni pour celui de votre fille. Votre mère pourra racheter son domaine de Portelance.* Encore une fois, elle se demanda qui avait informé le Lumber Lord de tout cela. Elle se rappela la campagne électorale, l'appui dont le notaire avait bénéficié de la part du marchand naval, leurs nombreux conciliabules dans son bureau. La seule personne qui connaissait tous ces détails sur Portelance était le notaire Grandmont lui-même. Elle se déshabilla, fit sa toilette et se mit au lit. Une brise fraîche entrait par la fenêtre, qu'elle avait laissée ouverte. L'image de Simone, avec sa robe ridicule et ses paroles blessantes, lui revint à l'esprit. *Elle continuera à vous rendre la vie misérable, et vous fera payer cher chaque sou gagné à son service.* Fanette imagina la tête que ferait Simone Norton si elle apprenait que le Lumber Lord avait demandé une pauvre gouvernante en mariage, une « petite Irlandaise » de surcroît, et ne put s'empêcher de sourire. Des pensées plus graves suivirent, baignées dans la brume naissante du sommeil. Alistair Gilmour était effectivement un homme riche, bien qu'il n'en fît pas étalage. Elle avait été éblouie par la beauté de son domaine de Cap-Rouge et des jardins magnifiques qui l'entouraient. Si elle en croyait les promesses du marchand naval, Emma pourrait racheter au notaire Grandmont la part du domaine de Portelance qu'elle lui avait cédée, elle mettrait le métayer Rioux à la porte. Monsieur Dolbeau reviendrait à l'ancienne seigneurie, reprendrait sa maison. Marie-Rosalie ne manquerait jamais de rien. Amanda pourrait même venir habiter avec eux. Alistair Gilmour avait le bras long, il l'aiderait à retrouver Ian, peut-être même à retracer leurs frères, Arthur et Sean. Puis la honte chassa ces folles rêveries. Fanette s'en voulut d'envisager le mariage comme un expédient. Il était vrai que son union avec Philippe n'eût jamais été possible sans la dot d'Emma, mais elle aimait son mari de tout son cœur, tandis que le Lumber Lord… Elle se tourna dans son lit, incapable de trouver le sommeil. Il y avait une intensité chez cet homme, une douleur qu'elle comprenait. Peut-être même était-elle attirée par lui, mais l'attirance n'était pas de l'amour.

Il était plus de trois heures du matin lorsque Fanette finit par s'endormir, épuisée par le carrousel de ses pensées et de ses questions sans réponse.

Le lendemain matin, elle trouva Emma dans la cuisine en train de préparer du café. Elle ne lui dit pas un mot de la proposition d'Alistair Gilmour. Elle n'était d'ailleurs même pas certaine qu'elle lui en ferait part. Dans la lumière matinale, la soirée de la veille et la demande en mariage lui paraissaient soudain nébuleuses, comme si elle les avait rêvées.

Comme c'était dimanche et qu'elle avait congé, Fanette décida sur un coup de tête d'aller voir Amanda à l'abri Sainte-Madeleine en compagnie de Marie-Rosalie. Elle savait que sa sœur ne souhaitait pas ses visites au refuge, mais elle ressentait un vif besoin de lui parler, de partager avec elle ses questions et ses doutes.

⁂

Les pensionnaires de l'abri Sainte-Madeleine ne travaillaient habituellement pas le jour du Seigneur, qu'elles consacraient au recueillement, à la prière ou à la lecture, pour celles d'entre elles qui savaient lire, mais il avait plu une partie de la semaine, et comme le soleil brillait et que la journée s'annonçait chaude, sœur Odette avait décidé qu'il serait opportun de faire la corvée de lessive. Elle aurait été étonnée qu'un bienfaiteur de l'abri ou un quelconque prélat perdît du temps à les espionner et à dénoncer leur labeur en haut lieu…

Les pénitentes et les religieuses participaient à la corvée. Béatrice, dont les bras étaient vigoureux, avait été chargée de brasser le linge à l'aide d'une grosse louche de bois qu'elle plongeait dans l'énorme cuve remplie d'eau bouillante et de caustique, tandis qu'Anita et une autre compagne s'activaient à essorer les vêtements une fois qu'ils avaient été lavés et rincés dans une autre bassine. Amanda n'était pas en reste et étendait le linge sur des tréteaux qui avaient été installés dans la cour avec l'aide de sœur Odette.

— Amanda !

En entendant son nom, la jeune femme leva la tête et aperçut Fanette qui s'approchait d'elle, tenant Marie-Rosalie par la main. Son premier mouvement fut la joie, puis elle ressentit aussitôt après un malaise sourd. Autant elle adorait sa sœur et sa nièce, autant il lui déplaisait de les voir au refuge. Elle n'aurait pas su en expliquer exactement la cause. Fanette savait pourtant qu'elle avait été prostituée, et jamais elle n'avait porté le moindre jugement sur le passé de sa sœur, mais en voyant les deux silhouettes familières s'avancer vers elle dans la belle lumière de mai, Amanda éprouva une sorte de honte, le sentiment d'être souillée. Sa honte n'avait rien à voir avec sœur Odette, ses compagnes, les religieuses qui lui avaient tendu la main alors qu'elle était seule avec son fils, sans feu ni lieu. Non, c'était plutôt la cour étroite bordée d'une clôture vacillante, les murs de brique de la maison, craquelés par l'usure, les robes bleues des pénitentes qui étaient un rappel constant de sa misère et de sa déchéance passées.

Fanette embrassa tendrement sa sœur. Un léger parfum de rose se dégageait de son corsage. Amanda s'empressa de chasser ses pensées sombres.

— Quelle belle visite !

Sœur Odette accueillit la sœur d'Amanda et la fillette en souriant. Elle avait remarqué que ces dernières n'étaient pas venues à l'abri depuis le retour d'Amanda, et cela la chagrinait, bien qu'elle ait eu la délicatesse de ne pas en parler à sa protégée. Béatrice laissa tomber sa louche et se précipita vers le petit groupe. Elle prit Fanette dans ses bras robustes, la serra contre son cœur, fit de même avec la fillette, qui se mit à gigoter un peu sous l'étau. Elle se pâma devant la beauté de Fanette et de sa fille, puis exigea que les deux sœurs se tiennent debout l'une à côté de l'autre. Elle jugea que Fanette et Amanda se ressemblaient beaucoup, quoique la couleur de leurs cheveux et de leurs yeux fût différente. Anita ne tarda pas à se joindre à elles, et proposa à la fillette de jeter un coup d'œil à son jeu de tarot, « plein de jolies couleurs ». Marie-Rosalie accepta en battant des mains. Bientôt, la cour fut désertée, les pensionnaires de l'abri ayant suivi Anita et l'enfant à l'intérieur. Sœur Odette hocha la tête avec indulgence. Les moments de répit étaient rares, la journée était encore jeune, il y aurait amplement de temps pour finir la corvée plus tard. Elle laissa discrètement les deux sœurs ensemble. Amanda finit d'étendre un drap, puis se tourna vers Fanette. Elle remarqua que sa jeune sœur avait les yeux un peu battus, et elle s'inquiéta de sa santé. Fanette haussa les épaules.

— Ce n'est rien. Un peu d'insomnie.

Elle suivit des yeux le vol d'une hirondelle qui s'élançait vers le haut du ciel pour ensuite plonger dans l'azur.

— Une drôle de chose vient de m'arriver.

Amanda attendit que sa sœur poursuive, intriguée.

— J'ai reçu une demande en mariage.

C'est alors qu'Amanda remarqua que Fanette ne portait plus le deuil. Cela ne l'avait pas frappée de prime abord, mais maintenant, la couleur jaune clair de sa robe lui sautait aux yeux.

— Une demande en mariage ? dit-elle, la gorge nouée par la joie et une autre émotion qu'elle ne voulut pas reconnaître. De la part de qui ?

— Un marchand naval. Il s'appelle Alistair Gilmour.

La douleur d'Amanda fut si vive qu'elle en perdit presque le souffle.

— Tu ne peux pas l'épouser. Tu ne peux pas. Tu ne dois pas !

Fanette la regarda, stupéfaite.

— Tu le connais ?

— Il m'a dénoncée à la police. C'est à cause de lui que le coroner Duchesne m'a poursuivie jusqu'à Montréal et m'a arrêtée.

— Tu as été arrêtée ? Pourquoi ne m'as-tu rien dit ?

Amanda baissa les yeux.

— J'avais honte. Je voulais mettre le passé derrière moi, l'enterrer, l'oublier. Mais le passé revient toujours, quoi qu'on fasse.

La souffrance d'Amanda était telle que Fanette voulut prendre sa sœur dans ses bras, mais celle-ci recula.

Puis elle se mit à parler, surprise d'entendre les mots sortir de sa bouche, cascadant comme un torrent trop longtemps retenu par des pierres et qu'on libère soudain. Elle raconta sa rencontre inopinée avec Alistair Gilmour alors qu'elle tentait d'échapper à la police, lors de leur rendez-vous manqué à l'église St. Patrick, la protection qu'il leur avait accordée à elle et à Ian, leur vie dans le village de Cap-Rouge.

— C'était toi ! s'exclama Fanette, se rappelant la jeune femme qu'elle avait aperçue au village alors qu'elle se rendait au bal donné par le Lumber Lord à son domaine. Tu marchais sur la rive du fleuve, tu tenais un enfant par la main.

Amanda acquiesça.

— Il m'avait fait promettre de ne révéler ma présence à personne, pas même à toi. Il disait que c'était pour ma propre sécurité et celle d'Ian.

Elle garda le silence un moment puis dit, à mi-voix :

— Il était devenu mon amant.

Sans savoir pourquoi, Fanette s'attendait à cet aveu, qui l'affecta plus qu'elle ne l'aurait voulu.

— Je l'aimais. Je l'aimais de tout mon cœur. Je ne vivais que pour ses visites. Chaque fois que j'entendais le pas de son cheval, mon cœur s'arrêtait de battre.

Elle lui parla de la souffrance de l'attente, de l'espoir déçu, des doutes, du ressentiment.

— Il ne m'a jamais aimée. Il s'est consolé dans mes bras, ce n'est pas la même chose. C'était l'autre qu'il aimait.

— Quelle autre ? murmura Fanette, profondément troublée par le récit de sa sœur.

— Je l'ai surpris une fois chez lui, debout devant le portrait d'une jeune femme. Il pleurait en murmurant son prénom, Cecilia.

Cecilia… Où ai-je vu ce prénom ? songea Fanette tandis que sa sœur poursuivait son récit.

— Je n'ai jamais oublié la haine dans ses yeux lorsqu'il s'est rendu compte de ma présence. Après, tout a changé. Il m'a dit que je devais partir. Il m'a procuré deux passages pour le *Queen Victoria*. Ian et moi devions ensuite embarquer sur le *Mermaid* à destination de Liverpool. Après le naufrage du *Queen Victoria*, j'ai réussi à regagner le port de Montréal, où j'avais donné rendez-vous à Ian. Le coroner m'a arrêtée. Il m'a ramenée à Québec, interrogée au sujet du meurtre de Jean Bruneau, puis relâchée.

Des morceaux du casse-tête commençaient à se mettre en place dans la tête de Fanette. Plusieurs questions subsistaient cependant. Pour quelle raison Alistair Gilmour avait-il dénoncé Amanda à la police ? Qui était cette mystérieuse Cecilia, et pourquoi avait-elle le sentiment de la connaître ?

— Il y a une autre chose que tu dois savoir au sujet de cet homme. Gilmour n'est pas son vrai nom.

Encore un mystère qui s'ajoutait…

— Il s'appelle Andrew Beggs. Je l'ai rencontré à la maison close où je travaillais.

Amanda avait parlé à voix basse tant l'aveu lui était pénible.

— Il n'a jamais cherché à profiter de moi. Il me parlait de ses rêves, d'une femme qu'il avait aimée et perdue. Puis un jour il est parti pour l'Écosse. Lorsque je l'ai revu, huit ans plus tard, j'ai su tout de suite que c'était Andrew. La grande taille, la couleur des yeux, les cheveux roux, mais surtout la voix. J'ai reconnu sa voix. Personne d'autre qu'Andrew ne possède ce timbre, ces intonations.

— Il t'a sauvée une première fois des griffes de la police. Quel intérêt avait-il à te dénoncer par la suite ?

Amanda s'assombrit.

— Je n'ai pas cessé de me poser cette question depuis mon retour à Québec. Je crois qu'il savait que je l'avais reconnu, et pour une raison que j'ignore, il tenait à garder sa véritable identité secrète.

Fanette sentit que sa sœur était allée aussi loin qu'elle le pouvait dans ses confidences. Elle aurait voulu la serrer contre elle, lui dire qu'elle l'aimait, que rien de ce qu'elle pouvait lui raconter sur son passé n'entamerait l'amour qu'elle avait pour elle, mais Amanda s'était déjà fermée comme une huître.

— Je vais aller chercher Marie-Rosalie, se contenta-t-elle de dire.

Elle trouva sa fille entourée par les pensionnaires de Sainte-Madeleine. De toute évidence, elle avait fait facilement leur conquête. La fillette s'arracha à regret à ses nouvelles amies et suivit sa mère.

Aidant sa fille à prendre place dans le Phaéton, Fanette songea à tout ce que sa sœur lui avait appris. Quelques zones d'ombre s'étaient un peu éclaircies, mais d'autres s'étaient formées, plus opaques encore. La demande en mariage du marchand naval était passée au second plan ; le mystère de son identité avait pris toute la place. *Andrew Beggs. Alistair Gilmour. Cecilia.* Ces noms faisaient une sarabande dans sa tête. Fanette se hissa sur le siège du conducteur et secoua les rênes. *La grande taille, la couleur des yeux, les cheveux roux, mais surtout la voix. Personne d'autre qu'Andrew ne possède ce timbre, ces intonations.* C'est alors qu'elle se souvint. Les arbres noirs dont les branches griffaient le ciel. Le croassement des corneilles. Les pierres tombales qui s'étendaient à perte de vue. La grande silhouette du marchand naval, ployée au-dessus d'un petit monument en forme de croix celtique. L'inscription quelque peu effacée par le temps.

À la mémoire éternelle de
Cecilia Beggs
Ma sœur bien-aimée
1810-1834

Fanette en eut alors la certitude : Cecilia Beggs était bel et bien la sœur d'Alistair Gilmour.

LIV

Depuis la soirée chez Marguerite Grandmont, Simone Norton avait décidé de rester au lit, prétextant une migraine. Walter, qui s'inquiétait pour sa santé, avait à peine pu lui tirer deux mots. Enfouie dans les draps en soie de son lit à baldaquin, Simone fulminait. Force lui était d'admettre que ce salon avait été un franc succès. Cette petite Emma Lajeunesse, dont la voix cristalline avait charmé tout l'auditoire, était une véritable trouvaille. Quant au jeune poète, quoique nerveux au début, il avait réussi à en faire soupirer plus d'une. Sa mère en serait bien dépitée, elle qui comptait descendre en flammes les prétentions de Marguerite Grandmont dans tous les cercles de la ville...

Mais il n'y avait pas que la réussite de cette soirée qui avait perturbé Simone. La présence de Fanette l'avait irritée au possible. Walter avait eu beau lui faire valoir qu'en tant que belle-fille de Marguerite Grandmont, il était tout à fait normal que celle-ci y ait été conviée, Simone n'en démordait pas : une gouvernante se devait de tenir son rang. La goutte qui avait fait déborder le vase avait été la répartie cinglante de monsieur Gilmour, qui n'avait pas hésité à l'humilier publiquement afin de prendre la défense de cette mijaurée. Elle rejeta les draps d'un mouvement impatient et sonna sa femme de chambre afin qu'elle l'aidât à faire sa toilette et à s'habiller.

En l'attendant, elle ouvrit son coffret en bois de rose incrusté de nacre afin de choisir le bijou qu'elle porterait. C'est alors qu'elle se rendit compte que le camée n'était pas à sa place habituelle.

Intriguée, elle avisa la robe qu'elle avait portée à la soirée de Marguerite Grandmont et qu'elle avait négligemment jetée sur un fauteuil. La soulevant, elle en examina le corsage. Le bijou n'y était pas. Elle sonna de nouveau sa femme de chambre, qui arriva quelques instants plus tard, appréhendant l'orage en voyant la mine courroucée de sa maîtresse.

— Oui, madame ?

— Mon camée a disparu, dit sèchement Simone.

— Madame en est certaine ? demanda timidement la servante, qui craignait d'être blâmée.

— J'ai vérifié dans mon coffret : il n'y est pas.

La servante remarqua la robe sur le fauteuil.

— Madame l'a peut-être laissé sur son corsage.

— Je viens d'y jeter un coup d'œil, il n'y est pas non plus.

La femme de chambre se tint immobile, ses mains moites plaquées sur son tablier blanc.

— Madame l'a peut-être égaré.

Simone eut un mouvement d'impatience.

— Cessez de répéter « madame » comme un perroquet et allez chercher mon mari.

— Bien, madame.

Elle sortit de la chambre sans demander son reste tandis que Simone faisait les cent pas.

Walter Norton monta à contrecœur l'escalier qui menait aux appartements de sa femme. Il était plongé dans un dossier délicat concernant le futur siège du gouvernement du Canada uni à Ottawa lorsque la pauvre Noémie avait frappé à la porte de son bureau, la mine effarée. Simone accueillit son mari avec son visage des mauvais jours.

— Walter, on m'a volé mon camée.

Habitué au ton dramatique de sa femme, il prit la chose calmement.

— Vous l'avez peut-être simplement perdu.

— Vous parlez comme Noémie ! s'exclama-t-elle, boudeuse. Puisque je vous dis qu'on me l'a pris !

— Il y a sûrement une autre explication. Je me souviens de l'avoir vu sur votre corsage durant la soirée chez madame Grandmont. Je crois qu'il y était toujours lorsque nous sommes revenus à la maison. Je vais demander aux domestiques de le chercher. Il est forcément quelque part.

Elle s'affala sur son canapé, au bord des larmes.

— Vous ne me croyez jamais.

Sans comprendre pourquoi, il fut touché par son désarroi. Il voyait bien que cette histoire de camée n'était qu'un prétexte pour attirer son attention. Sa jeune épouse s'ennuyait à périr. Il était un bourreau de travail et ne lui consacrait que peu de temps. Et peut-être travaillait-il autant pour échapper à leurs querelles. En réalité, il avait épousé une femme beaucoup trop jeune pour lui, il s'en rendait compte maintenant. Il était trop sérieux, trop engoncé dans ses habitudes pour comprendre ses besoins. Elle-même était fort probablement amèrement déçue par cette union qu'elle avait imaginée brillante et qui était plutôt remplie de devoirs et de routines. Il s'assit près d'elle.

— Nous trouverons votre camée, ma chère, je vous le promets.

Les domestiques eurent beau fouiller la maison de la cave au grenier, le camée demeura introuvable. Ne restait plus que la salle d'études où Fanette et les enfants travaillaient. Simone fit irruption dans la pièce, plus décidée que jamais à mettre la main sur son précieux bijou. Les enfants levèrent la tête vers leur belle-mère, étonnés par cette interruption inhabituelle.

— Fanette, je souhaiterais voir le contenu de votre cartable.

Celle-ci avait entendu le remue-ménage dans la maison sans en comprendre la cause.

— Puis-je savoir pour quelle raison ? demanda-t-elle, sur ses gardes.

— Un camée que mon mari m'a offert pour notre anniversaire de mariage a disparu, répondit Simone, glaciale.

— Vous me soupçonnez de l'avoir pris ?

Dorothy se leva, les joues rouges d'indignation. Sa voix tremblait lorsqu'elle prit la parole.

— Mrs. Grandmont would never do such a thing.

Monsieur Norton entra dans la pièce sur l'entrefaite.

— Simone, vous ne soupçonnez tout de même pas madame Grandmont…

Simone coupa son mari, les yeux chargés de ressentiment. Elle se rendait compte qu'elle avait dépassé les bornes, mais il était trop tard pour reculer.

— Je ne suis pas une enfant, Walter. Laissez-moi régler cette affaire toute seule.

Fanette se leva sans prononcer un mot, prit le cartable qu'elle avait déposé sur une chaise, l'ouvrit et entreprit d'en vider méthodiquement le contenu sur la table. Walter Norton tenta de l'en empêcher.

— Madame Grandmont, je vous en prie, n'en faites rien. Personne ne vous soupçonne de quoi que ce soit. C'est un terrible malentendu.

Humiliée de voir son mari prendre si ouvertement le parti de leur gouvernante, Simone Norton détourna la tête en serrant les lèvres. Fanette continua à vider son cartable en silence. Il y avait des livres, un cahier de croquis, quelques crayons, un poudrier, un mouchoir de dentelle. Lorsqu'elle eut terminé, elle mit son sac à l'envers et le secoua pour bien démontrer qu'il était vide. Puis elle s'adressa à Simone, le visage pâle de colère contenue.

— Comme vous pouvez le constater, votre camée n'y est pas.

Un silence embarrassant s'ensuivit. Le majordome apparut alors dans l'embrasure de la porte. La raie qui séparait ses cheveux était toujours aussi impeccable, mais il était légèrement hors d'haleine, comme s'il avait couru. Il inclina poliment la tête devant sa maîtresse.

— Madame Norton, je crois que vous serez heureuse d'apprendre que le groom a retrouvé votre camée.

— Où cela? dit-elle, la voix étranglée et les joues blêmes.

— Dans la calèche, sous un banc, répondit le majordome, convaincu que cette nouvelle lui ferait le plus grand plaisir.

— Vous en êtes certain?

Il s'approcha d'elle et lui tendit le bijou. Un profil de femme, délicatement ciselé sur un fond ocre, était encastré dans un médaillon en or fin.

— C'est bien mon camée. Vous pouvez disposer.

Surpris par la froideur et le ton sec de madame Norton, le majordome inclina de nouveau la tête et s'éclipsa. Walter Norton, qui avait gardé le silence pendant cette scène, s'adressa à sa femme en tâchant de ne pas élever la voix.

— Je crois que vous devez des excuses à madame Grandmont.

— Jamais !

Serrant son camée dans son poing, Simone sortit de la pièce sans un regard pour Fanette. L'embarras de son mari s'accrut. Il se tourna vers ses enfants.

— *Dorothy, Charles, please go into the dining room, we'll have dinner very soon.*

Ils obéirent, non sans jeter un coup d'œil affligé à Fanette, qui fit un effort pour leur sourire malgré la révolte qui grondait en elle. Walter Norton attendit que ses enfants aient quitté la pièce avant de poursuivre.

— Je suis navré de ce déplorable incident. Veuillez recevoir mes excuses et celles de ma femme.

Fanette n'était pas vindicative, et la sincérité de son employeur ne faisait aucun doute, mais elle se sentait incapable de pardonner à Simone l'affront qu'elle lui avait fait subir.

— J'accepte les vôtres, monsieur Norton. Quant à votre femme, je crois qu'elle n'éprouve aucun regret pour ce qu'elle m'a fait.

Walter Norton se rembrunit. Il savait que sa gouvernante avait raison, mais il lui était difficile de l'admettre sans porter un jugement sévère sur Simone, qu'il se sentait le devoir de défendre malgré tout.

— Ma femme a été piquée dans son orgueil. Je suis convaincu qu'elle reviendra bientôt à de meilleurs sentiments.

— Je suis convaincue du contraire, ne put s'empêcher de répliquer Fanette.

Sentant qu'elle l'avait blessé, elle se radoucit :

— Je vous remercie de la confiance que vous m'avez témoignée.

Une lueur d'espoir s'alluma dans les yeux du haut fonctionnaire.

— Dans ce cas, puis-je compter sur votre indulgence ? Mes enfants n'ont que de bonnes paroles à votre endroit. Mon travail ne me laisse guère de répit. Ils ont besoin de vous.

Il était allé aussi loin qu'il le pouvait sans s'humilier à son tour. Son plaidoyer avait ému Fanette. Elle pensa à Charles et à Dorothy, si intelligents et remplis de bonne volonté, et trouva injuste qu'ils subissent les conséquences des actes de leur belle-mère.

— J'accepte de rester.

Les yeux du haut fonctionnaire s'allumèrent.

— Je vous en suis très reconnaissant. Mes enfants en seront très heureux.

Il la salua d'une brève inclination de la tête et sortit de la pièce. Restée seule, Fanette songea à ce qu'Alistair Gilmour lui avait dit au sujet de Simone. Elle n'avait aucun doute que celle-ci s'évertuerait par tous les moyens à lui rendre la vie impossible. Puis les confidences qu'Amanda lui avait faites à son sujet lui revinrent à l'esprit. Dire qu'elle avait envisagé, ne fût-ce qu'un court moment, la possibilité d'épouser cet homme ! Heureusement que sa sœur l'avait mise en garde. Une colère à retardement l'envahit. Elle espéra de toute son âme que leurs chemins ne se croiseraient plus jamais.

Avant d'aller chercher sa fille chez madame Johnson, Fanette rejoignit Rosalie au port, où elles s'étaient donné rendez-vous. Sa meilleure amie repartait pour les Trois-Rivières. Elles s'étreignirent en promettant de s'écrire. Fanette constata que le teint de Rosalie était animé, et qu'elle babillait avec une légèreté nouvelle. Un jour ou l'autre, Rosalie lui ouvrirait sûrement son cœur…

LV

Hubert Trottier descendit de la diligence, épuisé par son long voyage. Un essieu s'étant brisé en route, il avait fallu attendre quelques heures l'arrivée d'une voiture extra, beaucoup plus petite, dans laquelle les six passagers s'étaient entassés tant bien que mal avec leurs bagages. Ils avaient dû s'arrêter de nouveau en chemin, à quelques milles de Québec, devant une barrière à tourniquet. Des dizaines de ces barrières avaient été érigées récemment sur les routes par la Ville dans le but de prélever un droit de passage. Monsieur Trottier avait lu dans le journal que des milliers de citoyens s'étaient emparés de ces barrières, qu'ils avaient jetées dans la rivière Saint-Charles pour protester contre cette nouvelle taxe. Le conducteur de la diligence avait enguirlandé l'employé posté devant la barrière, refusant d'acquitter le montant, qu'il jugeait trop élevé.

— C'est du vol ! Déjà que le foin pour nourrir mes chevaux coûte les yeux de la tête. Si au moins vous entreteniez les routes comme du monde ! Mon essieu s'est brisé à cause de votre maudit chemin !

La discussion s'envenima au point que le cocher en vint aux mains avec le préposé. Monsieur Trottier intercéda pour calmer le jeu et, grâce à ses talents de négociateur, il réussit à convaincre chaque passager de contribuer à la « taxe de la route », comme on l'appelait, afin que la diligence puisse repartir. Il fut heureux de prendre un bon repas à l'auberge Giroux et de s'étendre enfin sur un lit confortable mais, malgré sa fatigue, il n'arriva pas à fermer l'œil. Sa discussion avec Adrienne avant de quitter Mont-réal revenait sans cesse le tarauder. Lorsqu'il lui avait annoncé qu'il devait se rendre à Québec pour affaires, elle l'avait regardé avec méfiance.

— Tu n'y vas pas pour retrouver la mère du petit, toujours ?

Il l'avait assurée que telle n'était pas son intention, mais elle ne l'avait cru qu'à moitié. Juste avant qu'il monte dans un fiacre qui le conduirait au terminus de la diligence, elle avait couru vers lui et lui avait dit, les larmes aux yeux :

— Fais bonne route. Ian est heureux chez nous. Ne l'oublie jamais.

Il se tourna dans son lit, faisant grincer les ressorts. À bien y penser, ses troubles de sommeil avaient justement commencé le jour où il avait décidé de renoncer à rechercher la mère d'Ian, après qu'Adrienne lui eut avoué avoir jeté la lettre. Était-ce cela, le remords ? Ce sentiment insidieux qui s'était glissé dans chaque recoin de sa conscience et lui avait arraché le sommeil ? Il remonta la couverture jusqu'à son menton, mais ce n'est qu'à la fin de la nuit qu'il réussit à s'endormir.

Au début de la matinée, monsieur Trottier héla un fiacre et fit route vers la rue Saint-Jean afin de se rendre chez le manu-facturier de tissu à la verge à qui il souhaitait acheter de la per-cale d'excellente qualité, qu'il comptait ensuite revendre à sa clientèle de Montréal. En roulant dans la rue Richelieu, il vit par la fenêtre de la voiture une femme vêtue d'une robe bleue qui ramassait du linge étendu sur des tréteaux installés dans une petite cour. Le cocher cracha par terre en signe de mépris et marmonna quelque chose entre ses dents. Monsieur Trottier fut piqué par la curiosité.

— Quel est cet endroit ? lui demanda-t-il.

— L'abri Sainte-Madeleine. Si vous voulez une fille facile, vous êtes au bon endroit.

Monsieur Trottier eut l'impression que son cœur s'était arrêté de battre.

— Attendez-moi ici, fit-il d'une voix rauque.

Le cocher fit ce que son client lui demandait, un rictus aux lèvres.

— Amusez-vous bien !

Indifférent à la répartie sarcastique du conducteur, monsieur Trottier se dirigea vers la porte de la maison. Il s'arrêta sur le seuil, hésita avant de frapper. Un passant lui jeta un regard dégoûté. La pensée d'Adrienne lui effleura l'esprit. Que dirait-elle si elle le voyait, debout devant une maison qui accueillait des prostituées repenties et abritait peut-être la mère d'Ian ? Puis il chassa cette image et cogna à la porte. Le destin l'avait mené sur le seuil de cette maison, il lui fallait aller jusqu'au bout. Après avoir attendu une bonne minute, il fut tenté de retourner vers le fiacre lorsqu'une femme portant elle aussi une robe bleue lui ouvrit. Elle avait un visage rond et avenant. Il fut surpris de voir tant de douceur chez une femme censée avoir mené une vie de débauche.

Le marchand enleva son chapeau. Des gouttes de sueur perlaient sur son front. Il éclaircit sa voix.

— Mon nom est Hubert Trottier. On m'a dit qu'une certaine Amanda O'Brennan habitait chez vous.

Anita, car c'était bien elle, observa discrètement l'homme qui était debout devant elle. Il avait des allures de bourgeois avec son manteau de voyage de bonne qualité, et le teint rose de quelqu'un qui était bien nourri. Chose certaine, il n'avait rien d'un policier, mais elle avait appris à se méfier des hommes, qu'ils fussent gendarmes ou bourgeois, et ne savait pas si elle devait le laisser entrer ou non. Une voix ferme bien que cordiale s'éleva derrière elle.

— À quel sujet souhaitez-vous voir Amanda, monsieur Trottier ?

Une religieuse de petite taille, aux yeux vifs et à l'air déterminé, s'avança vers le marchand. Il sortit un mouchoir de sa poche et s'essuya le front.

— Je dois lui parler concernant…

Il s'interrompit, cherchant ses mots.

— ... C'est... c'est personnel.

L'homme triturait nerveusement son chapeau, mais sœur Odette jugea qu'il avait l'air honnête.

— Entrez, dit-elle simplement.

Monsieur Trottier s'avança dans le hall sombre. La religieuse le mena à la petite pièce qui lui servait de bureau et lui désigna une chaise.

— Attendez ici, je vais la chercher.

Il prit place sur la chaise, qui craqua sous son poids, et déposa son chapeau sur ses genoux. Désœuvré, il jeta un coup d'œil autour de lui. Des fentes zébraient les murs enduits de chaux. Le tapis couvrant en partie le plancher était usé à la corde. Un crucifix avait été accroché en face d'une table égratignée mais luisante de propreté. Le marchand, habitué de vivre dans une certaine opulence, fut frappé par la pauvreté des lieux. Serait-ce dans un tel dénuement que vivrait Ian s'il retournait avec sa mère ? C'est alors qu'il entendit un bruit de pas. Une femme entra dans la pièce. Elle était habillée d'une robe bleu azur, comme la jeune femme qui l'avait accueilli à la porte et celle qu'il avait vue dans la cour. Un voile de la même couleur couvrait sa tête. Ses yeux étaient d'un gris saisissant, et on voyait des cheveux roux poindre sous sa coiffe. Il se leva, oubliant qu'il avait mis son chapeau sur ses genoux. Le couvre-chef glissa par terre. Monsieur Trottier se pencha pour le ramasser et se redressa, rouge et en nage. Amanda posa sur l'homme un regard où perçait l'anxiété. Ce visage rond et aimable, encadré de favoris poivre et sel, lui était familier. Il lui semblait qu'elle avait déjà rencontré cet homme, mais où ? Sœur Odette lui avait mentionné son nom, mais il ne lui évoquait rien.

— Vous vouliez me voir ? demanda-t-elle, sur le qui-vive.

— Mon nom est Hubert Trottier, répéta-t-il.

Elle acquiesça pour lui faire comprendre qu'elle le savait déjà. Il tourna son chapeau dans ses mains.

— Je suis marchand, j'habite à Montréal. Je tiens un magasin de tissus rue Saint-Denis.

Elle ne dit toujours rien, mais son cœur s'était mis à battre un peu plus vite.

— J'étais à bord du navire *Queen Victoria*.

Amanda ressentit un choc en entendant ces mots. Elle examina Hubert Trottier plus attentivement. Des images se bousculaient dans sa tête. *Des vagues s'écrasent sur la coque avec des éclats blancs, des flammes courent sur le pont, des passagers s'agglutinent près du bastingage, un homme en redingote se précipite à l'eau et coule à pic, elle aperçoit tout à coup Ian, il est à bord d'une barque de sauvetage, un homme se tient à côté de lui, son visage rond encadré de favoris poivre et sel...*

Elle se couvrit la bouche d'une main. Ses yeux se remplirent d'eau.

— J'étais avec votre fils dans l'une des barques de sauvetage, expliqua le marchand.

Voyant que la pauvre femme devenait pâle et chancelait, il déposa son chapeau sur la table et se précipita vers elle pour la soutenir.

— Votre fils est sain et sauf. La barque a accosté au village de Cap-de-la-Madeleine, en face des Trois-Rivières, après plusieurs jours de traversée. J'ai ramené Ian à Montréal en diligence. Il est en parfaite santé.

Amanda lui saisit un bras. Il fut surpris de la force qui émanait d'elle.

— Où est-il ?

— Chez moi, avec ma femme. Il va très bien, je vous assure. Il n'a jamais manqué de rien.

Elle ne relâcha pas son étreinte. Jamais il n'avait vu autant de douleur sur un visage, sauf sur celui de sa femme lorsque le médecin, au chevet de leur fils, leur avait annoncé que Dieu l'avait rappelé à lui.

— J'ai vécu plus de six mois sans nouvelles de mon fils, dit-elle, le souffle court, la voix saccadée. Je le croyais abandonné, en train de mendier dans la rue ou de croupir dans un orphelinat ; ou pire, qu'il était mort et que je ne le reverrais plus jamais.

Pourquoi avez-vous attendu aussi longtemps avant de me donner de ses nouvelles ? Comment avez-vous pu faire preuve de tant de cruauté ?

Il devint cramoisi et balbutia :

— Je vous ai écrit. Ma lettre s'est perdue.

Il n'avait pas eu le cœur de trahir Adrienne en apprenant à la jeune femme qu'elle avait détruit sa lettre. Amanda relâcha son étreinte, mais son regard était rivé sur le marchand de tissus, comme si elle sondait son âme. Il baissa la tête.

— Je n'ai pas d'excuses. Pardonnez-moi. Pardonnez-moi.

Il extirpa un mouchoir de sa poche, s'essuya le front. Ses mains tremblaient.

— Nous avons perdu un fils. Ma femme ne s'en est jamais remise. Ian lui a redonné goût à la vie.

Amanda le haïssait d'avoir gardé le silence aussi longtemps et le bénissait en même temps d'avoir pris soin de son enfant.

— Quand repartez-vous à Montréal ?

— Demain, à l'aube. La diligence quitte l'auberge Giroux à cinq heures.

— Je pars avec vous.

Le marchand accusa le coup. Il s'était attendu à cette tournure des événements, mais ce n'était que maintenant qu'il en entrevoyait toutes les conséquences. Adrienne serait dévastée. Il regretta soudain d'avoir cogné à cette porte, tout en sachant qu'il ne se serait jamais pardonné s'il ne l'avait pas fait.

— Je vous attendrai.

Après le départ du marchand, Amanda alla retrouver sœur Odette et Anita, qui faisaient les cent pas dans le couloir attenant au bureau, anxieuses. Elles virent tout de suite à la mine radieuse d'Amanda que les nouvelles étaient bonnes.

— Ian a été recueilli chez ce monsieur Trottier. Il est sain et sauf.

— Dieu soit loué ! murmura sœur Odette.

Sa foi ne reposait pas sur des vœux exaucés, mais elle avait la ferme conviction que les bonnes actions et l'effort quotidien étaient récompensés tôt ou tard par une sorte de justice divine. Quant à Anita, elle fondit en larmes.

— Pourquoi pleures-tu? demanda Amanda. Puisque je te dis qu'Ian va bien!

— Je suis trop heureuse, répondit Anita entre deux sanglots. Quand j'te disais que madame Bouliane ne mentait jamais!

La joie de savoir son fils vivant avait balayé toute l'amertume d'Amanda, chassé ses doutes, ses regrets, ses remords. Le passé était le passé. La seule chose qui comptait désormais, c'était de retrouver son fils et de le ramener à Québec.

ॐ

Debout bien avant le lever du soleil, Amanda revêtit une robe en gabardine grise, couvrit ses cheveux roux d'un fichu et mit quelques effets dans un sac de voyage. Elle avait décidé de ne pas porter sa robe de pénitente pour ne pas attirer l'attention sur elle. Ce n'est que lorsqu'elle fut devant la porte de la maison qu'elle entendit des pas dans l'escalier. Elle se retourna. C'était sœur Odette. Celle-ci remarqua le sac de voyage qu'Amanda tenait dans une main.

— Où vas-tu? demanda-t-elle, inquiète.

— À Montréal. Je dois rejoindre monsieur Trottier à l'hôtel Giroux. La diligence part à cinq heures.

— Le coroner t'a pourtant donné ordre de ne pas quitter Québec.

— Il faut que j'aille chercher mon fils.

Amanda s'avança vers la porte, suivie par la religieuse.

— Ce monsieur Trottier m'a semblé honnête. Je suis convaincue qu'il n'aurait pas d'objection à ramener lui-même Ian ici.

Amanda secoua la tête.

— Je n'ai pas confiance. J'ai besoin de voir Ian de mes propres yeux, de le toucher, de le prendre dans mes bras.

— Tu sais maintenant où il habite. À quoi bon prendre le risque de tout perdre pour quelques jours d'attente?

Sœur Odette était éloquente. Ses paroles avaient troublé Amanda, qui observa un silence pensif. Puis elle leva ses yeux gris vers la religieuse.

— J'ai attendu pendant six mois et vingt-quatre jours. Je n'attendrai pas un jour de plus.

LVI

Adrienne Trottier escorta sa dernière cliente jusqu'à la porte et décida qu'il était temps de fermer boutique. Son mari lui avait envoyé un télégramme deux jours auparavant, lui annonçant qu'il prendrait la diligence qui partait de Québec à cinq heures et arriverait pour l'heure du souper le lendemain. Il ne devrait pas tarder à rentrer, et elle voulait lui préparer un repas chaud avant son arrivée. La nourriture servie dans les hôtels de passage n'était guère appétissante et elle se doutait qu'Hubert aurait une faim de loup après une aussi longue route. Elle plaça l'écriteau *Fermé* bien en évidence dans la vitrine du magasin et verrouilla la porte à double tour.

En montant à l'étage, elle fut traversée d'une onde de bonheur lorsqu'elle aperçut Ian studieusement penché sur un cahier d'écolier. Ce qu'il avait grandi depuis le jour où Hubert l'avait trouvé sur le pas de leur porte, tout chétif et dépenaillé ! Il devait avoir poussé d'un bon cinq pouces. Adrienne avait dû rallonger tous ses pantalons et lui confectionner de nouvelles chemises. Ses épaules s'étaient élargies, ses traits s'étaient affirmés, et ses cheveux sombres étaient si touffus et bouclés qu'il lui fallait utiliser un peu d'huile de castor pour les discipliner. Hubert avait finalement convaincu Adrienne de l'importance de l'envoyer à l'école du quartier, qu'il fréquentait depuis plusieurs mois déjà. L'institutrice n'avait que de bonnes paroles à son égard. Elle le trouvait intelligent et appliqué, bien qu'elle déplorât parfois sa propension à s'isoler des autres élèves et son caractère un peu trop vif. Il s'était battu à quelques reprises avec des élèves qui se moquaient de son accent ou de ses cheveux bouclés. Il était même rentré une fois à la maison avec un œil au beurre noir, ce qui avait mis Adrienne dans tous ses états. Ian avait fini par avouer qu'il s'était bagarré avec un garçon. Celui-ci avait prétendu qu'il était un enfant trouvé. Madame Trottier avait voulu retirer Ian de l'école, mais son mari s'y était opposé, affirmant qu'il fallait qu'il apprenne à se défendre.

Après avoir mis une soupière sur le feu, Adrienne se pencha au-dessus du cahier d'Ian. Il était en train de faire un devoir d'arithmétique.

« Marie a reçu pour ses étrennes 50 sous ; elle a acheté un jouet de 12 sous, un livre pour 24 sous, et elle a donné 2 sous à un pauvre. Combien d'argent lui reste-t-il ? »

Il avait inscrit une réponse en dessous de l'exercice : 12 sous. Adrienne approuva.

— C'est très bien, Ian.

Il connaissait ses tables de calcul par cœur. Peut-être qu'un jour il deviendrait instituteur, ou encore mieux, notaire. À moins qu'il ne s'intéresse au commerce et reprenne un jour les rênes du magasin. Il se marierait, aurait des enfants. La maison serait remplie de leurs rires et de leurs jeux, qui égaieraient ses vieux jours. Tous les rêves qu'elle avait enfouis au plus profond d'elle-même après la mort de son fils fleurissaient de nouveau. Elle entendit la clochette de la porte du rez-de-chaussée tinter. Hubert était enfin de retour ! Depuis le naufrage du *Queen Victoria*, elle était toujours inquiète lorsque son mari entreprenait un voyage. Elle descendit l'escalier pour l'accueillir. Le sourire qu'elle avait aux lèvres se figea dans l'incertitude. Son mari n'était pas seul. Il était accompagné d'une inconnue. Pendant un instant, elle crut qu'il s'agissait d'une cliente. Pourtant, elle était certaine d'avoir placé l'écriteau *Fermé* dans la vitrine du magasin. Quelque chose dans l'attitude de l'étrangère, l'intensité de son regard peut-être, la plongea dans un malaise indéfinissable. Sans qu'elle sût pourquoi, sa gorge se noua.

— Où est mon fils ?

Ces mots frappèrent madame Trottier comme la foudre. Elle avait souvent redouté ce moment mais, chaque fois que ses craintes surgissaient, elle les chassait dans un recoin de sa conscience comme on balaie la poussière sous un tapis. La jeune femme avança vers elle. D'un mouvement instinctif, Adrienne se plaça devant la cage de l'escalier pour lui barrer le passage. Elle voulait à tout prix éviter que cette inconnue franchisse ces marches, sachant qu'alors, Ian serait perdu à jamais pour elle.

— Adrienne, je t'en prie, sois raisonnable.

Son mari était debout derrière la jeune femme. Elle le regarda comme s'il était un ennemi.

— Tu m'avais promis.

Il détourna la tête, incapable de soutenir son regard. La jeune femme s'approcha d'Adrienne. Ses yeux gris étaient devenus suppliants.

— Je vous en prie, madame, dites-moi où est Ian.

L'épouse du marchand resta là, clouée sur place comme par une force invisible.

— Je ne sais pas de qui vous voulez parler, dit-elle d'une voix étouffée. Vous vous trompez. Il n'y a pas d'Ian ici.

Son mari s'interposa de nouveau.

— Je lui ai tout dit, Adrienne. C'est son enfant. Laisse-la monter.

Madame Trottier se mit à sangloter en secouant la tête. Amanda lui jeta un regard implorant.

— Je sais que vous avez pris soin de lui. Je vous en serai reconnaissante jusqu'à la fin de mes jours, mais s'il vous plaît, laissez-moi le voir. C'est mon enfant.

— Adrienne, écoute-moi.

— Non !

Le cri était sorti de la bouche de madame Trottier sans qu'elle en prît conscience. Elle se mit à grimper l'escalier en s'accrochant à la rampe pour ne pas trébucher. Amanda la suivit. Elle avait compris que son fils se trouvait à l'étage. Son cœur battait si vite qu'elle crut que sa poitrine allait éclater. Monsieur Trottier emboîta le pas aux deux femmes, déchiré entre le remords et le sentiment d'avoir fait son devoir.

Ian était toujours assis derrière le pupitre, mais il avait levé les yeux en entendant tout ce bruit. Madame Trottier se précipita vers lui, le prit par les épaules.

— Ian, il y a une femme qui prétend que tu es son fils. Ne l'écoute pas, je t'en supplie, c'est une folle, elle veut te faire du mal.

C'est alors qu'il la vit, malgré les manches de la robe de madame Trottier qui lui couvraient les yeux en partie. Elle s'était arrêtée à quelques pieds de l'épouse du marchand. Son fichu avait glissé et laissait entrevoir des mèches de cheveux roux. Il entendit sa voix, qu'il aurait reconnue entre toutes.

— *A Iain, a thaisce*. Iain, mon enfant.

Il ne bougea pas, partagé entre l'incrédulité, la colère et une envie de pleurer. Amanda s'avança vers lui.

— *A mhic... dá mba eol duit cá fhad a chuardaigh mé tú !* Mon garçon... si tu savais combien je t'ai cherché.

Les yeux d'Ian se remplirent de larmes.

— *A Mhamaí.* Maman, murmura-t-il, comme s'il n'arrivait pas encore à croire que c'était bien elle.

Madame Trottier desserra doucement son étreinte. Sans connaître le gaélique, elle avait su tout de suite ce que ce mot signifiait. Ian se tourna vers elle. Il y avait une telle joie dans ses yeux qu'elle en fut chavirée.

— C'est elle. C'est ma mère. Elle est revenue.

Elle acquiesça sans rien dire. Il se leva, fit quelques pas vers Amanda. Il y avait du chagrin dans son regard, du ressentiment aussi, et une joie sans bornes. Elle le prit dans ses bras, le tint contre elle, riant et pleurant à la fois. Madame Trottier était restée debout, les bras ballants, le regard vide. Son mari lui mit une main sur l'épaule, mais elle n'eut aucune réaction.

— Adrienne...

Elle leva les yeux vers lui. Il s'attendait à y déceler de la colère, de la haine, peut-être, mais il n'y avait rien d'autre dans son regard qu'un désespoir morne, comme une lampe éteinte.

· Amanda entraîna Ian vers l'escalier, mais il se retourna, incertain de ce qu'il devait faire. Il alla vers monsieur Trottier et sa femme. Il embrassa maladroitement celle-ci sur une joue.

— Merci.

Adrienne, l'air absent, ne répondit pas, comme si quelque chose s'était cassé en elle. Monsieur Trottier frotta la tête de l'enfant.

— Bonne chance, mon garçon. Donne-nous des nouvelles de temps en temps.

Il escorta Amanda et Ian jusqu'à la porte du magasin. Il avait le cœur en charpie mais tâchait de faire bonne figure. Il voulut ajouter quelque chose, mais l'émotion l'en empêcha. Amanda lui saisit les mains.

— Je n'oublierai jamais ce que vous avez fait pour Ian.

Amanda et son fils sortirent du magasin et s'éloignèrent. Ian se retourna et envoya la main à monsieur Trottier. Celui-ci lui répondit, faisant un effort pour sourire. Il referma la porte. La cloche tinta tristement dans le magasin désert.

LVII

Amanda et Ian s'étaient arrêtés en route dans un gîte situé aux Trois-Rivières. Les passagers cassaient la croûte avant que la diligence ne reprenne la route. Amanda était incapable de quitter son fils des yeux, comme si elle voulait s'assurer qu'il ne se volatiliserait pas, tels ces rêves qui semblent si réels et s'évaporent au réveil. Mais Ian était là, bien vivant. Le bonheur de l'avoir retrouvé était si intense qu'elle se sentait épuisée. Elle remarqua avec tendresse des poils fins qui commençaient à poindre sur sa lèvre supérieure. Elle admira ses épaules plus larges, son menton volontaire, ses cheveux abondants. Il avait changé. Elle avait du mal à reconnaître le garçon qui, il n'y avait pas si longtemps, la suppliait pour qu'elle lui raconte l'histoire de la méchante Aoife et des quatre enfants du roi Lir. Embarrassé par le regard intense de sa mère, Ian baissait les yeux. Ils mangèrent en silence. Tant de questions se bousculaient dans la tête d'Amanda qu'elle ne savait par laquelle commencer.

— Je t'ai cherché longtemps, tu sais. J'étais folle d'inquiétude.

Il ne répondit pas.

— Les Trottier t'ont bien traité ?

Il fit oui de la tête.

— Tu n'as manqué de rien ?

— Non.

Un peu intimidé, il lui répondait par monosyllabes. Elle voulut lui demander s'il s'était ennuyé d'elle mais s'en abstint. La séparation avait dû être tout aussi difficile pour lui que pour elle, il ne servait à rien de tourner le fer dans la plaie. Mais une question la tourmentait depuis qu'elle avait revu son fils. Elle ne put s'empêcher de la poser :

— Madame Trottier... elle était gentille avec toi ?

Il acquiesça.

— Tu l'aimais beaucoup ?

Il leva soudain la tête vers elle. Ses yeux étaient remplis de confusion et d'une sorte de défiance.

— Je ne sais pas.

Amanda regretta aussitôt de lui avoir demandé une chose pareille. Que pouvait-il répondre ? Au fil des mois, il s'était sans doute attaché à cette femme. Un rai de lumière éclairait le visage de son fils. Ses traits avaient perdu la rondeur de l'enfance. Amanda le regarda plus attentivement. Une étrange angoisse l'étreignit. Dans la joie des retrouvailles, elle n'avait pas remarqué ce qui pourtant sautait aux yeux : Ian ressemblait à son père. En fait, c'était le portrait vivant de Jacques Cloutier.

⁓

Le *Montréal* venait de passer les Trois-Rivières et faisait route en direction du port de Québec. Le lieutenant Noël Picard se rendit dans la salle des moteurs. Un marin était en train de pelleter du charbon qu'il jetait ensuite dans la fournaise rougeoyante. La chaudière fonctionnait à plein régime, mais Picard ne constata aucune surchauffe. Rassuré, il regagna le pont. Depuis le naufrage du *Queen Victoria*, il allait régulièrement jeter un coup d'œil à la chaufferie. Il savait que les risques d'une explosion étaient minimes, mais il ne voulait prendre aucun risque.

La coque du *Montréal* fendait allègrement les vagues. Au rythme où naviguait le bateau, il parviendrait à Québec avant la tombée de la nuit. Contemplant le fleuve, puis le ciel, le lieutenant inspira profondément l'air chargé d'effluves marins. Il était heureux. Aujourd'hui était le jour de la nouvelle lune. Et il n'avait pas oublié Amanda O'Brennan. Au contraire, la jeune femme lui semblait plus présente que jamais. Chacun de ses traits, la teinte grise de ses yeux, sa façon de froncer légèrement les sourcils lorsqu'elle était préoccupée, jusqu'aux rides fines qui encadraient sa bouche, chaque détail s'était cristallisé dans son souvenir. Il avait obtenu une permission de quelques jours. Il en profiterait pour visiter sa sœur Lucie à la Jeune Lorette, puis le lendemain, il se rendrait à la maison de brique rouge. Et c'est là, entre les murs de cette maison, que le bonheur l'attendait.

LVIII

La diligence s'approchait de Québec. Une pluie dense s'était mise à tomber, creusant des ornières sous les roues. La voiture s'embourba, de sorte que le conducteur obligea les passagers de sexe masculin à descendre afin de la pousser, tandis qu'il tiendrait les rênes. Amanda se pencha au-dessus de la portière et observa son fils alors qu'il prêtait main-forte aux trois hommes qui tentaient de sortir la voiture de l'ornière. Après le choc initial qu'elle avait éprouvé en constatant la ressemblance d'Ian avec Jacques Cloutier, Amanda s'était raisonnée. Son fils avait grandi, il était normal qu'il eût certaines caractéristiques physiques de son père; la similitude s'arrêtait là. Ian avait un caractère doux, contemplatif. Jamais elle n'avait constaté la moindre violence chez lui. Il continuerait de grandir, de se transformer. Il trouverait un métier, fonderait une famille. Et le passé serait à jamais effacé. Elle sentit une secousse. Les hommes avaient réussi à dégager les roues de la diligence. Le cocher s'empressa de remonter sur son siège et, laissant à peine le temps aux voyageurs de retourner à l'intérieur de la voiture, il donna un coup de fouet. La diligence se remit à rouler.

❧

Debout près de la falaise, sous un pin blanc dont les branches, garnies d'épines d'un vert bleuté, se déployaient au-dessus de lui en formant une sorte de parasol, Noël Picard regardait la chute de Kabir Kouba. Le fracas de l'eau qui bouillonnait entre les rochers remplissait l'air et couvrait le son de la pluie. Un parfum de lichen et de sève montait de la terre humide, couverte d'un tapis d'aiguilles fines. Il venait à peine d'arriver à la Jeune Lorette qu'il comptait déjà les heures qui le séparaient de son départ. Encore toute une soirée, puis une nuit entière avant que le soleil se lève et qu'il gagne Québec. C'était la première fois de son existence qu'il avait hâte de quitter sa sœur et ses neveux. Lucie avait dû remarquer un changement chez son frère, car elle le regardait du coin de l'œil depuis son arrivée, un léger sourire aux lèvres. Il ne lui avait pas encore fait part de son projet, craignant qu'une fois divulgué celui-ci ne disparaisse, telle la brume qui monte du lac Saint-Charles et se dissipe dès que le soleil apparaît.

Il revint vers la maisonnette de sa sœur, écoutant la musique de la pluie qui ruisselait sur le chemin. Il aperçut Bertrand dans l'appentis, en train de plumer des poulets avec l'aide de son fils Aurélien, tandis que le petit André courait partout en tentant d'attraper les plumes qui voletaient autour de lui. Lorsque Noël rentra, une chaleur bienfaisante l'accueillit. Lucie était penchée au-dessus de l'âtre et attisait la braise. En entendant la porte se refermer, elle se retourna.

— Tu parles d'un temps pour sortir ! dit-elle en voyant son chapeau et son manteau qui dégouttaient sur le plancher.

Il suspendit ses vêtements à un crochet et s'approcha de sa sœur. Un berceau avait été installé à quelques pieds de l'âtre. Solange agitait ses mains et ses pieds minuscules sous la couverture, poussant de petits gémissements.

— Elle a encore faim, dit Lucie. Pourtant, je l'ai allaitée il y a à peine une heure. Une vraie petite ogresse !

La prenant dans ses bras, elle prit place dans une chaise berçante et découvrit un sein. Le bébé se mit à téter, ses petites mains agrippées au corsage de sa mère.

— Comme ça, tu penses toujours à elle ? demanda soudain Lucie, l'air neutre.

Noël la regarda, pris de court par sa sagacité.

— Qu'est-ce que t'en sais ?

— Tu sors dans la pluie battante, t'es toujours dans la lune, t'as des étoiles dans les yeux…

Il ne put s'empêcher de sourire.

— Je veux l'épouser. Je me rends demain à Québec pour lui faire la grande demande.

— Tu m'avais pourtant dit qu'elle était déjà prise.

Il haussa les épaules.

— Je pense que je me suis trompé.

Elle leva des yeux songeurs vers lui.

— Tu *penses* ?

Il observa les braises qui rougeoyaient dans l'âtre.

— J'en suis pas certain, avoua-t-il. D'après ce que j'ai pu savoir, elle habite une maison qui accueille des filles-mères.

Lucie ne montra pas ses sentiments. L'idée ne lui serait même pas venue de porter un jugement sur l'intérêt de son frère pour une femme qui avait eu un enfant hors du mariage, mais elle connaissait sa propension à rêver et à voir les gens meilleurs qu'ils ne l'étaient en réalité.

— Tu la connais à peine.

— Je sais. Tu me trouves fou ?

Elle sourit.

— Un peu.

⁂

Amanda fut soulagée lorsque la diligence s'arrêta enfin devant l'hôtel Giroux. Le voyage l'avait fatiguée, sans compter qu'Ian avait à peine ouvert la bouche depuis leur arrêt forcé sur le chemin du Roy. Durant tout le trajet, elle s'était demandé s'il avait des regrets d'avoir quitté le logis des Trottier, et ses réponses laconiques l'avaient troublée. Pourtant, il l'aimait. De cela, elle était certaine. Mais leur séparation avait été longue, et il avait sans doute du ressentiment à son égard, il la blâmait sûrement pour cet abandon involontaire. Pas une seule fois il n'avait fait allusion à son arrestation par le coroner. De cela aussi il faudrait lui parler un jour, mais elle ne savait pas comment le faire sans révéler l'existence de Jacques Cloutier, le rôle dévastateur qu'il avait joué dans sa vie, et elle ne pouvait s'y résigner. *N'y pense plus. Ne pense qu'à la joie d'avoir retrouvé ton fils.*

L'hôtel n'était pas loin de l'abri Sainte-Madeleine. Comme il avait cessé de pleuvoir, elle décida de faire le chemin à pied. Tandis qu'ils marchaient, elle expliqua à Ian qu'ils vivraient quelque temps à Sainte-Madeleine, mais qu'elle trouverait du travail, qu'ils pourraient habiter tous les deux dans un logis qu'elle louerait. Elle parlait un peu trop vite, pour combler le silence de son fils.

☙

Sœur Odette était agenouillée devant l'autel de la petite chapelle de Sainte-Madeleine lorsque Béatrice y entra en trombe, les joues rouges d'excitation.

— Ils sont là ! Amanda et Ian sont revenus !

Ne songeant même pas à reprocher à Béatrice d'avoir crié dans un lieu consacré, sœur Odette se leva un peu trop vite et la suivit, se retenant de courir. Lorsqu'elle les vit debout dans la petite salle de séjour, avec les traits tirés de ceux qui ont fait un long voyage, l'émotion eut raison d'elle et des larmes lui vinrent aux yeux. Elle s'avança vers eux et dut se mettre sur la pointe des pieds pour embrasser Ian, qui la dépassait d'une bonne tête.

— Comme tu as grandi !

Les autres religieuses et pensionnaires les entourèrent. Anita fut particulièrement émue de revoir Ian, bien qu'elle eût du mal à reconnaître dans cet adolescent robuste au visage taciturne le petit garçon qu'elle avait tant dorloté chez madame Bergevin.

Durant le repas, Béatrice et Anita traitèrent Ian aux petits oignons, si bien qu'elles arrivèrent à lui arracher son premier sourire.

Le lit qu'Ian avait occupé enfant était devenu trop petit. Béatrice et sœur Blanchet se mirent à l'œuvre et eurent tôt fait de fabriquer un matelas avec de la paille fraîche et un drap de coton, qu'elles installèrent dans un coin du dortoir, en le séparant des autres lits avec un rideau pour procurer au garçon un peu d'intimité. Dans son empressement à quitter la maison des Trottier, Amanda avait oublié de rapporter des vêtements pour Ian. On lui en procura qui provenaient d'un don des Dames de la Charité. Sœur Blanchet se promit de lui confectionner des habits dès le lendemain.

Lorsqu'il fut temps d'aller dormir, Amanda, tenant un bougeoir, vint souhaiter bonne nuit à son fils.

— Tu as tout ce qu'il te faut ? Veux-tu une autre couverture ? Un deuxième oreiller ?

— Non, merci.

Elle s'attarda auprès de lui, ne se résignant pas à le quitter.

— Je suis heureuse de ton retour, Ian.

— Moi aussi.

Pour la première fois, elle eut l'impression que la réserve qu'il avait montrée à son égard commençait à fondre. Elle déposa le bougeoir sur une table de chevet, embrassa son fils. Elle sentit le duvet sur sa lèvre lui effleurer la joue. L'amour monta en elle et la submergea comme une vague.

— *Is grá liom thú go mór.* Je t'aime tant.

Elle avait espéré qu'il lui répondrait « Moi aussi » mais se dit qu'il ne fallait pas forcer ses sentiments. Ils auraient amplement le temps de retisser leurs liens.

Au moment où elle reprenait le bougeoir et s'apprêtait à quitter la pièce, il l'appela :

— *A Mhamaí...* Maman...

Elle se tourna vers lui.

— Qui est mon père ?

Elle s'attendait si peu à cette question qu'elle fut incapable de répondre. Pourtant, elle s'y était préparée au fil des ans, sachant qu'un jour Ian voudrait en savoir plus sur ses origines, mais pas maintenant, pas dans cette pièce, alors qu'ils venaient tout juste de se retrouver. Il répéta, d'une voix qui était en train de muer :

— Qui est mon père ? Comment il s'appelle ?

Tâchant de calmer les battements de son cœur, Amanda balbutia :

— Son nom était John. John Kilkenny. C'était un marin. Il faisait des voyages au long cours sur un navire marchand.

— Qu'est-ce qu'il est devenu ? Pourquoi il n'a jamais donné de nouvelles ?

Elle hésita, puis poursuivit :

— Il est disparu en mer. Pas longtemps après ta naissance.

Ian resta silencieux, réfléchissant à ce que sa mère venait de lui apprendre.

— Maintenant, il est temps de dormir.

Il entendit les pas de sa mère s'éloigner. *John Kilkenny. C'était un marin. Il est disparu en mer.* Il tenta d'imaginer son visage, mais il n'y avait qu'un trou noir. *John Kilkenny. John Kilkenny.* Il répéta le nom de son père dans sa tête de plus en plus vite, jusqu'à ce que les syllabes s'entrechoquent et deviennent une sorte de litanie sans queue ni tête. Il s'endormit d'un coup, comme seuls les enfants en ont la capacité.

⁓

Lorsque Noël Picard entendit le coq chanter, il était déjà réveillé depuis belle lurette. Il se leva d'un bond, fit sa toilette, puis hésita sur les vêtements qu'il mettrait. Il avait connu Amanda alors qu'il portait son uniforme de lieutenant. Ce serait peut-être une bonne idée de lui faire sa demande vêtu de cet habit. Cela conférerait une certaine dignité à sa démarche. Et puis certaines femmes étaient impressionnées par les boutons dorés et le képi de la marine marchande. Mais Amanda n'était pas une femme comme les autres. Sans compter qu'elle avait eu maille à partir avec la police. La vue d'un uniforme, quel qu'il fût, ne lui inspirerait pas confiance. Il décida plutôt de s'habiller « à l'indienne » avec le manteau et le chapeau que sa sœur avait confectionnés pour lui. Ainsi, la jeune femme le verrait sous un autre jour, tel un homme libre attaché à son village et à sa famille, amoureux de la nature et d'une femme qu'il connaissait à peine, mais qu'il avait le sentiment d'aimer depuis le début des temps.

Après un déjeuner copieux, il retourna à la chute. Les rayons du soleil perçaient déjà la brume qui montait en volutes vers le ciel. Sans savoir pourquoi, il sentit que c'était un bon présage. Il revint vers la maisonnette et fit ses adieux à sa sœur Lucie, au mari de celle-ci et à ses neveux. Il caressa la tête de Solange qui dépassait du châle dans lequel sa mère l'avait enveloppée, puis monta dans sa voiture et prit la route vers Québec, heureux, confiant et nerveux tout à la fois.

꩜

Amanda se pencha au-dessus du lit de son fils. Il dormait. Elle le regarda longuement, émue de voir des mèches de cheveux sur son front, sa fossette au menton qui lui rappelait l'enfant qu'il avait été, le duvet plus foncé sur sa lèvre supérieure qui annonçait l'homme qu'il allait devenir. Il ouvrit des yeux encore ensommeillés et sourit en voyant sa mère. Rien n'aurait pu rendre Amanda plus heureuse. Elle eut le sentiment que la vie lui offrait enfin un répit, qu'elle et son fils retisseraient peu à peu leurs liens, que les blessures du passé finiraient par guérir. Une vie meilleure les attendait. Ian ferma les yeux et se rendormit. Amanda ramena la couverture sur lui, comme elle le faisait lorsqu'il était petit, et décida de le laisser tranquille. Elle projetait de l'emmener rue Sous-le-Cap et de lui présenter Fanette lorsqu'il aurait pris un bon déjeuner. Elle lui avait souvent parlé de sa tante et de leur enfance à Skibbereen. Pour lui, l'Irlande était devenue une terre presque mythique. *Un jour, nous retournerons là-bas, et nous serons de nouveau une famille.*

Béatrice venait de déposer sur la table un chaudron rempli de soupane lorsque des coups retentirent à la porte.

— C'est sans doute le porteur d'eau, dit-elle à Anita. Il est de bonne heure, ce matin.

Laissant les femmes se servir, elle se rendit à l'entrée de la maison. Comme elle était la pensionnaire la plus robuste, c'était elle qui était chargée de donner un coup de main au porteur d'eau afin de transporter les barils dans la cour. Elle ouvrit la porte. Deux policiers étaient sur le seuil. Avant même qu'ils aient prononcé un mot, elle eut la certitude qu'ils venaient pour Amanda.

Quatrième partie

Le procès

LIX

Prison de Québec
Le 28 mai 1860

Le fiacre s'immobilisa devant la prison de Québec. Les murs gris semblaient encore plus sinistres sous le soleil matinal, qui en révélait les fissures et les aspérités. Amanda descendit, escortée par les deux policiers qui avaient procédé à son arrestation. Leurs paroles résonnaient encore à ses oreilles : « Mademoiselle Amanda O'Brennan, vous êtes arrêtée pour complicité dans le meurtre de Jean Bruneau. Nous avons le mandat de vous emmener à la prison de Québec. » Elle n'avait eu que le temps de glisser à sœur Odette, tandis que les gendarmes la menottaient et la menaient vers leur voiture : « Prenez soin d'Ian. Dites-lui que j'ai dû partir en voyage. Avertissez ma sœur Fanette. Elle habite au 50, rue Sous-le-Cap. »

Amanda fut entraînée vers la guérite de la prison, où deux hommes montaient la garde. Après avoir jeté un coup d'œil au mandat d'amener que lui tendait l'un des policiers, un gardien prit un énorme trousseau de clés qui pendait à sa ceinture et conduisit Amanda à l'intérieur de la prison. Un employé installé derrière un guichet ouvrit un gros registre et trempa sa plume dans l'encrier. Il avait un visage étroit et un regard terne. Son nom, Aimé Gadbois, figurait sur un petit écriteau installé devant lui.

— Nom, état marital, occupation, marmonna-t-il.

— Amanda O'Brennan.

Elle hésita, puis dit :

— Célibataire.

Il inscrivit ces renseignements, puis leva ses yeux inexpressifs vers elle.

391

— Occupation ? répéta-t-il.

Que pouvait-elle répondre ? Ancienne prostituée repentie ?

— Sans occupation, lui expliqua-t-elle en évitant de le regarder.

L'employé fit la moue. Il avait l'habitude d'entendre ce genre de réponse. La clientèle féminine de la prison était en majorité composée de prostituées. Une fois derrière les barreaux, on aurait dit qu'elles tentaient de se donner un semblant de dignité en taisant leur véritable « métier ». Il s'appliqua à écrire dans le registre « sans occupation », en grosses lettres carrées. Puis il l'informa qu'elle devait lui remettre tous ses effets personnels : argent, bijoux, clés, montre...

— On te les rendra à ta sortie de prison.

— Ne me tutoyez pas.

Le préposé haussa les épaules.

— Tu feras pas tant de manières quand tu seras derrière les barreaux.

Un gardien tenta de la fouiller, mais elle le repoussa.

— Je n'ai pas besoin de votre aide.

Elle prit sa bourse et la déposa sur le comptoir, puis fit de même avec un trousseau de clés. Le préposé la scrutait attentivement et remarqua qu'elle portait un pendentif en forme de trèfle.

— Le pendentif aussi.

— Non ! s'écria-t-elle.

Le gardien lui saisit un bras. Amanda se débattit. L'autre gardien accourut afin de prêter main-forte au premier. Une porte claqua. Un homme au visage glabre, portant une redingote un peu trop large pour lui, surgit d'un bureau.

— Que se passe-t-il, pour l'amour du ciel ?

Les gardiens lâchèrent Amanda. L'employé derrière le comptoir intervint.

— La détenue refuse de remettre un bijou, monsieur Cummings, susurra-t-il d'une voix soudain obséquieuse.

Celui que le commis avait appelé monsieur Cummings se tourna vers Amanda.

— Je suis le directeur de cette prison. Il faut remettre tous vos objets personnels, mademoiselle. C'est le règlement.

Son ton était ferme, mais respectueux. Amanda s'adressa à lui, espérant un peu de compassion de sa part.

— Ce pendentif m'a été donné par ma mère. C'est tout ce qui me reste d'elle.

Le directeur la regarda un moment. Quelque chose dans l'attitude de la jeune femme, une sorte de dignité qui émanait d'elle, le toucha.

— Vous pouvez le garder, finit-il par dire.

Le commis se leva à moitié.

— Mais le règlement…

Le directeur coupa son employé sèchement :

— Il faut savoir en user avec discernement.

Il quitta la pièce. Amanda suivit des yeux sa silhouette étriquée. Depuis son arrestation, c'était la première personne qui avait fait montre d'un peu de bonté à son égard. Le commis, mécontent de la tournure des événements, referma le registre d'un geste dépité. L'un des gardiens entraîna Amanda sans ménagement vers un couloir de pierre chichement éclairé par des lampes à huile. L'air était fétide, chargé d'une odeur de moisissure et de corps mal lavés. Des portes massives munies d'ouvertures grillagées se succédaient de part et d'autre du corridor. Le gardien s'arrêta devant une porte, prit son trousseau et introduisit une clé dans la serrure. Les gonds grincèrent. L'homme poussa Amanda dans la cellule et referma la porte. Elle entendit le cliquetis de la clé dans la serrure. Une faible lumière provenait d'une meurtrière étroite. Deux couchettes munies de courtes échelles étaient superposées de chaque côté de la cellule. Il n'y avait aucun autre ameublement, hormis une petite table sur laquelle un pichet avait été déposé, et un seau d'aisance dans un coin.

Les yeux d'Amanda s'habituèrent peu à peu à l'obscurité. Une femme était assise sur l'un des lits avec un enfant qui semblait n'avoir que six ou sept ans. Une autre femme, couchée en chien de fusil sur la couchette du dessus, semblait dormir. Constatant que le grabat de l'autre côté était inoccupé, elle s'y installa. Le matelas était dur. Une couverture rêche le recouvrait. Amanda ramena la couverture sur elle pour se réchauffer. Elle ne savait pas si c'était l'humidité qui régnait dans la cellule qui lui glaçait les os, ou bien la peur.

LX

Sœur Odette monta jusqu'au dortoir et fut rassurée de voir qu'Ian dormait toujours. Le sommeil le protégeait de la réalité, du moins pour le moment. Elle revint doucement sur ses pas et croisa Béatrice dans l'escalier.

— Ne le réveille surtout pas, dit-elle tout bas. Je lui parlerai à mon retour.

Sœur Odette attela la charrette et se dirigea vers la côte de la Montagne. Elle trouva facilement la maison dans la rue Sous-le-Cap. Ce fut Fanette qui lui ouvrit la porte. Elle sourit en voyant la religieuse, mais son sourire disparut devant la mine sombre de celle-ci.

— Votre sœur vient d'être arrêtée par la police. On l'a emmenée à la prison de Québec.

— De quoi est-elle accusée ? demanda Fanette, la voix blanche.

Sœur Odette se rembrunit encore davantage.

— De meurtre. Un nommé Jean Bruneau. C'est tout ce que je sais.

Le choc fut brutal, mais Fanette le reçut à distance, comme si une armure la protégeait. Les Norton étant à Ottawa pour une semaine, elle serait libre de ses mouvements pendant la durée de leur voyage. Et Emma était partie tôt ce matin-là au refuge du Bon-Pasteur. Il lui faudrait donc mener Marie-Rosalie chez la voisine.

— Je vais aller voir Amanda en prison.

— Souhaitez-vous que je vous accompagne ? J'y vais régu-lièrement visiter les prisonnières, je pourrais peut-être vous être utile.

— Je préfère y aller seule.

La religieuse acquiesça.

— Il y a une bonne nouvelle, malgré tout. Amanda a retrouvé son fils. Il avait été recueilli par un couple de Montréal. Elle l'a ramené avec elle à Québec.

— Est-il au courant que sa mère a été arrêtée ?

— Pas encore. En ce moment, je vous l'avoue, je me demande comment Dieu peut permettre la réunion de deux êtres pour les séparer de nouveau d'une façon aussi cruelle.

Après le départ de la religieuse, Fanette alla rejoindre Marie-Rosalie, qui était dans le salon, le nez plongé dans un livre d'images. Faisant un immense effort pour ne pas montrer sa détresse, elle expliqua à sa fille qu'elle devait s'absenter, et qu'elle la conduirait chez madame Johnson. La fillette suivit sa mère sans faire d'histoires. Fanette bénit le caractère de Marie-Rosalie, qui était sociable et avait une capacité d'adaptation hors du commun.

Heureusement, madame Johnson était chez elle et accepta avec plaisir de prendre la fillette.

— Je reviendrai d'ici la fin de la journée, l'assura Fanette.

— Prenez tout votre temps.

Fanette embrassa sa fille et s'empressa de retourner chez elle. Elle attela son Phaéton et partit en direction de la haute ville.

La voiture roulait rue Sainte-Anne, puis atteignit Sainte-Angèle. Bientôt, la prison fut en vue. Fanette reconnut avec horreur la façade grise et l'inscription en latin gravée sur une plaque de marbre qui surplombait le portail : *Carcer is bono a pravis vindicare possit*, « Puisse cette prison venger les bons de la perversité des méchants ».

Après avoir garé le Phaéton, Fanette s'approcha de l'entrée. Chaque détail de son unique visite à cette prison était incrusté dans sa mémoire : la guérite crasseuse, les couloirs sombres, la cellule où Jacques Cloutier avait été enfermé; puis sa confession, lorsqu'il lui avait avoué avoir laissé Amanda pour morte dans la forêt, après l'assassinat de Jean Bruneau. Contre toute attente, cette évocation la rassura. Au moins, sa sœur était vivante.

Armée d'une nouvelle détermination, elle franchit la guérite en évitant les regards égrillards des gardiens qui interrompirent leur jeu de dés à son entrée, puis s'adressa à un homme assis derrière un guichet dont le teint et le costume étaient aussi gris que les murs.

— Je voudrais voir Amanda O'Brennan.

— Vous êtes de la famille ? demanda-t-il sèchement.

— Je suis sa sœur.

Il la regarda avec une pointe de mépris, puis poussa un registre devant elle.

— Inscrivez votre nom ici. Un gardien va vous mener au parloir. Les visites durent une demi-heure. Avez-vous des colis ?

— Non.

Dans son empressement à retrouver Amanda, Fanette n'avait rien apporté. Elle se promit de le faire la prochaine fois. L'employé fit signe à une femme de s'approcher. Son visage dur et sa bouche mince semblaient sculptés dans du bois. La matrone fouilla Fanette, puis un gardien l'escorta jusqu'à une salle voûtée où une longue grille séparait les visiteurs des détenus. Dans un souci d'améliorer les conditions de vie des prisonniers, le directeur Cummings avait fait construire ce parloir l'année précédente, mais celui-ci avait déjà l'air sale et décrépit. Des chaises avaient été alignées de part et d'autre du grillage. Une jeune femme, assise en face d'un prisonnier, parlait fort pour couvrir les hurlements d'un poupon qu'elle tenait dans ses bras. Une femme plus âgée secouait la tête en pleurant tandis qu'un jeune homme de l'autre côté de la grille évitait de la regarder. Le gardien désigna une chaise au fond de la salle. Fanette y prit place, sentant son courage la déserter face à tant de misère. La chaise en face d'elle était vide. Après quelques minutes, une porte s'ouvrit. Amanda, conduite par un gardien, entra dans le parloir. Son geôlier l'entraîna vers la chaise et la fit asseoir. Elle avait les yeux rougis et son visage était plus pâle que d'habitude. Fanette glissa ses mains entre les barreaux et saisit celles de sa sœur, qui étaient glacées et tremblantes.

— Je ne l'ai pas tué, murmura Amanda. Je te le jure sur la tête de nos parents. Monsieur Bruneau voulait m'aider, m'emmener loin des Cloutier. Jamais je n'aurais touché à un cheveu de sa tête.

— Tu n'as pas à te justifier. Cette accusation ne tient pas debout. Je te sortirai d'ici.

Les yeux gris d'Amanda se brouillèrent.

— Toute ma vie, je ne t'ai causé que des ennuis.

— Ne dis plus jamais une chose pareille. Plus jamais ! dit Fanette, véhémente. Je serai toujours là pour toi, tu le sais bien.

Amanda acquiesça, la gorge trop serrée pour parler. Des larmes roulaient sur ses joues sans qu'elle puisse les retenir.

— Sœur Odette m'a appris que tu avais retrouvé ton fils, reprit Fanette.

La douleur envahit le visage d'Amanda.

— Pauvre petit. Que va-t-il devenir ?

— J'irai le voir, je te le promets.

Amanda agrippa les barreaux.

— Ne lui dis pas que je suis en prison. Je ne veux pas qu'il sache.

— Il faut avoir confiance. Tu seras innocentée. Nous serons réunis de nouveau, comme une vraie famille.

Amanda se calma peu à peu, rassurée par la conviction inébranlable de sa sœur. Profitant de ce moment d'accalmie, Fanette posa des questions plus précises :

— Sur quelles preuves s'appuie l'accusation ?

Amanda secoua la tête.

— Je n'en sais rien. Personne ne m'a encore rien dit.

Lorsque le gardien revint pour annoncer la fin des visites, Fanette eut grand-peine à s'arracher à sa sœur.

— Je reviendrai demain. Courage.

Amanda sourit bravement. Fanette la suivit du regard jusqu'à ce que la porte grillagée se referme sur elle. Retenant ses propres larmes, elle sortit du parloir et se dirigea d'un pas ferme vers le bureau du directeur de la prison. Elle l'avait vu une fois, lors de sa visite à Jacques Cloutier, et se rappelait qu'il était situé non loin du hall d'entrée. Elle profita du fait que l'un des gardiens était occupé à escorter les visiteurs vers la sortie pour se glisser dans un corridor. L'odeur d'humidité s'était atténuée. Elle s'arrêta devant une porte sur laquelle une plaque en bronze avait été posée : *Edgar Cummings, directeur.* Elle frappa à la porte. Après un moment, quelqu'un l'ouvrit. Fanette reconnut tout de suite le visage glabre et les épaules un peu courbées de monsieur Cummings. Ce dernier fut surpris de recevoir la visite d'une jeune femme d'allure aussi distinguée, ce qui était rare en ces lieux. Il lui sembla que ce visage, ces yeux remarquables lui étaient familiers. Fanette ne lui laissa pas le temps de réfléchir.

— Je suis Fanette Grandmont, la sœur d'Amanda O'Brennan, que vous avez écrouée ce matin.

L'image de la jeune femme au pendentif était fraîche à l'esprit du directeur. La curiosité et le besoin de sortir de la grisaille de sa vie quotidienne l'emportèrent sur son devoir de réserve. Il se recula poliment et lui désigna un fauteuil tellement usé que du crin sortait du siège.

— Veuillez excuser l'inconfort de ce bureau. Je préfère consacrer mon médiocre budget à l'amélioration des conditions des détenus plutôt qu'à un nouvel ameublement.

Cette entrée en matière rassura Fanette, qui prit place dans le fauteuil. Il s'assit à son tour derrière un pupitre encombré de dossiers.

— Que puis-je faire pour vous être utile ?

— Je veux savoir comment sortir ma sœur d'ici.

La question était claire. La réponse le fut tout autant.

— Votre sœur doit comparaître dans deux jours au palais de justice, où elle sera formellement inculpée. Je vous conseille fortement de trouver un bon avocat. Il sera mieux placé que moi pour vous éclairer sur les dédales juridiques.

— Je n'en connais aucun.

— Allez au palais de justice. Vous y trouverez plusieurs avocats qui y font le pied de grue à l'affût d'une bonne cause.

∽

En sortant de la prison, Fanette suivit les conseils de monsieur Cummings et se rendit au palais de justice. En entrant dans l'édifice, elle fut étourdie par le va-et-vient incessant des avocats, des policiers et des témoins. Elle tenta d'aborder un avocat en toge, mais ce dernier passa son chemin, la mine affairée. L'idée vint alors à Fanette d'entrer dans une salle d'audience afin d'y voir un avocat à l'œuvre. Elle choisit une salle d'audience au hasard et prit place au balcon réservé aux dames. La salle était à moitié pleine. Un jeune homme en toge, debout dans le prétoire, était en pleine plaidoirie.

— Ce père de cinq enfants risque d'être condamné à mort pour le vol d'un cheval. Si c'est cela qu'on appelle la justice, alors je refuse d'en être l'un des rouages. On ne tue pas un homme pour si peu. Ce serait enlever tout son sens à la notion même de punition…

Impressionnée par l'éloquence de l'avocat, Fanette attendit que le procès soit ajourné pour l'attendre à la sortie de la salle d'audience. Il apparut enfin, les bras chargés de documents et le front soucieux.

— Monsieur ! s'écria-t-elle alors qu'il s'éloignait déjà à pas pressés. Monsieur !

Il se retourna à demi, en regardant à peine son interlocutrice.

— Je vous avertis tout de suite, je ne prends que les causes désespérées.

— C'en est une, répondit Fanette avec aplomb.

L'avocat se tourna tout à fait et regarda la jeune femme avec plus d'attention.

— Je vous écoute.

Tâchant d'ignorer les conversations et les allées et venues des gens autour d'eux, Fanette lui raconta l'arrestation de sa sœur et son emprisonnement.

— Pour quel motif votre sœur a-t-elle été arrêtée ?

Fanette fit un effort pour soutenir le regard de l'avocat. Elle baissa la voix sans s'en rendre compte.

— Pour meurtre.

Elle ajouta avec véhémence :

— Elle est innocente.

Touché par la conviction avec laquelle la jeune femme avait prononcé ces mots, il dit simplement :

— J'irai la voir en prison cet après-midi. Quel est son nom ?

— Amanda O'Brennan.

Elle lui tendit la main avec reconnaissance.

— Et moi, c'est Fanette Grandmont.

L'avocat lui serra la main avec une réticence soudaine.

— Avez-vous un lien de parenté avec Louis Grandmont ?

— C'est mon beau-père.

Il retira sa main.

— J'ai bien peur de ne pouvoir rien faire pour vous, dit-il froidement.

Il tourna les talons et s'engagea dans l'escalier qui menait au hall principal. Fanette, ne comprenant rien à cette volte-face, courut à sa suite.

— Puisque je vous dis que ma sœur est innocente, plaida-t-elle.

Il se tourna vers elle.

— Qu'elle soit innocente ou coupable n'a rien à voir avec ma décision. Tout accusé a le droit à une défense. C'est que monsieur Grandmont a très mal agi à mon égard.

— Si je comprends bien votre raisonnement, vous refusez de défendre ma sœur à cause des actions de mon beau-père ? Je croyais que les avocats étaient censés défendre les gens, et non les accuser par association.

Contre toute attente, l'avocat sourit.

— Dommage que les femmes n'aient pas le droit de faire le Barreau, madame Grandmont, vous auriez fait une excellente avocate. Quand doit-elle comparaître ?

— Après-demain.

— J'y serai. J'espère seulement que l'on tombera sur un bon juge. La différence entre la justice et l'injustice repose entre ses mains.

Il fit un mouvement pour s'en aller, mais elle le retint.

— Je ne sais même pas votre nom.

— Julien Vanier.

Fanette le regarda, médusée. Julien Vanier était le candidat qui avait été défait par le notaire Grandmont aux dernières élections municipales, qui avait contesté l'élection et obtenu un recomptage judiciaire. Elle comprit un peu mieux son ressentiment à l'égard du notaire. Elle balbutia :

— Nous n'avons pas discuté vos honoraires.

Il eut un geste désinvolte.

— Je ne les demande qu'à la fin des procédures, et seulement quand j'ai eu gain de cause ! dit-il en dévalant les marches.

Une sorte d'optimisme gagna Fanette tandis qu'elle remontait dans son Phaéton. Elle avait la conviction que Julien Vanier réussirait à prouver l'innocence d'Amanda et à la faire sortir de cette horrible prison.

❧

Noël Picard avait fait bonne route et arriva à Québec un peu après midi. Il avait l'estomac dans les talons et les naseaux de son cheval écumaient, mais il était trop pressé de se rendre à la maison de brique rouge pour prendre le temps de s'arrêter. Lorsqu'il s'engagea dans la rue Richelieu et vit le refuge se profiler à distance, son cœur se mit à battre comme un tambour. La charrette que sœur Odette conduisait lorsqu'il avait fait sa connaissance quelques semaines auparavant était dans la cour. Il arrêta sa voiture devant la maison, en descendit et monta les quelques marches qui menaient à la porte vermoulue, se répétant à lui-même tous les arguments qu'il avait peaufinés en chemin : « Je vous ai aimée dès que j'ai posé les yeux sur vous. Je ne suis pas riche, mais j'ai des gages convenables. J'habite le plus joli village du monde. »

Il se trouva soudain ridicule, puis chassa ses doutes. Lorsqu'il la verrait, il saurait dépister les mots. Il cogna à la porte. Chaque coup semblait faire écho à son propre cœur. Une femme portant une robe bleue lui ouvrit. Ses yeux étaient rouges et son visage, sombre.

— Je souhaiterais parler à Amanda O'Brennan.

— Elle n'est pas là, répondit abruptement Béatrice.

La jeune femme referma brusquement la porte. Le lieutenant Picard s'était si peu attendu à cet accueil qu'il resta figé sur place, comme le pin blanc près de la chute Kabir Kouba. Puis la colère le submergea. Il n'avait pas fait tout ce chemin, bâti tous ces rêves, pour se buter à une simple porte. Il frappa de nouveau, bien décidé à franchir ce seuil et à parler à Amanda O'Brennan, quitte à ce qu'elle l'envoie promener. Cette fois, personne ne répondit. Les poings douloureux, il finit par renoncer et redescendit lentement les marches lorsqu'il entendit un léger grincement. Se retournant, il aperçut la silhouette frêle de sœur Odette sur le pas de la porte.

— Je vous en prie, lieutenant Picard, ne revenez plus, pour le bien d'Amanda comme pour le vôtre.

La porte se referma aussitôt. Il retourna à sa voiture, l'âme remplie de doutes et de frustration. Rien ne s'était produit comme il l'avait espéré. Il aurait préféré mille fois une fin de non-recevoir de la bouche même d'Amanda plutôt que d'être accueilli par ces visages et ces paroles affligés qui sonnaient comme un glas. *Ne revenez plus, pour le bien d'Amanda comme pour le vôtre.* Il fallait donc que quelque chose de grave se soit produit. Le mystère autour de cette femme s'épaississait. La mort dans l'âme, il remontait dans sa voiture lorsqu'il aperçut une jeune femme assise sur un banc de bois dans la cour attenante à la maison de brique rouge.

Elle portait une robe bleue et tenait son visage dans ses mains. Un espoir fou l'envahit. Il courut vers elle.

— Mademoiselle O'Brennan...

Elle leva la tête vers lui. Son visage rond et avenant était mouillé de larmes.

— Amanda a été arrêtée, sanglota Anita. Elle est en prison.

Noël Picard fut tenté de fuir, de partir avant d'en savoir plus. *Renonce. Ne va pas plus loin, oublie-la,* lui disait la voix de la raison. Mais une autre voix, plus insistante, celle de l'homme amoureux, lui disait de prendre le chemin de la vérité, quel qu'en soit le prix. Il pressa la jeune femme de questions. Et il sut. Le mot « meurtre » brisa ses rêves, pulvérisa ses illusions. Voilà pourquoi Amanda O'Brennan était recherchée par la police, pourquoi elle était en fuite, pourquoi elle lui avait menti. Il revint lentement vers sa voiture, avec le sentiment de ne plus avoir de cœur, comme si un aigle l'avait agrippé dans ses serres et le lui avait arraché.

❧

Sœur Odette se rendit au réfectoire, préoccupée. Avait-elle bien fait de renvoyer cet homme de cette façon ? Elle pressentait qu'il avait une âme généreuse et de bonnes intentions, mais il n'en restait pas moins un étranger, et elle voulait préserver ce qui restait de dignité dans la vie d'Amanda. En entrant dans la pièce habituellement animée, elle ne vit que des visages tristes penchés sur leur assiette. Elle remarqua tout de suite qu'Ian n'était pas assis à table.

— Commencez à manger, mes filles, je vous rejoins bientôt.

Elle se dirigea vers le dortoir. Ian était assis dans son lit, le regard perdu dans le vide. Elle s'arrêta à sa hauteur.

— Tu n'as pas faim ? dit-elle doucement.

Il continua à fixer le vide.

— Où est ma mère ?

Sœur Odette hésita. Devait-elle dire la vérité à l'enfant ou respecter la volonté d'Amanda ? Elle avait toute sa vie suivi un chemin tracé d'avance, forte de ses certitudes, mais ne savait plus ce qu'il fallait faire. Voyant qu'Ian avait l'air perdu et malheureux, elle se décida à parler.

— Ta mère a été arrêtée.

— Quand ? dit Ian, la voix blanche.

— Ce matin. Tu dormais. On l'a emmenée à la prison de Québec.

— Pour combien de temps ?

Chaque question de l'enfant mettait la religieuse au supplice.

— On ne sait pas. Elle t'écrira, je te le promets.

Il posa alors la question qu'elle redoutait le plus :

— Pourquoi on l'a enfermée en prison ?

— Tout ce que je peux dire, c'est qu'elle n'a rien à se reprocher.

Le garçon resta longtemps silencieux. Puis il détourna le visage et ramena la couverture sur lui.

∽

Julien Vanier attacha son vieux cheval à un réverbère. Il lui fallait changer de monture, mais il n'en avait pas les moyens pour le moment. La plupart de ses clients étaient trop pauvres pour le payer, mais il était incapable de les abandonner à leur sort pour une question d'argent. Il prit le porte-documents qu'il avait attaché à la selle de sa monture, puis leva les yeux vers la prison bâtie pour durer jusqu'à la fin des temps. Il avait beau y être entré à maintes reprises depuis qu'il avait été diplômé du Barreau, un an auparavant, il n'arrivait pas à s'habituer à l'idée que des êtres humains étaient enfermés entre ces murs, quels que soient leurs méfaits. Pire, certains d'entre eux étaient innocents, et on leur arrachait tout de même leur liberté. Un jour, la société inventerait peut-être des façons moins barbares de sévir contre le crime.

Les gardiens le reconnurent et le laissèrent passer. Il dut cependant montrer patte blanche au commis derrière le guichet.

— Monsieur Gadbois, vous me connaissez, pourquoi dois-je vous montrer mes papiers chaque fois ?

— C'est le règlement.

La tyrannie des petits pouvoirs, se dit l'avocat en extirpant une feuille froissée de sa poche. Il la déplia et la montra à l'employé, qui l'examina soigneusement avant de la remettre.

— C'est bon.

Contenant son exaspération, l'avocat demanda à voir Amanda O'Brennan, puis se dirigea vers le parloir, révolté par l'inconfort des lieux et les odeurs nauséabondes qui y régnaient. *Les animaux sont mieux traités...* Il prit place sur une chaise et attendit. Une jeune femme aux cheveux couverts d'un fichu s'assit en face de lui. Elle lui fit tout de suite bonne impression, mais il ne s'y fia pas. Les personnes les plus coupables pouvaient arborer un visage d'ange et les plus innocentes, des mines patibulaires. Il se présenta en lui précisant que c'était sa sœur, Fanette Grandmont, qui lui avait demandé d'assurer sa défense. Mais avant d'accepter ce mandat, il lui importait qu'elle lui dise tout ce qu'elle savait, sans rien omettre, même les détails qui pouvaient lui sembler compromettants. Elle se mit à parler. Lorsqu'elle évoqua le meurtre de Jean Bruneau, sa voix faiblit. L'avocat lui dit gentiment de prendre son temps. Elle poursuivit tandis qu'il prenait des notes dans un cahier qu'il avait discrètement ouvert sur ses genoux.

— Que s'est-il produit après le meurtre ? demanda-t-il.

— Je me suis sauvée dans la forêt. Il m'a couru après, puis il m'a poignardée.

— Jacques Cloutier ?

Elle acquiesça, frémissant encore au souvenir de la lame qui l'avait transpercée.

— Un voisin, Pierre Girard, m'a trouvée et m'a recueillie à sa ferme, avec sa femme, Aurélie. J'ai été soignée par un médecin.

L'avocat inscrivit ce renseignement dans son cahier.

— Combien de temps êtes-vous restée chez les Girard ?

— Quelques semaines. Ensuite...

Elle songea à son humiliation lorsque les Girard avaient dû la mettre à la porte à cause de sa grossesse devenue trop apparente, à son accouchement pénible à l'Hôtel-Dieu, à sa fuite avec son bébé, et décida de n'en rien dire. Si elle révélait à l'avocat l'existence d'Ian, alors, inévitablement, il voudrait savoir qui était son père ; elle préférait finir ses jours en prison plutôt que de courir ce risque.

— Ensuite, je suis partie pour Québec et j'ai trouvé du travail dans une auberge.

Il avait senti une légère hésitation dans sa voix, mais prit note de ce qu'elle avait raconté sans faire de commentaires. Elle ne parla pas du fait qu'elle avait dû se prostituer pour assurer sa survie et celle de son fils, ni de la protection que lui avait accordée Andrew Beggs, mais elle mentionna son arrestation par le coroner Duchesne au port de Montréal, sa nuit en prison, puis sa déposition dans le bureau du coroner.

— Une déposition ? dit l'avocat, intéressé. Je vais en obtenir copie. Que s'est-il produit après que le coroner vous a interrogée ?

— Il m'a remise en liberté, à condition que je ne quitte pas Québec tant que son enquête ne serait pas terminée.

— Avez-vous respecté cette condition ?

Elle hésita. Julien Vanier le perçut.

— Je suis ici pour vous défendre, mademoiselle O'Brennan. C'est important que vous me disiez tout, y compris les faits qui pourraient vous sembler compromettants, je le répète.

Amanda secoua la tête.

— Je n'ai rien d'autre à ajouter.

— Bien.

Il ferma son cahier, le rangea dans son porte-documents.

— Je vous promets de faire tout en mon pouvoir pour prouver votre innocence. Mais je vais d'abord tenter de vous faire sortir d'ici.

Il fit un mouvement pour se lever. Elle se pencha vers lui, les mains agrippant la grille.

— Merci, dit-elle dans un souffle.

❧

Le soleil disparaissait dans des nuages lorsque Fanette descendit de son Phaéton et se dirigea vers la maison de brique rouge de l'abri Sainte-Madeleine. Les émotions de la journée l'avaient épuisée, mais elle voulait à tout prix faire la connaissance d'Ian. La détresse de sa sœur à son sujet l'avait bouleversée. Elle ne savait pas de quelle manière elle aborderait l'enfant, ni ce qu'elle lui dirait s'il lui posait des questions sur le sort de sa mère, mais elle avait hâte de le serrer dans ses bras. À quoi ressemblait-il ? Elle l'imagina avec des cheveux roux comme ceux d'Amanda.

Ce fut Anita qui l'accueillit à la porte, les yeux encore rouges d'avoir pleuré. Elle la conduisit jusqu'au réfectoire où les pensionnaires finissaient de ranger la vaisselle du repas. Sœur Odette vint vers elle, tâchant de faire bonne figure, mais l'inquiétude rongeait ses traits. Elle prit Fanette à part.

— Ian ne veut voir personne.

Devant la déception de la jeune femme, elle soupira.

— Je lui ai dit la vérité au sujet de sa mère. J'étais incapable de lui mentir. Depuis, il refuse de sortir de son lit, de manger. Je ne sais plus à quel saint me vouer.

— Laissez-moi lui parler.

La religieuse conduisit Fanette jusqu'au fond du dortoir. Elle lui désigna un rideau.

— Son lit est derrière, chuchota-t-elle.

Fanette acquiesça, puis s'en approcha.

— Ian ?

Personne ne répondit.

— Ian, je suis ta tante, Fanette.

Le silence se prolongea.

— Ta mère m'a beaucoup parlé de toi. Elle m'a dit que tu rêvais de voir la mer.

Un léger craquement se fit entendre, comme si quelqu'un bougeait dans son lit.

— Elle t'a sûrement parlé de Skibbereen. C'est notre village natal. Il se trouve au sud de l'Irlande, près de la côte. Presque chaque jour, ta mère et moi, on se rendait à pied près de la falaise, et on se penchait pour observer les vagues qui se brisaient sur les rochers. Ta mère était plus brave que moi. Elle s'avançait jusqu'au bord de la falaise, contemplait le ciel, puis l'écume de la mer qui bouillonnait en contrebas, et elle me disait : « Regarde ! On dirait un cygne ! »

Fanette crut entendre un reniflement. Elle écarta légèrement le rideau. Ian était en boule dans son lit, une couverture ramenée sur sa tête. Ses épaules étaient secouées par des sanglots silencieux. Elle s'approcha du lit, se pencha au-dessus de l'enfant, repoussa délicatement la couverture. Contrairement à ce qu'elle avait imaginé, les cheveux d'Ian étaient sombres et bouclés. Elle les caressa doucement. Il secoua la tête comme pour chasser une mouche. Fanette retira sa main.

— Ta mère n'a rien fait de mal. J'ai engagé un bon avocat. Il fera tout pour qu'elle sorte de prison. Il faut avoir confiance.

Le garçon se redressa subitement. Ses joues étaient striées de larmes et ses yeux bruns, chargés de colère. Elle fut soudain frappée par sa ressemblance avec Jacques Cloutier et eut un mouvement de recul involontaire.

— Si elle a rien fait de mal, pourquoi elle est en prison ?

Fanette n'eut pas le courage de répondre à la question d'Ian. Il s'étendit de nouveau dans son lit, ramena la couverture sur sa tête. Ne se résignant pas à le quitter, elle reprit la parole :

— En attendant que ta mère soit libérée, tu es le bienvenu chez moi. Je suis sûre que ma mère serait très heureuse de t'accueillir.

— Allez-vous-en. Laissez-moi tranquille.

Fanette s'éloigna à regret, impuissante devant tant de détresse.

LXI

Québec
Le 30 mai 1860

Oscar Lemoyne avait fait sa tournée quotidienne des postes de police de la ville mais n'avait rien glané d'intéressant. Aussi se rendit-il au palais de justice afin d'examiner le rôle de la journée affiché sur un grand tableau à l'entrée : peut-être dégoterait-il un procès un peu croustillant qui ferait un papier pas trop ennuyeux. Il tomba des nues en voyant le nom d'Amanda O'Brennan, qui devait comparaître devant le juge Hector Sicotte à neuf heures ce matin-là. Consultant l'horloge du palais, il s'aperçut qu'il était dix heures cinq minutes. Sans perdre un instant, il grimpa à toute vitesse l'escalier de marbre qui menait aux salles d'audience.

Lorsqu'il entra dans la chambre de justice, il reconnut tout de suite Amanda, assise sur le banc des accusés. Il constata avec un pincement au cœur que ses mains étaient menottées. À ses côtés se trouvait un homme jeune, le front haut, les cheveux blonds qui touchaient son col. C'était l'échevin Julien Vanier, dont il avait couvert la campagne électorale l'année précédente. Puis, plus haut, au balcon réservé aux femmes, Fanette Grandmont, la « jolie dame », assise près d'une personne plus âgée arborant un large chapeau. Il remarqua que la jeune femme ne portait plus le deuil, et cela lui fit plaisir, mais la vue du coroner Georges Duchesne, assis dans les premiers rangs du parterre, gâcha ce moment.

Oscar s'installa sur le banc réservé aux journalistes. Le juge Sicotte prit la parole :

411

— Ayant pris connaissance de la preuve fournie par la Couronne, je déclare que les accusations de meurtre qui pèsent contre la prévenue, Amanda O'Brennan, sont suffisamment crédibles pour que celle-ci soit traduite en justice dans un procès en bonne et due forme.

Un brouhaha accueillit sa déclaration. Amanda se tourna vers le coroner Duchesne et chercha son regard, mais ce dernier détourna les yeux. Un homme grand et maigre, dont la longue toge noire faisait ressortir le visage osseux, se leva et s'adressa au juge. Oscar l'avait déjà vu plaider à plusieurs reprises. C'était Graham Craig, un procureur obstiné et implacable qui avait la réputation d'obtenir des condamnations dans la plupart de ses causes.

— Votre seigneurie, dit l'avocat d'une voix métallique, afin de protéger l'ordre public et d'éviter que l'accusée tente d'échapper à la justice, comme elle l'a déjà fait par le passé, je demande à ce qu'elle soit incarcérée avant la tenue de son procès.

Jules Vanier se leva aussitôt.

— Je m'y objecte avec force !

Sa voix claire résonna dans le prétoire. Tous les regards se tournèrent vers lui. Le juge Sicotte toisa le jeune avocat, visiblement irrité par son ton, qu'il trouvait insolent. Julien Vanier le comprit et s'adoucit :

— Pardonnez-moi, votre seigneurie, mais ma cliente ne représente aucun danger pour la société. Je demande en conséquence qu'elle soit remise en liberté en attendant son procès.

Graham Craig se leva de nouveau, un sourire sarcastique aux lèvres.

— À votre avis, une prostituée ne présente donc aucun danger pour la société ?

Amanda se raidit. Pris de court, Julien Vanier jeta un coup d'œil interrogatif à sa cliente, qui continua de regarder fixement devant elle. Puis il se ressaisit et s'adressa au juge Sicotte.

— Votre seigneurie, même si l'assertion de mon collègue était vraie, ce dont je doute fort, elle n'a strictement rien à voir avec cette cause. Nous ne sommes pas ici pour juger du passé de ma cliente, mais pour déterminer s'il est juste qu'elle recouvre sa liberté.

Des exclamations d'approbation accueillirent sa déclaration. Le juge s'empara de son marteau et frappa quelques coups.

— Silence !

Se tournant vers Amanda, le magistrat reprit la parole :

— Afin de protéger l'ordre public, j'ordonne que la prévenue retourne à la prison commune de Québec en attendant la tenue de son procès.

Amanda resta coite, mais son regard se voila. Fanette ne put s'empêcher de protester. Il fallut qu'Emma lui serre le bras pour la calmer. Le marteau du juge claqua de nouveau.

— La séance est levée !

Des gardes s'approchèrent aussitôt d'Amanda et l'entraînèrent avec eux. Julien Vanier n'eut que le temps de lui dire :

— Ne perdez pas courage !

Il suivit la jeune femme des yeux avec anxiété. Non pas qu'il la blâmait d'avoir été prostituée ; son métier n'était pas de juger, mais de comprendre. Il ne doutait pas non plus de son innocence. Il se demandait plutôt s'il n'y avait pas d'autres éléments compromettants de son passé qu'elle lui avait cachés, et pour quelle raison elle tenait tant à les garder secrets.

∽

Le lieutenant Picard, revêtu de son uniforme, se rendit au port de Québec où était amarré le *Montréal*. Il avait passé une mauvaise nuit dans une auberge bruyante, remplie des rires de fêtards. Leur joie lui avait semblé indécente. Sa déconvenue amoureuse était si vive qu'il ne comprenait pas qu'on puisse être heureux tandis que lui ne l'était plus. La couleur du ciel, la beauté des fleurs et l'odeur du fleuve, qui l'avaient tant grisé la veille, le laissaient à présent indifférent. Il n'éprouva aucune émotion à la vue du bateau à vapeur qui faisait une tache blanche sur l'eau grise. Même l'évocation de sa sœur Lucie, de ses neveux si attachants et de sa filleule adorée ne lui apporta aucun réconfort.

Ce n'est qu'au moment où il s'apprêtait à franchir la passerelle du *Montréal* qu'il aperçut un bateau dont la silhouette majestueuse semblait percer les nuages. Le navire approchait du port à vitesse réduite. Il attendit que le bateau soit plus près pour en déchiffrer le nom. Il s'agissait du *HMS Warrior*, un bateau que la Royal Navy avait fait construire afin de rivaliser avec la flotte française, dont le nouveau cuirassé faisait l'admiration du monde entier. Tous les marins avaient entendu parler de cette merveille, qui pouvait se propulser aussi bien à la vapeur qu'à la voile.

Une tente avait été dressée sur les quais. Des hommes y faisaient la queue. Il s'informa auprès de l'un d'eux et apprit que la Royal Navy faisait du recrutement. Sur un coup de tête, il décida de donner sa démission comme lieutenant du *Montréal* et de s'engager dans la marine royale. *Loin des yeux, loin du cœur,* se dit-il avec amertume.

༄

Lorsque Fanette immobilisa son Phaéton devant la maison des Norton, elle vit des domestiques qui transportaient des valises et des malles à l'intérieur. Comme prévu, le couple était revenu d'Ottawa. Fanette fut accueillie de façon glaciale par le majordome.

— Sir Walter désire vous voir. Veuillez me suivre.

Le valet l'escorta jusqu'au bureau du haut fonctionnaire, puis s'esquiva. Walter Norton leva les yeux vers la jeune femme, la mine préoccupée. Elle constata que plusieurs journaux étaient étalés sur son pupitre.

— Je viens d'apprendre la nouvelle de l'arrestation de votre sœur. J'en suis navré.

Fanette attendit qu'il poursuive. Il fit quelques pas dans son bureau, visiblement mal à l'aise.

— L'accusation qui pèse contre votre sœur est très grave.

— Elle n'est pas coupable, monsieur Norton.

— Je n'en doute pas.

Il détourna le regard.

— Comme vous le savez, mes fonctions m'obligent à préserver une image irréprochable. Mes faits et gestes sont scrutés à la loupe, ainsi que ceux de mes employés.

Ce qu'il ne pouvait avouer, c'était que son beau-père, le juge Sicotte, lui avait fait une scène à tout casser lorsqu'il avait appris par sa fille Simone que la gouvernante de ses petits-enfants était la sœur d'une femme accusée de meurtre. Fanette comprit à demi-mot ce que son employeur cherchait à lui apprendre :

— Vous me renvoyez ? dit-elle calmement.

— Ce n'est pas ce que je souhaite, croyez-moi. Je vous ferai envoyer vos gages demain.

Fanette sortit de la pièce sans dire un mot. La porte claqua sèchement derrière elle.

LXII

Deux mois plus tard
Palais de justice
Le 23 juillet 1860

La chaleur était suffocante dans la salle d'audience remplie à craquer. Quelqu'un avait ouvert les fenêtres, mais aucun souffle n'entrait dans la pièce. Assise au premier rang du balcon réservé aux dames en compagnie d'Emma, Fanette triturait nerveusement son mouchoir. Discrètement installées aux derniers rangs du balcon, sœur Odette, Anita et Béatrice, les yeux baissés, priaient en attendant que le procès commence. Certains regards hostiles se tournaient vers elles, des gens chuchotaient : le costume bleu des pénitentes ne passait pas inaperçu.

Prenant place sur le banc réservé aux journalistes, Oscar Lemoyne leva les yeux et aperçut la « jolie dame ». Il aurait voulu la réconforter, la prendre dans ses bras, lui dire que tout irait bien, mais il n'était qu'un petit journaliste sans envergure, et il se contenta de soulever sa casquette pour la saluer de loin, sachant qu'à cette distance elle ne pourrait pas voir son geste.

Escortée par deux gardiens, Amanda prit place dans le box des accusés. Le crieur de la cour se leva.

— Debout ! La séance est ouverte. Monsieur le juge Hector Sicotte préside. Que Dieu protège la reine !

Le juge Sicotte s'installa sur son banc. Fanette, en regardant le magistrat prendre place, repensa aux paroles de Julien Vanier. « La différence entre la justice et l'injustice repose entre les mains du juge. » Et le juge Sicotte ne lui inspirait guère confiance.

Le procureur de la Couronne, Graham Craig, se leva.

— J'appelle mon premier témoin à la barre, madame Pauline Cloutier.

Fanette tressaillit en entendant ce nom. Le greffier s'adressa à l'assistance.

— Madame Pauline Cloutier est appelée à la barre !

Une femme s'avança vers le box des témoins. Fanette eut du mal à la reconnaître tellement elle avait vieilli. Ses cheveux gris sortaient en désordre d'un bonnet usé. Malgré la chaleur, elle avait couvert ses épaules d'un châle miteux. Deux rides profondes faisaient des parenthèses amères aux coins de sa bouche. Après qu'elle eut prêté serment, l'avocat de la Couronne s'avança vers elle :

— Vous êtes la mère de Jacques Cloutier, qui a été exécuté pour le meurtre de Clément Asselin en 1858 ?

Pauline Cloutier serra les lèvres, puis répondit d'une voix éteinte :

— Oui.

— Où était votre fils le 15 mars 1849 ?

— Avec moi, à la ferme. Il m'aidait à faire les travaux. C'était un bon garçon. Un bon garçon, répéta-t-elle comme pour s'en convaincre elle-même.

— Quels étaient les rapports entre votre fils et l'accusée ?

Julien Vanier intervint.

— Objection ! Je ne vois pas la pertinence de cette question dans la cause.

— Votre seigneurie, rétorqua maître Craig en s'adressant d'une voix forte au juge, la Couronne entend démontrer que l'accusée a comploté l'assassinat de Jean Bruneau avec Jacques Cloutier, qui était son amant !

Une clameur s'éleva dans l'assistance. Amanda, sans s'en apercevoir, saisit la main de son avocat.

— Ce n'est pas vrai.

Son avocat pressa sa main dans la sienne pour rassurer sa cliente.

— Je vous crois.

Le juge Sicotte frappa quelques coups de son marteau sur le pupitre.

— Silence !

Le calme se rétablit. Le magistrat s'adressa à l'avocat de la Couronne.

— Veuillez poursuivre, maître Craig.

Il lança un regard sévère à Julien Vanier.

— J'ose croire que votre collègue cessera de vous interrompre chaque fois que vous tenterez de faire la lumière sur ce meurtre sordide.

Bouillant d'indignation, le jeune avocat passa à un cheveu de répliquer au juge mais s'efforça de garder son sang-froid. Ce n'était pas le moment de se mettre le magistrat à dos. L'avocat de la poursuite contint un sourire et poursuivit son interrogatoire :

— Je répète ma question : quels étaient les rapports entre votre fils et l'accusée ?

Pauline Cloutier leva la tête vers Amanda. Une lueur de haine animait ses yeux.

— Amanda a tout fait pour séduire mon fils. Mon pauvre Jacquot était amoureux d'elle par-dessus la tête.

— C'est faux ! ne put s'empêcher de s'écrier Amanda. Vous le savez mieux que personne.

Julien Vanier l'enjoignit de demeurer silencieuse. Le juge la réprimanda :

— Mademoiselle O'Brennan, si vous interrompez à nouveau le témoin, je vous condamne pour outrage au tribunal ! Veuillez poursuivre votre témoignage, madame Cloutier.

— Mon Jacques aurait fait n'importe quoi pour elle.

— Y compris assassiner un homme ?

Julien Vanier se leva d'un bond.

— Objection ! Cette question est suggestive et tendancieuse.

— Je retire ma question, s'empressa de dire maître Craig.

Il jeta un coup d'œil au jury et constata avec satisfaction que son intervention les avait impressionnés, ce qui était le but de sa manœuvre.

— Vous venez d'affirmer que votre fils aurait fait n'importe quoi pour l'accusée. Qu'entendez-vous par là ?

— Il aurait tué père et mère.

Le procureur laissa le silence se prolonger, puis enchaîna, d'une voix bienveillante :

— Merci de votre témoignage, madame Cloutier. Je sais que cela vous a demandé beaucoup de courage.

Maître Craig se tourna vers Julien Vanier.

— Votre témoin, cher collègue.

Julien Vanier se leva et s'approcha du box des témoins.

— Madame Cloutier, si j'en crois votre témoignage, votre fils était amoureux de ma cliente. Mais qu'est-ce qui vous fait croire que cet amour était réciproque ?

La fermière apparut confuse, visiblement prise de court par la question.

Le juge Sicotte la pressa :

— Répondez, madame Cloutier.

— C'est évident, balbutia-t-elle. Jacquot était toujours après ses jupes.

— *Votre fils* « était toujours après ses jupes », comme vous dites, mais quelle preuve avez-vous que ma cliente partageait ses sentiments ?

La bouche de Pauline Cloutier remua, mais elle fut incapable de parler.

— Je n'ai plus de questions, votre seigneurie.

Julien Vanier retourna s'asseoir. Quelques membres du jury prenaient des notes. De toute évidence, le contre-interrogatoire avait fait marquer des points au jeune avocat.

Après une pause de quinze minutes, le docteur Boudreault fut appelé à la barre. C'était un homme d'environ soixante-dix ans. Ses cheveux et ses favoris étaient entièrement blancs, mais il se tenait droit et marchait d'un pas ferme. Le procureur de la Couronne s'approcha du box des témoins.

— Monsieur Boudreault, en mars 1849, vous étiez le médecin du village de La Chevrotière.

— C'est exact.

— Avez-vous examiné l'accusée, Amanda O'Brennan, à cette époque ?

— Oui. Les Girard m'avaient appelé à son chevet.

— Pouvez-vous nous décrire son état ?

— La patiente était fiévreuse. Elle avait une blessure importante à l'abdomen, sous la troisième côte droite.

— Que voulez-vous dire par « importante », monsieur Boudreault ?

— C'était une incision d'une largeur d'au moins deux pouces, et assez profonde. Heureusement, aucun organe vital n'avait été atteint.

— À votre avis, qu'est-ce qui avait pu causer une telle blessure ?

— Un couteau.

— Un couteau, répéta le procureur. En êtes-vous certain ?

— Absolument certain. Les lèvres de la plaie et sa profondeur indiquaient clairement la pénétration d'une lame.

Le procureur traversa le prétoire et se dirigea vers une table sur laquelle un sac de toile avait été déposé. Il en sortit un couteau dont la lame, rongée par la rouille, était longue d'au moins six pouces.

— Un couteau comme celui-ci ?

Le médecin examina attentivement l'instrument que lui tendait l'avocat.

— Tout à fait. La largeur de la lame correspond à celle de la plaie, dans mon souvenir.

Le procureur reprit le couteau et le remit sur la table.

— Avez-vous remarqué autre chose en examinant l'accusée ?

Le médecin jeta un coup d'œil embarrassé à Amanda.

— Eh bien…

— Vous avez prêté serment devant cette cour, docteur Boudreault, vous devez dire toute la vérité.

— La jeune femme attendait un enfant. Lorsque je l'ai examinée, j'ai pu constater qu'elle en était à son sixième mois de grossesse environ.

La phrase du médecin créa une commotion dans la salle. Julien Vanier se tourna vers Amanda. Elle regardait devant elle, le visage pâle et le regard fixe. Le procureur de la Couronne, visiblement satisfait de l'effet qu'avait eu son interrogatoire sur le jury, retourna à sa place.

Le juge Sicotte s'adressa à Julien Vanier :

— Votre témoin, maître.

Le jeune avocat se racla la gorge.

— Je n'ai pas de questions. Je demande toutefois un ajournement afin de pouvoir m'entretenir avec ma cliente.

— Ajournement accordé, dit le magistrat. La séance reprendra à deux heures.

L'assemblée se leva dans un brouhaha. Julien Vanier attendit que la plupart des gens soient sortis, puis s'adressa à Amanda d'un ton plus sec qu'il l'avait voulu.

— Pourquoi ne m'avez-vous pas parlé de cette grossesse ?

— Pensez-vous que je veux crier sur les toits que je suis une fille-mère ? répondit Amanda à mi-voix, les joues brûlantes de honte.

L'avocat se morigéna intérieurement pour son manque de sensibilité. Amanda poursuivit plus calmement :

— Mon fils ignore que je suis en prison. Je tiens à le garder en dehors de tout ça, vous comprenez ?

Il ne répondit pas tout de suite.

— Y a-t-il autre chose que je devrais savoir, mademoiselle O'Brennan ?

Amanda serra les lèvres sans rien dire.

☙

La séance reprit. Le coroner Georges Duchesne fut appelé à la barre des témoins. Sa silhouette noire et son visage sévère firent impression. L'avocat de la Couronne commença son interrogatoire :

— Monsieur Duchesne, vous avez fait l'enquête lors de l'assassinat de Jean Bruneau, survenu le 15 mars 1849. Est-ce exact ?

— Oui.

— Qu'avez-vous découvert ?

— J'ai pu examiner la victime. Le corps était criblé de coups de couteaux. J'ai dénombré une vingtaine de plaies, dont cinq au moins auraient pu causer la mort.

Des murmures horrifiés s'élevèrent dans la salle. Des regards hostiles se posèrent sur Amanda. Elle recula légèrement sur son banc, comme si ces regards avaient été des flèches.

Le procureur de la Couronne revint vers la table où se trouvait le couteau et s'en saisit de nouveau.

— Monsieur le coroner, reprit maître Craig avec gravité, reconnaissez-vous ce couteau ?

— Oui. Je l'ai découvert lors de fouilles récentes effectuées près de l'endroit où gisait l'accusée après qu'elle eut fui la scène du crime.

Des exclamations accueillirent ces paroles. Le juge frappa sur son pupitre avec son marteau.

— Silence !

— À votre avis, les blessures faites à l'infortunée victime auraient-elles pu avoir été causées par ce couteau ? poursuivit le procureur.

Le coroner leva les yeux en direction d'Amanda. Les jurés suivirent son regard.

— La réponse ne fait pas de doute. Ce couteau est bien l'arme du crime.

— Merci, monsieur Duchesne. Votre témoin, maître Vanier.

Le jeune avocat se leva dans un silence lourd. Il prit un document, s'avança vers le coroner et s'arrêta à sa hauteur.

— Vous avez témoigné du fait que la victime avait une vingtaine de blessures, dont cinq auraient pu être mortelles, avez-vous dit.

— C'est bien cela.

— Dans le rapport que vous avez fait après le meurtre de Jean Bruneau, vous avez écrit, et je cite : « Certaines blessures étaient si profondes qu'il avait fallu une force peu commune pour les exécuter. » Est-ce exact ?

— Oui, mais...

— Vous avez ajouté : « En vingt ans d'exercice de mes fonctions de coroner, je n'ai jamais vu un meurtre aussi sauvage, aussi crapuleux, et d'une violence aussi extrême. » Ce sont bien vos mots, monsieur Duchesne ?

— Oui. Toutefois...

— L'accusée n'avait que quatorze ans au moment du meurtre et, si l'on en croit le docteur Boudreault, elle en était à son sixième mois de grossesse. Croyez-vous qu'une jeune fille de quatorze ans, enceinte de six mois, aurait été capable de perpétrer un tel crime ?

Un long silence se fit. Même la plume du greffier s'était tue.

— En mon âme et conscience, la réponse est non.

Julien Vanier fixa les membres du jury, puis se tourna vers le juge.

— Je n'ai plus de questions, votre seigneurie.

Il retourna s'asseoir, sentant que le vent avait tourné en faveur de sa cliente. Amanda lui jeta un regard reconnaissant. Puis, scrutant la salle d'audience, elle aperçut Fanette qui lui souriait. Pour la première fois depuis le début du procès, elle sentit l'espoir la gagner.

LXIII

Tenant les rênes de son boghei, Emma Portelance suivit des yeux
le vol de tourtes qui décrivaient un arc dans le ciel en direction
du sud. Elle avait profité de l'ajournement du procès pour
prendre le chemin de son domaine de Portelance. La *Gazette
des campagnes* indiquait que les récoltes avaient été abondantes
dans toutes les régions, particulièrement dans les terres fertiles
longeant les rives du fleuve, à l'ouest de Québec. Elle désirait en
faire le constat de ses propres yeux, n'ayant aucune confiance
dans le nouveau métayer. La seule idée de revoir Romuald Rioux
lui donnait des bouffées de chaleur désagréables, mais de bonnes
récoltes signifiaient de bons revenus, et elle en avait un besoin
pressant.

Les bandes ocre et vertes de ses terres s'allongeaient à perte
de vue à l'horizon. Emma arrêta sa voiture sur le bord du chemin
et examina les épis de blés qui se dressaient en rangs serrés. La
Gazette ne s'était pas trompée dans ses prévisions. Les récoltes
seraient les meilleures depuis longtemps.

L'ancienne maison des Dolbeau apparut au tournant du
chemin. En s'en approchant, Emma constata avec irritation que
la peinture s'écaillait, donnant un aspect lépreux à cette demeure
autrefois bien tenue, dont les couleurs vives et les rideaux pim-
pants accueillaient les visiteurs. Un volet pendait à une fenêtre.
Elle aperçut avec déplaisir Romuald Rioux s'avancer vers elle,
une faux à la main.

— De la grande visite, dit-il, un sourire moqueur aux lèvres.

Surmontant l'aversion que lui inspirait cet homme, elle descendit de son boghei et attacha son cheval à une clôture.

— Je suis venue examiner le registre des comptes, monsieur Rioux.

Le métayer se gratta la joue de ses ongles sales.

— C'est bien de valeur, ma'me Portelance, mais j'peux pas vous accommoder.

Emma le toisa avec méfiance.

— Vous avez l'obligation de me le montrer.

— J'voudrais bien, mais j'sais pas où il est. C'est sûrement l'ancien métayer qui l'a emporté avec lui.

— Monsieur Dolbeau était l'honnêteté même. Il n'aurait jamais fait une chose pareille.

Rioux haussa les épaules.

— Cherchez-le, si vous avez du temps à perdre.

Bien décidée à aller jusqu'au bout de sa démarche, Emma se dirigea d'un pas déterminé vers la maison. Le métayer perdit son sourire et la suivit.

— Vous trouverez rien.

— C'est ce qu'on verra.

Lorsqu'elle gravit les marches qui menaient à la galerie, une planche céda sous ses pieds. Elle dut s'agripper à la balustrade pour ne pas tomber.

— Cette maison tombe en ruine ! s'écria-t-elle, indignée.

Elle ouvrit la porte et entra. Une odeur de renfermé la saisit à la gorge. Le désordre y était indescriptible. De la vaisselle et des vêtements sales traînaient partout. Des marques de doigts tachaient les murs, défoncés par endroits. Elle fut sur le point de renoncer à son entreprise, mais un sursaut d'orgueil la força à continuer. Ravalant son dégoût, elle fouilla systématiquement toutes les pièces de la maison, ouvrant chaque tiroir, retournant chaque matelas, se rendant même jusqu'au grenier. Elle ne trouva rien. Romuald Rioux l'accueillit avec le même rictus moqueur lorsqu'elle sortit sur la galerie, les mains noircies par la poussière et la rage au cœur.

— Qu'est-ce que je vous disais…

Elle se planta devant lui, ses yeux noirs brillant de colère.

— Je reviendrai en septembre, avec des gendarmes s'il le faut, et j'exigerai le compte exact des récoltes, au grain près.

Ces paroles ne semblèrent pas émouvoir le métayer. Ses plans étaient déjà faits. Il entreprendrait les moissons le plus tôt possible, refilerait les boisseaux de blé, d'orge et de seigle au meunier, qui revendrait la farine aux marchés environnants, lui payant ensuite une forte ristourne. Ni vu ni connu.

— À la revoyure, ma'me Portelance.

En remontant dans sa voiture, Emma eut le sentiment désagréable que le métayer n'avait pas pris son avertissement au sérieux et qu'il n'hésiterait pas une seconde à la dépouiller.

༄

Fanette rendit visite à Amanda au parloir de la prison, comme elle le faisait chaque jour. La jeune femme lui tendit une lettre qu'elle avait écrite pour son fils. Depuis son incarcération, grâce à monsieur Cummings, qui lui avait procuré de quoi écrire, elle en avait rédigé une vingtaine, qu'elle confiait à sa sœur.

— Comment va Ian ? demanda-t-elle, le cœur rempli d'espérance. A-t-il lu ma dernière lettre ?

— Il va bien. Tu lui manques beaucoup.

Le visage d'Amanda s'illumina.

— Dis-lui que je l'aime. Qu'il n'y a pas une minute, une seconde, où je ne pense à lui.

Fanette sentit ses yeux se brouiller.

— Tu peux compter sur moi.

Elle s'attarda.

— Ian est au courant que tu es en prison.

Toute la joie disparut du visage d'Amanda. Fanette tenta de lui saisir une main à travers les barreaux, mais la jeune femme la retira vivement.

— Ian était si malheureux. Il se doutait de quelque chose. Sœur Odette a été incapable de lui mentir.

— Et moi, je lui ai menti dans toutes mes lettres ! s'exclama Amanda, désespérée. Je lui ai parlé des paysages que je voyais, des gens que je rencontrais, de la hâte que j'avais de le revoir. Que va-t-il penser de moi ? Comment pourra-t-il me pardonner ?

Amanda était inconsolable. Fanette la quitta, la mort dans l'âme.

∽

Lorsqu'elle parvint au refuge, le premier geste de Fanette fut d'aller voir Ian. Il était avec Anita, qui tentait de l'égayer en jouant aux cartes avec lui mais n'arrivait pas à tirer un sourire du garçon. Fanette lui tendit la lettre.

— Ta mère t'a écrit.

Il saisit une carte et y jeta un coup d'œil, comme s'il n'avait pas entendu.

— Elle te fait dire qu'elle t'aime. Elle pense beaucoup à toi.

Ian continua de faire la sourde oreille. Contenant un soupir, Fanette déposa la lettre près du garçon. Il ne fit pas un geste pour la prendre.

À neuf heures, tandis que sœur Blanchet faisait le tour de la maison pour éteindre les lampes, elle vit une chandelle allumée près du lit d'Ian. Il fit un geste pour cacher quelque chose.

— Il est temps d'éteindre, mon garçon.

Ian souffla sur la chandelle, attendit que la religieuse s'éloigne et, profitant d'une faible lumière qui provenait de la fenêtre, souleva son oreiller d'où il sortit un paquet de lettres. Aucune d'entre elles n'avait été ouverte. Il porta les lettres sur sa joue, les respira, comme s'il tentait par ce geste de retrouver le parfum de sa mère, puis il se mit à les déchirer une à une. De grosses larmes d'enfant roulaient sur ses joues.

Le lendemain, il vint retrouver sœur Odette à la chapelle où elle priait.

— Je veux retourner chez les Trottier, dit-il, les yeux baissés.

La religieuse ne répondit pas tout de suite. Puis elle fit face au garçon.

— Je comprends tes sentiments, Ian. Prends le temps de réfléchir. Si ta mère l'apprenait, ça lui briserait le cœur.

Il haussa les épaules, la gorge nouée.

— Elle m'a abandonné.

— Si c'était vrai, est-ce qu'elle t'aurait écrit toutes ces lettres ? Est-ce qu'elle me parlerait de toi à chacune de mes visites ?

Il garda la tête baissée.

LXIV

Lorsque la cour se réunit de nouveau, Amanda semblait plus confiante. Tôt le matin, Fanette lui avait rendu visite et lui avait lu un compte rendu d'Oscar Lemoyne publié dans *L'Aurore de Québec*, dans lequel le journaliste faisait allusion au contre-interrogatoire du coroner, « brillamment mené par un jeune avocat plein de talent, maître Julien Vanier ». « L'innocence d'Amanda O'Brennan ne fait pas de doute dans notre esprit, poursuivait-il, et nous osons croire que la suite de ce procès le démontrera avec éloquence. » Son angoisse refit toutefois surface au moment où l'avocat de la Couronne appela le témoin suivant.

— La Couronne demande à madame Fernande Bergevin de se rendre à la barre.

Amanda crut que son cœur allait cesser de battre. Julien Vanier se pencha vers elle et lui demanda à voix basse :

— Qui est-ce ?

Elle n'eut pas le courage de répondre. L'avocat observa anxieusement le témoin que le greffier venait d'appeler. Il s'agissait d'une femme dans la soixantaine, habillée sobrement d'une robe dont les tons de gris s'harmonisaient avec ses cheveux. Elle portait un chapeau de feutre sans aucun ornement. La première impression de Julien Vanier fut plutôt favorable ; il se demanda pourquoi sa cliente avait si mal réagi en entendant ce nom.

— Madame Bergevin, puis-je vous demander quelle est votre occupation ? demanda le procureur de la Couronne.

431

— Je tiens une pension, répondit madame Bergevin, l'air digne.

— Connaissez-vous l'accusée ?

Madame Bergevin tourna la tête vers Amanda. Ses prunelles luisaient froidement comme du verre.

— Oui.

— Dans quelles circonstances l'avez-vous rencontrée ?

— Elle demandait l'aumône dans la rue. J'ai eu pitié d'elle et je l'ai recueillie chez moi avec son enfant.

Des murmures approbateurs s'élevèrent. Maître Craig poursuivit son interrogatoire :

— Quelle était votre relation avec l'accusée ?

L'émotion embruma ses yeux.

— Je l'aimais comme ma propre fille.

Amanda regarda la tenancière avec un mélange d'incrédulité et de mépris. L'avocat de la Couronne s'approcha de son témoin.

— Madame Bergevin, que s'est-il produit la nuit du 29 juin 1849 ?

Julien Vanier intervint :

— Je ne vois pas le rapport de cette question avec la cause.

— Cette question est au cœur de cette cause, et j'entends bien le démontrer.

— Objection rejetée, décréta le juge.

— Vous pouvez répondre, madame Bergevin.

La tenancière inclina humblement la tête.

— Cette nuit-là, j'ai été réveillée par des cris, je suis descendue au salon, et j'ai aperçu un homme qui menaçait Mary.

Elle se tourna vers maître Craig et lui expliqua :

— Amanda se faisait appeler Mary Kilkenny à cette époque.

L'avocat acquiesça.

— Continuez, madame Bergevin.

— Je me suis emparée d'un petit pistolet que je gardais chez moi pour nous protéger, moi et mes pensionnaires. J'ai mis l'homme en joue et il s'est enfui. Après, Amanda m'a avoué qu'elle le connaissait. C'était Jacques Cloutier.

Des murmures s'élevèrent. Fanette se mordit les lèvres de nervosité. Julien tourna la tête vers sa cliente. Amanda avait perdu toute couleur.

— Qu'est-il arrivé ensuite ? demanda le procureur.

— J'ai pressé Mary de questions. J'avais peur, vous comprenez. Je voulais savoir pourquoi cet homme avait fait irruption chez moi, et quels étaient ses liens avec ma protégée.

La tenancière regarda Amanda dans les yeux.

— Elle m'a dit clairement que Jacques Cloutier était son ancien amant et le père de son enfant.

Cette révélation eut l'effet d'un coup de tonnerre dans la salle. Amanda était devenue si blême que son avocat craignit qu'elle ne se trouvât mal. Fanette eut l'impression que son cœur s'était transformé en pierre tellement il était lourd.

— Quel est le nom de cet enfant ? reprit maître Craig, devant élever la voix à cause de la clameur qui s'élevait dans la salle.

— Ian.

Le juge, n'arrivant pas à calmer la salle, déclara la levée de la séance en multipliant les coups de marteau.

— La séance est levée ! tonna le crieur. La séance est levée ! Que Dieu protège la reine !

❧

Le premier geste de Julien Vanier fut d'aller retrouver sa cliente en prison. Lorsqu'il la vit s'avancer dans le parloir avec un masque de douleur sur son beau visage diaphane, il éprouva de la compassion pour elle. La honte était peut-être une punition plus grande encore que l'incarcération. Il attendit qu'elle prenne place devant lui avant de parler.

— Vous devez me dire la vérité, mademoiselle O'Brennan, aussi difficile soit-elle. Vous devez me faire confiance.

Elle garda le silence, son regard perdu en elle-même.

— Étiez-vous la maîtresse de Jacques Cloutier ?

La question fut si brutale qu'Amanda en eut le souffle coupé.

— Non ! s'écria-t-elle, révoltée.

Puis elle le regarda, les yeux remplis de reproche.

— Bien sûr que non. Je le détestais.

— Pardonnez-moi, mais vous m'avez caché tant de choses jusqu'à présent, je devais en avoir le cœur net.

Un nourrisson se mit à pleurnicher dans le parloir. La mère tenta de l'apaiser. L'avocat reprit plus doucement :

— Il y a une autre chose que je dois savoir. Si ce n'est pas moi qui vous le demande, ce sera maître Craig. Et je vous assure qu'il ne mettra pas de gants blancs.

Il se pencha vers elle. Les barreaux dessinaient des ombres noires sur le visage fin d'Amanda.

— Jacques Cloutier était-il le père de votre enfant ?

Elle secoua la tête sans répondre. Il ne sut si son geste était une dénégation ou l'expression de son désarroi.

LXV

Palais de justice
Le 25 juillet 1860

— L'audience est ouverte ! J'appelle Antoinette Ménard à la barre ! dit le crieur de sa voix de baryton.

Julien Vanier se pencha vers Amanda et lui demanda, à mi-voix :

— Qui est-ce ? La connaissez-vous ?

— Je l'ai connue à l'abri Sainte-Madeleine, chuchota Amanda. Je ne comprends pas ce qu'elle fait ici.

Antoinette Ménard prit place dans le box des témoins. Elle portait une robe de taffetas marron dont le col montait jusqu'au menton. Ses cheveux d'ordinaire ébouriffés avaient été coiffés en bandeaux sévères que surmontait un petit chapeau. Son visage n'arborait aucun maquillage, ce qui lui donnait une allure presque juvénile. Elle gardait la tête modestement baissée, et ses mains étaient croisées devant elle.

— Mademoiselle Ménard, dans quelles circonstances avez-vous fait la connaissance de l'accusée ? demanda maître Craig.

— À l'abri Sainte-Madeleine.

— Il s'agit d'un refuge pour filles-mères ou prostituées repentantes, n'est-ce pas ?

— Oui.

Des exclamations scandalisées se firent entendre.

— Quand avez-vous vu l'accusée la dernière fois ?

— Au poste de police.

Ces paroles suscitèrent d'autres réactions, que le crieur de la cour s'empressa de calmer.

— Silence, je vous prie ! Silence dans cette cour !

Les rumeurs s'apaisèrent. Maître Craig poursuivit :

— Quand était-ce ?

— En novembre de l'année dernière. On a passé une nuit dans la même cellule.

— Et que vous a dit l'accusée durant cette nuit-là ?

Julien Vanier se leva, exaspéré.

— Cet interrogatoire ne mène nulle part !

— Laissez le témoin parler, maître, répliqua sèchement le juge.

L'avocat reprit sa place, cachant mal sa frustration. Antoinette Ménard regarda Amanda. Ses petits yeux noirs s'étaient durcis.

— Elle m'a dit qu'elle avait tué Jean Bruneau avec son amant, Jacques Cloutier, pour lui voler son argent.

Horrifiée, Amanda se tourna vers son avocat.

— C'est un mensonge, murmura Amanda, désespérée. Il n'y a rien de vrai dans tout ça. Je ne lui ai jamais dit une chose pareille.

— Votre seigneurie, dit Julien Vanier en se levant, je demande un ajournement afin de me préparer convenablement au contre-interrogatoire de cette personne, dont le témoignage me paraît hautement suspect.

— Ce n'est pas à vous de juger de la crédibilité d'un témoin, maître Vanier, répliqua le magistrat d'un ton cinglant.

Il s'adressa à l'avocat de la Couronne :

— En avez-vous terminé avec votre témoin, maître Craig ?

— Oui, votre seigneurie.

— Maître Vanier, veuillez procéder à votre contre-interrogatoire.

L'avocat prit une inspiration et se leva à contrecœur. Il avait le sentiment de conduire une voiture avec un bandage sur les yeux.

— Mademoiselle Ménard, exercez-vous toujours ce qu'on appelle le plus vieux métier du monde ?

— C'est pas de vos oignons.

Quelques rires fusèrent. Le juge rabroua la jeune femme.

— Répondez, mademoiselle.

Elle haussa les épaules.

— Faut bien gagner son pain.

— Travaillez-vous seule ou dans une maison close ?

Ce fut au tour de Graham Craig d'intervenir.

— En quoi ces détails oiseux intéressent-ils mon éminent collègue ? demanda-t-il avec ironie.

— Cette femme accuse ma cliente d'avoir planifié et exécuté un meurtre crapuleux. Il est normal que je veuille en savoir davantage sur sa personne, répliqua Julien Vanier.

— Poursuivez votre interrogatoire, maître Vanier, lança le juge.

L'avocat se tourna vers Antoinette Ménard, qui répondit avec réticence :

— Dans une maison, puis après ?

Julien Vanier fit quelques pas vers elle et s'arrêta à sa hauteur.

— À qui appartient cette maison, mademoiselle Ménard ?

La réponse fut inaudible.

— Répétez plus fort, personne ne vous a entendue.

— À madame Bergevin ! s'écria Antoinette, excédée.

La stupéfaction se lut sur les visages. Amanda serra son mouchoir dans un poing. Elle eut soudain la certitude que c'était son ancienne tenancière qui l'avait dénoncée à police, et non Andrew Beggs, comme elle l'avait d'abord cru. Julien Vanier s'avança vers Antoinette Ménard et la fixa sans aménité.

— Vous avez inventé tout cela, n'est-ce pas ?

— J'ai rien inventé ! glapit la jeune femme, sur la défensive.

— Qui vous a payée pour faire ce faux témoignage ? Combien avez-vous reçu ?

Antoinette rougit jusqu'à la racine des cheveux. Elle tordait ses mains sans s'en rendre compte.

— Personne, finit-elle par répondre avec une voix de fausset.

Julien Vanier se dirigea vers la tribune où siégeait le juge et s'adressa directement à lui :

— De toute évidence, les motivations de mademoiselle Ménard sont plus que douteuses. Je demande à ce que ce témoin soit récusé.

— Accordé, maugréa le magistrat.

Le procureur de la Couronne poussa une exclamation de dépit. Julien retourna s'asseoir et sourit à Amanda.

— Qu'est-ce que ça veut dire, « récusé » ? demanda-t-elle.

— Le témoignage de mademoiselle Ménard est rejeté et ne pourra être retenu contre vous.

Convaincu que madame Bergevin était l'instigatrice de ce faux témoignage, il fut tenté de la ramener à la barre, mais cette femme lui semblait autrement plus dangereuse que son acolyte, et il craignait qu'elle se contente de nier. Ses réflexions furent interrompues par la voix du crieur :

— L'accusée est appelée à la barre !

Amanda jeta un coup d'œil effrayé à son avocat, qui tâcha de se faire rassurant.

— La vérité est de votre côté, lui glissa-t-il tandis qu'elle se rendait au box des témoins, escortée par un gardien.

En prenant place sur le banc, Amanda leva les yeux à la recherche de Fanette. Elle la vit aux premiers rangs du balcon qui lui souriait, l'air de lui dire : « Courage. » Cette vision la rasséréna.

Maître Craig s'approcha d'Amanda. Ses souliers vernis craquaient sur le plancher de chêne.

— Étiez-vous la maîtresse de Jacques Cloutier ?

Amanda jeta un coup d'œil à son avocat, qui lui fit signe de répondre.

— Non, fit-elle avec une fermeté qui la surprit elle-même.

— Le docteur Boudreault a affirmé devant cette cour que vous étiez enceinte de six mois lorsque vous avez été retrouvée dans la forêt par le fermier Girard, après le meurtre de Jean Bruneau. Le niez-vous ?

Elle hésita puis répondit :

— Non.

— Donc, vous attendiez un enfant lorsque vous avez décidé de fuir la ferme Cloutier avec Jean Bruneau.

— Oui.

— Qui était le père de l'enfant ?

Julien Vanier voulut faire une objection, mais le juge le foudroya des yeux, l'air de dire : « N'essayez même pas. » Fanette, qui avait suivi l'interrogatoire avec angoisse, porta la main à sa bouche.

— Dois-je répéter ma question, *mademoiselle* O'Brennan ?

— C'était... un... un marin.

— Un marin. Tiens donc. Et quel était le nom de ce marin ?

Amanda sentit la chaleur brûler ses joues.

— John. John Kilkenny. Il... il est mort. Noyé en mer.

— Quelle histoire touchante ! dit l'avocat, ironique. Si je comprends bien, vous aviez quatorze ans, vous habitiez une ferme isolée près du village de La Chevrotière, à une quarantaine de milles de Québec, et vous étiez enceinte d'un marin. Je ne sais pas pourquoi, mais je ne crois pas un mot de ce que vous venez de raconter.

Julien Vanier se leva d'un bond.

— Je demande un ajournement afin de parler à ma cliente, rétorqua Julien Vanier, en désespoir de cause.

— Refusé.

Le magistrat se tourna vers le procureur de la Couronne.

— Veuillez poursuivre, maître Craig.

L'avocat s'approcha encore davantage d'Amanda, ne la quittant pas des yeux.

— La vérité, mademoiselle O'Brennan, c'est que vous étiez la maîtresse de Jacques Cloutier.

— Non ! s'écria Amanda avec l'accent du désespoir.

— J'emploie le mot « maîtresse » à dessein, parce que Jacques Cloutier était un homme marié, ce qui ne vous a pas empêchée de le poursuivre de vos avances.

— Je proteste, votre seigneurie ! s'exclama Julien Vanier. Cet interrogatoire est un pur déni de justice !

— Reprenez votre place, maître Vanier ! aboya le magistrat.

L'avocat se rassit, rongeant son frein. Maître Craig s'adressa à Amanda :

— Lorsque Jean Bruneau s'est présenté à la ferme, vous avez vu l'occasion rêvée de voler la victime et de vous sauver ensuite avec votre amant. Car vous saviez qu'il avait beaucoup d'argent avec lui, n'est-ce pas ?

— Non ! protesta Amanda.

Le procureur alla chercher un document sur la table et revint vers Amanda.

— Pourtant, dans la déposition que vous avez faite dans le bureau du coroner Duchesne, en novembre dernier, vous avez affirmé, et je cite : « Monsieur Bruneau avait offert de payer une compensation à la mère Cloutier pour la convaincre de nous laisser partir avec lui aux Trois-Rivières. » Vrai ou faux ?

— C'est vrai, mais…

L'avocat la coupa.

— Vous saviez que la victime avait une forte somme sur lui, et vous avez planifié froidement son assassinat. Avouez-le !

Amanda secouait la tête. Des larmes silencieuses striaient ses joues. Fanette était pâle, les mains crispées sur ses genoux, le cœur battant.

— Ce n'est pas comme ça que les choses se sont passées. Je ne voulais pas de mal à monsieur Bruneau, au contraire.

Elle aperçut le coroner Duchesne assis au parterre, s'adressa à lui, la mine suppliante.

— Monsieur Duchesne, dites-lui que c'est la vérité.

Le coroner fut incapable de soutenir son regard. Le procureur de la Couronne revint à la charge, comme un chien après son os :

— La vérité, c'est que vous êtes partie avec la victime dans sa voiture. Vous étiez convenus avec Jacques Cloutier qu'il vous attendrait à quelques milles de la ferme, près de la forêt. De là, il devait attaquer Jean Bruneau et le tuer. Mais les choses ont mal tourné, n'est-ce pas ? Jean Bruneau s'est mieux défendu que vous ne le pensiez. Vous vous êtes emparée de son pistolet, vous avez tenté de tirer sur la victime, et ensuite, prise de peur, vous avez pris la fuite.

— Je n'ai jamais tiré sur Jean Bruneau ! C'est le contraire qui est arrivé. J'ai tenté de viser Jacques Cloutier, mais je craignais d'atteindre monsieur Bruneau, alors j'ai tiré en l'air, et ensuite…

— Vous avez pris la fuite, mais vous aviez tout de même gardé la tête assez froide pour prendre d'abord l'argent de la victime, qui était caché sous la banquette de sa voiture. Cloutier, fou de rage, s'est lancé à votre poursuite. Il vous a donné un coup de couteau, s'est emparé de l'argent et vous a laissée pour morte dans la forêt.

Amanda jeta un regard désespéré à Julien Vanier, qui sortit de ses gonds :

— C'est un tissu de mensonges et de contre-vérités ! s'exclama-t-il. Maître Craig tord les faits pour étayer sa théorie démente !

— Un autre mot et je vous condamne pour outrage au tribunal, jeune homme ! s'écria le juge, cramoisi.

L'avocat secoua la tête, ravalant difficilement sa colère devant tant d'injustice. Le procureur de la Couronne laissa planer un silence, puis dit avec un masque de neutralité :

— Je n'ai plus de questions, votre seigneurie.

Julien Vanier se leva dans un silence pesant. Ses yeux brillaient de fureur, mais il avait fait un effort surhumain pour recouvrer son calme. Il alla vers Amanda, la regarda droit dans les yeux.

— Madame O'Brennan…

Il avait utilisé le mot « madame » à dessein, afin de lui redonner une dignité que le procureur de la Couronne s'était acharné à détruire.

— … Vous avez juré de dire la vérité devant Dieu et les hommes. Avez-vous, oui ou non, tué Jean Bruneau ?

Le regard gris d'Amanda se leva vers le jeune avocat, puis elle se tourna vers les membres du jury. Elle avait redressé instinctivement la tête et les épaules.

— Non. Je le jure.

— Avez-vous aidé Jacques Cloutier, de quelque façon que ce soit, à accomplir son forfait ?

— Non, jamais.

— Merci, madame O'Brennan.

Le procès fut ajourné.

༄

Le Phaéton s'arrêta devant l'édifice gris de la prison. Durant tout le trajet depuis le palais de justice, Fanette avait eu peine à contenir sa rage. Le pauvre maître Vanier faisait tout ce qu'il pouvait pour défendre Amanda, mais l'acharnement du procureur de la Couronne et la partialité révoltante du juge Sicotte étaient si manifestes qu'il devenait presque impossible de faire entendre la voix de la justice et de la raison.

Fanette franchit la guérite, affronta le même fonctionnaire insipide tapi derrière son comptoir tel un cloporte et arpenta le long corridor. Le décor lugubre de la prison commençait à lui être familier. Au début, ces murs lézardés et l'odeur de moisissure et de saleté la démoralisaient à tel point qu'elle avait envie de s'enfuir, mais elle avait peu à peu apprivoisé ces lieux. Le seul fait que sa sœur y était incarcérée les avait rendus plus humains à ses yeux, bien qu'elle n'ait jamais cessé de croire dur comme fer qu'Amanda finirait par être libérée.

Elle entra dans le parloir non sans avoir soigneusement recomposé son visage pour cacher son désarroi. En voyant la silhouette d'Amanda, ses cheveux roux qui jetaient une lueur orange dans la grisaille environnante, elle ne put s'empêcher d'éprouver une joie réelle. En s'asseyant devant sa sœur, elle constata que la même lumière brillait dans les yeux de celle-ci.

— Tu vas sortir d'ici, lui dit Fanette pour la millième fois.

La répétition de paroles optimistes était devenue un rituel entre elles. Les deux sœurs se réconfortaient mutuellement, surtout dans les moments où elles perdaient espoir. Parfois, elles pouvaient passer de longues minutes sans échanger une seule parole.

Leur silence était plein de cette intimité, de cette connaissance qu'elles avaient du cœur de l'autre et qui rendait les mots inutiles.

— Je les déteste, dit soudain Amanda.

Fanette sut tout de suite que sa sœur parlait du procureur de la Couronne, du juge et du coroner.

— Et moi donc !

— Je voudrais qu'ils avalent leur langue et s'étouffent avec.

— Tu es trop gentille, reprit Fanette. Je les ferais bouillir lentement dans un grand chaudron rempli de poix.

Elles ne purent s'empêcher de sourire. Un silence rempli de l'amour infini qu'elles avaient l'une pour l'autre s'installa. Ce fut Amanda qui le rompit la première.

— Je suis à peu près convaincue maintenant que c'est madame Bergevin qui m'a dénoncée à la police.

— Pourquoi aurait-elle fait une chose pareille ?

Amanda haussa les épaules.

— Pour se venger. Elle ne m'a jamais pardonné d'avoir quitté sa maison.

Elle observa un court silence et poursuivit :

— J'ai un aveu à te faire. Lorsque tu m'as appris qu'Alistair t'avait demandée en mariage, j'ai été terriblement jalouse. Pardonne-moi.

— Je n'ai rien à te pardonner. De toute façon, je n'ai jamais eu l'intention de l'épouser.

Fanette crut discerner une sorte de soulagement dans les traits de sa sœur, mais c'était peut-être juste une impression de sa part. Amanda se remit à parler :

— Il y a une autre chose que je t'ai jamais dite.

Sa voix était à peine audible dans les murs épais du parloir.

— C'est au sujet du père d'Ian.

Fanette voulut épargner à sa sœur la souffrance d'un tel aveu :

— Je me suis doutée que c'était Jacques Cloutier dès que le père McGauran m'a appris que tu avais eu un fils. À cause de l'âge. Il m'avait dit que ton fils avait huit ou neuf ans, alors en faisant les calculs...

— Ce que tu sais pas, c'est qu'il m'a violée.

De cela aussi Fanette s'était doutée, mais elle n'avait jamais osé aborder le sujet avec Amanda.

— Ça s'est passé durant la nuit de ses noces. Il est monté dans le grenier. Heureusement, tu dormais. J'ai pas crié, je voulais pas te réveiller.

Des larmes vinrent aux yeux de Fanette.

— Tu aurais dû. Mon Dieu, tu aurais dû crier.

— Si je l'avais fait, Ian serait pas venu au monde. Et c'est la plus belle chose qui me soit jamais arrivée.

Le silence revint, lisse et doux comme un lac calme dans un après-midi d'été sans brise.

— Quand je me suis rendu compte que j'étais enceinte, sur le moment, j'ai souhaité mourir. J'ai tout fait pour le cacher. La dernière chose que je voulais, c'était que la mère Cloutier s'en aperçoive. Puis monsieur Bruneau est arrivé à la ferme. Je l'ai supplié de nous emmener avec lui. Si Cloutier l'avait pas tué, tout aurait été différent. Son père nous aurait plus jamais battues. Lui m'aurait plus terrorisée. On aurait été heureuses, toi et moi.

— Il faut que tu dises tout ça à la cour, Amanda. Il le faut. Tout l'échafaudage de la poursuite va s'écrouler.

Amanda posa son regard gris sur sa sœur.

— Tu sais très bien que je pourrai jamais. Je veux pas que mon fils sache qu'il est né d'un viol, tu comprends ?

Fanette baissa la tête. Elle comprenait parfaitement les senti-ments de sa sœur, mais elle craignait que sa volonté de protéger son fils ne soit le fer qui se retournerait contre elle. Et parce qu'elle avait peur pour sa sœur, elle lui dit :

— Tu vas sortir d'ici. Je te le promets.

Amanda sourit.

— Je sais.

LXVI

Palais de justice
Le 6 août 1860

La cour du banc de la reine se réunit de nouveau. Le jury avait mis plus de deux jours avant d'en arriver à un verdict. Quelques jours auparavant, Julien Vanier avait fait un plaidoyer vibrant, qu'Oscar Lemoyne avait rapporté fidèlement dans *L'Aurore de Québec* :

« La Couronne tente par tous les moyens de convaincre le jury de la culpabilité d'Amanda O'Brennan. Messieurs les jurés, vous savez au fond de votre cœur que cette jeune femme est parfaitement innocente du crime odieux dont on tente de la charger. N'oubliez pas, elle n'avait que quatorze ans au moment du meurtre. Quatorze ans. Et elle portait un enfant. Dites-moi si vous croyez, en votre âme et conscience, qu'une jeune fille de cet âge, enceinte par-dessus le marché, aurait pu comploter un assassinat aussi sordide et tuer de sang-froid un homme bon, qui voulait les sauver, elle et sa petite sœur, d'une vie misérable ! Le coroner Georges Duchesne a lui-même admis devant cette cour qu'en vingt ans, durant l'exercice de ses fonctions, il n'avait jamais vu un meurtre "aussi sauvage, aussi crapuleux et d'une violence aussi extrême". Et lorsque je lui ai demandé s'il croyait qu'une jeune fille de quatorze ans enceinte de six mois aurait été capable de perpétrer un tel crime, vous avez comme moi entendu sa réponse… Vous avez le devoir, messieurs les jurés, de rendre justice, de faire triompher la vérité. Et la vérité, c'est qu'Amanda O'Brennan est innocente. »

Les douze jurés s'installèrent sur la tribune qui leur était réservée. Des bruits de chaises et des toussotements accompagnèrent leur entrée. Amanda s'avança vers le box des accusés entourée de deux gardes. Des ombres mauves cernaient ses yeux. Elle chercha Fanette du regard et la trouva à sa place habituelle, aux côtés de sa mère, ce qui la rassura. Sœur Odette ainsi que Béatrice et Anita étaient fidèles à leur poste, au fond du balcon. Le crieur annonça l'entrée du juge Sicotte, qui s'installa dans son fauteuil, l'air encore plus solennel que d'habitude.

— Accusée, levez-vous ! dit le crieur d'une voix forte.

Amanda obéit.

Le greffier fit la lecture des chefs d'accusation. Puis le juge se tourna vers les membres du jury.

— Messieurs, en êtes-vous arrivés à un verdict ?

Un homme se leva. C'était un clerc de notaire. Il triturait nerveusement une feuille dans ses mains.

— Oui, votre seigneurie.

— Veuillez en faire lecture à voix haute.

Un silence lourd telle une chape de plomb s'installa. Même les femmes avaient cessé d'agiter leur mouchoir pour combattre la chaleur. Un crayon à la main, Oscar, qui ne croyait plus en Dieu depuis que ses parents avaient péri dans un incendie, se mit à prier. Le président du jury reprit la parole. Sa voix tremblait.

— Les douze membres du jury, après de longues délibé-rations, déclarent l'accusée, Amanda O'Brennan, coupable du meurtre prémédité de Jean Bruneau.

Le verdict tomba comme un couperet. Le président du jury se rassit dans un silence de mort. Le temps semblait s'être arrêté. Puis le juge Sicotte se racla la gorge.

— Dans les cas de meurtres prémédités, la loi prévoit la peine de mort. Par conséquent, je condamne l'accusée, Amanda O'Brennan, à être pendue haut et court pour son crime.

Des clameurs horrifiées s'élevèrent, suivies par un hurle-ment déchirant, celui de Fanette, qui s'était levée en entendant la condamnation. Le crieur tenta de rétablir le silence, mais en vain. Le juge poursuivit, parlant plus fort pour couvrir le tapage :

— Par souci d'humanité, je décrète que l'exécution ne sera pas publique mais aura lieu dans le préau de la prison de Québec.

Amanda était restée immobile durant la lecture du verdict et l'énoncé de sa condamnation. Julien Vanier la rejoignit, blanc comme un linge.

— Ce procès était indigne. J'irai en appel. Je sais que vous êtes innocente. Je ferai renverser ce verdict.

Amanda fut entraînée par les gardiens. Soutenue par sa mère, Fanette sortit de la salle d'audience, la tête embrouillée et les membres endoloris. Dans le couloir où se pressait la foule, elle croisa le coroner Duchesne.

— Vous avez traqué ma sœur comme un animal, vous l'avez poursuivie pendant toutes ces années, dites-moi pourquoi.

— Je n'ai fait que mon devoir, répondit le coroner, le visage contraint.

— Votre devoir ? Vous savez que ma sœur est innocente. Vous ne pouvez pas l'ignorer !

Le coroner poursuivit son chemin sans se retourner.

∽

Tenant un quinquet devant lui, le visage impassible, un gardien poussa Amanda à l'intérieur d'une cellule et referma la grille. Le crissement de la clé tournant dans la serrure se répercuta dans le couloir. Amanda resta debout près de la porte, aveuglée par l'obscurité. Puis ses yeux s'y habituèrent graduellement. La geôle, de petite dimension, était composée d'un grabat, d'une table de toilette rudimentaire et d'un pot de chambre. Une meurtrière donnait un peu de lumière. En faisant quelques pas dans la cellule, elle aperçut des graffitis et des mots maladroitement gravés sur le mur de pierre. Il y avait des dates, des initiales, quelques phrases complètes, qu'elle déchiffra avec difficulté dans la demi-pénombre : *Pitié, je ne suis pas coupable.* Puis une autre : *La mort agrandit une âme libre et fière.* Elle comprit qu'elle se trouvait dans une cellule destinée aux condamnés à mort. Une inscription attira alors son attention. Deux lettres avaient été tracées avec maladresse : *JC*, suivies d'un cœur et d'une lettre, *A*. Elle se rendit compte avec horreur que cette cellule avait déjà été occupée par Jacques Cloutier.

Cinquième partie

La fugitive

LXVII

Québec
Le 27 août 1860

On frappa à la porte. Emma ouvrit. Un jeune homme en uniforme lui tendit une dépêche.

— Pour madame Fanette Grandmont.

Remplie d'espoir et de crainte, Emma prit l'enveloppe et alla rejoindre sa fille, qui s'activait dans le potager pour s'occuper l'esprit. Marie-Rosalie, voulant aider sa mère, remplissait de terre un seau. Ses mains et son tablier étaient barbouillés, mais elle n'en avait cure.

— Une dépêche vient d'arriver pour toi.

Fanette se redressa d'un mouvement preste, enleva ses gants de jardinage et courut vers sa mère. Elle s'empara de la dépêche et l'ouvrit.

> Je viens de recevoir le jugement de la cour d'appel. Venez me rejoindre à mon bureau dès que possible.
>
> Votre tout dévoué,
> Julien Vanier

Elle tendit le télégramme à sa mère sans parler. Emma le parcourut, puis le replia, tâchant de garder espoir.

— Il s'agit sûrement de bonnes nouvelles.

Fanette aurait voulu partager l'optimisme de sa mère, mais elle craignait le pire. Si le jugement avait été favorable, Julien Vanier ne l'aurait-il pas écrit dans sa dépêche ? Il savait à quel point l'attente était intolérable. Mais elle ne dit pas un mot de son angoisse à Emma. Elle entra dans la maison, se rinça rapidement le visage et les mains et, sans même prendre le temps de se changer, mit son chapeau, enfila ses gants et sortit.

Il faisait un temps radieux. La lumière d'août colorait d'or les feuilles, et la rue bruissait des cris des enfants et des mères qui les interpellaient. Ces sons, si rassurants d'ordinaire, ne calmèrent pas son appréhension. Elle décida de marcher jusqu'au bureau de Julien Vanier, comme pour retarder le moment de vérité.

Lorsque Fanette arriva devant la porte du bureau de l'avocat, celle-ci s'ouvrit avant même qu'elle ait eu le temps de frapper.

— Je vous attendais, dit-il.

En voyant sa mine basse, elle comprit que les nouvelles étaient mauvaises.

— L'appel a été rejeté à deux juges contre un. Le jugement de première instance a été maintenu.

Il tendit un document à Fanette. Elle s'en empara, n'arrivant pas à croire à tant d'injustice, mais ses yeux étaient si brouillés de larmes qu'elle avait de la difficulté à distinguer les lettres. L'avocat se rendit compte avec émotion qu'il y avait une trace de terre sur la joue droite de la jeune femme. Il lui tendit un mouchoir, qu'elle saisit machinalement.

— C'est impossible, murmura-t-elle.

— Je n'y comprends rien non plus. Ce procès était entaché de vices de procédure.

Fanette lui remit le document. Elle refusait de se laisser abattre.

— Il faut en appeler de ce jugement.

— Il n'y a plus d'autre recours juridique, madame Grandmont. C'était notre dernière chance.

— Il doit y avoir un autre moyen !

— Il en existe bien un, dit-il sans conviction, mais cela risque de prendre des mois et l'issue en est plus qu'incertaine.

— Lequel ? demanda-t-elle, pleine d'espoir.

— En appeler à la clémence du gouverneur en conseil, mais il est extrêmement rare qu'une instance politique renverse la décision d'un tribunal.

— Essayez tout de même.

— Je le ferai, mais n'attendez pas trop de cette démarche, madame Grandmont.

Fanette sortit du bureau et dut s'appuyer sur un mur du palier, envahie par une vague de désespoir. « N'attendez pas trop de cette démarche », avait dit Julien Vanier. Autrement dit : « Attendez-vous au pire. » La simple idée qu'il lui faudrait passer des mois dans l'attente du résultat d'une démarche sans espoir lui paraissait intolérable. Il devait exister un autre moyen. Il le fallait. C'est alors qu'une idée lui vint. C'était une idée folle, hasardeuse, pleine d'embûches, mais elle ne voyait pas d'autre issue.

⁓

Oscar entra dans la rédaction de *L'Aurore de Québec* le caquet bas. Il revenait du palais de justice, où il avait appris le rejet de l'appel qu'avait interjeté Julien Vanier. Il prit place derrière son pupitre et s'escrima à écrire un article. Après des heures de labeur, il finit par pondre un papier qu'il alla porter à son patron, Ludovic Savard. Ce dernier le critiqua vertement :

— C'est aussi ennuyant qu'un prêche de la Ligue de tempérance ! Je veux des adjectifs, des sentiments, des mains qui se tordent de désespoir, du sang, mon vieux ! C'est ce que les lecteurs veulent.

En retournant vers son pupitre, Oscar eut une pensée pour son ancien patron, Alexandre Caron. Comme il regrettait de l'avoir laissé tomber ! Il réécrivit son article, y ajoutant moult adjectifs et points d'exclamation. Puis il fit la revue des journaux concurrents et des dépêches de la journée afin de glaner une nouvelle qui pourrait s'avérer intéressante. Un entrefilet dans le journal *Le Canadien* attira soudain son attention.

« Le corps d'un homme a été repêché hier matin dans les eaux du fleuve Saint-Laurent, près de Boucherville, et a été transporté à la morgue de l'Hôtel-Dieu de Montréal. La police croit qu'il pourrait s'agir de l'homme d'affaires John Barry, qui avait mis fin à ses jours en se jetant du pont Victoria, l'automne dernier. »

John Barry... C'était l'homme d'affaires qui était l'auteur de cette lettre dont il avait reçu copie dans une enveloppe brune. Il fouilla fébrilement dans ses tiroirs et finit par dégoter la lettre en question.

> Montréal, le 8 novembre 1859
> Par la présente, je jure avoir versé la somme de quarante mille dollars au notaire Louis Grandmont afin qu'il use de son influence...

Il en termina la lecture puis, les tempes battantes, courut vers le bureau Ludovic Savard, l'exemplaire du *Canadien* et la lettre de John Barry en main.

— Patron, envoyez-moi à Montréal. Je veux couvrir l'affaire John Barry.

Il lui tendit l'entrefilet du journal et la lettre. Savard leur jeta un vague coup d'œil, puis fit la moue.

— Encore cette vieille histoire ?

— Les accusations que John Barry porte contre le notaire Grandmont sont graves. Barry a peut-être laissé une veuve éplorée ou un employé qui n'hésiterait pas à bavarder pour avoir son nom imprimé dans le journal.

Une lueur d'intérêt brilla dans les yeux torves de Savard. Il se rappela les manchettes juteuses qu'il avait pu tirer à la suite de l'arrestation du notaire. La perspective d'exploiter de nouveau ce filon et de mousser les ventes le faisait saliver.

— Je t'envoie à Montréal à la première heure demain.

Il extirpa quelques dollars froissés de sa poche.

— T'es mieux de revenir avec du solide, sinon je déduis tes dépenses de ton salaire.

Oscar s'empressa de prendre l'argent avant que son patron ne change d'idée. Il se rendit au bureau du télégraphe et envoya un télégramme à son oncle Victor afin de lui annoncer son arrivée.

Oscar voulait profiter de son court séjour à Montréal pour lui rendre visite.

༄

Il faisait encore jour lorsque Fanette, conduisant son Phaéton, parvint au village de Cap-Rouge. Elle n'avait pas tenu Emma au courant des détails de son entreprise et s'était plutôt contentée de lui dire qu'elle devait s'absenter pour un court voyage, qu'elle passerait la nuit dans une auberge et reviendrait le lendemain. Voyant le visage de sa mère rongé par l'inquiétude, elle lui avait dit :

— Faites-moi confiance. Il ne m'arrivera rien.

Elle avait mis quelques effets dans un sac de voyage, embrassé Marie-Rosalie et attelé la voiture, prenant soin d'apporter avec elle le peu d'économies qui lui restaient de son salaire de gouvernante.

Après quelques heures de route sur le chemin de Cap-Rouge, Fanette vit les premières maisons du village apparaître au pied de la montagne. Le fleuve flamboyait sous les rayons du soleil déclinant. Quelques enfants jouaient près du rivage. Une femme ramassait une brassée de linge qu'elle avait mis à sécher.

Bien qu'elle n'eût pas revu le village depuis le fameux bal que le Lumber Lord avait donné à son domaine, un an auparavant, elle trouva sans difficulté le chemin escarpé qui menait jusqu'au faîte de la montagne. Des pans de lumière s'infiltraient à travers les branches des sapins, formant des faisceaux dentelés sur le sol déjà couvert de feuilles mortes. Le chant modulé de fauvettes à gorge blanche montait des fourrés qui longeaient la route. Fanette commençait à regretter sa folle démarche. Alistair Gilmour ne serait peut-être même pas chez lui. Et s'il y était, il remettrait sans doute sa demande en mariage sur le tapis. Pire encore, il n'aurait sûrement aucun scrupule à monnayer son appui. Après tout, il n'avait pas hésité à séduire Marguerite, comme il avait fait de sa sœur sa maîtresse. Il s'en fallut de peu qu'elle ne tournât sa bride, mais la pensée d'Amanda l'en empêcha. Elle n'avait pas le droit de l'abandonner.

Lorsqu'elle parvint en haut de la côte, elle vit à distance les grilles du domaine. En s'en approchant, elle constata qu'elles étaient ouvertes. Il n'y avait personne dans la petite guérite de pierre qui flanquait la clôture. Elle secoua les rênes et franchit le portail sans encombre.

La maison d'Alistair Gilmour apparut au détour de l'allée bordée de peupliers, rougeoyante dans le soleil couchant. Fanette vit une lumière briller dans les vitres d'une tourelle. Sentant les battements de son cœur s'accélérer, elle descendit de la voiture. Elle attacha le cheval à la clôture de fer forgé qui ceinturait la demeure et s'avança vers la porte. Le chant lancinant des grillons ponctuait sa marche sur le gravier. Une fois devant la porte, elle actionna le heurtoir, puis retint son souffle. Personne ne vint répondre. Pourtant, elle avait bel et bien vu de la lumière à l'une des fenêtres. Sans réfléchir, elle tourna la poignée. La porte s'ouvrit. Le hall était désert, mais un lustre monumental en cristal de Venise, suspendu devant l'escalier de marbre, brillait de tous ses feux.

— J'espérais votre visite.

La voix légèrement rocailleuse fit tressaillir Fanette. La silhouette d'Alistair Gilmour se dessina sous une arche qui séparait le hall d'entrée du salon.

— Je souhaiterais tout de suite mettre une chose au clair, monsieur Gilmour…

Il l'interrompit en souriant.

— Je vous en prie, vous avez fait une longue route, attendez d'avoir pris un bon repas avant de m'enlever tous mes espoirs.

— Je ne suis pas venue ici pour badiner ! s'écria Fanette, les nerfs à vif à cause de la fatigue et de l'émotion.

— Pardonnez-moi, je n'ai pas voulu vous offenser. J'ai beau vivre en reclus depuis quelque temps, je reçois les journaux. Je suis au courant pour votre sœur. Qu'attendez-vous de moi ?

Rassurée par ses paroles, Fanette aborda le sujet de sa visite :

— Je veux faire évader Amanda.

— Rien que ça, dit le marchand naval avec une pointe d'ironie.

— Tous les recours ont été épuisés. Il n'y a pas d'autre moyen.

— Pourquoi faites-vous appel à moi ?

Fanette joua la carte de la franchise.

— Je ne connais personne d'autre qui ait l'audace, le courage et l'argent pour s'engager dans une pareille aventure.

Il la scruta longuement en silence, puis il dit soudain :

— Si j'accepte de vous aider, accepterez-vous de m'épouser ?

— Non.

Contre toute attente, il sourit.

— Au moins, avec vous, on sait à quoi s'en tenir.

Il fit quelques pas vers elle, puis lui tendit la main.

— Vous pouvez compter sur moi.

Elle lui jeta un regard méfiant, mais il semblait parfaitement sincère. Elle prit sa main.

— Merci.

Il l'attira soudain à lui. Ses yeux étaient mi-clos et son visage, si près du sien qu'elle sentit ses cils frôler sa joue. Elle voulut se dégager mais il la retint contre lui, les mains plaquées sur son dos. Sa bouche effleura la sienne avec une telle douceur qu'elle eut envie de pleurer. Elle ferma les yeux, un peu étourdie par un effluve de musc et de cuir qui l'entourait comme une écharpe. Elle eut l'impression que ses jambes se dérobaient sous elle. Il sentit son abandon. Sa bouche se fit plus pressante. Il goûta ses lèvres comme un fruit rare qu'on a longtemps convoité et qui nous est soudain offert alors qu'on ne croyait plus à son existence. En cet instant, il sut qu'il aurait pu la prendre, qu'elle se serait donnée à lui sans lui opposer la moindre résistance, et c'est cette certitude qui lui donna la force de s'arracher à leur étreinte. Ce n'était pas une femme en détresse qu'il voulait tenir dans ses bras, mais une femme amoureuse.

— Attendez-moi après-demain, à onze heures, à la terrasse Saint-Louis. En attendant, je vous fais servir un repas chaud.

— Je dois partir.

— Ne songez même pas à reprendre la route. La brume s'est levée, le chemin est dangereux. Je vous ferai préparer une chambre. Demain matin, votre voiture vous attendra à la porte. Je donnerai ordre à mon palefrenier de prendre soin de votre cheval.

Il quitta la pièce rapidement sans lui donner le temps de répliquer. Elle entendit le bruit de ses pas décroître, puis s'éteindre. Un domestique survint, lui offrant de bien vouloir le suivre dans la salle à manger, où un repas l'attendait. Lorsqu'elle entra dans l'immense salle, elle se rendit compte qu'un seul couvert avait été placé à l'extrémité d'une longue table. Un bouquet de roses joliment disposées dans un vase répandait un parfum délicat. Le même domestique servit le dîner, composé d'un poulet rôti, d'un canard braisé et de légumes frais, le tout arrosé d'un vin de Bourgogne. Sans vouloir l'avouer, Fanette mourait de faim, et elle mangea avec appétit. Après le repas, une femme de chambre, portant son sac de voyage, la conduisit à une chambre qu'elle reconnut avec émotion : c'était celle où Philippe et elle avaient logé, la nuit du bal. Touchée par cette attention du marchand naval, elle fit sa toilette, puis alla vers la porte-fenêtre qui donnait sur le balcon. Une brume épaisse couvrait complètement le fleuve et serpentait entre les arbres.

Alistair Gilmour tint parole. Le lendemain, le Phaéton l'attendait devant le porche de la maison. Le cheval avait été soigné et semblait encore plus fringant qu'à l'accoutumée. Fanette reprit la route, ne songeant qu'au rendez-vous que lui avait fixé le marchand naval, impatiente de savoir comment il comptait s'y prendre pour faire évader Amanda.

LXVIII

Oscar avait jeté pêle-mêle quelques vêtements et un peigne dans un sac de toile et s'était rendu à l'hôtel Giroux. Quelques voyageurs, blafards dans les premières lueurs du matin, faisaient déjà la queue devant une diligence dont les portières n'avaient pas encore été ouvertes. Le jeune reporter constata avec satisfaction que six chevaux y avaient été attelés. La voiture irait bon train, d'autant plus que le brouillard qui sévissait la veille commençait à se dissiper. Une pause d'une heure était prévue aux Trois-Rivières, après laquelle la diligence poursuivrait sa route jusqu'à Montréal, avec quelques arrêts seulement aux principaux bureaux de poste.

Le son du cor annonçant le départ retentit. Le conducteur ouvrit les portières et, avec l'aide d'un postillon, plaça les bagages dans des caissons fixés sur le toit de la diligence, qu'il attacha ensuite à l'aide de sangles tandis que le courrier et les colis étaient rangés dans un compartiment situé à l'arrière de la voiture. Il invita ensuite les passagers à prendre place, examinant chaque billet. Après avoir refermé les portières, il se pencha pour vérifier les essieux puis, satisfait, s'installa sur son siège et fit claquer son fouet. La diligence s'ébranla. La tête d'Oscar bourdonnait tellement il était excité. Il avait hâte de serrer la pince de son oncle Victor et d'en savoir plus long sur les circonstances entourant le suicide du mystérieux John Barry...

La voiture de Fanette roulait à bon train. Il était encore tôt, il n'y avait pas beaucoup de circulation dans les rues.

Lorsqu'elle parvint en haut de la rue de Buade, elle leva les yeux vers l'horloge du beffroi, qui marquait onze heures moins cinq. Elle avait une légère avance. Elle s'engagea dans la petite rue du Fort qui croisait Saint-Louis, puis se gara non loin de la terrasse Saint-Louis. Jetant un coup d'œil à la ronde, elle constata qu'Alistair Gilmour n'était pas encore là. Elle fit quelques pas vers la balustrade qui surplombait le fleuve. Comme toujours, la beauté du lieu l'enchanta. Les couleurs irisées du ciel se reflétaient sur l'eau opalescente. Combien de fois Philippe et elle avaient-ils contemplé ce paysage, sans jamais s'en lasser ?

— Tant de beauté dans un monde qui en recèle si peu…

Elle se retourna. Alistair Gilmour la regardait en souriant. Dans la lumière du jour, il n'avait plus l'aura de mystère qui l'entourait lorsqu'il était chez lui, mais il n'en était que plus humain, peut-être à cause des rides aux coins de ses yeux, qui clignaient un peu sous le soleil, et d'un cil qu'elle aperçut sur une joue. Il la prit familièrement par le bras, comme s'ils se connaissaient depuis toujours, et l'entraîna vers un banc. Des promeneurs longeaient la terrasse, d'autres se penchaient au-dessus de la balustrade pour admirer la vue.

— Où habitait votre sœur avant son arrestation ? demanda Gilmour.

— À l'abri Sainte-Madeleine.

Il acquiesça, la mine songeuse. Il se rappelait très bien cet endroit, où il était allé chercher Ian.

— Quelles étaient ses habitudes ? De quoi était faite sa vie de tous les jours ?

Fanette ne comprenait pas tout à fait où il voulait en venir mais tenta de répondre à sa question :

— Elle partageait les tâches ménagères avec les religieuses et ses autres compagnes.

— Quoi d'autre ?

— Elle s'occupait de femmes en difficulté.

Il sembla plus intéressé.

— De quelle façon ?

— Elle leur rendait visite en prison, par exemple, avec sœur Odette et Béatrice, l'une de ses compagnes.

Le visage du marchand naval s'éclaira.

— C'est un bon point de départ.

Fanette commençait à saisir sa stratégie. Une religieuse passerait plus facilement inaperçue.

— Je connais assez bien Edgar Cummings, le directeur de la prison, poursuivit-il. On fréquente le même club. Ce n'est pas un mauvais bougre, mais il devient très bavard lorsqu'il a un coup dans le nez. Je m'arrangerai pour l'inviter à ma table ce soir. Il pourrait me fournir des renseignements utiles.

Il se leva.

— Rendez-vous ici demain, à la même heure. Je vous donnerai plus de détails.

Il partit, marchant à grandes enjambées, comme un échassier.

⁂

Le lendemain, Fanette rencontra de nouveau Alistair Gilmour à la terrasse Saint-Louis. Il la mit au courant de son plan d'évasion. Tout avait été prévu, jusqu'aux moindres détails.

— Croyez-vous que l'on puisse compter sur sœur Odette ? demanda-il.

— Je suis convaincue qu'elle nous aidera.

Fanette, ne pouvant supporter l'idée de rester en retrait tandis que d'autres prendraient les risques à sa place, insista pour participer à l'entreprise, mais le Lumber Lord ne voulut pas en entendre parler.

— C'est beaucoup trop dangereux. Vous avez rendu visite à votre sœur en prison tous les jours. Quelqu'un pourrait vous reconnaître. Quand la revoyez-vous ?

— Tout de suite après ma visite à sœur Odette.

— Tenez-la au courant, mais soyez discrète. Les murs ont des oreilles, surtout en prison. Ne lui parlez pas de mon implication. Votre sœur a de bonnes raisons de m'en vouloir. C'est une femme entière, elle serait capable de refuser notre projet d'évasion si elle apprenait que j'y suis pour quelque chose.

❧

Sœur Odette était en train de donner du lait tiède à un nourrisson que sa mère, une jeune femme de la campagne qui s'était retrouvée à la rue et que la religieuse avait accueillie, ne réussissait pas à allaiter lorsqu'elle reçut la visite de Fanette. Elle fut heureuse de revoir la jeune femme et l'entraîna vers son bureau. Fanette la mit au courant du projet d'évasion, lui expliquant qu'un gardien avait été soudoyé par Alistair Gilmour et qu'il les aiderait dans leur entreprise. Sœur Odette l'écoutait attentivement, gardant tout au long un visage neutre. Lorsque Fanette eut terminé de parler, la religieuse demeura silencieuse pendant un moment, plongée dans une profonde méditation. Puis elle leva les yeux vers la sœur d'Amanda.

— Je vous aiderai. Béatrice nous sera également très utile. Mais je laisserai Anita dans l'ignorance. Elle donnerait sa vie pour Amanda, mais sa sensibilité à fleur de peau risquerait de nous causer des ennuis.

Fanette admira le bon sens de sœur Odette, mais surtout son courage.

— Votre geste sauvera une vie.

— Aide-toi et le ciel t'aidera, répondit la religieuse.

Puis l'anxiété revint dans son regard.

— Ian ? Que va-t-il lui arriver ?

— C'est à Amanda d'en décider.

— Le petit m'inquiète. Il est fermé comme une huître, il ne parle presque plus. Il se sent abandonné. Il a déchiré les lettres de sa mère sans les lire. Il m'a même avoué qu'il songeait à retourner chez les Trottier.

— J'aimerais le voir.

Sœur Odette acquiesça et sortit. Elle revint quelques minutes plus tard en compagnie d'Ian. Il avait le visage sombre, les yeux fixés sur le plancher. La religieuse s'éclipsa. Fanette ne parla pas tout de suite. Elle regarda avec émotion la pomme d'Adam du garçon qui montait et descendait, ses bras d'adolescent un peu trop longs, ses cheveux couvrant ses yeux.

— Nous allons tout faire pour sortir ta mère de prison.

Ian répondit à mi-voix, gardant les yeux baissés :

— Je me fiche de ce qui va lui arriver. Je veux plus jamais la voir.

Fanette remarqua que les mains du garçon se crispaient sur ses cuisses sans qu'il s'en rende compte.

— J'avais sept ans quand j'ai perdu mes parents. Ta mère en avait onze. J'ai eu la chance d'être recueillie par une femme au grand cœur. Elle m'a adoptée. Ta mère n'a pas eu cette chance. Sa vie n'a pas été facile. Mais elle t'aime, elle t'a toujours aimé. Quoi qu'il arrive, tu ne dois jamais en douter.

Il ne dit rien, mais leva les yeux pour la première fois. Son regard s'était adouci.

— Sais-tu ce qu'elle m'a dit à propos de toi ?

Il haussa les épaules. Fanette poursuivit doucement :

— Elle m'a dit que tu étais la plus belle chose qui lui soit jamais arrivée.

Fanette embrassa le garçon sur une joue, le serra contre elle et sortit.

❧

Lorsque Fanette entra dans le parloir, elle vit qu'Amanda l'attendait. Le parloir était vide, hormis une femme âgée qui visitait un homme plus jeune, sans doute son fils. Par chance, ils étaient à l'autre extrémité de la pièce. Se penchant vers la grille, Fanette expliqua à sa sœur à voix basse le plan d'évasion.

— C'est trop risqué, dit Amanda en secouant la tête.

Elle n'avait aucune crainte pour elle-même, mais pour sœur Odette et Béatrice.

— C'est le seul moyen de te sortir d'ici.

Les yeux d'Amanda se mirent à briller dans la demi-pénombre. Pour la première fois depuis son incarcération, elle avait le sentiment que l'étau qui lui enserrait la poitrine se relâchait. Puis une ombre passa sur son visage.

— Que va devenir Ian ? murmura-t-elle. Je ne veux pas qu'il partage la vie d'une fugitive.

Fanette ne sut que répondre. Amanda saisit la main de sa jeune sœur.

— Je te le confie. Promets-moi de prendre soin de lui, de l'aimer comme s'il était ton propre fils.

Les deux sœurs avaient les larmes aux yeux.

— Je te le promets, sur la tête de nos parents.

LXIX

Le voyage s'était déroulé sans anicroche, bien qu'Oscar ait dû supporter les ronflements d'un passager et les coups d'épaule d'un autre, car les ornières sur la route étaient nombreuses et les voyageurs, brassés comme des sacs de pommes de terre. Malgré les secousses de la voiture, le reporter avait finalement réussi à s'endormir lorsque le son du cor le réveilla. Il entendit la voix du conducteur qui criait :

— Montréal ! Tout le monde descend ! *Everybody out of the carriage !*

La diligence s'était garée devant l'hôtel Rasco, rue Saint-Paul, à deux pas du marché Bonsecours. L'entrée de l'auberge était vivement éclairée. Oscar décida d'y prendre une chambre, même si le coût était trop élevé pour son budget ; le long voyage l'avait épuisé et il ne voulait pas perdre de temps à chercher un gîte à cette heure tardive.

La chambre était petite mais avenante, avec un lit à sangles, une commode surmontée d'un miroir à bascule, un broc de faïence blanche, des rideaux en chintz fleuri et un couvre-lit assorti. Oscar jeta un coup d'œil à travers la fenêtre entrouverte. Une myriade de lumières scintillait à distance, telle une constellation. La rumeur de la grande ville lui parvenait, sorte de bourdonnement sourd où se mêlaient le roulement des voitures et les voix des passants. Son cœur se mit à battre un peu plus vite. Le lendemain, l'aventure l'attendait ! Sans prendre la peine de se déshabiller, il fit une toilette sommaire, se jeta sur son lit et s'endormit comme une roche.

Le lendemain, Oscar fut réveillé par les premiers rayons du soleil. Après un déjeuner copieux, il décida de rendre d'abord visite à son oncle Victor, qui habitait rue Saint-Paul, à une dizaine de minutes à pied de l'hôtel.

Les rues bourdonnaient déjà d'activité. Le jeune journaliste, qui n'avait pas revu Montréal depuis l'âge de dix-sept ans, fut frappé par les changements qui s'y étaient produits. Des immeubles imposants avaient été construits, la plupart des rues avaient été pavées, des lampadaires au gaz étaient installés un peu partout. Les voitures étaient nombreuses et roulaient rapidement, obligeant souvent les passants à courir afin d'éviter de se faire écraser. Oscar dut se plaquer contre un mur lorsqu'un fiacre s'engagea à tombeau ouvert dans la ruelle qu'il avait empruntée.

— Chauffard ! s'écria-t-il.

Le conducteur poursuivit son chemin sans même se retourner. *Il ne manquerait plus que je finisse moi-même à la morgue,* se dit Oscar tout en poursuivant son chemin. Le logis de son oncle se trouvait à l'ouest du marché Bonsecours. Plus il s'en approchait, plus le quartier lui était familier. L'écurie où son oncle louait parfois un attelage lorsqu'il devait effectuer des déplacements était toujours au même endroit. Oscar sentit avec délice l'odeur de pain frais qui émanait de la boulangerie À la bonne miche. Son oncle et lui avaient l'habitude de s'y rendre deux fois par semaine et y achetaient les meilleurs pains au chocolat du quartier, concoctés par les Dutour, un couple sympathique originaire de Paris qui avait immigré à Montréal dans les années 1840 et y avait apporté son savoir-faire. Oscar fut tenté d'entrer dans la boulangerie, mais il lui tardait de voir son oncle. Il pressa le pas et fut bientôt devant l'imprimerie qui abritait également le journal *La Sentinelle.* Des panneaux de bois avaient été placardés sur les vitrines de l'échoppe, masquant l'intérieur. Un morceau de carton où quelqu'un avait inscrit hâtivement « Local à louer » avait été collé sur l'un des panneaux. L'appréhension noua l'estomac du journaliste. Il grimpa rapidement les marches qui menaient à l'étage et jeta un coup d'œil inquiet à l'unique fenêtre qui s'ouvrait sur le palier. Les rideaux étaient tirés, laissant un mince interstice qui lui permit de distinguer une pièce étroite plongée dans l'obscurité. La pièce était vide : aucun meuble, pas même une chaise ou une patère. Il frappa à la porte à plusieurs reprises, mais personne ne vint répondre.

De plus en plus inquiet, Oscar redescendit lentement l'escalier, se posant mille questions sur le sort de son oncle. Il y avait un moyen simple de s'en informer. Revenant sur ses pas, il franchit le seuil de la boulangerie, faisant tinter la clochette. Une femme à la poitrine généreuse et aux joues rougies par la chaleur des fourneaux était debout derrière le comptoir, un tablier blanc noué autour de la taille. Oscar reconnut avec soulagement madame Dutour. Elle leva les yeux vers lui en souriant.

— Je ne sais pas si vous vous souvenez de moi, dit le jeune homme. Oscar Lemoyne, le neveu de Victor Lemoyne.

Le sourire de la boulangère s'effaça aussitôt. Elle jeta un coup d'œil à la ronde pour s'assurer qu'il n'y avait pas d'autres clients dans son magasin et s'adressa à Oscar à mi-voix :

— Pauvre garçon. L'imprimerie de votre oncle a été perquisitionnée par la police il y a quelques semaines. La veille, on l'a vu empiler quelques meubles et des caisses de livres dans une charrette. On ne l'a pas revu depuis.

— Vous ne savez pas où il a pu aller ?

La boulangère secoua la tête, la mine désolée. Oscar sortit du commerce, troublé par ce qu'il venait d'apprendre, mais pas surpris outre mesure. Son oncle était resté un révolutionnaire dans l'âme, et n'hésitait pas à imprimer des pamphlets provenant de groupes plus ou moins licites. Pas étonnant qu'il ait eu des ennuis avec les autorités. *Au moins, il est sain et sauf,* se dit le jeune homme en regagnant la rue. Le temps lui manquait pour aller à sa recherche, mais il était convaincu que son oncle lui écrirait un jour afin de le mettre au courant de ses derniers déboires.

Apercevant un omnibus qui venait de s'arrêter au coin de la rue, il décida d'y monter pour gagner du temps. L'omnibus s'arrêta en face de l'Hôtel-Dieu, situé sur Pine Avenue. Il passa le portique et s'avança dans un préau ceinturé par une muraille de pierre grise en direction de l'entrée principale de l'hôpital.

La morgue était située dans le sous-sol du bâtiment, au bout d'un long couloir. Oscar croisa un infirmier, puis une jeune femme secouée de sanglots, soutenue par un homme du même âge qui était probablement son mari. La gorge nouée, Oscar poussa une lourde porte peinte du même vert terne que le corridor. *Pourquoi faut-il que la mort soit entourée d'un décor aussi lugubre ?* La salle dans laquelle il venait d'entrer était grande. Des tables de marbre rectangulaires étaient disposées tout au long de la pièce. Des récipients contenant chacun un gros bloc de glace avaient été placés sous chaque table afin de faciliter la conservation des corps. Une forte odeur de formol se mêlait à une autre, plus fétide, à laquelle Oscar préféra ne pas penser. Un homme grand et mince, qui ne devait pas avoir plus de vingt-cinq ans, l'accueillit. Il portait un sarrau blanc et des gants en caoutchouc dont l'allure sinistre contrastait avec ses cheveux et sa moustache coquettement pommadés. Des bottes élégantes et bien cirées dépassaient sous son sarrau. Il remarqua le regard d'Oscar posé sur un petit corps recouvert d'un drap.

— Le pauvre garçon s'est noyé dans la rivière des Prairies. Saviez-vous que la noyade est la cause de décès la plus fréquente ? Ça, et les maladies du cœur.

Ne tenant pas à avoir un cours sur les causes de décès de tous les infortunés citoyens qui se retrouvaient en ce lieu, Oscar s'empressa d'aborder le sujet qui l'intéressait :

— Je cherche un monsieur John Barry.

Le jeune homme fronça les sourcils.

— Ah oui, le suicidé. Vous êtes un parent ?

Oscar leva le menton pour tâcher de se donner une certaine autorité.

— Je suis reporter pour *L'Aurore de Québec*. Je fais une enquête sur la mort de monsieur Barry.

— Normalement, il n'y a que les membres des familles ou la police qui ont accès à mes cadavres.

Il disait « mes » comme si les dépouilles avaient été des amis intimes.

— Je désire simplement vous poser quelques questions. Monsieur…

L'homme aux gants de caoutchouc lui jeta un regard circonspect. La bouille sympathique du journaliste sembla lui inspirer confiance.

— Docteur Morin. Je suis stagiaire à l'hôpital. Le médecin responsable de la morgue étant tombé malade, on m'a demandé de le remplacer.

Il tendit machinalement la main, qu'Oscar fixa d'un œil anxieux. Le médecin se rendit compte qu'il avait oublié de retirer son gant de caoutchouc, ce qu'il fit avec un demi-sourire.

— Pardonnez-moi, c'est devenu comme une seconde peau.

Oscar serra brièvement la main nue, puis sortit son précieux calepin d'une poche.

— Le corps de monsieur Barry a-t-il été identifié par un membre de la famille ?

— Non. Le pauvre bougre est ici depuis trois jours, et pas un chat n'est venu le voir. De toute manière, même si quelqu'un de sa famille s'était présenté, ça n'aurait pas donné grand-chose. Le visage est méconnaissable, probablement déchiqueté par les roches ou dévoré par des poissons. Par contre, il a gardé pas mal de cheveux, plutôt foncés. D'après moi, il devait avoir une quarantaine d'années.

Oscar, sentant un début de nausée l'envahir, pressa ses lèvres pour tenter de juguler son mal de cœur, puis fit un effort pour poursuivre :

— Si le visage est méconnaissable, comment pouvez-vous être sûr qu'il s'agit bien de John Barry ?

— J'ai trouvé une montre de gousset attachée à une chaînette dans une poche intérieure de sa redingote. Son nom y était gravé.

— Je peux y jeter un coup d'œil ?

Le docteur Morin haussa les épaules, l'air de dire « pourquoi pas », et se dirigea vers un classeur situé dans une pièce attenante à la morgue. Il revint quelques minutes plus tard avec un petit sac de toile fermé par une cordelette, sur lequel on avait tracé un numéro et le nom de la victime. Le médecin l'ouvrit et en sortit une montre de gousset en or finement ouvragé, qu'il tendit à Oscar.

— Une montre en or d'excellente qualité. Au moins dix-huit carats.

Oscar s'en saisit et l'examina.

— Elle a dû coûter une petite fortune.

Le jeune médecin opina du chef.

— De toute évidence, ce monsieur était en moyens.

Oscar retourna la montre. Le nom de John Barry y avait bel et bien été gravé. Aucune date n'y figurait. Il ouvrit le boîtier et constata avec surprise que la montre était intacte malgré le séjour prolongé dans l'eau. Les aiguilles s'étaient arrêtées à 3 h 34.

— Avez-vous trouvé autre chose sur lui ? questionna Oscar en remettant la montre au médecin.

— Il y avait des lunettes cerclées d'or dans la poche de sa redingote. À part ça, je ne vois pas… Ah, il y a bien une chose un peu étrange.

Oscar le regarda avec curiosité.

— Ses habits étaient abîmés, mais élégants. L'étiquette était encore lisible. Morgan & Co.

— Je ne vois pas ce qu'il y a d'étrange dans le fait qu'il portait des vêtements élégants. Vous avez dit vous-même qu'il était en moyens.

— Ses habits étaient trop grands pour lui.

Oscar réfléchit à ce qu'il venait d'entendre. *Ses habits étaient trop grands pour lui…* Il nota ce détail. Le médecin poursuivit sur sa lancée :

— Par contre, ses bottes semblaient être de la bonne pointure. Elles proviennent de J. & T. Bell, un des meilleurs bottiers de Montréal. Ils ont ouvert un magasin dans le Cathedral Block, rue Notre-Dame.

Il ajouta avec un brin de coquetterie :

— J'y ai moi-même acheté une paire de bottes récemment.

Oscar inscrivit ces renseignements dans son carnet. Il avait assez d'expérience pour savoir qu'il ne fallait négliger aucun détail.

— Je peux les voir ?

Le jeune médecin resta interdit.

— Plaît-il ?

— Les habits de monsieur Barry. J'aimerais y jeter un coup d'œil, si vous n'y voyez pas d'inconvénients.

Le médecin, plus amusé qu'agacé par la question saugrenue du jeune reporter, le conduisit jusqu'à l'une des tables de marbre, située au fond de la salle. Oscar distingua une forme sous le drap blanc. Le médecin souleva le drap et découvrit le cadavre d'un homme de taille moyenne. Oscar remarqua tout de suite deux bottes dont les bouts dépassaient d'un pantalon noir. En levant les yeux, il vit une redingote dont on devinait l'élégance malgré les taches de moisissure et les accrocs qui la déparaient. Les manches de l'habit recouvraient presque entièrement les mains du cadavre et les pans semblaient flotter autour du corps. C'est alors qu'il entrevit, sous la lumière crue du plafonnier, ce qui avait été un visage mais n'était plus qu'un amas de peau bleuâtre et boursouflée. Des orifices sombres étaient tout ce qui restait des yeux et du nez, et la bouche s'étirait en un étrange rictus. Des touffes de cheveux foncés semblaient avoir été maladroitement collées sur le crâne. Une odeur de vase et de pourriture prit Oscar à la gorge. Il s'éloigna rapidement et sortit de sa poche un mouchoir qu'il plaqua sur sa bouche pour éviter un haut-le-cœur. Balbutiant des remerciements, il courut dans le couloir, bousculant un infirmier au passage. Il ouvrit une porte et se retrouva à l'air libre ; il inspira à pleins poumons.

Lorsque sa nausée fut calmée, Oscar réfléchit à ce qu'il avait découvert jusqu'à présent. À la fois beaucoup et peu de choses.

Toute cette affaire était étrange, en particulier le fait que John Barry, qui était censé être un homme d'affaires connu de Montréal, semblait ne pas avoir de famille : ni femme ni enfant ne s'était présenté pour l'identifier, pas même un ami... Il décida de se rendre rue Notre-Dame. *Sait-on jamais, j'apprendrai peut-être quelque chose qui me mettra sur une piste intéressante.*

⁌

Le Cathedral Block était un grand édifice de trois étages en pierre calcaire dont les fenêtres à arcades étaient flanquées de colonnes de style corinthien. Des passants vêtus avec élégance déambulaient sur le trottoir agrémenté d'arbres, tandis que des voitures de prix circulaient sur la rue pavée. Plusieurs boutiques luxueuses étaient installées au rez-de-chaussée, dont le magasin J. & T. Bell, qui possédait également un entrepôt à l'étage. Oscar y entra. Des souliers et des bottes étaient disposés sur des étagères en bois. Une odeur de cuir flottait dans l'air. Un homme tiré à quatre épingles, dont le collier de barbe et la moustache étaient impeccablement taillés, l'accueillit avec un sourire contraint. L'accoutrement du jeune reporter ne lui disait rien qui vaille.

— *Good afternoon, sir. What can I do for you today ?*

Oscar remarqua une épinglette attachée au col de sa redingote et sur laquelle était inscrit un nom : Donald French. Oscar lui demanda s'il se rappelait avoir vendu des bottes plutôt hautes avec des bouts pointus à un homme appelé John Barry. L'homme lui répondit sèchement, n'ayant visiblement pas de temps à perdre avec quelqu'un qui n'était pas un client :

— *I'm very sorry, sir, but I don't speak French.*

Oscar répéta sa question dans un anglais laborieux tout en trouvant ironique qu'un homme portant le nom de « French » ne parlât pas un mot de français. Le vendeur hocha la tête. Il lui expliqua en anglais que le modèle qu'il décrivait avait été à la mode l'année précédente. Le magasin gardait habituellement chaque transaction dans un registre.

— *Do you know the date of the purchase?*

Oscar dut convenir que non. Le vendeur haussa les épaules. Sans date d'achat, il ne pouvait pas retracer la facture.

Sortant du magasin bredouille, Oscar fit quelques pas sur le trottoir, ne sachant plus quelle piste suivre. Au même moment, une femme fort bien habillée sortit d'une boutique, tenant en laisse un petit caniche. Un conducteur ouvrit la portière d'une calèche stationnant devant la devanture du magasin et aida la dame à y montrer. En levant la tête, Oscar aperçut des noms gravés dans la pierre : Savage & Lyman, au-dessus desquels figurait le mot « jewellers ». Une idée lui vint à l'esprit. N'ayant rien à perdre, il entra dans la boutique. Une clochette tinta, attirant l'attention d'un homme assis derrière un comptoir, une loupe à la main. Son crâne dégarni luisait sous la lumière des lustres suspendus au plafond. Il scruta Oscar avec méfiance. Ayant l'habitude d'une clientèle argentée, il craignait d'avoir affaire à un mendiant ou pire, à un voleur. Il y avait eu plusieurs cambriolages dans le quartier peu avant, et il se tenait prêt à alerter le gardien de sécurité qui sillonnait le magasin, un gourdin attaché à sa ceinture. Oscar s'approcha du comptoir.

— *Sorry to disturb you.* Vous parlez français ?

L'homme le dévisagea sans aménité.

— Oui, se contenta-t-il de dire.

— Est-ce que vous vendez des montres de gousset ? En or dix-huit carats ?

Un sourire étira les lèvres minces du vendeur.

— Bien entendu. Mais je vous avertis, leur prix est de cinquante dollars ou plus.

— Ce n'est pas un problème, rétorqua Oscar, ajustant son col pour se donner une contenance.

Le vendeur sortit de derrière le comptoir par une porte latérale et se dirigea vers une étagère vitrée.

— Voici quelques modèles qui pourraient vous intéresser.

Oscar jeta un coup d'œil aux montres disposées sur des coussins de soie. L'une d'elles attira son attention. Il la désigna du doigt.

— Je souhaiterais voir cette montre, s'il vous plaît.

— Monsieur a du goût. Elle est fabriquée en Suisse. On la vend en exclusivité à notre magasin.

Prenant de sa poche une petite clé suspendue à une chaînette, il ouvrit l'étagère, non sans jeter un coup d'œil en direction du gardien de sécurité afin de s'assurer de sa vigilance, et en retira la montre désignée pas Oscar. Celui-ci l'examina de plus près. Elle ressemblait en tous points à celle qui avait été trouvée sur le cadavre de John Barry. Oscar sentit que le moment était bien choisi pour aller à la pêche.

— Mon oncle par alliance a acheté le même modèle chez vous.

— Ah bon ? Quel est son nom, je vous prie ?

— John Barry, un homme d'affaires de Montréal.

— John Barry. Ce nom me dit quelque chose.

Oscar affecta une mine affligée.

— Le corps de mon pauvre oncle a été retrouvé dans les eaux du fleuve, il y a quelques jours.

— *Oh, I'm so sorry.* Toutes mes condoléances.

Sentant que le poisson mordait à l'hameçon, Oscar poursuivit, la mine contrite :

— Il attachait une grande valeur à cette montre. Il l'avait même fait graver à son nom. Sa veuve ne l'a pas retrouvée dans ses affaires, alors elle m'a chargé de lui en procurer une autre semblable, en souvenir de son mari.

— C'est un beau geste de sa part, murmura le vendeur, appâté par la possibilité de faire une bonne affaire.

— Elle voudrait cependant s'assurer que son mari l'avait bel et bien achetée chez vous.

— C'est tout à fait naturel. Si vous le permettez, je vais vérifier dans le livre de comptes. À quelle date l'achat a-t-il été effectué ?

Oscar eut l'air confus.

— Ma tante a oublié de le préciser.

Le bijoutier réfléchit tout en examinant la montre.

— Ce modèle est assez récent. Nous ne le vendons que depuis l'automne dernier.

Ses yeux s'éclairèrent soudain.

— Attendez. Votre oncle était-il d'assez bonne taille ?

Oscar se rappelait la forme du cadavre sous le drap, ses habits trop grands. Il se hasarda à répondre :

— Euh… oui. ·

— Avait-il des cheveux foncés, plutôt courts, et des lunettes cerclées d'or ?

Ce détail frappa Oscar.

— Oui, tout à fait, c'est bien lui. C'est bien mon pauvre oncle.

Le vendeur sourit, satisfait de lui-même.

— Voilà, nous y sommes. Je me souviens très bien, maintenant. Un homme correspondant à cette description s'est présenté au magasin, je crois que c'était en octobre dernier. Il a payé la somme comptant. À sa demande, j'ai gravé son nom à l'endos de la montre, John T. Barry. Je suis certain d'avoir consigné cet achat. Laissez-moi vérifier.

Oscar sentit un courant d'excitation lui parcourir les veines. Le bijoutier revint peu après avec un registre de comptes et le feuilleta.

— Tenez, voilà. L'achat a été effectué le 16 octobre 1859, très exactement.

Le reporter jeta un coup d'œil au registre, puis sourit.

— Merci de votre amabilité.

Le reporter tourna les talons et marcha rapidement vers la porte. Le vendeur l'interpella.

— Monsieur ! Votre chère tante ne voulait-elle pas acheter une montre en souvenir de son défunt mari ?

La porte claqua, faisant tinter de nouveau la clochette.

Oscar marcha à pas rapides sur le trottoir en bois de la rue Notre-Dame, les joues en feu. Il avait menti comme un arracheur de dents, mais son effronterie lui avait valu des renseignements fort intéressants. Bien qu'il nageât encore en pleines conjectures, une hypothèse se bâtissait peu à peu dans son esprit. Se rendant compte qu'il commençait à se faire tard et qu'il avait l'estomac dans les talons, il décida de s'arrêter dans un restaurant avant de poursuivre ses recherches.

LXX

Les registres de l'état civil étaient consignés dans chaque paroisse, mais une copie civile devait obligatoirement être déposée au greffe du palais de justice. Oscar demanda son chemin à un passant, qui lui désigna un imposant édifice de pierre, non loin de là.

— C'est le palais de justice. Vous pouvez pas le manquer.

Oscar franchit d'abord des grilles flanquées de deux lampadaires massifs, puis un escalier qui aboutissait à un immense portique en forme de temple grec soutenu par six colonnes doriques. Une fois à l'intérieur, Oscar se perdit dans d'interminables couloirs et escaliers avant de parvenir au greffe. De longues étagères se succédaient, remplies à craquer de registres et de dossiers sentant la poussière et l'humidité. Grimpée sur un escabeau, une jeune femme était en train de ranger des documents sur l'une des tablettes supérieures. Oscar se racla la gorge pour attirer son attention. Elle tourna la tête vers lui. Malgré sa coiffure sévère et le col qui lui montait jusqu'au cou, il la trouva jolie.

— Désolé de vous déranger, mademoiselle. Je cherche des renseignements sur un monsieur John T. Barry.

Elle lui répondit tout en continuant à ranger ses dossiers :

— Naissance, mariage, décès ?

— Naissance et mariage. Peut-être décès.

Pour la première fois, elle se tourna vers lui et lui jeta un regard où perçait la curiosité.

— Quel est l'âge de cette personne ?

Oscar hésita. Il se remémora ce que le docteur Morin lui avait dit.

— La quarantaine.

Elle le toisa avec ironie.

— Ce n'est pas très précis. Savez-vous combien de rangées représente une seule décennie ?

Elle lui désigna trois rangées complètes. Oscar dut avoir la mine découragée, car elle se radoucit.

— Les inscriptions sont faites par ordre d'événements. Si vous me donniez plus de détails, comme une date de mariage, par exemple, ou le nom de la paroisse où ce monsieur Barry est né, ça faciliterait les choses.

Oscar secoua la tête.

— Je ne sais rien d'autre.

Une lueur d'intérêt fit briller les yeux noisette de la jeune femme, comme si ce défi brisait la routine.

— Barry, ce n'est pas un nom si répandu. Commençons par le commencement.

Faisant signe à Oscar de la suivre, elle se dirigea vers l'une des étagères.

— Si la naissance a eu lieu il y a une quarantaine d'années, alors il faut commencer nos recherches à partir de 1810, pour couvrir au moins une décennie, expliqua-t-elle.

Elle se pencha et identifia rapidement un registre qu'elle souleva avec un nuage de poussière. Les pages étaient jaunies mais les inscriptions, bien que tachées ici et là par l'humidité, étaient encore lisibles.

— Prenez ce registre, j'en prendrai un autre, ça ira plus vite. Normalement, c'est un prêtre qui les remplit. On y trouve la date de la naissance, le nom des parents et des parrains, l'église où a eu lieu le baptême, etc.

— Si John Barry était protestant ?

— Dans ce cas, c'est un pasteur qui inscrit les renseignements. Ça ne change pas grand-chose.

Oscar commença à parcourir le vieux document. L'écriture en pattes de mouches était difficile à déchiffrer. Des centaines de noms défilaient sous ses yeux. Il se rendit compte à quel point la tâche était colossale. Après plus d'une heure de consultation et un début de mal de tête, il poussa un soupir d'abattement.

— On n'y arrivera jamais.

— Voyons, il ne faut pas baisser les bras. Ce genre de recherche exige beaucoup de patience.

Elle rangea les registres déjà consultés et en retira deux autres d'une rangée. De temps en temps, elle partait servir un client, puis elle le rejoignait.

— Avez-vous trouvé quelque chose ?

Oscar secouait la tête, les yeux rouges à force de déchiffrer des écritures penchées qui ressemblaient parfois à des hiéroglyphes. Il dégota enfin un John M. Barry qui était né à Montréal le 10 mars 1812, mais une autre main d'écriture avait ajouté un peu plus bas : « Ondoyé et décédé le 13 mars courant et inhumé au cimetière protestant du Square Dufferin. »

Un nouveau-né, comprit Oscar.

— Savez-vous où se trouve le cimetière Dufferin ? demanda-t-il à l'employée.

— Il a été fermé sur ordre de la Ville en 1854 pour une question de salubrité. Tous les cimetières qui étaient situés au centre de la ville ont subi le même sort. Des milliers de corps ont été transportés en charrette vers leur nouvelle sépulture, sur le mont Royal.

Oscar n'osa pas imaginer à quoi avait pu ressembler ce sinistre spectacle dans les rues de Montréal… Il prit néanmoins ces renseignements en note. Ses lecteurs étaient friands de ce genre de détails.

Ils parcoururent encore une bonne demi-douzaine de registres, que la jeune femme remettait au fur et à mesure sur l'étagère. Le mal de tête d'Oscar menaçait de tourner en migraine. Il fut sur le point de renoncer lorsqu'elle poussa une exclamation :

— Tenez, il y a un John T. Barry juste ici.

Elle désigna une inscription de l'index. Oscar se pencha au-dessus du registre et lut à voix basse :

— « Le quatre février mil huit cent quinze est né John Timothy Barry. »

Il poursuivit la lecture avec fébrilité :

— « Fils de John C. Barry et d'Ann Barry. Ondoyé le mois suivant devant ses parrains, Elspeth et Eugene Barry. »

Il hocha la tête.

— Il n'y a rien d'autre...

— Ça veut dire qu'il était vivant au moment où ce registre a été complété, lui expliqua la jeune femme. Mais il est possible qu'il soit décédé depuis. Il faudrait consulter les registres à partir de 1816.

Elle jeta un coup d'œil à une horloge suspendue au-dessus d'une arcade : il était déjà quatre heures.

— On ferme dans une demi-heure, l'avertit-elle.

Oscar se rembrunit.

— On n'aura jamais le temps.

— Revenez demain matin. Nos bureaux ouvrent dès huit heures.

— Je dois repartir demain, dès l'aube.

Oscar eut l'impression que la jeune femme était déçue, mais il se dit qu'il se faisait probablement des idées, comme d'habitude.

— Laissez-moi vos coordonnées. Je pourrai continuer à faire des recherches, à temps perdu.

— Je suis à l'hôtel Rasco, mais je demeure à Québec.

Il écrivit son nom et l'adresse du journal sur une feuille de son calepin, qu'il arracha et remit à la jeune femme. Elle la parcourut :

— « Oscar Lemoyne, *L'Aurore de Québec*. » Vous êtes journaliste ? conclut-elle, impressionnée.

Il haussa les épaules, flatté par l'attention dont il était soudain l'objet.

— J'ai été promu chef de la rédaction, dit-il, faussement modeste.

Sentant qu'il avait capté son intérêt, il lui demanda, l'air de ne pas y toucher :

— Je ne vous ai pas demandé votre nom, mademoiselle.

— Jo Barrette.

Elle ne put s'empêcher de sourire devant la mine interloquée d'Oscar.

— Mon vrai prénom est Joséphine, mais je le déteste. Ma mère était en pâmoison devant la femme de Bonaparte.

Oscar quitta le palais de justice avec le sentiment d'avoir fait un pas de plus dans son enquête, mais pas assez pour qu'il eût un article à donner en pâture à son patron. Il prenait le chemin de l'auberge lorsqu'il croisa un cortège funèbre. Le mort devait être un personnage important, car le corbillard dans lequel reposait le cercueil, attelé à deux magnifiques chevaux pommelés, était richement orné de sculptures d'anges et de lys, et surmonté d'une imposante croix de bronze. Quelques voitures fermées le suivaient en procession. Les passants enlevaient leur chapeau au passage du cortège et les femmes se signaient. Cette vision le fit réfléchir. Le corps de John Barry reposait à la morgue de l'Hôtel-Dieu, mais seules une montre de gousset, achetée par un mystérieux client dont la description semblait correspondre à celle du défunt, et des lunettes cerclées d'or attestaient son identité. Mû par une impulsion soudaine, il héla un fiacre et s'adressa au cocher, qui mâchait de la chique.

— Conduisez-moi au cimetière Mont-Royal, s'il vous plaît.

— Lequel ? Le catholique ou le protestant ?

— Le protestant.

Le conducteur cracha sa chique et fouetta son cheval. Durant le trajet, Oscar compta ce qui lui restait de l'argent que son patron lui avait remis. Il calcula qu'il avait tout juste de quoi payer la course et manger un repas frugal à l'auberge. Après s'être engagé dans la rue Guy, le fiacre fila sur le chemin de la Côte-des-Neiges. C'était la première fois qu'Oscar s'aventurait dans cette partie de Montréal. Des fermes et des champs s'étendaient de chaque côté du chemin. L'air embaumait le trèfle et le foin fraîchement coupés. Des grillons stridulaient. La voiture dut s'arrêter pour laisser passer un troupeau de vaches qu'un fermier conduisait à un pâturage. Oscar commençait à s'inquiéter : il lui semblait que le trajet était fort long. Les cochers de Montréal avaient la réputation d'exécuter des détours inutiles afin de faire grimper le prix des courses. Mais la voiture, après s'être engagée dans un chemin plus étroit bordé de peupliers, s'immobilisa bientôt devant une arche de pierre jouxtée de deux tourelles. C'était l'entrée du cimetière. Oscar paya le conducteur et franchit les grilles. Il avisa une maisonnette située près du portail, cogna à la porte et entra. Un vieil homme portant un habit noir et une barbiche blanche était en train de mettre un chapeau rond sur sa tête. Un trousseau de clés pendait à sa ceinture.

— Pardon, monsieur, je voudrais m'informer au sujet d'une tombe.

— Désolé, jeune homme, c'est l'heure de la fermeture.

— Je vous en prie, c'est très important.

L'homme le toisa avec ironie.

— Si c'était si important, vous n'arriveriez pas à la dernière minute.

— C'est une question de vie ou de mort, insista Oscar.

— Ici, ce serait plutôt une question de mort, dit l'homme à la barbiche avec un petit ricanement.

Devant l'insistance d'Oscar, il finit par accepter de l'aider.

— Quel est le nom de la famille ? maugréa-t-il en fouillant dans un classeur.

— Barry. John.

Fouillant dans les dossiers, il finit par repérer celui qu'il cherchait.

— Deux lots ont été acquis par des Barry, l'un par Edward Barry en 1853, l'autre par John C. Barry en 1855.

En entendant le dernier nom, Oscar s'écria :

— Où se trouve le lot de John C. Barry ?

— L'allée M, numéro 134.

L'employé lui indiqua sur un plan l'endroit où se trouvait le lot et lui décrivit l'itinéraire à suivre, qui semblait passablement compliqué. Oscar prit soin de le transcrire dans son calepin.

— Le cimetière va fermer ses portes dans quinze minutes. Je vous conseille de revenir demain matin, sinon vous risquez d'y être enfermé toute la nuit.

Le vieil homme escorta Oscar jusqu'à la porte du bureau, qu'il referma et verrouilla soigneusement, puis se dirigea vers le portail. Le reporter attendit que l'employé du cimetière se fût éloigné et il emprunta une allée bordée de peupliers. Quinze minutes lui donneraient amplement le temps de trouver ce qu'il cherchait et de revenir sur ses pas.

Le sentier était plutôt abrupt, de sorte qu'Oscar était essoufflé lorsqu'il parvint au sommet de la côte. La vue était toutefois magnifique : des arbres à perte de vue, et une légère brume causée par la chaleur et qui créait un halo pâle dans le ciel. Suivant les indications que le vieil homme lui avait données, Oscar s'engagea à gauche dans une allée plus étroite et, après avoir marché pendant une dizaine de minutes, parvint à une intersection. Il jeta un coup d'œil à son calepin : c'était bien cela. Puis il fallait prendre à droite et suivre le sentier jusqu'à une deuxième intersection. De là, un chemin à gauche longeait une forêt de conifères. Ce n'est qu'une fois parvenu au bout de ce sentier qu'il se rendit compte qu'il s'était trompé et qu'il aurait dû prendre à droite. Il rebroussa chemin, retrouva l'intersection et emprunta la bonne allée. Des hêtres formaient une sorte de dôme au-dessus du sentier. Oscar eut soudain le sentiment d'être seul au monde. Il n'entendait que le bruissement des feuilles et le craquement du gravier sous ses pas. Les rayons du soleil traçaient des lignes obliques sur le sol.

Au bout du chemin se trouvait le terrain qu'il cherchait. Une pierre tombale y avait été érigée, surmontée d'une sculpture de marbre représentant deux mains entrelacées. Oscar s'en approcha, sentant ses tempes battre. Plusieurs inscriptions étaient gravées sur la pierre. La première se lisait ainsi :

In Memoriam of Beloved Spouse, Ann Barry
1791-1834

Puis, juste en dessous figurait un deuxième nom :

John C. Barry
1781-1856

Oscar en déduisit que ce John C. Barry avait été l'époux d'Ann. Il avait soixante-quinze ans à son décès, il avait donc survécu longtemps à la mort de son épouse. Un troisième nom avait été gravé sous le deuxième.

John T. Barry
Beloved son of John and Ann Barry
1815-1857

Oscar sentit le sang se retirer de son visage. John T. Barry était mort et avait été enterré là en 1857, soit *trois ans avant que le cadavre de John T. Barry ne soit repêché dans le fleuve Saint-Laurent*. Cela ne pouvait signifier qu'une chose : le cadavre repêché dans le fleuve n'était pas celui de John T. Barry.

LXXI

La tête bourdonnante, Oscar dévala le chemin bordé de peupliers
qu'il avait emprunté plus tôt. Un busard planait au-dessus des
arbres, ses ailes frangées déployées dans le ciel comme un éventail. Le soleil commençait à baisser et avait pris une couleur de
miel. Et c'est à ce moment précis qu'il se souvint. *La montre de
gousset.* Selon le livre de comptes que le bijoutier lui avait désigné,
l'achat avait été effectué le 16 octobre 1859, soit deux ans après
le décès de John T. Barry. Si, comme il le supposait, le corps
de John T. Barry était bel et bien enterré dans le cimetière de
Mount-Royal, alors qui était le mystérieux cadavre qui reposait
à la morgue ? Pourquoi cette substitution d'identité avait-elle eu
lieu, et qui en avait été le maître d'œuvre ? Oscar était convaincu
que la clé du mystère résidait dans ces questions. Perdu dans ses
pensées, il fut surpris d'apercevoir déjà le portail du cimetière
qui se détachait à travers les arbres. Il avait l'impression que le
chemin du retour avait été beaucoup plus rapide que celui de
l'aller. En s'approchant des grilles qui clôturaient l'entrée, il se
rendit compte qu'elles étaient fermées. Il les secoua, mais une
chaîne munie d'un cadenas les verrouillait, et elles cliquetèrent
bruyamment dans le silence. Le vieux préposé l'avait bel et bien
mis en garde mais, emporté par sa quête, Oscar n'avait pas tenu
compte de ses avertissements. Laissant échapper quelques jurons,
il avisa les deux portes plus petites placées de chaque côté du
portail et qui étaient réservées aux piétons. Elles étaient également fermées. Oscar revint vers la porte principale, empoigna

les grilles et tenta d'y grimper, mais il n'avait aucune prise et, à chaque tentative, ses pieds glissaient et il se retrouvait par terre.

— Il doit bien y avoir un moyen de sortir d'ici, dit-il tout haut.

Sa voix se réverbéra dans le silence. Même les grillons s'étaient tus. Pris de panique, il se mit à courir le long la clôture de fer forgé, mais il ne vit aucune ouverture qui lui permît de se faufiler. Le cimetière avait été inauguré en 1853, tout était solide et en excellent état.

Il finit par s'asseoir sur un talus, à bout de souffle. Le soleil commençait à disparaître derrière la montagne. De somptueux caveaux de famille s'élevaient non loin du journaliste, faisant de l'ombre à de petites pierres tombales à peine visibles dans la verdure. Un bruissement furtif le fit sursauter. Une paire d'yeux luisaient dans l'ombre d'une futaie. Oscar se leva d'un bond, son cœur battant à tout rompre. Un éclair orangé surgit soudain du buisson et s'enfuit en direction du sous-bois. C'était un renard. S'en voulant de sa couardise, Oscar se remit à marcher, espérant toujours découvrir une brèche quelque part, mais il n'en trouva pas.

Les derniers rayons de soleil s'éteignirent. Un hululement impérieux s'éleva. Oscar, en bon citadin, aurait été incapable de différencier un pigeon d'un merle, mais ce cri nocturne lui sembla être celui d'un hibou. Un mince quartier de lune éclairait faiblement des rangées de stèles qui s'étalaient jusqu'à l'horizon, telle une armée de petits fantômes. Oscar songea qu'il serait peut-être obligé de passer la nuit dans le cimetière. Il se rappela les histoires de revenants que sa grand-mère lui racontait en gaélique lorsqu'il était petit. Une histoire en particulier le terrorisait, celle du cavalier sans tête qui rôdait dans les cimetières à la recherche d'un promeneur imprudent afin de lui couper la tête pour remplacer la sienne. Il eut beau se raisonner, une crainte irrationnelle s'empara de lui. Transi de terreur, il se réfugia sous un chêne et s'adossa au tronc, claquant des dents.

LXXII

Une secousse réveilla Oscar. Lorsqu'il ouvrit les yeux, il aperçut un visage aux joues pendantes comme celles d'un bouledogue penché au-dessus de lui.

— Eh, mon gars, le cimetière, c'est pas le meilleur endroit pour dormir.

Oscar se redressa, l'esprit encore embrumé par le sommeil et le cou douloureux. Le soleil matinal brillait déjà à travers les arbres. Puis il se rappela ses péripéties de la veille.

— Sapristi, j'vais manquer ma diligence !

Le reporter se précipita vers le portail et constata avec soulagement que les grilles étaient ouvertes. Le fossoyeur, appuyé sur une pelle, le suivit des yeux en hochant la tête. Le cimetière était plein d'hurluberlus de ce genre en quête d'émotions fortes...

Il était près de huit heures lorsque Oscar parvint à Sherbrooke Street, à l'intersection de Guy. Il avait fait tout le chemin à pied sans croiser une voiture ni âme qui vive. Seuls des chiens de ferme aboyaient sur son passage. La rue commençait à peine à s'animer. Des cochers debout devant leur fiacre fumaient la pipe en attendant des clients. Oscar compta l'argent qui lui restait et pesta : il n'en avait pas assez pour prendre un fiacre. Il marcha jusqu'à la Union Avenue, qu'il descendit en direction sud jusqu'à Dorchester Street. À partir de là, il prit une enfilade de rues qu'il ne connaissait pas, espérant ainsi raccourcir son trajet. Il craignit un moment de s'être perdu, mais se dit qu'en continuant à marcher en direction sud, il finirait tôt ou tard par rejoindre le port.

C'est avec soulagement qu'il reconnut la rue Notre-Dame. Il avait maintenant le sentiment d'être en territoire familier et n'avait qu'une hâte, parvenir à l'hôtel Rasco, en espérant que la diligence l'aurait attendu. C'est alors qu'il entendit un bruit de pas qui semblait faire écho aux siens. Il se retourna, ne vit personne. Il haussa les épaules et poursuivit son chemin. Sa mésaventure au cimetière avait sans doute aiguisé son imagination... Soudain, d'autres bruits de pas retentirent, suivis de paroles étouffées. Cette fois, il n'eut pas même le temps de se retourner que quelqu'un l'empoignait par les épaules. Oscar tenta de se dégager, mais deux autres gaillards se plantèrent devant lui, l'empêchant d'avancer.

— Ton argent, siffla l'un d'eux.

Oscar ne put distinguer les visages de ses assaillants, qui étaient couverts de foulards, mais il eut l'impression qu'ils étaient plutôt jeunes, à cause de leurs voix. Il crut entrevoir un objet étroit et pointu dans le poing de l'un d'eux. *Un canif.* Il tenta de gagner du temps.

— Vous faites erreur. J'ai pas un sou.

— Maudit menteur !

Oscar aurait reconnu cette voix entre mille.

— Antoine ! s'exclama-t-il, stupéfait.

Le garçon qui l'avait empoigné relâcha son étreinte. Il fit signe à ses deux compagnons de s'éloigner.

— Laissez-le tranquille. Je le connais.

Ils lui obéirent aussitôt, mais restèrent à portée de voix d'Antoine au cas où il aurait besoin d'eux. Celui-ci enleva son foulard et fit face à Oscar, le regard dur.

— Qu'est-ce que tu fais icitte ? demanda-t-il abruptement.

— J'pourrais te demander la même chose, rétorqua Oscar, à peine remis de ses émotions. Depuis quand tu te tiens avec des voyous pareils ? J'ai passé à un cheveu d'être assassiné !

— Plains-toé pas, c'est grâce à moé si t'es encore en vie.

Voyant rouge, Oscar saisit fermement le garçon par les épaules et le secoua comme un prunier.

— Écoute-moi bien, Antoine. J'sais pas comment t'as abouti à Montréal, mais y est pas question que tu restes une minute de plus ici avec ta bande de chenapans. Tu vas finir par te retrouver en prison !

Antoine se dégagea d'un coup de coude, rouge de colère et de confusion.

— Mon père m'a remis le grappin dessus pis m'a forcé à travailler à la tannerie de mon oncle. J'me su' sauvé avec Jules, un gars qui travaillait avec moé. On a sauté dans un train pis on a abouti à Montréal. Jules s'est fait' pogner par la police, j'sais pas ce qu'y est devenu.

Il désigna d'un geste ses deux compagnons qui battaient la semelle avec impatience.

— Ces chenapans-là, comme tu dis, c'est les seuls qui m'ont aidé. Sans eux autres, j'aurais crevé comme un chien.

— Je repars aujourd'hui pour Québec. Viens avec moi. Je vais m'occuper de toi, je te le promets.

Le garçon secoua la tête.

— Si mon père me retrouve, j'suis pas mieux que mort.

— Tant que je serai là, il touchera pas à un cheveu de ta tête ! s'écria Oscar, la voix frémissante d'indignation.

Pour la première fois, une lueur d'affection alluma le regard d'Antoine.

— T'es un bon gars. Fais attention à toé.

Il alla rejoindre ses compagnons.

— Antoine !

Ce dernier avait déjà disparu dans l'ombre d'une ruelle avec ses comparses. Oscar resta debout au même endroit pendant un moment, espérant que le garçon reviendrait, mais la ruelle resta vide.

Lorsqu'il parvint à l'hôtel, Oscar constata avec un soulagement indicible que la diligence en partance pour Québec s'y trouvait toujours. Un essieu s'était brisé et des hommes s'affairaient à le réparer. Pour une fois, la chance était de son côté... En passant par la réception de l'hôtel pour monter prendre ses affaires dans sa chambre, il se vit remettre une feuille pliée en deux par le commis.

— Quelqu'un a laissé ce message pour vous.

Il fit un clin d'œil.

— Une jolie demoiselle.

Oscar s'empara de la feuille de papier et la parcourut.

> Cher monsieur Lemoyne,
>
> J'ai pris la liberté de venir vous porter ce mot à votre hôtel. J'ai trouvé l'information qui vous intéressait. J'ai recopié pour vous l'inscription qui figure dans le registre de l'état civil de l'année 1857.
>
> « Ce 18 avril de l'année 1857 est décédé monsieur John T. Barry des suites d'un problème de cœur. Son décès a été constaté par le docteur G. Marois, alerté par la propriétaire de la maison où monsieur Barry louait une chambre. Fils de John et Ann Barry, monsieur Barry était célibataire et sans enfants. Il a été mis en terre trois jours plus tard, soit le 21 avril, au cimetière Mount-Royal, aux côtés de ses parents. Signé : J.P. Conrad. »
>
> Voilà. J'espère que le tout vous sera utile dans vos recherches. Ne manquez pas de venir me voir à votre prochaine visite à Montréal.
>
> Votre toute dévouée,
> Jo Barrette

Voilà qui confirmait en tous points l'inscription de la pierre tombale. Enfouissant le billet dans son veston élimé, Oscar n'avait qu'une idée en tête : être de retour à Québec et aller voir la seule personne qui pouvait éclairer sa lanterne au sujet de ce mystérieux John Barry ou, à tout le moins, sur celui qui avait usurpé son identité.

LXXIII

Québec
Le 31 août 1860

Sœur Odette et Béatrice finirent de remplir leur charrette de provisions, en laissant assez d'espace pour y mettre une brouette recouverte d'une bâche. Puis elles prirent place dans la voiture, qui se mit en branle et roula dans la rue Richelieu. Lorsqu'elles aperçurent les murs de la prison se détachant dans le ciel clair, elles échangèrent un regard qui trahissait leur anxiété. Béatrice sourit.

— J'ai toujours rêvé de jouer un tour aux autorités.

Cette boutade eut l'effet escompté sur sœur Odette, qui s'efforça de sourire. Elle savait que Béatrice était aussi nerveuse qu'elle, mais le cran de sa protégée l'aidait à surmonter ses propres craintes. Elles placèrent des provisions dans la brouette et franchirent la guérite. Les deux gardiens, qui avaient l'habitude de les voir, leur jetèrent un regard indifférent. Lorsqu'elles atteignirent la réception, elles s'arrêtèrent au guichet. Aimé Gadbois, le commis pointilleux, les toisa.

— Veuillez inscrire vos noms sur le registre, ainsi que l'heure de votre arrivée.

Il s'adressa à Béatrice, la mine méprisante :

— Pour vous, ce sera un X, comme d'habitude. Je compléterai moi-même votre inscription.

Béatrice retint un juron. À la place, elle fit un sourire suave.

— Dieu vous le rendra, monsieur Gadbois.

Le commis interpella le gardien qui était de fonction ce jour-là :

— Monsieur Labrie, veuillez procéder à la fouille de ces dames ainsi que de la brouette.

Le gardien obéit. Sœur Odette contint un soupir résigné en sentant les mains grossières de l'homme la tâter rapidement. Béatrice se laissa faire, non sans un certain frisson. Elle avait renoncé aux hommes, mais la sensation de mains masculines sur ses hanches ne lui déplaisait pas. Le garde examina ensuite le contenu de la brouette. Il y avait des victuailles et des vêtements destinés aux prisonnières. Une fois la fouille terminée, il escorta les deux religieuses jusqu'aux cellules. Comme c'était leur habitude, sœur Odette et Béatrice distribuèrent leurs provisions à des prisonnières. Elles ne gardèrent qu'un paquet ficelé. Lorsque la brouette fut vide, le gardien les mena vers une geôle qui se trouvait au bout d'un long corridor. Il saisit son trousseau de clés, ouvrit la grille, puis se tourna vers sœur Odette et Béatrice, cachant mal sa nervosité.

— Faites vite, dit-il à voix basse.

Il se posta devant la cellule tandis que les deux femmes y entraient. De toute évidence, Amanda les attendait. Sœur Odette remit le paquet ficelé à sa protégée.

— Mon premier uniforme de religieuse. J'ai jamais pu m'en défaire.

Amanda le revêtit rapidement tandis que Béatrice l'aidait à ajuster le voile noir sur sa tête. Puis elle souleva la bâche. Amanda prit place dans la brouette, aidée par les deux religieuses. Il y avait tout juste assez d'espace pour elle. Sœur Odette remit la bâche bien en place. Elle alla retrouver le gardien.

— C'est fait, murmura-t-elle.

Il acquiesça, puis les aida à sortir la brouette de la cellule, dont il referma la grille à double tour. L'étrange cortège reprit le chemin inverse. Béatrice poussait la brouette sans effort apparent, mais elle était plus lourde au retour qu'à l'aller. Elles parvinrent sans encombre à la réception. Le commis leur jeta un regard suspicieux.

— Ça vous a pris plus de temps que d'habitude.

Béatrice répondit, affichant une mine pieuse:

— Les prisonnières ne sont pas toujours prêtes à entendre le message du Seigneur.

S'emparant de la brouette, Béatrice se dirigea vers la sortie, suivie de sœur Odette.

— Un instant! fit la voix aigre du commis.

Béatrice s'immobilisa, sentant des gouttes de sueur rouler sur son dos.

— Vous avez oublié de signer le registre de sortie.

Sœur Odette revint sur ses pas, signa le registre et rejoignit Béatrice. Les deux femmes franchirent de nouveau la guérite, s'efforçant de marcher lentement. Une fois rendues à la charrette, elles placèrent la brouette de façon qu'elle ne puisse pas être vue de la guérite. Sœur Odette souleva la bâche. Amanda en sortit. Sans prendre le temps de détendre ses membres engourdis, elle grimpa dans la charrette et s'y cacha. Sœur Odette et Béatrice placèrent ensuite la brouette devant elle et s'installèrent sur le siège du conducteur. Sœur Odette donna un coup de fouet au cheval, qui partit aussitôt au trot. Ce n'est qu'une fois rendue à la rue Richelieu que la charrette s'arrêta et qu'Amanda put sortir de sa cachette.

Un fiacre les attendait devant l'abri Sainte-Madeleine. Amanda leva les yeux vers l'une des fenêtres de la maison dans l'espoir d'y apercevoir son fils, en vain.

— Il faut faire vite, dit le cocher.

Elle se tourna vers les deux femmes.

— Adieu.

— Nous nous reverrons, dit sœur Odette.

Béatrice étreignit la fugitive à lui briser les côtes.

Le cocher ouvrit la portière et aida Amanda à monter dans le fiacre.

— Pour votre sécurité, laissez les rideaux du fiacre fermés, recommanda-t-il.

Il fit claquer la portière et prit place sur son siège. Le fiacre se mit à rouler. Sœur Odette et Béatrice restèrent debout au même endroit jusqu'à ce que la voiture ne soit plus qu'un point noir sur la rue.

⁓

Amanda n'avait aucune idée de l'endroit où on l'emmenait. Elle fut tentée de jeter un coup d'œil par la fenêtre, mais elle respecta la consigne du cocher. Après plusieurs heures de route, le fiacre s'arrêta enfin. Le cocher ouvrit la portière. Elle sortit, soulagée de pouvoir se dégourdir les jambes. Elle reconnut tout de suite le village de Cap-Rouge. Le cocher l'entraîna vers la maisonnette où elle avait vécu avec son fils. Il frappa trois coups à la porte, qui s'ouvrit. La première personne qu'Amanda aperçut fut Fanette. Les deux sœurs se jetèrent dans les bras l'une de l'autre. Puis Amanda vit une silhouette au fond de la pièce. Son cœur bondit lorsqu'elle reconnut son fils.

— A Iain! A Dhia dhílis, tá tú anseo… Iain! Mon Dieu, tu es ici…

Elle se tourna vers Fanette, les yeux aveuglés par les larmes. Celle-ci lui dit avec gravité :

— On ne sépare pas une mère de son enfant.

Amanda fit un mouvement vers Ian, mais il recula d'un pas. Ses yeux sombres brillaient de colère et de chagrin.

— Qui me dit que tu m'abandonneras pas une deuxième fois ? dit-il d'une voix cassée.

Amanda le regarda, interdite.

— Je n'ai jamais voulu t'abandonner. Jamais. Tu dois me croire.

Il la fixa, ses lèvres serrées comme pour garder son émotion prisonnière, puis il se jeta dans les bras de sa mère, qui l'enlaça à l'étouffer. Le garçon se dégagea, se tourna vers Fanette. Celle-ci fit un effort pour sourire.

— J'ai quelque chose pour toi.

Elle lui tendit objet qu'elle avait enfoui sous son manteau léger. C'était un goéland de bois sculpté dont les ailes étaient déployées, comme s'il était sur le point de s'envoler.

— Garde-le en souvenir de moi.

Un homme de grande taille apparut dans l'embrasure de la porte. C'était Alistair Gilmour.

— Je vous en prie, le temps presse, dit-il.

Amanda comprit alors que le Lumber Lord avait participé à son évasion. Elle voulut parler, mais Alistair Gilmour poursuivit, martelant ses mots :

— Le même fiacre vous mènera à Richmond, un village situé dans les *Eastern Townships*, non loin de la frontière américaine. De là, vous prendrez un train pour Portland, aux États-Unis. Vous y serez en sécurité. Voici une somme qui couvrira largement vos dépenses. J'ai fait préparer une valise pour vous et votre fils. Elle contient assez de vêtements pour un voyage de quelques jours.

Amanda prit la bourse. D'un mouvement spontané, elle embrassa brièvement le Lumber Lord sur la bouche. C'était un spectacle inusité que celui d'une religieuse qui donne un baiser à un homme… Elle se tourna ensuite vers Fanette et s'adressa à elle en gaélique :

— *Déan mar a ligfidh do chroí duit a dhéanamh, a Fhionnuala. Cuirfidh an fear seo áthas ort. Feicfimid a chéile arís lá éigin. Tiocfaidh ár gclann le chéile arís, geallaim duit é !* Fais ce que ton cœur te commande, Fionnualá. Cet homme te rendra heureuse. Un jour, nous nous reverrons. Notre famille sera de nouveau réunie. Je te le promets !

— Allons, dépêchons, nous n'avons pas une minute à perdre.

Après avoir regardé Fanette une dernière fois, Amanda courut avec son fils vers le fiacre qui les attendait.

LXXIV

Après un trajet long et cahoteux qui dura une journée, en comptant les quelques arrêts à des relais postaux, la voiture que conduisait l'homme de confiance d'Alistair Gilmour s'immobilisa enfin. Amanda et Ian en sortirent et aperçurent un réseau de voies ferrées dont les rails emmêlés ressemblaient à une gigantesque toile d'araignée. Une gare ! Elle prit avec reconnaissance la valise que lui donna le cocher, ainsi qu'un panier de provisions. Le conducteur reprit place dans le fiacre, qui s'éloigna.

Amanda regarda autour d'elle. Un bâtiment en bois, usé par les intempéries, se dressait parmi des arbustes laissés à l'abandon. Un panneau battu par le vent indiquait *Richmond Railway Station*. Un constable en surveillait le seuil. Amanda resta calme. Elle se sentait protégée par son costume de religieuse. Elle avisa un train qui était sur le point de partir. Une grosse fumée noire sortait de la cheminée de la locomotive en volutes épaisses. L'odeur de charbon prenait à la gorge. Amanda confia le panier de provisions à Ian et s'empara de la valise. Elle fit signe à son fils de la suivre et ils s'approchèrent du train. Amanda s'adressa à un portier qui poussait un chariot rempli de bagages.

— C'est bien le train pour Portland ?

— Oui, ma sœur. Voulez-vous que je prenne votre valise ?

— Non, je vous remercie, je préfère la garder avec moi.

Elle franchit le marchepied, suivie d'Ian. Ils ouvrirent avec effort la lourde portière qui fermait le wagon, qui était bondé. Du bran de scie avait été répandu dans l'allée. Ils s'avancèrent tant bien que mal, tentant de trouver une banquette libre. Finalement, ils durent s'entasser sur un banc où il restait tout juste assez de place pour deux personnes. Amanda garda la valise sur ses genoux. Une famille était installée en face d'eux. Une jeune femme qui portait un poupon dans ses bras s'adressa à elle :

— *Dia ðhuit, a shiúr.* Bonjour, ma sœur.

Amanda reconnut avec émotion la langue gaélique. Elle demanda à la jeune mère d'où elle venait. Celle-ci raconta à Amanda qu'elle et sa famille venaient de Skibbereen et qu'ils allaient à destination de Portland, dans le Maine, aux États-Unis. De là, un bateau était censé les attendre et appareillerait pour le Nouveau-Brunswick. En entendant le nom de sa ville natale, Amanda sentit une onde de joie la parcourir.

— *Tá obair ar fáil i Saint-John. De réir cosúlachta, alán oibre. Is parthas ceart é !* À St. John, poursuivit la jeune femme en souriant, il paraît qu'il y a du travail, beaucoup de travail. C'est un véritable paradis !

St. John... Ce nom était familier à Amanda. Puis elle se rappela que c'était là que ses deux frères avaient été emmenés après leur séjour à la Grosse Isle. Le fait que cette mère de famille était de Skibbereen et qu'elle se rendait dans la contrée où vivaient peut-être ses frères lui apparut comme un signe du destin. Ian et elle iraient à St. John. Peut-être qu'ils y retrouveraient Sean et Arthur. Et une nouvelle vie commencerait.

❧

Après le départ d'Amanda et de son fils, Alistair Gilmour ramena Fanette à Québec dans son carrosse. Ils restèrent silencieux tout au long du trajet. Fanette ne savait comment remercier le marchand naval, et une sorte d'embarras s'était emparé d'elle. Les paroles de sa sœur ne quittaient pas son esprit. *Cet homme te rendra heureuse.* Elle leva les yeux vers lui. Il regardait distraitement par la fenêtre de la voiture, comme s'il s'était complètement désintéressé de sa présence. Ce n'est que lorsque la voiture s'arrêta rue Sous-le-Cap qu'il s'adressa à elle.

— Je repars pour l'Écosse dans une semaine. Si, d'ici là, vous acceptez ma proposition, je serai l'homme le plus heureux de la Terre. Nous pourrions nous épouser là-bas. L'Irlande n'est pas loin. Nous y ferions notre voyage de noces…

Fanette ne sut quoi répondre. Il la regarda du coin de l'œil.

— En passant, je parle couramment le gaélique.

La portière de la voiture s'ouvrit aussitôt. Un cocher tendit la main à Fanette et l'aida à descendre de la voiture. La portière se referma et le carrosse s'éloigna. Encore sous le choc de l'émotion, Fanette rentra chez elle. La maison lui parut soudain plus petite : les événements qui s'étaient déroulés ces dernières semaines avaient donné à son regard une perspective nouvelle.

Emma l'attendait avec anxiété. Elle commençait à s'inquiéter sérieusement de l'absence prolongée de sa fille, se doutant que celle-ci lui cachait quelque chose. Fanette dit toute la vérité à sa mère concernant l'évasion d'Amanda. Emma l'écouta, bouche bée. Elle eut le cri du cœur que toute mère aurait eu à sa place :

— Pourquoi ne m'en as-tu rien dit ?

Et Fanette lui fit la réponse que toute fille aurait faite dans les mêmes circonstances :

— Je ne voulais pas vous inquiéter.

Emma hocha la tête.

— La police pourrait te soupçonner.

— Je ne cours aucun danger. Je m'inquiète davantage pour sœur Odette et Béatrice.

Elle expliqua à sa mère qu'Alistair Gilmour avait soudoyé un gardien, mais que ce dernier pourrait parler. Craignant tout de même pour la sécurité de sa fille, Emma lui suggéra de quitter Québec pour quelque temps.

— Tu pourrais aller chez ma sœur Madeleine, qui vit à Montréal, en attendant que la poussière retombe.

Ce fut alors que Fanette lui fit part de la proposition de mariage d'Alistair Gilmour. Elle avoua à sa mère qu'elle ne savait quelle décision prendre. Philippe était si présent dans son cœur, elle avait le sentiment qu'elle trahirait sa mémoire en épousant le Lumber Lord. Contre toute attente, Emma éclata en sanglots. Elle sortit un mouchoir de sa manche.

— Pardonne-moi, je ne sais pas ce qui me prend.

En réalité, elle avait le cœur en charpie à l'idée de voir sa fille et sa petite-fille quitter la maison pour de bon. Elle se tamponna les yeux.

— Es-tu amoureuse de cet homme ?

— Je ne sais pas, avoua Fanette. J'éprouve une certaine attirance pour lui, mais est-ce de l'amour ?

Comme Emma aurait voulu que sa chère Eugénie soit là pour lui donner des conseils ! Elle se sentait complètement démunie devant tout ce qui touchait aux sentiments amoureux. La pensée du docteur Lanthier, de sa main qui avait effleuré la sienne, lui vint à l'esprit.

— Il me semble que l'estime et la confiance sont essentielles, mais je ne connais rien aux histoires de cœur.

LXXV

La diligence ne fut pas sitôt arrivée au terminus de l'hôtel Giroux qu'Oscar, sans même prendre le temps d'avaler une bouchée, se précipita vers le domicile du notaire Grandmont. Madame Régine l'accueillit de la même façon que les rares visiteurs qui se présentaient encore à la porte :

— Monsieur le notaire ne reçoit personne.

— Dites-lui que j'ai des renseignements sur John Barry qui vont sûrement l'intéresser.

Oscar attendit à peine quelques minutes avant que la servante ne revînt, intriguée.

— Venez avec moi.

Retenant mal son excitation, le reporter suivit madame Régine, qui s'arrêta devant une porte fermée.

— Ne le fatiguez pas trop. Il a une santé fragile.

La domestique fit entrer Oscar, puis referma la porte derrière lui. Le journaliste fut surpris de l'obscurité qui régnait dans la pièce. Seule une lampe était allumée et jetait un éclairage diffus sur des rayons remplis de livres.

— Qu'avez-vous à me dire sur John Barry ?

Le journaliste tourna la tête et aperçut un homme debout à quelques pas, appuyé sur une canne. Il fut frappé du changement qui s'était opéré chez le notaire depuis qu'il l'avait vu, à l'enterrement de son fils, un an auparavant. Son corps était amaigri et courbé. Un étrange tremblement agitait ses mains. Seuls ses yeux semblaient vivants dans son visage émacié. Le reporter se ressaisit.

— Je suis Oscar Lemoyne, reporter à *L'Aurore de Québec*. Le corps de monsieur Barry a été retrouvé dans le fleuve Saint-Laurent, près de Boucherville. J'ai fait une enquête à son sujet. Voici ce que j'ai appris…

Il lui tendit le mot que Jo Barrette lui avait laissé à la réception de l'hôtel. Le notaire le parcourut. Le tremblement de ses mains s'accentua.

— Mon Dieu, qu'est-ce que ça signifie ? murmura-t-il.

— C'est pour le découvrir que je suis ici, répondit le reporter. D'après la lettre que John Barry a écrite avant de se jeter en bas du pont Victoria, en octobre dernier, vous lui auriez servi de prête-nom. Pourtant, le vrai John Barry est mort et enterré depuis trois ans. Donc, *quelqu'un* s'est fait passer pour lui et a tenté de vous mettre dans le pétrin. Pour quelle raison, je l'ignore, mais…

Le notaire secoua obstinément la tête.

— Je n'ai jamais rencontré ce John Barry.

Le jeune reporter fit un effort pour rester patient :

— Le 16 octobre 1859, un homme se faisant passer pour John Barry a acheté une montre de gousset chez un bijoutier, à Montréal. Il a même fait graver le nom de John Barry sur le boîtier. C'est grâce à cette montre que le cadavre a pu être identifié.

— Pouvez-vous me décrire cette personne ? demanda soudain le notaire, la voix blanche.

— C'était un homme plutôt grand, aux cheveux courts, foncés. Il portait des lunettes cerclées d'or.

C'est alors que le notaire Grandmont comprit la vérité. Comment avait-il pu être aveugle à ce point ? La description de l'homme qui avait acheté la montre correspondait à celle de Peter Henderson. Alistair Gilmour s'était servi de son bras droit pour usurper l'identité d'un mort afin d'accomplir sa machination contre lui. John Barry ne s'était jamais suicidé. La lettre qu'il avait laissée avant de mettre fin à ses jours était une fabrication. Le journaliste se rendit compte du changement qui s'était produit dans la physionomie du notaire.

— Vous savez qui est cet homme.

— Non, balbutia le notaire.

— Vous le connaissez. Qui est-il ? Pourquoi a-t-il cherché à vous compromettre ?

— Je ne sais pas de quoi vous voulez parler.

Le mot « chantage » s'imposa soudain à Oscar.

— Cet homme vous faisait chanter, pas vrai ?

Les mains du notaire tremblèrent de plus belle. Il chancelait à un point tel que le journaliste dut le soutenir. Il l'aida à s'asseoir dans son fauteuil et prit place près de lui.

— Je n'y suis pour rien. Ce n'est pas ma faute.

— Qu'est-il arrivé ? De quelle faute parlez-vous ?

Le notaire le regarda comme s'il ne le voyait pas. Ses yeux étaient hagards.

— Je n'ai pas voulu sa mort. J'ai essayé de lui faire comprendre, mais il ne voulait rien entendre. C'est lui qui a tout manigancé.

— De qui parlez-vous ?

La pâleur du notaire était telle que le reporter eut l'impression d'avoir un cadavre devant lui.

— Andrew Beggs.

— Qui est-il ?

— Le frère de Cecilia. Il se cache sous l'identité d'Alistair Gilmour. C'est lui qui a fabriqué cette histoire de prête-nom, qui a volé les boîtes électorales durant l'élection. Il est convaincu que j'ai tué sa sœur. C'est un fou. Je n'y suis pour rien. J'aimais Cecilia. Elle portait mon enfant. Jamais je n'aurais pu lui faire de mal.

Le vieil homme continua à parler, comme s'il se délivrait d'un fardeau qu'il portait depuis trop longtemps.

— La barque roulait. Cecilia est tombée à l'eau. Elle s'est enfoncée dans le lac sans que je puisse l'en sortir. Tout est arrivé trop vite. Trop vite. C'était un accident. Un accident.

Oscar sortit de la pièce et referma doucement la porte. Il avait su à peu près tout ce qu'il voulait savoir. Il y avait bien quelques morceaux du casse-tête qui manquaient. Par exemple, comment Alistair Gilmour s'était-il procuré le cadavre qui avait servi à sa funèbre mascarade ? Était-il allé jusqu'à profaner la tombe du pauvre John Barry, ou bien avait-il tout simplement ramassé un pauvre hère dans les bas-fonds de Montréal ? La seconde hypothèse était la plus plausible. Il gagna le hall. La servante le surveillait du coin de l'œil, la mine hostile. Ce fut avec soulagement qu'il sortit à l'air libre. Il marcha sur le trottoir de bois, les mains dans les poches. Il avait cru que la découverte de la vérité serait un moment exaltant, et pourtant, il se sentait étrangement vide et triste. Une jeune femme enceinte que son amant avait laissée se noyer, un frère qui se venge vingt-cinq ans plus tard en prenant une fausse identité, un vrai cadavre, une fausse victime… Son patron en aurait pour son argent.

LXXVI

Le lendemain

Madame Régine s'apprêtait à jeter dans le poêle les journaux qui venaient d'arriver lorsqu'elle entendit la voix du notaire derrière elle.

— Laissez, madame Régine. Je voudrais lire les journaux ce matin. Mettez-les sur la table, dans mon bureau.

Bien qu'étonnée que le notaire s'intéressât de nouveau à la lecture des gazettes, qu'il avait pourtant vouées aux gémonies, elle obéit. Le notaire, portant une robe de chambre, prit place derrière son pupitre. Il ne tarda pas à repérer l'article d'Oscar Lemoyne. Il le lut, puis jeta la gazette dans la corbeille. Il s'empara ensuite d'une plume et se mit à écrire sur son meilleur papier. Comme par miracle, ses mains avaient cessé de trembler. Il signa le document, y apposa son sceau de notaire, le mit dans une enveloppe, puis monta ensuite à sa chambre. Il mit son meilleur costume. Ses gestes étaient lents. Il lui fallut du temps pour boutonner sa veste et nouer convenablement sa lavallière. Il sortit de sa chambre et appela monsieur Joseph. Sa voix était si faible qu'il dut s'y prendre à plusieurs reprises avant que son cocher n'apparaisse en bas de l'escalier, la mine inquiète.

— Veuillez atteler mon Brougham, s'il vous plaît.

Une fois dans la voiture, le notaire, qui avait un porte-documents avec lui, dit à son cocher :

— Je voudrais d'abord aller chez maître Levasseur. Ensuite, nous irons au lac Saint-Charles.

La maison de l'avocat était à deux pas ; le Brougham y parvint en un rien de temps. Le notaire Grandmont tendit son porte-documents au cocher :

— Remettez cela à maître Levasseur.

Monsieur Joseph fit ce que le notaire lui demandait, puis revint à la voiture et prit la route en direction du lac Saint-Charles en ronchonnant, à cause de l'état et de la longueur du chemin.

Après quelques heures de route, la voiture arriva à destination. Le notaire sortit de sa voiture et demanda à son cocher de l'attendre. Monsieur Joseph voulut protester, craignant que son patron ne se blesse, mais le regard de son maître était si impérieux qu'il laissa celui-ci s'éloigner à petit pas sur le sentier, sa canne à la main.

Le notaire marcha une vingtaine de minutes. Il vit bientôt le lac se profiler à travers les sapins. Il s'arrêta au bord de l'eau, la respiration saccadée à cause de l'effort qu'il venait de faire. Le lac scintillait comme un miroir. *Tiora Datuec*, le lac brillant, comme l'avaient nommé les Hurons. Rien n'avait changé. La vue était toujours aussi belle. Il déposa sa canne sur le sable, se pencha, mit des cailloux dans les poches de sa redingote, puis s'avança peu à peu dans l'eau, dont il trouva la fraîcheur bienfaisante. Les derniers rayons du soleil réchauffaient ses épaules. Il y avait longtemps qu'il n'avait ressenti une telle paix.

Monsieur Joseph regarda avec inquiétude le soleil qui commençait à disparaître à l'horizon. Il y avait plus d'une demi-heure que le notaire était parti. S'en voulant de l'avoir laissé seul, le cocher s'engagea dans le sentier en marchant le plus vite qu'il le pouvait. Lorsqu'il parvint au rivage, il aperçut un objet qui luisait sur le sable, près du rivage. Il reconnut la canne du notaire. L'eau du lac frissonnait sous une légère brise.

൞

Quelques jours après la mort du notaire Grandmont, Emma Portelance reçut une convocation d'un avocat, maître Levasseur. Intriguée, elle se rendit à son bureau, situé chemin Saint-Louis. L'avocat lui apprit que le notaire Grandmont, dont le corps avait été retrouvé sur le rivage du lac Saint-Charles, avait rédigé un nouveau testament peu avant sa mort, par lequel il léguait à Emma Portelance la part du domaine qu'elle lui avait cédée pour la dot de sa fille.

∾

Romuald Rioux jeta un regard satisfait aux sacs pleins à craquer d'orge et de seigle qui s'empilaient dans la charrette. La récolte avait été si abondante qu'il avait dû engager deux hommes pour les aider, son fils et lui, à faucher et à battre les grains. Les hommes avaient travaillé d'arrache-pied pendant plusieurs jours, prenant à peine quelques heures pour dormir, tellement le métayer était pressé d'engranger. Il s'installa sur le siège et fouetta son vieux percheron, qui se cabra sous la charge et se mit péniblement en route. Les ampoules qu'il avait aux mains l'élancèrent, mais il sentit à peine la douleur. À la perspective de tout l'argent qu'il pourrait tirer de la vente de sa récolte, un sourire découvrit ses dents gâtées. Pas de doute, il deviendrait un parti intéressant pour les fermiers des environs, qui se bousculeraient pour lui donner leurs filles à marier. Il la choisirait bien jeune, charpentée comme une jument, dure à l'ouvrage. Elle lui ferait des enfants, des fils, qui l'aideraient un jour pour les travaux de la ferme. Il en était là dans ses pensées lorsqu'il aperçut une voiture se profiler sur le chemin, éclaboussée par la lumière du jour. Il reconnut avec déplaisir Emma Portelance. Elle était accompagnée d'un vieil homme.

Le boghei d'Emma s'arrêta au milieu de la route, empêchant la charrette d'avancer.

— Ôtez-vous du chemin ! cria Rioux.

Emma descendit de voiture, s'avança vers le métayer.

— Où allez-vous avec tous ces sacs ? demanda-t-elle, le fixant de ses yeux vifs.

— C'est pas de vos oignons.

— Vous vous trompez, monsieur Rioux. Tous ces sacs m'appartiennent de bon droit, ainsi que le domaine de Portelance, la maison et toutes les dépendances.

Emma lui tendit un document arborant un sceau. L'homme s'en empara, y jeta un coup d'œil puis ricana.

— C'est juste du papier.

Il fit un geste pour le déchirer, mais monsieur Dolbeau s'avança à son tour.

— Je vous donne cinq minutes pour prendre vos cliques et vos claques, sinon vous aurez affaire à moi.

Romuald Rioux tourna la tête vers le vieil homme, dont le chapeau de paille laissait filtrer des rayons de soleil.

— Penses-tu qu'une vieille branche comme toé me fait peur ?

Monsieur Dolbeau resta planté au même endroit, immobile. Rioux, sans quitter le vieil homme du regard, se pencha et fouilla sous son siège. Puis il se redressa, brandissant une carabine.

— Fais de l'air, vieux toqué, où je t'envoie en enfer.

Emma sentit ses cheveux se dresser sur sa nuque. Cet homme serait capable de mettre sa menace à exécution. Monsieur Dolbeau, les mains dans les poches, ne fit pas un geste. Rioux arma le chien de sa carabine.

— Envoye, sacre ton camp.

Un objet fendit soudain l'air et atteignit Rioux à la tête. D'un geste instinctif, l'homme leva une main pour toucher sa tempe droite, qui saignait. Monsieur Dolbeau profita de ce moment pour se précipiter sur lui et lui arracher la carabine. Un coup fut tiré. Des étourneaux perchés sur un arbre s'envolèrent en piaillant. Emma, le cœur battant la chamade, craignait que monsieur Dolbeau n'eût été blessé, mais ce dernier, bien solide sur ses jambes, tenait Rioux en joue. Elle aperçut alors quelque chose dans la poussière du chemin. C'était un morceau de bois que monsieur Dolbeau avait ramassé en route pour en faire une sculpture. Puis, levant les yeux, elle contempla ses terres aux tons d'ocre qui s'étalaient à perte de vue. Son domaine lui était enfin rendu.

Du haut de la terrasse Saint-Louis, Fanette contemplait le fleuve. Le courant lui parut plus lent que d'habitude, roulant vers l'est. Elle songea à Amanda et à Ian. Ils étaient sûrement arrivés depuis un bon moment à Portland. Son cœur se serra à l'idée qu'elle ne les reverrait sans doute pas avant des mois, mais au moins ils étaient sains et saufs. Plus tard, lorsque le danger se serait estompé, elle tâcherait de les rejoindre là-bas.

Un navire s'approchait du port. Il était trop loin pour qu'elle puisse en distinguer le nom, mais le vrombissement du moteur lui parvenait distinctement. Devait-elle partir pour Montréal, comme sa mère le lui avait recommandé, ou épouser Alistair Gilmour ? Levant les yeux vers le navire qui s'approchait du port, Fanette tâcha d'imaginer, en observant les vagues qui se brisaient sur sa coque avec des parcelles d'écume blanche, à quoi ressemblerait son avenir.

Mot de l'auteure et remerciements

Parmi les livres qui m'ont été utiles pour l'écriture du troisième tome de *Fanette*, j'aimerais mentionner *Les Anciennes Diligences au Québec*, de Pierre Lambert, ainsi que *Charité bien ordonnée – Le premier réseau de lutte contre la pauvreté à Montréal au 19ᵉ siècle*, d'Huguette Laporte-Roy. Les poèmes lus par Lucien Latourelle lors de la soirée de Marguerite Grandmont (*Où s'en vont les rêves* et *La Fleur et l'Oiseau*) ont été extraits d'un ouvrage de madame Ancelot intitulé *Un salon de Paris – 1824 à 1864*, qui a paru en 1866, et écrits respectivement par Jenny Sabatier et M. Michaud.

Encore une fois, je rends hommage à mon éditrice, Monique H. Messier, dont la connaissance des rouages de l'écriture et du cœur en fait une complice unique. Mes remerciements chaleureux à Johanne Guay et à toute l'équipe de Librex. Toute ma reconnaissance va à Martina Branagan pour ses traductions en gaélique, ainsi qu'à Françoise Mhun, Robert Armstrong et Cécile Braemer pour leur lecture attentive et amicale de mon manuscrit. Enfin, merci à mon agent Évelyne Saint-Pierre pour son appui constant.

Cet ouvrage a été composé en Cochin 12,25/14,7
et achevé d'imprimer en février 2010 sur les presses de
Marquis imprimeur, Québec, Canada.

certifié   procédé   100 % post-   archives   énergie
            sans   consommation   permanentes biogaz
            chlore

Imprimé sur du papier 100% postconsommation,
traité sans chlore, accrédité Éco-Logo et fait à partir de biogaz.